图书在版编目（CIP）数据

你听得见 / 应橙著. — 南京：江苏凤凰文艺出版社，2023.11（2025.3 重印）
ISBN 978-7-5594-7968-6

Ⅰ.①你… Ⅱ.①应… Ⅲ.①长篇小说 – 中国 – 当代 Ⅳ.① I247.5

中国国家版本馆 CIP 数据核字 (2023) 第 166476 号

你听得见

应橙 著

责任编辑	周颖若
特约编辑	面包树　王泓浠　鲜
封面设计	Recns
出版发行	江苏凤凰文艺出版社
	南京市中央路 165 号，邮编：210009
网　　址	http://www.jswenyi.com
印　　刷	河北鹏润印刷有限公司
开　　本	880mm×1230mm　1/32
印　　张	11.125
字　　数	361 千字
版　　次	2023 年 11 月第 1 版
印　　次	2025 年 3 月第 4 次印刷
书　　号	ISBN 978-7-5594-7968-6
定　　价	49.80 元

江苏凤凰文艺版图书凡印刷、装订错误，可向出版社调换，联系电话 025-83280257

章节	名称
PART 1 001	三分糖咸柠七
PART 2 033	周末陪我一天
PART 3 069	冬至快乐
PART 4 099	带着她逃亡
PART 5 145	这是我的世界，Xia

目录 *contents*

You can hear

名称	章节
他给的第五份生日礼物	PART 6　185
台风过境	PART 7　217
你记住，你想做什么就去做	PART 8　247
我在追着他跑	PART 9　279
鲨鱼和鱼缸	PART 10　309

你听得见

守护林微夏，是祁盛的补偿。

"你想成为什么？"
"鲨鱼。"他停了一下，反问道，"你呢？"
"鱼缸。"

谁都知道，鲨鱼和鱼缸永远不能在一起。

01 对峙

"第八号台风'狮子山'将于9月5日以热带风暴级在沿海一带登陆，目前我市距其56公里，台风至夜间进入北部湾，预计今明两日将有阵雨到暴雨……"

"啪"的一声，林微夏把收音机给关了，继而把滚烫的粥端到餐桌上，下意识抬手摸了一下耳尖，然后拉开一张凳子坐下。

清粥冒着热气，中年女人拿起汤勺喝了两口粥后，想起什么似的问道："微夏，今天是你转去深高的日子，对吧？"

"是。"林微夏盛了一碗百合排骨汤递给她。

"深高好啊，微夏，你这是给我们老林家长脸了。"林女士语气不由得自豪起来。

林女士的主业是卖水果。这几年，林女士靠着她嘹亮的一把嗓子和圆滑的处世态度，牢牢在水围这一带水果市场占据着一席之地。

这几年虽然市场竞争大，但林女士靠着多年打拼和人脉积累，生意也还不错，进而开了间水果店。

在南江，没有人不知道深蓝一中。它是一所私立高中，这所学校有着高质量的师资队伍和教学模式，主要围绕课程教育和艺体进行发展，重本率①高达百分之八十。

甚至有人戏言，进了深高，等于一只脚踩进了知名高校的门槛。

南江很多家长挤破头想把自家小孩送进深高，但这所私立高中不仅限制招生人数，还有严苛的笔试、面试，高昂的学费更是让大部分人望而却步。

---

① 重点本科录取人数与总录取人数的比例。

能留下的大部分都是"生在罗马"的人。

还有人说，进入深高意味着命运的改变。

深高为了掌握最好的生源，每年会特招几个成绩极其优异的学生进入学校。最重要的是，深高主动向林微夏伸出橄榄枝，并为她免去了学杂费。

人人想上却不能上的学校，自家小孩却轻松地上了，林女士作为家长，早早就自豪地把这件事宣扬出去了。

现在水围巷的人都知道，林微夏进了深高。

"不过，微夏，高一新生入学的时候，深高不是找过你，你当时不是拒绝了吗？这次怎么又想转过去了？"林女士问道。

林微夏正打算回答，"咔嗒"一声，门打开了，一道高瘦的影子垂下来，落在桌面一角。

高航睁开惺忪的眼，打了个哈欠扫了眼桌面："不是吧，还能再素点儿吗？姐，你好歹往粥里扔点肉末吧。"

他刚上初中，早自习比林微夏晚，所以起得也晚。

"我想喝艇仔粥，老妈你给我钱，我去外面食咯。"高航转过头冲他妈开口。

林女士立刻拿了几张钞票给他，高航接过三两步走向玄关处，他蹲下来换球鞋打算出门。

林微夏从骨碟上拿了一个水煮鸡蛋，正仔细地剥着蛋壳，声音平和地威胁："那以后别吃我做的饭了。"

高航扯着鞋后跟的手一顿，立刻折回把钱还给老妈，老老实实地坐下，嬉皮笑脸的："哪能啊，姐，你做饭这么好吃。"

林微夏没理他，将手边的豆浆喝完，看了一眼墙壁上的挂钟，声音温软："我去上学了，姑妈。"

"砰"的一声，防盗门因为惯性冲击而重重关上。林微夏抬眼看了一下外面，下过雨了，空气中带着咸湿的海水味。

南江是一座海滨城市，气候是长夏短冬，受台风影响，昨夜有阵雨，地面湿漉漉的，大片深红的花瓣连带叶子从高大的凤凰木树干上哗哗掉落，一路蛇行。

一地红艳。

路上遇到水围巷的邻居，林微夏温声一一打招呼，书包带从肩头滑落，她干脆手拎起黑色的书包，低头间忽然想起还没有回答姑妈的问题。

为什么又想去深高了？

想到这儿，林微夏眼底有了细微的情绪波动，又极快消失不见。

——现在有了想去的理由。

林微夏到达深高，走进大门差点因为眼前恢宏的建筑和错综复杂的布局而一时找不到方向，幸好她提前准备了一张地图。

办完一系列繁杂的入学手续后，刚好早读下课铃响了。班主任是一位三十多岁的瘦子，穿着一件老式的白色长袖衬衫，从后面看，隐隐可见里面穿了件汗衫，瘦得可见嶙峋的骨头。

"你综合成绩挺高的，老师期待你接下来的表现。"班主任笑着，正四处找纸想擦一下额头的汗，眼前忽然递来一张纸巾，他一愣笑着接了过来。

面对老师的夸奖，林微夏反倒淡定许多："谢谢老师，我会努力的。"

"你刚来这个环境，肯定会有不适应的地方，有什么就找老师。"刘希平说道。

"好。"

这句话倒不是敷衍，平心而论，刘希平看到林微夏这个学生，就对她产生了一种师长对学生的好感。

尤其是在看过她的学生履历后——她一路的成绩学分全是A，虽然理科项目薄弱了点儿，但综合成绩仍然在前排，去年还拿过全国华文作文大赛一等奖。

巧的是，学校给学生发的作文比赛文集中，他最欣赏的就是林微夏写的范文。

此外，林微夏身上透着一种近乎成人的淡然气度，不骄不躁，正是正值青春期的学生身上所缺乏的。

刘希平领林微夏走进教室，在进去的一瞬间，林微夏就感觉到了一股强磁力笼罩着这个环境，显然是存在很久，且无人能改变的磁力。

因为是课间休息，教室有些吵闹，后排的男生坐在椅子上，向后仰，两只椅脚单撑着地面，在有说有笑地聊着天。

穿着学生制服、黑色及膝袜，气质优越的几个女生凑在一起聊天，撑着下巴，时不时发出娇俏的笑声。

也有人安静地坐在座位上做作业，表情看起来不受任何影响。

刘希平敲了敲桌子："大家安静一下，刚好是高二新学期，我们转来一位学生，来自我介绍下。"

"大家好，我叫林微夏，以后请多指教。"林微夏说道。

教室早就随着班主任的口令安静下来，但没有人把注意力放在讲台上，都在做着自己的事，无人理会林微夏的到来。

林微夏也不在意，正想走下讲台问班主任她的座位在哪儿，在过于静谧的教室气氛中，一道声音冒了出来，声音不大，但嘲讽意味十足。

"哈，肯定是F生。"

随即像蚂蚁窝坍塌一样，接连起了一阵细小的笑声，向四周扩散蔓延，范围越来越广。刘希平显然也注意到了这点，想出声制止。

林微夏看起来没受任何影响，她的嗓音温和："老师，我坐哪儿？"

"空位你都可以坐，到时会再调换，"刘希平注意力被拉了回来，"教材清单你找班长拿一份。"

刚好前门探出个脑袋，说："老刘，主任找你。"说完他便匆匆走了。

林微夏拎着黑色的书包站在过道上，抬起眼睫，看了一眼教室仅有的两个空位，对比后，她决定选择第四组倒数第二排靠窗的位置，窗外刚好是大片的绿色，而且那张桌子十分干净，外面园植的琴叶榕探过来的阴影落在桌面的一角。

那张空桌子旁边是另一张桌子，桌上摞的书有点儿凌乱，隐隐可见试卷上面飞扬冷峻的字迹。

林微夏朝那张桌子走过去，原本对她漠不关心的同学一下子看过来，眼神几乎把她的后背钉穿。

斜对面有个女生正靠在桌边聊天，接到同伴戳手臂的小动作后，脸上的表情仍是笑着的，眼睛盯着她，嘴角弧度慢慢放平，身体发出的信号是敌对的。

仿佛下一秒会冲过来与她对峙。

林微夏垂眸思考着要不要坐这座位时，"哐当"一声，后门被人一脚踹开，一位身材高瘦、留着板寸头的男生站在门口，他扬手一扔。

篮球呈抛物线运动稳定地落在角落的垃圾篓里。

男生大摇大摆地走进来，边上有位女生捂住鼻子嫌弃地抱怨："宁朝，你打完球能不能去冲个澡,臭死了!"

宁朝正走着,停了下来走到女生面前,抬起手臂,露出一口白牙:"你懂什么?这叫男人味,不信你再闻闻。"

"啊!"女生崩溃地捏着鼻子从现场逃离。

宁朝把校服外套随意地披在肩头,粉色T恤有一块汗湿痕迹。他吹着口哨走向自己的座位,大马金刀式坐下。

要不是他身上还披着深高的校服,说他是校外混混都有人信。

宁朝掀开身上粉色T恤一角,用力鼓了鼓风,好让凉风涌进来。他刚好看到了这对峙的一幕,不在意地开口:"你坐我这儿吧,我旁边也是空的。"

"好,谢谢。"林微夏开口。

绷紧的气氛霎时烟消云散。

一切又恢复平静。

深高的教材比较注重版权保护,都是个人拿着清单去校外购买,现在林微夏书包里只有两本钱德勒的小说,但开学第一天,就这么直接看小说好像也不太好。

宁朝的桌子上摆满了试卷,十分凌乱,有的还是刚发下来的测验卷,林微夏看了一眼,鲜红的笔迹写着——23分。

"你跟我一样,也是深高招进来的吗?"林微夏努力组织了一下语言。

宁朝正整理着试卷,闻言露出一个嘲讽的笑容:"一看你就是个优等生,你不知道吗?深高为了维持自己的声誉,每年会招少量社会关怀的学生进来。"

"我就是。"宁朝无所谓地耸了耸肩。

他是F生。

林微夏收拾好,问了一下宁朝谁是班长后,就过去找人要教材清单了。巧的是,班长座位是空的,只有她同桌在。

"你好,班长去哪儿了?我来找她要份教材清单。"林微夏微微俯身问道。

女生转过身,两只纤细的手肘撑在桌子上,身上散发着淡淡的香气,同后桌说着话,时不时地弯唇笑,没有片刻停顿。

仿佛没有听到林微夏说话。

林微夏情绪没受任何影响,纤白的手指叩了叩桌子,说话被打断,女生终于抬头看着她,没有说话。

006

"你好，班长去哪儿了？我来找她要份教材清单。"林微夏耐心地重复一遍问话。

"不知道哦。"女生回答。

"那你知道——"林微夏的问话收了回去，因为女生迅速回过头讲话，那姿态，仿佛多一秒都怕浪费在她身上。

这些人明明没有做什么，仅是第一天，林微夏还没正式同她们交锋，就感受到了来自另一个世界的优越感。

林微夏只得放弃，回到座位上，上课铃声响起。上课的时候，林微夏和宁朝共用一本书，但老师讲了不到五分钟，宁朝便枕着手臂呼呼大睡，一点儿也不怵这是课堂。

台上的老师瞥了他一眼，便继续讲课。

林微夏没想到她在这儿交的第一个朋友是前桌的一位女生。她的笔袋刚好掉在地上，林微夏俯身去捡，对上一张友好的脸。

女生个子矮小，留着齐肩短发，戴着一副黑框眼镜，她接过来，笑了一下。

没多久，女生朝她丢来一个字条。林微夏摊开一看，女生字迹娟秀：

我叫方茉，谢谢你刚才帮我捡笔袋。你刚才真的好险，差点惹到那些A生了，你不知道，那个座位是有人坐的，他不想要同桌，那帮女生也护着他旁边的位子，不让人靠近。

Ps：你好白，而且你脸上那里好特别哦，人也好好看！

方茉还在结尾写了一个加粗的叹号，林微夏低头写字回复：

谢谢，你也很可爱。

下课后，教室又恢复喧闹。林微夏独自一人去洗手间，上完厕所后，正准备推门出去，外面响起了一阵谈话声。

"他今天没来，这新衣服白穿了。"女生轻声抱怨道。

这声音有点儿熟悉，林微夏刚在教室里听过。接着有人发出哼笑声，女生拧开唇膏，边涂边感叹：

"他眼里除了篮球就是天文，能有你吗？"

"要不你上天文台堵他咯，反正学校的天文台是他一个人的，也没有人能进,到时你直接跟进去——"

"要死啊你——"

似乎闹了起来,水龙头发出哗哗的水声,有水珠在空气中晃动,接着,嬉笑声渐渐远去。林微夏最后推门出去,沉默地洗了手,最后把擦手的纸卷成一团扔进垃圾桶里。

林微夏走回教室,到后门的时候,她远远看见前排座位坐着一个女生,一帮人将女生围在中间,全然没了先前的较劲。

从她们的表情和肢体动作,林微夏判断,这是一种讨好。

她应该是这群人的"女王",其他人是跟班。

中间坐着的女生非常漂亮,很瘦,瘦得像模特,她的美像是带了一把有刻度的尺子,盛气凌人且在计量范围内。

茶棕色的长卷发披在肩头,露出一截显出妩媚弧度的卷,她同样穿着学生制服,手腕上戴着的白色贝母四叶草手链在阳光的折射下大放光芒。

林微夏停了下来,站在后门口。女生像是有心灵感应似的回头,五官终于清晰,明艳又精致,声音惊喜:

"微夏!"

"思嘉。"林微夏笑着回她。

林微夏瞥见柳思嘉周边的那帮女生的脸色起了细微的变化,她走过去,柳思嘉拖住她的手臂,说道:"我今天请了一节课假,刚才没看见你,还以为你说来深高是骗人的。"

"思嘉,你们认识啊?"

相较于先前对林微夏的热情,柳思嘉的声音冷淡许多:"嗯,校外认识的。"

她之前欠林微夏一个人情。

"既然这样,那思嘉的朋友就是我们的朋友咯。"先前还无比冷漠的女生立刻挽住林微夏的手臂,语气亲昵,"班长把清单给我了,微夏,放学我陪你去买吧。"

"不用,你把清单给我就好。"林微夏声音柔和,也不在意先前发生的事。

柳思嘉嫌她们吵,拖着林微夏到走廊上呼吸新鲜空气。柳思嘉托着下巴:"我没想到你会来。"

"我也没想到。"林微夏看着不远处，慢慢说道。

"一会儿我带你去买教材吧。"柳思嘉说道。

柳思嘉同她聊天，说道："不过你笔试分数挺高，跟我们学校最厉害的比就差两分。"

"哪个人？"林微夏回。

提及这个问题，原本还盛气凌人的女王仿佛被人按了暂停键般，高扬着的脖子低了一截，随后又状若无意地开口。

但林微夏敏感地察觉到她的气息在提及那个名字时有一瞬不平稳，她说："班盛。"

02 台风

"天文台？"林微夏只记住了这个词。

柳思嘉哼笑一声："在厕所听那帮女的说的吧？学校的天文台是他的，因为他家给学校捐了两栋实验楼。

"他这样的人，谁不想靠近？"

放学铃一响，林微夏抬起眼睫看过去，好几个女生围住柳思嘉的座位，根本看不见柳思嘉的脸，她坐在那里悠闲地同人聊天，似乎忘了两人的约定。

林微夏收回视线，拎着书包，拉开椅子，准备去买教材。

方茉正准备走，看见她手里捏着的教材清单，眼睛一亮："欸，我陪你去买教材吧，刚好准备出学校。"

"好啊。"林微夏笑笑。

她想起发生的种种，神色疑惑："那个人为什么不要同桌？"

方茉神色一愣，支吾道："以前有的啦，可能嫌麻烦吧。"

次日早上，林微夏换上深高的校服，将名牌别在左胸前，看向镜子里的自己，勉强扯出了一点儿笑容。

林微夏换上深高的制服，才有一种真正转入深蓝一中的感觉。

早读课结束后，林微夏坐在座位上拿出一本书看，还没看两页，感觉书侧频频有阴影落下，一抬眼，正好捉住方茉的脸。

她神色有些不好意思。

坐在一旁的宁朝也察觉到了，靠着桌子晃啊晃的，睨了方茉一眼，开启吐槽模式："一早上了，你怎么跟个QQ企鹅登录似的，一直往两边回头晃？怎么着，暗恋我啊？"

"才没有！"方茉脸涨得通红，又看向林微夏，"她穿校服好看，我就忍不住……"

宁朝侧脸打量了一下身旁的林微夏，气质清冷，但长相舒服，人安安静静的，又笔直看向前方的柳思嘉，从鼻孔里冒出一声冷哼：

"确实，比那巫婆强多了。"

早读课铃一响，林微夏和方茉出去接热水。

饮水机处有几个女生在排队，林微夏走过去，影子跟着移了过来。前面几个女生接完水后，转身看到林微夏，在看清她的长相后眼睛挑起几分惊艳，视线掠过她前胸的校服领结时，情绪立刻变淡，挑眉道：

"F生？"

"啊？"林微夏眼睛带了点儿疑惑，后知后觉点头，"是吧。"

高个子女生收回视线，同身边的人离开，她们回头看了一眼林微夏，低声讨论着什么，眼神带点儿欣赏，同时还夹着几分轻慢。

林微夏拧开杯子，问旁边的方茉："F生是什么？判定我的依据是？"

"这个学校分为A生和F生，依据是领结，我们F生的蝴蝶领结是绀色，A生领结的颜色是漂亮的红色。"方茉说道。

林微夏顺势抬眼看向前侧，走廊上站着一群学生，女生穿着校制服，外套是统一的藏青色，格纹裙下是一双双皮肤白腻且笔直的长腿。

最重要的是她们的领结是张扬的红色，给严肃庄重的校服带了一丝俏皮。

女孩们像新鲜漂亮的水蜜桃。

而F生的领结是绀色，配上逼近黑色的藏青色校服外套，显得压抑且带着一丝沉闷。

经方茉解释，林微夏才知道深高学生由A生和F生组成，而划分依据是赋分等级制。

"满分是20分，在这个学校，学习成绩好可以加分，有自己擅长的专项也可以加分，比如刚才那个问你话的女生，她钢琴十级，走廊上那个在放松的女生，她是芭蕾舞者；还有一种，竞赛得奖也可以加分，前段时间,学校代表队拿了 VEX 全国机器人竞赛一等奖。"

这个学分代表学生的综合水平,毕业会获得一份漂亮的档案,排名前列的人申请国外留学也可以优先获得推荐权。

综合分在前列的人被称为 A 生,而其中大部分人"生在罗马"。他们从小天资聪颖,家境优渥,不仅看重成绩,还注重思维模式训练。他们在优渥的环境和得天独厚的条件下进行学习训练并拓展自身学习能力,早已在擅长的领域成为佼佼者。

用一个通俗的形容:他们是商场橱窗里摆着的最出色的模型。

处在最中心的位置。

能全方位晒到最好的阳光。

而 F 生里包括的种类较杂,要么是对普通中学进行分解的指标生,或是努力考进来但后面跟不上进度的学生,还有受到社会关怀进来的,比如宁朝。

A 生里当然有普通家庭的小孩。有,但只是极少数。小鸟后天努力飞,认真地遵循着早起的鸟儿有虫吃的规则。他们战战兢兢,认真学习,拓展自己,不敢有任何松懈,生怕从第一梯队掉下来。

久而久之,A 生成了优秀、聪明、强者的代名词,而一提及 F 生,大家就会联想到笨小孩、弱者、普通等词。

所以 A 生傲慢,看不起 F 生,处处高人一等。

"微夏,你是转学生,而且现在是高二了,从 0 开始累积分数有点儿吃亏,不过还没开始期中考试,"方茉凝神想了一会儿,"或者你有什么擅长的吗?"

"没有,"林微夏摇头,她拿着水杯腾出一只手拍方茉的肩膀,笑了一下,"我和你一起不是挺好的吗?"

"好哒。"

两人的脚步声逐渐远去,前两节是刘希平的语文连堂课,上课快结束的时候,他解释原来的课代表"因故"请辞了这一职务,现在需要重新选定一个课代表。

听到"因故"两个字,课堂开始发出笑声,在深高这种高压环境下,每个人只会把精力放在自己的事情上。

当课代表、抱作业、执行老师布置的任务,在 A 生看来是浪费时间。

最后刘希平定了林微夏为课代表。

中午，林微夏去便利店买了两个饭团和一个三明治回到班上，柳思嘉吃完饭回来路过她的座位。

林微夏撕开包装纸，拿起一旁的手机，登录进深高的校内网。上午刘希平让林微夏催班上几个一直拖着没交作业的学生交作业。

其中有一个名字，请假三天，但是有一周的作业没交。

林微夏点击一个黑色的头像进行添加，结果屏幕弹出"对方已将账号设置为禁止任何人添加"。她又从班委那里要来对方的号码，编辑道：

"我是1班的语文课代表，同学，你上周的作文和两张试卷还没交。"

不到两分钟，屏幕亮起，对方发来一个标点符号"？"。

冷漠，嚣张，懒得多说一句废话。

柳思嘉坐在她前排的桌子上，问道："你在干什么？"

林微夏把饭团塞进嘴里，缓慢地嚼动着，右手拿着手机敲字，语调很淡："在催'天文台'交作业。"

柳思嘉眼皮重重一跳，林微夏正想学对方发一个问号回去，一道阴影压下来，圆润光滑的指甲按住了她的手机屏幕，她抬眼。

"我帮你催怎么样？"柳思嘉来了兴趣。

林微夏思考不超过两秒，把手机递给她："好。"

她继续吃午餐，消灭掉第二个饭团的时候，林微夏有点儿渴，吸管插进银色铝纸膜，喝上一口酸奶。

柳思嘉把手机还给她，从桌子上跳了下来，一向端着的女王脸色带了点儿神采："明天下午五点，我和他约好，去取作业。"

林微夏点点头，柳思嘉背靠桌子，同她继续聊天："明天刚好是周末，你说我穿什么好呢？"

……

周六，林微夏将书、保温杯塞进包里，正准备出门的时候，收音机传来电台主持人的声音：

"又一台风'灿阳'即将登陆我市，预计风力最大时段在周六傍晚至凌晨，将带来强降雨，蓝色预警……"

"唰"的一下，林微夏拉开窗帘，外面天色有点儿暗，树木随风晃动，她闻到了一点儿咸湿味。

林微夏还是打算出门，周末的时候，有空就帮亲戚家的网吧看店，顺便赚点儿零花钱。深高不允许学生在校外兼职，所以这是她兼职的最后一天，起码要收好尾。

来到鱼坦路中段的网吧，林微夏走进网吧，和同事换好班后，坐在前台。她负责给人开卡、售卖零食之类的。

因为天气的影响，来网吧的人比平时少，林微夏忙了一会儿后，从包里拿出一本书，在嘈杂的环境下安静地看着推理小说。

其间陆续有人心不在焉地上前开卡，在看清她的长相后纷纷来要号码，林微夏皆好脾气地拒绝了。她低头看书中的情节正入迷，有人敲了敲吧台上的大理石，发出"笃笃"的声音。

她以为又是要号码的，拧眉正准备抬头时，一道音质好听的嗓音响起，漫不经心的："开卡，五小时。"

一只手推来一张身份证，黑色袖子向上移，料子柔软，看起来价格不菲，露出一截凸出的腕骨。

林微夏没有抬头，接过来匆匆开卡，对方接过后直接走了。

她急于投入书中的情节，后知后觉才闻到空气中飘来一股乌木香，挺好闻的。

然而不到四十分钟，网吧内发生暴乱和一阵叫骂声，林微夏放下书，立刻打电话给楼下的保安，中间还听到凳子摔在地上的声音。

刚挂完电话，林微夏看到一个穿着黑色连帽卫衣的男生拎着一个瘦弱的男生拖了出去，他的个子很高，瘦弱男生走路磕绊，几次撞到他胸口，勉强才能跟上步伐。

"啪"的一声，一张灰色的卡呈抛物线落在林微夏坐着的吧台前，一道没什么情绪的声音响起：

"一会儿有人来退卡。"

没多久，一个留着圆寸头的男生跟着跑了出去，声音卷进风里："老大，你等等我！"

到后面，网吧仅有的几个人也退卡走了。林微夏站起来，拉开窗户，一股冰冷的湿气扑面而来，抬头往外看，路边的灯牌被吹倒，发出哐当的声音，天阴沉沉的，乌云团在一起，像浓稠的墨。

林微夏拉开抽屉，里面躺着一张身份证和没退的卡，她拿出来一看，很少有人把证件照拍得这么好看。

男生头发略短，眉骨很高，薄唇挺鼻，没什么表情地看着镜头，冷淡又傲慢。

林微夏将视线停留在身份证信息上面。

——班盛。

她将班上那帮女生争夺的眼神、"天文台"、柳思嘉刻意掩饰的不在意联系到一起。原来是他，缺交作业的那个人。

他现在不是应该和思嘉在一起吗？

保安这时刚好上楼，四处巡逻了一下，林微夏思索了一下，拜托他帮忙看一会儿网吧，拿着身份证走了出去。

一走出去，便有冰凉的雨点砸在脸上，林微夏左顾右盼了一阵，东南侧不远的巷子发出了一阵声响，她走了过去。

巷子狭长，路灯幽暗，散发着暖色的光芒，每走一步，一阵强风便猛烈地刮来，林微夏站在一盏烧坏了的路灯下，看到了眼前的一幕。

墙角处，戴眼镜的瘦弱男生瘫坐在墙根处，脸色苍白地抱着高个子男生的腿，高个子男生无情地甩开。

高个子男生穿着黑色的卫衣，左胸上有一个隐形的牌子Logo，风将他的脸割成凌厉的立体。

冷风呼啸而过，雨点开始砸在林微夏脸上，轻微的痛感传来。

高个子男生不顾对方的求饶，却极为放松地同旁人说话。

林微夏心里刻意尘封的东西被打开，与脑海中的某处记忆重叠，平静无限的脸上出现了波澜，迟疑地开口："班盛同学——"

站在旁边的圆寸头看着林微夏吹了一声口哨，说道："老大，有妞找你。"

被喊的男生停了下来，缓缓回头，他穿着黑色的外套，脖颈修长，冷白皮，脚踝处有一朵黑百合，无限往上蔓延。

他戴着一顶黑色的鸭舌帽，挡住了大半张脸，露出一截微扬的下巴，下颌线弧度更显流畅利落。

班盛抬了一下眉毛，没有说话。

"放过他吧。"林微夏慢慢地开口。

班盛俯身从暗处的墙根拎起一根棍子，瘦弱男生下意识地往后退，可惜退无可退。

冷风吹过来，将男生的黑色外套扬起一角，班盛拿着棍子慢悠悠地拍打他的脸，开口：

"都有人给你求情了，我是不是得给你点儿面子——"

瘦弱男生狂点头，表情刚轻松，班盛再次贴过来，轻笑一声，出声道："不放过你。"

眼看班盛要继续打人，林微夏站在暗处，眼珠颜色很淡，看着他："你不是和思嘉约好拿作业吗？怎么还在这儿？"

"你胡说，我哥明明是——"圆寸头开始急了。

班盛轻笑了一下，明明是平静的语调，他却闻出了一丝厌恶的味道，抬手示意让想要解释的圆寸头停下来。

瘦弱男生贴着墙根趁机逃跑得无影无踪。

他抬起眼皮重新看她，脸颊抽动了一下，缓缓说道，似在考虑：

"我不太喜欢主动的。但你这样的——

"我说不定会考虑和你做朋友。"

03 咸柠

刚说完，林微夏站在班盛面前，天空忽然下起了密集的雨点，远处路边传来狂风吹倒灯牌哐当落地的声音。

林微夏口袋里的手机发出嗡嗡的振动声，她摸出来低头看了一眼，转身往外走，全程没有看他们一眼。

手机屏幕显示的信息彰显出主人的焦灼：

我在他家附近的公园等了两个多小时，还没等到人，钱包还掉了。

天好黑，好像台风要来了。

风卷落一片树叶，摇摇晃晃地飘落在林微夏头上。班盛看一眼嵌在那姑娘身后乌黑秀丽长发上的浓绿的叶子，收回视线，拍了圆寸头后脑勺儿一掌，话语简短：

"走了。"

林微夏边走边编辑信息，语气安抚：你别急，把你地址发给我，我过来接你。

消息发出去后，林微夏重新回到网吧拿书包，走出来拦了一辆出租车。刚坐上出租车没多久,大雨铺天盖地砸了下来,雨滴碰撞在车窗上发出叮当响声。

整座城市陷入模糊的湿气,路上有点儿堵,出租车跑了一段又紧急刹车。林微夏看一眼不远处的红灯,忍不住出声:

"师傅,能不能麻烦你快点儿?"

司机是个老大哥,他发出爽朗的笑声,普通话又夹着本地话:"女仔,现在刮台风急不来咯,你是去见你条仔①吗?这么急。"

"不是,我朋友在等我。"林微夏回。

原本二十分钟的车程,因为台风天,出租车一路走走停停,蛇行在雨中,最后他们抵达柳思嘉说的公园花了快四十分钟。

林微夏推开车门,雨斜斜地扑进来,雨珠沾到她衣衫上,她急急地下车,竟一脚踩在水坑上,黄色污水立刻浸湿了白袜子,水灌进皮鞋里,湿冷感传来。

林微夏吸了一口气,但她顾不上了,弯腰撑开雨伞,向公园的方向走去。林微夏走进公园,四处找寻,终于瞥见凉亭里的柳思嘉。

柳思嘉今天明显是精心打扮了一番,只是她现在看起来有点儿狼狈,后背被雨打湿,黑色的眼线晕下眼睑,明显是哭过了。在柳思嘉双手抱着肩膀抖个不停的时候,一件带着温度的杏色针织线衫从天而降,她回头。

对上一双安静的琥珀色眼睛。

柳思嘉立刻扑到她怀里,抱了过来,喉咙哽咽:"谢谢。"

林微夏有一瞬间的僵住,但还是放松下来,抬起手,拍了拍柳思嘉的后背。

维德里便利店,白色的灯光照下来,显得室内一片冷清。柳思嘉站在靠着玻璃门的吧台前侧。

吧台上放着吃了一大半的关东煮和一杯快要见底的热港式阿华田。柳思嘉拆了一片口香糖丢进嘴里,面无表情地嚼着。

"下次没等到人就直接回去。"林微夏说。

柳思嘉回:"我就是无聊。

"微夏,今天的事——"柳思嘉犹豫道。

---

① 方言。指男朋友。

林微夏适时开口，声音透着温和："放心，我不会说出去的。"

柳思嘉松了一口气，其实她没什么真正的朋友，她打电话时不是没想过学校那帮女生，可还是犹豫了。

然后柳思嘉在关键时候想到了林微夏，虽说见到林微夏的第一眼就觉得她身上透着一股疏离清冷的气质，但一接触，发现她其实是一个没什么脾气且很包容的女生。

"可以走了，雨停了。"林微夏说。

"行，"柳思嘉拿起桌上的东西，往外走的时候忽然停了下来，"我买点儿东西。"

林微夏站在她身后耐心地等着柳思嘉，不经意地瞥见她在找某种牌子的牛奶。

收银员摇了摇头，柳思嘉的肩膀塌了下来。

如果没记错的话，林微夏想起班盛在巷子里打人的时候，也喝了罐牛奶。

她微微拧起两道眉，这种人值得吗？

晚上九点，两人在便利店门口分别，林微夏回到家后，脱掉早已湿掉的鞋袜，去洗澡。

洗完澡出来，林微夏穿着白色的棉质吊带裙，她偏头晃了晃耳朵里的水，随着大幅度的动作，右耳一阵耳鸣。

林微夏坐下，慢吞吞地用毛巾擦着半湿的头发，打开屋子里陈旧的电脑，电脑缓慢地启动着，转了半天才开机。

手机里显示着方茉发来的信息，她好心又热情地告诉林微夏，学校的贴吧、交流区、校内网是哪些。

没多久，方茉又发来一条信息：对了，前段时间不知道谁在深高的交流区搭了个新网站，叫什么YCH，不过都没人去那儿玩啦。

林微夏浏览了一下学校的校内网、贴吧之类的网站，又进入那个叫YCH的网站，网站页面做得很简陋，一片漆黑，色系压抑且让人感到冰冷。

里面分为两个区，一个是爆料区，一个是留言区。

这两个版块发帖量都为0，网站浏览量只有13。

林微夏握着鼠标，正准备拖动箭头关掉该网站时，发现手机还有一条未读消息，点开一看，是柳思嘉发的：

明天我们一起吃午饭吧，家里阿姨会做，我让她也做你的那份。

林微夏回：好啊。

柳思嘉回：爱你，爱你。

次日，刚好是周一，柳思嘉背着书包走进教室，拿出英语书的时候无意瞥了旁边的座位一眼，还是空的。

虽然是9月，南江依然是闷热的状态，外面的日光晒得人睁不开眼，学校的凤凰花木依然红艳。

林微夏上学没几天，在班上观察到了很多事情。班上的学生以小团体划分，往宏观看，A生和F生似乎隔了一条隐形的分界线，是两个大团体。

非洲动物角马在大迁徙跨河时为了避免被河里的鳄鱼吃掉，会成群结队地黑压压拢在一起以便安全渡河。

人亦如此。

人都是群居动物，需在路上集合抱团前进，林微夏理解这句话，但没想到这一点在深高会这么严重。

上午最后一节下课铃响的时候，班上的同学开始收拾东西，他们立刻结队寻找同伴，而被落下孤立的那一方，坐在座位上无措得不行，只能匆匆跑出去。

林微夏坐在座位上，看前排柳思嘉的座位，她周边围了一帮女生，女孩们娇俏地笑着正在讨论吃什么。

林微夏慢吞吞地收拾笔盒，其中一道音量刻意拔高的声音响起："思嘉，我们今天去天台吃午饭怎么样？"

柳思嘉笑着拒绝，开口："今天约人了，改天。"

接着柳思嘉转动漂亮的眼珠看过来，语气比开学时熟络，从那个台风天后，原先的距离和俯视荡然无存，只剩亲昵：

"微夏，好了没？"

刹那间，气氛微僵，一群人神情各异，片刻后女生间恢复轻松打闹的气氛，她们笑着说"那我们先走啦"之类的。

人都走完后，教室恢复安静，林微夏起身经过走道的时候，忽然瞥见角落里坐着一个十分瘦小的女生，她的皮肤蜡黄，缩在角落里，留着过长且厚的齐刘海，整个人散发着阴郁的气息。

如果不是林微夏正好看见，她这个人，好似无人察觉，被旁人自动忽略，像墙角的一摊阴影。

她似乎想等所有人走了之后，独自一个人在教室吃午餐。

林微夏在走道处停了下来，问："你要不要——"

"快走。"柳思嘉催她，伸出一只胳膊将人拽走。林微夏剩下的"和我们一起"卡在喉咙里。

柳思嘉挽着她的胳膊往食堂的方向走，想起刚才那个阴郁的女生，眯眼，声音微冷："别理她，那是个怪胎。"

食堂二楼小餐厅，柳思嘉拿出两只饭盒加热，微波炉发出"叮"的一声，饭盒放到桌子上，打开，是两份截然不同的饭菜。

林微夏面前的是厚切小牛排、红烧排骨、小份的秋葵，色泽明亮，精致而花心思。

柳思嘉见她迟迟没动筷子，说："这都是家里阿姨做的，她做饭不错的，或者你有什么想吃的告诉我。"

"好。"

林微夏看着眼前的柳思嘉，脸庞艳丽精致，瘦得隐隐可见领口处的胸骨，手腕从空荡荡的袖子里露出来，纤细得仿佛一掰就折。

柳思嘉吃了没几口就放下筷子，托着下巴转头看向不远处排着的长队，问道："你想喝饮料吗？"

"你想要喝的话我去买。"林微夏说。

"我要无糖的。"

"好。"

班盛三天假终于销完，睡到中午才来到学校，也没吃饭，刚好遇见邱明华就一块去了食堂吃饭。

男生一走进食堂，自动获得周边同学的关注，除了女生们照常假装撩头发时不时瞥过的视线，还有人小声地议论他，语气不太好，只不过姿态小心翼翼。

邱明华立刻明白议论的源头在哪儿，啐道："那浑蛋也太阴了，自己骗了那孤寡老太太多少钱了，哥，你教育他两下，他还有脸到处去说你欺负他了。"

"不敢来学校就不敢来，扯这么多废话……"

班盛站在饮料贩售机前，单手打开冰柜门，冷气扑过来，没接话，问道:"喝什么?"

邱明华抱怨的声音停下来,敢情他这是自作多情?他一脸无奈:"矿泉水吧。"

"砰"的一声冰柜门关上,冷气沾上男生骨节清晰的手指,班盛把饮料扔给他,开口:

"这事别往外说。"

邱明华一脸委屈加不解,惊道:"为什么?凭啥骂声都让你一个人担了?"

他太了解班爷了,从不在意别人的评价,无论旁人怎么看他、评价他,这哥只在意自己舒适的状态。

其他一概不管。

但这也太憋屈了吧。邱明华心里愤愤地想道。

班盛没答,食指卡住可乐的拉环,"嗒"的一声,气泡涌了上来,他喝了一口向食堂二楼的方向走去。

他们在转角处碰见郑照行一帮人,几个人正嘻嘻哈哈地讲着不入流的笑话,有个戴眼镜的男生因为走得太急,一不小心撞了郑照行一下。

郑照行的脸色一秒阴沉下来,抬手朝男生的脑袋扇了下去,吐了句脏话。

眼镜男生立刻捂住脑袋连说"对不起",一行人骂了好几句,才将人放走。

郑照行的脸色不悦起来,在抬头看见班盛后脸上凶神恶煞的神情消失大半,他身后几个人也顿住不说话。

郑照行这帮人是深高有名的霸主,仗着家里有一点儿权势,校内校外都为非作歹,混账事做尽。

实在惹大了事,学校要处罚他们的时候,郑照行家长就会及时出现和稀泥,又加上他们不惧怕处分,更深谙未成年人受法律保护,学校也无可奈何。

久而久之,学校的人见了他们都躲着走。

班盛在学校是另一种代表,大家也怕他,但是那种服气的怕。

按理说,他们应该混在一起,照郑照行那词汇量匮乏的驴脑袋,想出来的词是"强强联合"。

可班盛从不与他们为伍。

郑照行总觉得班盛这人又跩又傲,打从心底里就瞧不起他。

片刻,郑照行还是本着示好的想法,脸色放缓:"一块吃?"

当着这么多人的面,班盛径直从他身边走过,仰头喝着可乐,缓慢地吞咽着,搁下两个字:

"不熟。"

气氛顿时凝滞下来,郑照行变脸,邱明华立刻跟上班盛,回头两只手都做了一个骂人的手势:"对啊,吃席吗你们?"

旁边有人小声劝道:"照哥,算了,他不是惹得起的人。"

……

柳思嘉没点名要喝什么,林微夏按照自己的习惯买了两杯咸柠七,她自己那份是半糖,柳思嘉那份特地要了无糖的。刚坐下,就对上柳思嘉红了一个度的嘴唇。

"班盛坐在你后面隔两个的位子上。"柳思嘉说,顺便拿出镜子弄了一下头发。

林微夏动作停滞了一下,看向她面前的食物,柳思嘉只吃了三分之一。

她然后把吸管递过去,不料柳思嘉直接握住她的手,问:"夏夏,我这杯无糖的咸柠七能不能和你半糖的换?我总不能拿苦的给他。"

林微夏好脾气地点了点头。

"我刚好去问他爽约的事。"

柳思嘉拿起那杯咸柠七,白色塑料袋发出窸窣的声音,她挺直背脊,向班盛的方向走过去。

本是台风天,室内的光线暗沉,却因为柳思嘉走过去的背影亮了几分。

林微夏刚好坐在他们对面,抬眼看过去,班盛点了一份猪扒饭,旁边放了一罐没喝完的可乐。

在等待同伴的间隙,他的坐姿散漫,外套衣襟敞开,似乎在玩游戏,颀长冷白的脖颈微低,指尖飞速地在屏幕上跳跃着。

柳思嘉大胆地在他对面坐下,屈起手指在桌子上叩了三下,把那份半糖的咸柠七递给过去,不知道在说什么。

班盛终于施舍般抬眼,顺势把手机屏幕熄灭,抬手接了过来。

林微夏收回视线,不再看他们,低头吃饭。

七八分钟之后,柳思嘉折回,从班盛那里回来后整个人的气场都变柔了一些:

"他桌子上明明有可乐的,居然收了我的咸柠七。"

"周末那晚爽约他怎么说？"林微夏问。

柳思嘉托着下巴，拣了饭盒里的一颗圣女果塞进嘴巴里说道："他说不好意思，还说——挺意外。

"都接了我的水，那我勉强原谅他咯。"

林微夏夹菜的动作一顿，抬眼看过去，班盛的视线刚好撞了过来，视线相接，这次他的脸清晰可见，短发，五官立体分明。

他长了一副"渣男"脸，看着就坏，却是讨女孩子欢心的那种。眉骨处有一道浅浅的疤，一双眼睛看过来，漆黑，深不见底，且带着极强的侵略性。

像热带草原上蛰伏的随时准备狩猎的猎豹。

林微夏看着他慢悠悠地拆了吸管，喝着原本属于她的那杯咸柠七。

04 蝴蝶

吃完午饭后，从食堂走回教室，天色暗沉，像裹在墨桶里，云朵随意翻涌。学校主干道的棕榈常青，倒是小瓣的白玉兰被吹得到处都是。

林微夏同柳思嘉回到教室后，坐在座位上发现班上的气场又变了一个度，不同于她入学第一天感受到的冷漠和死气沉沉。

现在好像多了一层温度。

类似单色调的荒原里，有人扬了一把火星，仅是落下的一瞬间。

一触即燃。

林微夏听到一个女生说"哎，借下你的唇膏"，刚好方茉转过头借笔记本，她顺势问：

"大家怎么了？"

"班盛啊，他回来上课了，她们不得兴奋。"方茉悄悄指了指。

林微夏顺着方茉的动作看过去，隔着一扇窗，班盛痞里痞气地倚靠在墙壁上，脖颈颀长，宽阔平直的肩膀将外套撑起，不难看出松垮的外套下有一具凌厉、坚挺的骨架。

他的神态散漫，侧脸的皮肤过分冷白，正有一搭没一搭地听人讲着话，另一只手滑动屏幕，时不时地往下瞥一眼。

男生说道："昨晚球赛你看了没？13号的后仰跳投我直接跳舞庆祝。"

大概林微夏的视力太好了，隐约看到那双宽大手掌紧握着的手机露出的一块屏幕显示的是行星位置计算。

像是有预感似的，班盛抬起眼皮，正要看过来时。

林微夏错开了视线。

方茉还在这边喋喋不休，叹道："你说怎么会有这么厉害的人呢？家世背景特别牛，成绩好，尤其物理还是满分，据说他未来想学的专业是天体物理。听说他妈是大剧院的舞蹈演员，难怪儿子生得皮相极好。

"长得帅就算了，人还聪明有头脑，他除了性格冷点儿，没别的毛病，造物主好偏心。

"你看看那些在打扮的女生，就知道，没有人不为他心动。不过同学这么久了，也没见他和谁关系特别好。

"但你看见他脚踝处的那朵黑百合没有，他好像很久前就有了，据说是和一个女生有关，也有人否认了这个说法。哎，什么说法都有。

"他这样厉害的人，交朋友肯定从A生里挑吧，不会是我们F生。"方茉把橡皮丢进铅笔盒里说道，还顺带叹了一口气。

林微夏整理着书桌，心不在焉地听着，倏忽，一本绿色的本子飞过来，"啪"的一声轻轻落在桌面上。

林微夏抬头，是他。

人就这么站在她面前，双手插兜，对上她的视线："下次换个人试试。"

他是指柳思嘉上门要作业一事。班盛的语气并不认真，到底指的是让人替她上门这样干不合适，还是像那晚一样，让她来试试看能不能和他做朋友？他那游刃有余的模样，仿佛在向林微夏放信号——你来试试，跟那天放话时一模一样。

她看见他额前一小簇极短的头发，光影落下来，斑驳在高挺的鼻梁上。

片刻失神。

班盛这个人存在感太强，从出现的那一刻就把周遭的空气夺走，让人忽视不得，因此以两人为中心吸引过来周边同学的注目越来越多。

林微夏愣怔了一下，还没等她反应过来，人已经走了，空气中残留着一丝冰凉的气味。

"什么情况？班盛竟然跟你说话了，你居然没回他？换人，换什么人？"方茉按住自己的心脏，感觉他过来的那一刻，心跳一直在加速。

"忘了。"林微夏低下头把那本绿色的作业本收好。

次日,台风终于停歇,天气放晴,橙色的光线照下来,是暖色调,放在南江这样的海滨城市,使得热气渐浓。

林微夏一晚上没睡好,昨晚邻居吵架,女人气急扬言要拿刀砍她老公,这房子的隔音不太好,加上水围巷多握手楼,楼之间挨得近,隔着一层防盗网,女人的哭声、男人的骂声,混着高架桥上的声音。

她全听得一清二楚,睡到一半总是被震醒,折腾了一整晚。

早上,林微夏手忙脚乱地起床,急匆匆地收拾好书包出门。在走出家门的时候,院子里那棵繁盛的柠檬树忽然掉下一颗青果,"嗒"的一声,砸在林微夏脑袋上。

小青柠快成熟了,林微夏咬了一口,慢吞吞地嚼着柠檬。

又涩又酸。

人要是像自然生长的果子就好了,太早成熟也不太好。

林微夏急匆匆来到教室,几乎是踩着早读铃声坐下。半个小时后,广播响起,让同学们去操场集合开早会,教室立刻变成闹哄哄的一片。

男生们坐在椅子上晃来晃去,一边聊球赛一边拿着课本在手中转来转去,结果不小心飞了出去砸在女生头上,惹得尖叫连连。

女生们这会儿变得收敛极了,穿着制服站在一起聊天。

"欸,一会儿放学去哪里吃冰?克吉冰室?"

"行咯,我馋他家的西多士好久了。"

"要不周末过关去中环吃?我馋好久了。"

"好呀。"

林微夏收拾好书本正准备出去排队时,方茉回头看着她,眼睛瞪圆:"微夏,你的名牌呢?"

"我名牌不是在——"林微夏边低头边往胸口看,心猛地一惊,"我名牌呢?"

她明明记得出门前戴了啊,林微夏立刻弯腰翻抽屉,一通翻找,口袋里也摸了,却怎么都没找到。

方茉也在帮忙找,语气担心:"微夏,你想想在哪儿落下了,会不会是在外面?一会儿学生会的要来,还有——"

林微夏把书推进抽屉里,立刻朝教室外面快步走。

"还有你的头发,早会是一定要扎起来的。"林微夏走得太快,也就没

有听到落在身后这句话。

林微夏跑去走廊外面,一边低头一边找,可怎么也找不着,急得满头大汗。她正在三楼拐角处低头找得认真,忽然瞥见一道黑色的影子。

眼睫微睁,顺着出现的运动鞋往上移,柔软的裤子面料裹着长腿,同样是穿着学校制服的班盛,却透着一股浑不懔的痞劲儿。

班盛看着她,问:"找名牌?"

林微夏点头,班盛抬手往裤袋里摸了一下,掌心摊开,是深蓝色有着深高校徽的名牌,前者接过,小心在左胸别好,松了一口气:

"谢谢你捡到我的名牌——"

班盛向前走两步,此刻,走廊的阳光正好,光线颜色像刚剥了皮的橘子,投在墙上。

一高一低的影子慢慢挨在一起,空气温度一点一点升高。

属于男生冰冷的气息混着乌木味悄无声息地灌进来,她心口一窒,下意识地拉开距离。

班盛低下脖颈,哂笑:"这不是我捡的,是新的——"

"哈?"

"记得给钱,12块。"班盛伸出两根手指,然后直起腰,手又揣进兜里,头也不回地与她擦肩而过。

擦身时,他的外套袖边擦着林微夏的袖子,温度烫人,似乎灼到了她的皮肤,衣料摩挲间,像是过了一下电,不轻不重的一下,又错开。

林微夏回到教室的时候,教室里已经没有聚众打闹的人了,他们都是站着或坐在自己的位子上。

方茉看见林微夏戴着名牌回来终于不再神经紧张,后者走过来,问道:"还不下去吗?"

"马上,不过要等学生会的检查完,"方茉边说边看了她的长发一眼,立刻说道,"夏夏,你的头发不能披着,因为要开早会。"

两人正说着悄悄话,学生会的人已经进了教室,正在检查仪容仪表。方茉从口袋里掏出一样东西,笑道:"没关系,我有皮筋。"

林微夏摇了摇头,方茉急了:"可是扣分的话,你的位置会跌得更后,你不知道今天来检查的是——"

"林微夏!"

一道尖锐且音量很大的声音从正前方传来，林微夏抬起眼，不远处出现三四个学生会的人，正走过来。

为首扎着高马尾露出饱满额头的女生，正是林微夏转学第一天被呛、围在柳思嘉面前的女生之一。

女生走到林微夏面前，一副盛气凌人的模样，颐指气使道：

"深高的校纪校规没背吗？限你一分钟内把头发扎起来。"

教室的气氛一下子紧绷起来，大部分人是抱着看好戏的心态。确实是这样，放眼望去，班上的女生都把头发扎起来了，有扎年轻活力的双马尾的女生，也有规矩束起头发的女生。

方茉悄悄把皮筋递给她，林微夏却推了回来，不卑不亢地说：

"抱歉，不太方便，我进校前有跟老师说过我的情况。"

女生没想到林微夏会拒绝，抱着手臂姿态高傲："哈，F生都这样的吗？破罐子破摔，不在乎再降分？还是说，一根皮筋也需要我资助？"

女生这段话一连将班上的F生都扫射了进去，可他们基本都低下头，脸上的表情漠然。

不知道是不是受这个环境的影响，连基本的反抗都不敢。

气氛僵持不下，又离奇地安静，女生本来就是个不好惹的跋扈大小姐，没人想让自己惹上麻烦。

剑拔弩张的氛围中，班盛不知道什么时候进来了，他慢悠悠地回到自己座位上，稍微抬了一下手，有人凑过来跟他说情况。

听完后，他倚到了墙上，缓慢地喝着手里的牛奶，姿态闲适地隔岸看着这一幕，一脸的事不关己。

"谁知道你有没有跟老师说啊，今天是我值日，进了深高就得有深高的规矩，你必须得把头发扎起来——"

女生盯着她，猛地扬起手，正要去拽林微夏头发时，忽地被人截住——

宁朝刚站起来，在看到对面的人时呼了一口气，重新坐了下来，这女生说话太难听了，差点儿他就要上去揍人了。

"谁啊，有——"女生气得回头，正要张嘴骂人，在看清来人模样后，"病"字硬生生地吞进喉咙里，脸上的表情变得不可置信。

柳思嘉一手插着兜，一手截住了李笙然的手腕，看着她，声音不大却带着震慑作用："笙然，差不多得了。"

"她说了不方便。"

女生被当众下面子,神色不佳,更让她不爽的是,她们不才是最亲密的朋友吗?她为什么要帮一个F生说话?

"今天是我值日,所以她必须扎头发。"李笙然固执地重复。

柳思嘉脸上的耐心没了,倏地一松手,女生一个趔趄没站稳,差点儿摔倒。柳思嘉居高临下地看着她,毫不留情地揭穿她:

"算了吧,李笙然,别假借职务之便行你的个人之私。"

李笙然之所以这么不依不饶,除了身为A生惯性欺凌别人外,还有那天林微夏差点儿成了班盛的同桌。

"她是你什么,你要这么帮她说话?"李笙然眼睛含泪。

柳思嘉眯眼想起周末的台风天,那双安静的琥珀色眼睛,以及更早的某个雨夜,心动了动。

"她是我朋友。"

不是跟班,也不是拉帮结派,是好朋友。

举行完升旗仪式后,早会正式开始。教导主任在台上讲得唾沫飞扬,台下穿着清一色制服的学生昏昏欲睡,且热得不行。

南江的气候就是这样,靠海,湿热,9月下旬,校服穿在身上都捂出了一层薄薄的汗。

柳思嘉站在队伍里,背挺得很直,站在后排的一帮男生闲得无聊,关注着女王的一举一动。

郑照行一边跟同伴小声说话,一边时不时地往柳思嘉身上瞟,过了一会儿不知道从哪里变出瓶冰饮料,让前面的同学层层往前传给柳思嘉。

"照哥就是专一哈。"有人搭话。

"废话,你也不看看那是谁,柳思嘉多漂亮啊,身材又好。"

郑照行听着女神被人议论有点儿不爽,正要开口说话,旁边的人吸了一口气,说道:"新来的转学生长这么漂亮啊,挺特别啊,我怎么觉得她更好看。"

一帮人顺势看过去,正漫不经心听人吹水①的班盛听到后,喉结上下

---

① 方言。指闲聊。

滑动了一下,抬起眼睫看过去。

林微夏站在柳思嘉旁边,个子挺高,一头乌黑柔软的长发齐腰,她穿着深高的制服,格纹窄裙下是一双笔直、白皙的腿。

后排有人戳了一下林微夏的背,要她把冰饮料传给柳思嘉。

林微夏回头的一刹那,让人能更清楚地看清她的样貌。

林微夏长了一张标准的鹅蛋脸,皮肤白腻,下巴尖而小巧,更特别的是,一个小小的红色蝴蝶胎记歇落在她左下眼睑处的脸颊上。

如果一个胎记长在脸上,难免显得怪异,可放在林微夏那张清秀的脸庞上,却是异常和谐。她整个人散发着安静、清冷的气质。

她有一双好看的、安静的、类似于动物的眼睛。

只是,班盛一时想不起是属于哪种动物的眼睛。

"这气质绝了啊,一点儿也不输柳女王啊。"

这话确实不假,因为就连郑照行都看愣了,他们上周请了几天假,所以才没发现转学生的存在。但转瞬又发现她的领结颜色,语气带了点儿轻蔑:"啧,F生啊,那不挺好亲近的。"

"那帮人,送点儿贵的东西就能搞定。"

"确实,能和A生做朋友,他们求之不得,要不晨会解散的时候你冲上去说'同学,你走路能不能看着点儿啊?'。"

"非要撞到我身上。"

"哈哈哈,这可以有,这不分分钟说上话了?"有人搭腔。

早会随着渐浓的热气而结束,那帮男生还对着林微夏遐想,连带着柳思嘉一起。

郑照行也掺和其中,正笑着搭话,忽地感觉有人拍了一下他的肩,回头,众人也跟着。

对上一双眼睛。

一霎间,气氛安静下来。班盛的出现像往乱蹿上升的沸水里砸了一个冰块,沸腾顿时消失,滋啦滋啦地消火。

气焰全消。

班盛轻抬下巴,单手插兜,眼睛精准地对着他们,放话:"不是说要一起吃饭吗?"

"爷赏你个脸。"

05　渴求

不消两节课的时间，班盛为柳思嘉搁话一事传遍学校各个角落，甚至有愈演愈烈的趋势，一时间，学校里关于两人的谣言四起。

什么"原来班盛和柳思嘉很亲近，不奇怪，两人家世相当又都相貌出色"，抑或是"早说两人关系不一般来着，看班盛平时谁都不看一眼，原来是因为柳思嘉"。

"我前天还在校外看见两人一起回家来着！"

谣言越传越夸张，吃瓜群众恨不得把两人的社交账号是否有关联，校内交集哪怕是对视一眼都要联系在一起。

可当事人不为所动，班盛继续去他的天文台或去打篮球，而柳思嘉身边照常跟着一群女生，她聪明地没对此事发表一句评价。

但也没出来否认。

课间操是全校最热闹的休息时间，走廊上不断有学生追逐打闹的身影，间或夹杂着老师的呵斥声。

柳思嘉和林微夏趴在栏杆边上放风休息，柳思嘉手里拿着一瓶酸奶时不时地喝两口，她看着站在一旁正在看推理小说的林微夏，长发齐腰，侧脸安静。

她的视线移到林微夏左胸前的名牌上，想起什么："最后你在哪儿找到的名牌？"

"不是找的，是班盛卖给我的。"林微夏指尖按在书的某一页，抬头答。

柳思嘉神色复杂了一下，很快又恢复如常："是他啊，那就不奇怪了，班盛就是个人精。

"他这个人就是聪明有头脑，很早的时候他就会利用所及的资源开始做生意赚钱了。你要说他缺钱呢，他一点儿也不缺，哎，不懂他。"

一提及班盛，柳思嘉高傲敛去三分，脸上自动呈现崇拜神态。林微夏见状难得开玩笑：

"越看不透越着迷是吧，不过我听说早上——"

"说什么呢。"柳思嘉立刻去捂她的嘴，脸上起了一点儿不易察觉的红晕。

两人靠在栏杆处吹了一会儿风，就回去了。一回到教室，林微夏发现他们发了上周的物理随堂测验试卷。

因为林微夏是中途转学过来的，并没有参加这次测验，好心的课代表在她桌上放了一套白卷。

老师来教室之前，课堂依然无比吵闹，扔书的、发试卷的同学乱成一团。她往旁边瞥了一眼，宁朝的物理试卷的红色分数鲜艳且惨不忍睹，而当事人不管不顾呼呼大睡。

柳思嘉经过第四组走道的时候，嫌恶地看了他一眼，然后背着手往自己的座位走去。她有意从后门进教室，其实是为了经过班盛的座位。

林微夏坐下来，开始做卷子。

她正认真地看着卷子上的题目，忽地试卷一侧出现阴影，一个人影走了过去，把椅子往后一拉坐了下来。

邱明华闻声立刻回头，立刻去抢班盛的物理试卷。他往下看了三秒，嘴巴张成"O"字："98分，还让不让人活了！"

班盛压根儿没搭理他，正抠着一罐七喜的拉环，"嗒"的一声，然后往装有冰块混着青柠檬的杯子中全部倒入，细小的气泡顷刻涌了上来。

"牛啊，"邱明华还在那儿感叹，一抬眼，发现班盛在那儿折腾，说道，"你什么时候喜欢喝咸柠七了？这玩意儿不是咸咸的吗？"

林微夏正在画摩擦受力分析图，笔尖忽地一偏，直线忽然变歪。

见班盛不理他，邱明华拿着那张物理试卷不肯松手："你这什么脑子啊，整张试卷就扣了2分，还是你字太潦草飞扬把2写成了3的原因，不然你就满分了！"

"有没有什么绝招教两下啊，哥们儿？"

"多喝牛奶。"班盛回。

邱明华一脸无语，这人怎么能用认真的语气说出敷衍到不能再敷衍的话来？

林微夏决定不再听他们说话，重新把注意力放到眼前的试卷上。做完以后，她开始对答案并分析，她发现深高的卷子比想象中难了一点儿，它不再是一贯的知识点运用，而是在训练人的思维能力和扩展认知角度。

但也再次证明了班盛聪明绝顶。

经过早会扎头发事件后,柳思嘉和李笙然开始冷战并迅速划分派别,女生之间的友情就是这样奇怪,有人跟着倒戈,有人选择继续跟在柳思嘉身边。

但总体来说,还是柳女王更胜一筹,支持她的人更多。李笙然在班上并不像从前那样跋扈,开始尝到了坐冷板凳的滋味。

比起从前的呼风唤雨,现在已经有人开始暗暗针对她了,或者甩脸色给她。

柳思嘉开始每天带林微夏的便当,每天中午准时和她出现在食堂一起吃饭。她们对于柳思嘉"自降身价"跟F生混在一起的做法颇有微词,私下已经开始对她有意见了。

两个人一起上下学,一起吃饭,亲密无间。

柳思嘉明艳张扬,像一只高傲的黑天鹅,林微夏气质清冷,性格安静,像一棵静默的植物——仙人掌上开出的一小簇花,洁白,柔软。

因为她们两人,A生和F生成为朋友的模式正式出现,但在深高,除了她们两个,在这水深火热的竞争环境中,A生和F生依然老死不相往来。

林微夏开始适应深高的生活,但并没有完全掌握,她仍对里面的生态环境一知半解。课间,林微夏把作业抱到老师办公室,回到吵闹的教室。

林微夏一眼就看见柳思嘉坐在她的座位上,神态落寞。有人路过想上前关心,却被柳思嘉眼神劝退。

她不让任何人靠近。

林微夏加快脚下步伐走过去,轻声问道:"怎么了?"

柳思嘉从臂弯处抬起头,眼眶竟然发红:"他——"

林微夏心下了然,能困扰柳思嘉的想必只有班盛了。可因为这两天发生的事,她相当春风得意,上节课还在和林微夏讨论班盛拿的钢笔牌子是什么,赶明儿她也搞一支。

可一节课的时间,形势却变了。

林微夏顺着柳思嘉的视线往窗外看过去,班盛懒散地靠在走廊栏杆上,单手插着兜,他不知道从哪儿搞来一架无人机,另一只手握着遥控器。

班盛的无人机替他巡逻着学校的各个角落,邱明华在一旁猛拍栏杆:"班爷,让它飞远点儿,看能不能在哪条臭水沟里找到我心爱的篮球。"

视线往旁边一拉,才看见男生旁边站了个女生,看打扮像是学姐,穿着校制服,皮肤很白,身材也很好。

女生伸出手扯了一下他的衣袖，挑眉冲他晃了晃手里的可乐罐。

柳思嘉死死地盯着两人，看着班盛下一秒会做什么回应。

结果班盛直接把遥控器塞到邱明华怀里，右手接过可乐，骨节清晰的手指搭在银色的拉环上，顺势低下脖颈听女生讲话，姿态散漫。

女生的脚尖越踮越高，眼看嘴唇就要贴到他的耳根。

"嗒"的一声，无数气泡争相向上涌。

班盛开了罐冰可乐。

吓得女生连连后退。但柳思嘉心底的某根弦也断了。

没一会儿邱明华大喊"主任来了"，玻璃窗户上可以看见外面几个逃窜出去的身影，班上的同学也三五成群结伴去上体育课。

渐渐地，教室里只剩下两个人。

柳思嘉撩了一下鼻子，开始说话："我暗恋他很久。"

林微夏眉心跳了跳，讶于柳思嘉的直白。毕竟像柳思嘉这样骄傲又出众的女生，是不会轻易主动说出"暗恋"这个词的。

暗恋这个词，代表了自卑、认输的一方。

"班盛这个人，长相、家世一流，脑子转得比同龄人快，干一件事每次都能做到最好。他性格稳重，从不意气用事，无论是待人还是处事都十分周全得当，跟其他动不动开黄腔犯中二病的男生一点儿都不同。

"他有广阔的视野，他爱好天文，自学了很多天体物理知识。听说有一年暑假他独自去了西北天文台观星，在那干旱的沙尘天气里待了两个月就为了找一颗星，酷吧？而我连星星的坐标都看不懂，更别提那些物理知识了。他日常喜欢游泳，我也跟着学，却在下水的时候呛得半死……

"我好像永远也跟不上他。"

林微夏握住柳思嘉的手："思嘉，我不太擅长安慰人，但——"

"别太强求"四个字还没说出来，柳思嘉忽然打断她：

"微夏，你能不能帮我？"

柳思嘉眼睛里全是期盼与渴求。

Part2

周末陪我一天

lily

车窗降下来，一只手臂撑在窗边上，清晰的腕骨处扣着一块黑色机械手表，覆在淡青色的血管上。班盛懒散地靠在后座上，穿着黑色衬衫，帽子扣在脑袋上，漆黑的眼睛看着她开口："上不上？"

You can hear

06　蛋糕

周五,校园里高大的梧桐树张开绿叶盛着灼热的阳光,热浓的空气席卷每一个角落,但好在,比起南江的夏天,现在是能忍受的热意。

下完早读后,林微夏和方茉一起去走廊拐角处打水。方茉挽着林微夏的胳膊,亲昵地说:"你来了真好,我现在感觉是 F 生也没那么糟糕了。"

两人来到饮水机前,方茉朝她晃了晃手里的水杯,语气轻快:"看新水杯,我爸托人费了一阵功夫才买到的联名款,限量发售呢。"

方茉手里拿着的是某小资品牌的猫爪胶囊保温杯,配着粉色系的猫爪护套,标签还未摘,在阳光的反射下亮着光。

"好看。"林微夏给出回应。

方茉露出笑容,林微夏站在一旁,蓝色的按钮一按,接了一杯温水出来。她有点儿渴,站在饮水机旁慢吞吞地喝着水。

"微夏,你这个杯子挺好看的,什么牌子的呀?"方茉问道。

林微夏咽了一口水,听后举着水杯沿着纹路看了一圈,笑了一下:"它不值钱,就是普通的玻璃风线水杯,我家里是开水果店的,这是榨果汁送的杯子。"

两人正说着话,有人碰了碰她的肩膀,林微夏回头,是 A 生,这两个女生和李笙然玩得很好。

"这周李笙然生日,她家会办一个聚会,你可以来。"

说是受李笙然的嘱托过来邀请她,但 A 生一贯傲慢,即使林微夏穿着深高的校服,她们也能一眼瞥出她用的书包以及穿着的缝线黑色软皮鞋、露出一截毛线的袜子,透着"劣质"二字。

所以对方说的不是"你来吗"或者"邀请你"之类的话,而是居高临下地说她"可以来"。

林微夏也没生气，语气温和但直接拒绝："不好意思，周末有别的安排。"

两个女生虽有一瞬间讶于她的拒绝，但耸了耸肩，什么也没说，在离开的时候瞥了一眼林微夏手里的杯子，夸道："杯子不错。"

林微夏脸上的蝴蝶胎记很漂亮，配上她那张脸，整个人散发着一种独特的艺术美，气质清冷孤绝。

人都拒绝不了美。

甚至想主动靠近。

A生手里拿着更贵的名牌水杯，却肯夸普通的玻璃风线杯不错，说到底是因为人特别。

不随大流反而有自己的个性美，在不自觉中得人赏识。

人走后，方茉差点儿跳起来，说道："你看吧！我说了你的杯子好看。"

林微夏还在想李笙然明明不喜欢她，为什么这会儿又来邀请她。听到方茉的声音，她思绪被拉回，笑着答：

"你喜欢的话，我明天从家里拿一个给你，家里还有很多。"

"哦耶，微夏，你最好了！"方茉语气欢喜，话锋一转语气透着羡慕，"不过你为什么不去她们的聚会呀？她们基本上不邀请F生一起玩的，除非少有的去聚会上帮忙的F生，你可以去多好。"

"周末家里的店比较忙。"林微夏解释道。

两人一同往教室的方向走去，方茉一跟林微夏在一起就有很多话要说，转眼又说起之前很担心她跟李笙然闹得太僵，以后日子会不太好过。

"不过你名牌在哪儿捡到的呀？"方茉问了跟柳思嘉一样的问题。

林微夏只得再次解释了一遍，方茉瞪大眼想到什么又明白过来："班盛是这样的啦，你不知道吧，他很会画画，天赋一流。深高的制服设计图就是他出的，当时校长看了很喜欢，想买下这个设计图。

"结果你猜怎么着，他不卖，说可以免费送，但给出了一个条件。"

"什么？"林微夏问道。

"他说这些校制服的产业链得由他来供应。"方茉打了个响指。

再想起柳思嘉所说的，班盛确实很有头脑，是会利用先决条件的一个人。林微夏忽然想到什么，皱眉："所以用领结把人划成三六九等是班盛的主意？"

"这个我就不知道了,我不是深高直升上来的,是别的学校分解过来的指标生,所以不清楚。"方茉挠了挠头。

林微夏没忍住继续问道:"没人提出异议吗?这样明目张胆地划分圈层。"

"有啊,有F生提了意见,但又被驳了回去,可笑吧?深高明明以平等开放为宗旨,还建了个学长学姐助力部,可部长都是A生,他们当然不同意啊,解释说这是深高的传统。"

这时恰好上课铃声响起,林微夏止住了想说的话,回到教室上课。课后林微夏和柳思嘉一起去校便利店买冷饮的时候,提了李笙然邀请她去聚会的事。

柳思嘉正在冷柜机前挑拣着雪糕,接话:"那你答应了吗?"

林微夏拿了一根荔枝味的碎冰冰咬了一口,摇头:"没,我拒绝了。"

柳思嘉挑了一盒八喜,在收银处拿了根木勺,同林微夏往教室的方向走去。柳思嘉挖了一口冰激凌塞进嘴里,冷哼一声:

"李笙然也邀请我了,她是来求和的。"

柳思嘉眼珠转了一圈,猜测道:"或者说,有人给她施了压。"

"那你也拒绝了?"林微夏问。

柳思嘉用勺子沿着冰激凌画了个圈,嘴唇依然红艳:"没,我答应了。他也会去,因为李笙然她哥是班盛的好哥们儿。"

"微夏,你陪我去呗。"

林微夏想拒绝,可一对上她的眼睛就想起那天柳思嘉当着众人的面维护她,冷静地说出"她是我朋友"的一幕。

"好。"

经过方茉白天的问话,林微夏想起她还欠班盛12块,一直没有机会还。于是在晚自习分发语文作业本的时候,她往里面夹了纸币。

发完作业后,林微夏拉开凳子坐了下来,宁朝刚从球场打完篮球回来,穿着他那骚气的粉色T恤大摇大摆地走进来,然后睡觉。

窗外的火烧云像是一颗爆汁的水果糖,碾开亮晶晶的糖霜,伴随着晚风吹动课桌上的试卷,吹得哗哗作响。

值日老师坐在讲台上批改作业,晚自习混着一点儿嘈杂声,林微夏正低头认真做着英语作业。

"啪"的一声，有什么东西砸了过来落在她桌子上，林微夏放下笔，打开一看，掉下几张纸币，12块。

还有她的字条，上面附着林微夏冷淡且礼貌的"谢谢"二字。

"谢谢"后面另起了一行，跟着一串冷峻分明且有力的字：

不收现金。

接着后面跟了一串字母加数字。

是班盛的微信号。

林微夏捏着字条看过去，班盛坐在窗户边上，与她隔了一个座位，正姿态闲闲地研究着一张地图，顾长冷白脖颈后面的棘突随着动作而起伏，装得跟没事发生一样。

深高对于学生使用手机的时间限于课后，可林微夏握着字条感觉手指逐渐发烫，以至于快要烫到耳根。

她想尽快还掉班盛钱，解决这件事。

林微夏从桌肚里拿出手机，照着字条上面给出的指示搜索，于是点了添加。

不到两秒钟，添加通过，页面显示：对方通过了你的朋友验证请求，现在可以开始聊天了。

林微夏发现他的头像一片漆黑，可点开放大一看，左上角有一片小小的星空。他的昵称叫：Ban。

是他姓氏的拼音，还是英文单词 Ban，禁止、取缔的意思？

她没来得及多想，快速给班盛转了账。页面显示"对方正在输入"，林微夏盯着屏幕好一会儿，也没看见他把钱收了。

一节晚自习，林微夏看了三次手机，上面没再有任何显示，他没有发一条消息过来，但这钱也没收。

他明明看见了她转账。

放学回到家，林微夏洗完澡后穿着睡裙坐在窗前，推开窗，清凉的晚风扑面而来。她家院子里种了两棵树，一棵是荔枝树，一棵是柠檬树。

青果结在繁盛的树枝上，一阵青涩的香气传来。林微夏盯着柠檬树发呆，快 10 月了，她可以做咸柠七了。

手机传来振动声，柳思嘉一连发了十几条消息过来，让林微夏帮她挑周末去李笙然生日聚会要穿的衣服。

林微夏帮她挑了一条黑色的掐腰裙子。

两人正有一搭没一搭地聊着天，手机页面显示有消息进来，点开一看。

班盛发来地址定位，以及——

Ban：别认错路。

林微夏最后什么也没回，更没兴趣去了解班盛为什么知道她也会去这场聚会。

周日，晴天。林微夏拿着几枚硬币在楼下早餐店吃了一份粿条，吃完后便赶去姑妈的水果店帮忙。周末的生意不错，大多是大人带着小孩进店，以至于放在收银台下侧抽屉里阿加莎的《罗杰疑案》，她还没有翻阅过。

直至黄昏倾降，林微夏捧着一盆仙人掌匆匆搭上巴士赶往掮角区，去参加李笙然的生日宴。

林微夏坐在公车上，拿出手机跟柳思嘉发消息：

我现在出发啦。

消息发出去，等了一会儿没等到回复，林微夏便熄灭了手机屏幕。巴士一路摇摇晃晃，开了近一个小时才到掮角站。

掮角区是南江赫赫有名的富人区，巴士上不去，只能停在山脚下。眼前有两条分岔路，林微夏发现路不仅绕还有点儿远，她试图走了一段路结果不知道怎么回事又绕回去了。

林微夏叹了一口气，打开手机发消息给柳思嘉：

我到了山脚下。

忘了跟你说，我是个路痴，方向感特别差。

犹豫了半分钟，还是打字发了出去：

思嘉，你能不能来接我？

消息发出去如石沉大海，眼看黄昏如同被水冲刷的水墨画一寸寸消失，身边的车一辆接一辆而过，林微夏心底起了轻微的急躁，最后选择打了柳思嘉的电话。

电话打了好一阵才接通，柳思嘉那边背景声音嘈杂，时不时传来气球被扎破的声音，女的吓得直叫，男生则放声大笑，柳思嘉声音愉悦，透着欢快："微夏，你来了没有啊？"

林微夏舒了一口气，张口："思嘉，我——"然而话还没来得及说出口,伴随着听筒里"滋滋"的电流声,那边传来李笙然拖长的音调:"思嘉,快点儿过来!"

"微夏,我不跟你说了啊,这边有点儿忙。"

随即"啪"的一声电话被挂断,听筒传来忙线的声音。林微夏收了手机,轻叹了一口气。

林微夏抱着一盆仙人掌在原地站了五分钟,在她犹豫要不要回去的时候,一辆黑色的汽车打了个急刹停了下来。

车轮摩挲着石子打了个转,划出尖锐刺耳的声音,声音强度超过触觉阈,直线上升,林微夏右耳传来一阵耳鸣声,一阵一阵,她下意识地捂住耳朵,胸口忽然心悸,努力呼吸,让自己稳定下来。

然后视线看过去。

车窗降下来,一只手臂搭在窗边上,清晰的腕骨处扣着一块黑色机械手表,覆在淡青色的血管上,班盛懒散地靠在后座上,穿着黑色帽衫,帽子扣在脑袋上,漆黑的眼睛看着她开口:

"上不上?"

07 躁意

五分钟后,林微夏坐在后座上,司机专注地开着车。掎角区靠海,车子一路向前开,远处的红白码头、船港如同倒带的影片一帧帧播放。

公路绕山而行,车内空间狭小,司机猛地一拐弯,即使她拼命维持平衡,却还是不受控制地往一旁倒。

林微夏几乎是整个人摔在了他身上,额头撞在了他的下巴,白藕似的手臂挨着他的衣服,覆盖在另一条结实的小臂上,肌肤相触,皮肤下的血液在流动,而仙人掌落在了他旁边的座位上。

他的胸膛宽阔,带着独有的温度,发烫,以及带着少年独有的胸膛震颤。林微夏整个人像是被过了电,挨着他的地方一阵酥麻。灼热的温度传来,她闻到了他身上散发着一种乌木调的香味。

像是湿热的海风轰在了脸上,遍布全身,又无处可躲。

"啧。"漫不经心的语气,低沉的、像是附着小颗粒的声音震在耳边。

林微夏一个激灵回神,手肘抵住一个支撑点,抱着仙人掌抬起头,从他那边撤离的时候，一眼瞥见男生穿着黑色锁口运动裤，露出一截冷白的脚踝，黑色百合沿着皮肤纹路向上绽放，散发着一股吊诡张扬的气息。

以及他左手食指上一抹鲜红的血珠。

应该是刚才刺伤的。林微夏立刻开口："抱歉。"

说完她从身上四处搜寻出一个创可贴递给他，班盛靠在车后座上，接过，弓着腰，低头斜咬着创可贴包装，另一只手撕开。

"啪"的一声，歪歪扭扭地贴在了伤口上。

车子拐到平稳的路上时，林微夏重新坐直，按下车窗的按钮，傍晚的风混着咸湿的海水味灌进来，空气一下子明朗了很多。

"你不是早就到了吗？"林微夏打破尴尬问道。

出门的时候，林微夏看了一眼班群的消息，有人发了宴会的图片，照片恰好捕捉了一张倦怠懒散的脸，正是班盛。

班盛剥了一颗话梅糖丢进嘴里，答她："有事出了一趟门，李笙然她哥顺便让我买点儿东西。"

没多久，车子开进绿草坪中裁开的一条宽阔笔直的道路，在一栋屋顶是红色的别墅前停了下来，远处的大海衔着落日缓慢下沉，壮观景色尽收眼底。

班盛走下来，打开后备厢，全是宴会上要用的东西，司机急忙过来拎。

"我多拎两趟就好了，我来我来。"陈叔连忙擦汗。

班盛没让，还专拣了重的拿，语调带点儿哂笑的意味："陈叔，您这还把我当三岁小孩啊？"

林微夏瞥向车厢，发现后备厢都是饮料，还有一些零食，装饰聚会用的彩带，氢气球。她搭了个便车，不好闲着，也准备帮忙抱箱重的饮料时，一道修挺的人影挡在眼前，随手扯了一把蓝白的气球递给她，说道："拿这个就成。"

班盛好整以暇地站在她面前，睨了一眼她怀里的仙人掌，抬了抬眉毛："送给李笙然的生日礼物？"

林微夏点头，她没什么拿得出手的礼物，这盆仙人掌是她照顾了很久的植物，是比较珍视的东西，所以想拿来送人。

正当她以为班盛会嘲笑她送的礼物时，班盛嚼碎舌尖最后一点儿糖末，忽然伸手夺过她那盆仙人掌，转身把它放进后备厢里，语调像个无赖：

"这个送我了。"

"不行。"林微夏拒绝道。

班盛也不恼,弯腰从后备厢翻出一个红色的礼盒递给她,仍是一副不着调的模样:

"这是她喜欢的一个小男艺人的照片,前段时间求了我好久,你拿去送她。"

林微夏抿了一下嘴唇,开口:"我觉得我送的礼物挺好的,你想送给她的话不用借我之手——"

"李笙然仙人掌过敏。"

林微夏睁眼看他,忽然明白为什么这么多女生迷恋他了。他确实处事周全,看着又跩又酷,实际会照顾到每一个人,不会让别人陷入尴尬的境地。

林微夏抓着一把蓝白气球,身后响起一道车盖往下拉的声音,班盛拎着两大袋东西同她一起进去。

林微夏与班盛一同出现在李笙然的生日宴会上,气氛有一刹那沉默,所有人的目光不约而同笔直地看了过来,其中有惊讶也有鄙夷。

一副"原来你们F生心思这么快就摆明面上了"。

柳思嘉在看见两人时脸色刹那僵住,但视线移到班盛的脸时又竭力挤出一个微笑。

柳思嘉今天穿了一件吊带黑色植绒长裙,盛装打扮,玫瑰吊坠随着她的动作轻轻晃了晃,明艳又夺人眼球。

"班盛,谢谢你送微夏上来。"柳思嘉仰头冲他说话,忽然发现了新大陆般吃惊道,"你的手怎么了?"

"没事。"班盛扯了一下嘴角,顺手把东西递给管家,全程没和她对上一个眼神。

"抱歉啊,微夏,我刚才看到手机,我应该去接你的。"柳思嘉拉着她的手。

"没关系,"林微夏笑了一下,然后顺手把手里的红色锦盒递给李笙然,说了句"生日快乐"。

李笙然抬着下巴接过她的礼物,一副兴致缺缺的模样,在打开锦盒后猛然尖叫了一下,脸色阴转晴,不自然地咳嗽了一下:

"你怎么知道我喜欢他!而且我偶像从不私下给人签名,你挺厉害,谢了啊。"

"快进去吧,那里有点心。"李笙然立刻态度热情起来。柳思嘉觉得疑惑正想开口询问时,却被人有事喊走了。

这个生日聚会弄得很大,两张长桌放着点心和各类饮料,别墅两层包括外院的游泳池都是这群年轻人的主场,气球飘在天花板上,这群高中生像脱了笼的鸟儿,相对于在学校的规矩,他们穿着大胆,玩狼人杀或其他游戏的声音也很响亮。

好像青春就该被浪费。

柳思嘉帮完忙后准备下楼,正往旋转楼梯的方向走去,却意外看见了班盛同着几个男生,在那儿有一搭没一搭地聊着天。

柳思嘉是高一才来到南江市的,她不了解班盛,对于他跟谁玩,身边的那帮兄弟都有谁更不熟。

有个男生朝楼下吹了一记口哨,问班盛:"U形沙发坐着的那妞不错啊,叫什么?"

众人的视线顺着他的动作看过去,柳思嘉也跟着看了过去,U形沙发上坐着的是林微夏。

班盛也抬起眼皮睨了过去。

她没怎么打扮就来了这场聚会上,相对于其他人的盛装打扮,显得格格不入。林微夏穿一件基础款的短衬衫,因为坐得笔直,蓝色高腰牛仔裤显得宽松,露出一截纤白,白得晃眼,那一条腰线更是若隐若现。

林微夏身上没有任何装饰,只戴了一条青色的发带,黑长直发柔顺地披在身后,眼如点漆,嘴唇红润,黄昏的最后一缕橘色的光透过玻璃照在她左脸上。

红色蝴蝶胎记呈现一种透明的美。

林微夏坐在那里玩拼图,中途有人过去找她搭话,她便放下手中的东西认真听人说话,白皙的脸上时不时扬起一个温柔的笑。

"想给自己找不痛快?"班盛回他。

对方愣住,一帮人也笑起来,一脸的意味深长看着班盛。

柳思嘉站在后面听到谈话,心底有种东西在直线下坠,她没了上去搭话的心思而是逃下了楼。

宴会过半,柳思嘉心绪恢复,她本来想通过玩游戏或者其他什么方式，试试看能不能要到班盛的微信，结果除了李笙然吹蜡烛时他露了个面，全程不知道跑哪儿鬼混去了。

柳思嘉坐在那里，手肘撑在扶手上，弯腰把茶几上的果汁倒来倒去，眉眼彰显着她此刻的烦躁。每每有过来搭讪的男生她便冷脸拒绝，让人只能远远地看着。

"我打算从明天开始，每天早上送牛奶给他。"柳思嘉说道。

林微夏喝了一口果汁，提醒道："他喝的是晨光的牌子，甜牛乳。"

"你怎么知道？"柳思嘉挑眉，下意识警觉。

林微夏放下杯子，叹了一口气："全校的人都知道班盛每天早上要喝一瓶牛奶，而且，我坐他附近。"

柳思嘉松了一口气，为转移尴尬气氛，她拉着林微夏想要一起去玩游戏，林微夏一想到A生忌惮的眼神，借口自己有点儿累想休息一下。

柳思嘉也没勉强她，径直走过去，没一会儿就成了人群中的焦点。

林微夏坐在那里，竟然看到了班上的那名瘦小的女生，她的脸色比之前好了不少，但刘海还是留得很厚很长，抱着一盒饼干，神情畏缩。

林微夏正准备过去同她讲话，刚起身，人群来来回回，那名女生一下子就不见了人影。林微夏只好放弃，四处乱逛，忽地看到了被人群簇拥的柳思嘉，觉得她似乎不怎么需要自己。

但可能自己对于她来说，是一个安心的存在吧。

林微夏晃到二楼，发现楼上玩的人较少，也没有楼下热闹，她正要往回走时忽然听到一阵声响，停下了步伐。

她回头看过去，郑照行几个男生坐在二楼露台的躺椅上，他们几张椅子围在一起，中间站着班上那个瘦弱的女生，看起来脸色惊恐。

郑照行大剌剌地坐在椅子上，穿着花衬衫和一件米色短裤，手里捧着一个椰青，笑了一下，冲她挥手："来，我尝尝你做的饼干。"

在其他男生眼神的威逼下，瘦弱女生低头打开饼干盒子开了好几次都没成功，身后的男生用力推了她一下："你磨叽什么？"

女生受惯性冲击往前摔，眼看就要撞到郑照行时，他侧身一躲，女生朝地上摔了个狗吃屎。

一群人捧腹大笑，声音刺耳。

林微夏看着这一幕，正要走上前去，忽地，一条长臂伸了出来将她一拽，林微夏不受控制地被人扯进边上一个杂货间。

因为空间太过逼仄、密闭，林微夏只觉得男生拽着自己的手臂非常用力，两人贴得很近，视线陷入一片黑暗，嗅觉忽然敏感起来，对方身上冰凉的气味一点一点沁入鼻腔。

林微夏不知道是谁，自我保护本能让她下意识地挣扎，直到对方出声："是我。"

声控灯明明灭灭，这会儿亮了起来。林微夏背抵在墙边，班盛站在她面前，侧脸线清晰流畅，眼睛盯着她。

这个人确实长得帅，还透着一点儿痞，骨相也是一等一的优越。

"放手。"林微夏看着他。

班盛闻声松手，而外面露台再次传来声音。林微夏探出头去，将眼前的场景看得一清二楚。

郑照行尝了一口饼干，也可能并没有吃，便一口吐在地上，紧接着一把抢过她怀里的饼干盒摔在地上，旁边的人见状用鞋将饼干踩碎，边踩边大笑。

郑照行伸手，一根手指不停地推搡她，嘲笑道："谁让你来的啊？鱼鳞妹，脏死了。"

"就你做的这个饼干还敢拿来聚会上，做的时候身上的皮肤屑不会掉到饼干上去吧？"

"哈哈哈，大哥，你别说了，恶心死我了。"

郑照行向前逼近，边吐脏话边伸手点她的额头，女生沉默着没有说一句话，她低着头，厚厚的刘海遮住了她的表情。

一群人围住她，一边臭骂一边动手，态度比之前还过分。

林微夏想要上前，再次被班盛拽了回去。为防止她乱动，班盛压着她，左腿挡在她人旁边，防止人溜走。

外面的耻笑和辱骂声又多了一分，林微夏只觉得煎熬，她不停地挣扎。班盛单手摁住她的肩膀，低头咬住手指上裹着的创可贴，"哗"的一扯，泛白的皮肉上还有一个红色的点。

"有刺，挑出来。"班盛看着她，姿态从容。

"晚点儿。"林微夏心不在焉，只想要出去。

班盛把人摁了回去，对上她的眼睛，强调：

"现在。"

林微夏垂眼看向他的手指，血珠被抹去后，有一根青色的刺嵌在肉里，应该是刚才在车里扎到的。

是她弄的，确实应该她负责。

当下她人又被禁锢着，林微夏只好妥协，想着快点儿把刺挑完就能出去救人。

林微夏伸手去摸墙壁上灯的开关，结果毫无反应，应该是灯坏了。林微夏捧住他的手，只能借助窗户外面透进来的光和走廊里的声控灯确认他伤口的位置。

声控灯一会儿亮一会儿暗，林微夏凑得很近，费力睁大眼，捏着他的手指想要把刺弄出来。

两人挨得很近，林微夏今天穿了件宽松的白衬衫，扣子不知道什么时候掉了一颗。

班盛眸色一暗，喉结上下滑动了一下，只觉得痒。

林微夏还在弄着他手指的刺，结果一偏，刺又藏进肉里。班盛微仰起头，吞咽了一下，把眼神移到她发顶。

"不用了。"班盛打算收回手。

林微夏太过专注，眼看马上就要把刺挑起来，眼前的手倏地抽走，她下意识上前一步，捧住他的手说道："还差一点儿。"

林微夏整张脸凑到班盛手指前，认真地把刺挤出来，班盛的食指神经处传来细微的疼痛。昏暗的灯光在两人脸上流转，呼吸一急一缓交融着，到最后，分不清是谁急躁，两人都出了一层密密麻麻的汗。

在声控灯暗下前一秒，终于，一根青色的刺被弄了出来。

两人都松了一口气，大口地吸气，像氧气缺失又热到脱水的鱼。

林微夏弄好刺后，立刻关心外面的情况，她想出去帮忙。然而班盛似乎看穿了她的想法，一道冷冽又过分理智的声音从发顶传来：

"在深高，得学会习惯。以及，你越帮她，他们越兴奋。"

班盛说这句话的语气像极了一个旁观已久、冷酷的局外人，不知道为什么，林微夏将那天台风过境时狠戾着一张脸打人的班盛联系到一起，先前积攒的好感荡然全失。

林微夏睁眼看他，一字一句地说："是吗？看着别人受折磨，你跟那些人有什么区别？"

声控灯在这一刻亮了起来，让林微夏得以看清班盛脸上的表情，灯光将他棱角分明的脸点亮，顷刻间，他眉宇间掺了凌厉和浓重的杀气，脸色一闪而过阴郁之色。

灯光再次暗了下来，林微夏不知道自己是什么表情，只知道班盛死死地盯着她，那眼神，似乎要将她碾碎。

须臾，走廊传来李笙然清脆有力的声音，她十分不满："郑照行，你们这群人在干吗？我是叫我同桌来帮忙的！"

林微夏舒了一口气，忽然，衬衫衣领被人一扯，两人的距离再次拉近，她被迫仰头看他。

班盛不知道什么时候从身上扯下一枚航空徽章，低下脖颈，眼睛对着她，手别开徽章背面的别针，熟练地把别针从她领口松开的地方穿过去。

林微夏战栗了一下，又无处可躲，看着他，呼吸加重，额头已经出了一层薄汗，空气中有什么在噼里啪啦作响，灯光明明灭灭，他的脸陷在阴影里。

徽章穿好后，班盛凑前低头，距离无限拉近，险些碰到她的鼻尖，他开口：

"没区别，所以你得习惯我时不时地找上门。"

08 信封

班盛给她固定好衣服后，人直接出去了。

林微夏等了一会儿，往露台的方向走，在一群打闹和扬扬自得的男生中，弯腰将摔倒在地上的那名女生扶了起来。

林微夏把女生扶下楼的时候，别墅大厅内灯火亮如白昼，A生对此视而不见，态度漠然，依然有说有笑地凑在一起玩游戏。

"你叫什么名字？"林微夏温声问道。

女生的头更低了，刘海垂下来，摇了摇头。没什么好说的，反正说了也没人记得。

林微夏也没勉强她，只听到她很小声地吸了一下鼻子。林微夏把她扶到大门口的时候，正愁着要怎么带她下山。

李笙然匆匆跑下来，微喘着气说道："我让司机送你们回家。"

齐刘海女生到底是李笙然同桌，这场聚会也是她把人叫过来帮忙的，她得负责。

林微夏扶着齐刘海女生上了车，司机载着她们一路下山，夜晚的海风吹起来冰冷，齐刘海女生缩在后座上不自觉打了一个喷嚏，林微夏不动声色地将按钮一按，车窗升了上去。

她刚才在宴会上没看见柳思嘉，便发了个信息说自己先走了。

到了市区的时候，林微夏让司机停车，她中途下去买了两罐饮料，回到车里，从白色塑料袋中拿出一罐饮料给她。

齐刘海女生摇摇头拒绝了。

司机先送齐刘海女生回去，因为握手楼间距太窄，车子在路边停了下来。这一带很破旧，楼下还有下了班光着膀子打牌的中年男人，牌桌上时不时发出一阵哄笑声。

修手机的店铺在最边上，白色灯高悬，延出来一点儿光，拉长了两个女孩的身影。林微夏问她："要不要我送你进去？"

齐刘海女生摇了摇头，转身就要进去，林微夏喊住她，从白色塑料袋里拿出一小袋药递给她，垂下来的睫毛很长："你手肘、膝盖可能会有擦伤，回去涂一下。"

"谢谢。"

南江的10月还没真正入秋，只是一早一晚凉了些，白天还是烈日当头。高航恨不得把脑袋伸进冰箱里，电视机里正应景地放着一部老片子《全城热恋》。

林微夏吃热了喉咙开始上火，姑妈又熬了凉茶逼她每天带去学校。林微夏每次苦着脸喝凉茶的时候，柳思嘉便凑过来嘲笑她。

南江的凉茶确实负有盛名，因为能苦得人舌尖都在打战。

但其实柳思嘉是为了过来看班盛的。

只要那个头颈笔直的身影在，柳思嘉的声音便会娇俏三分，让自己看起来不太像外人所说的高高在上的女王。

林微夏从不揭穿她，选择默默把凉茶喝完。

深蓝一中的游园会也在10月来临。林微夏只是课后去对面那栋教学楼搬试卷时经过游园会举办地点，学长学姐便强塞了一沓社团招新传单给她。

林微夏随手把它们放在了桌子上，再也没理会过。做完课间操后，柳思嘉走过来，坐在她桌子上。

柳思嘉歪头抽出一张传单，问道："微夏，想好加入哪个社了吗？"

她手里拿着的是篮球社的招新传单，而桌面上林微夏放着的那沓传单呈扇形散开，其中一张被柳思嘉的屁股压着，透出"大提琴社招新"的字样。

林微夏的眼睫动了动。

柳思嘉拿着那张传单往上举，将上面的招新要求念了一遍，据她所知，宁朝也在这个社，他这种人，打篮球肯定是为了耍帅用。

"微夏，跟我去报篮球社，好不好？"柳思嘉怂恿道。

林微夏眼睛仍离不开那张大提琴社的传单，嘴唇动了动："我——"

"那就这样决定啦，我看你也没什么兴趣爱好，除了看推理小说。"柳思嘉俯下身，那双漂亮的眼睛带着央求，"你之前答应过我要帮我的，班盛在篮球社。"

柳思嘉是红色叹号，热烈而直率，她从不掩饰自己的目的，也知晓人心，知道自己这样高傲的人一撒娇任谁都没辙。

林微夏是白色，像一个省略号，安静寡言，不会拒绝朋友，常常一个理由要在舌尖里打几个转，这种沉默同时带着心软。

"好。"林微夏看着柳思嘉的眼神败下阵来。

上课前，林微夏把全部传单扔进了垃圾桶里，那张大提琴社的传单她犹豫了一下，最后塞进了抽屉里。

某天，她拿书出来的时候，传单掉在了地上，宁朝抬了抬眉，问道："喜欢大提琴啊？"

"谈不上。"

喜欢前面有个主语"我"字，但"我"能改变一切吗？

从那次宴会之后，柳思嘉每天雷打不动早起半个小时把牛奶放到班盛桌上，林微夏不解地问她为什么不下了早读直接给他。

"你果然没有喜欢的人，真好，不用像我这样患得患失。"柳思嘉语气羡慕，坦然道，"是怕被拒绝。"

不直接拿给他，是怕被拒绝。

更何况，她太骄傲了。

"送到一定程度，我就跟他说所有牛奶都是我送的。"柳思嘉说道。

柳思嘉站在走廊上，拿出防晒喷雾往脸上、脖子上喷了一圈，看着林

微夏怎么晒都晒不黑、跟牛奶一样瓷白的肌肤,拉着她进门,语气羡慕:

"你怎么那么白?羡慕死我了,我防晒做了足足三层。"

林微夏看了一下自己的手臂,不以为意道:"好像还好。"

林微夏从后门进去,正好碰见班盛进来,他走得比她快,黑色T恤的衣料轻轻擦了她肩膀一下,冰凉的气味混入鼻尖。

班盛走到最后一排,抬手拎起前面的椅子翻过去,懒散地坐了下去。一颗脑袋凑前来,抓起他的衣领,恰好露出凸出来的两截锁骨。

邱明华压低声音道:"班爷,嘿嘿,你又去厕所干坏事了,怎么不叫我?赵主任没抓到吧。"

班盛一把扯回自己的衣服,抬起眼皮睨了他一眼,开口:"离远点儿说话。"

他刚洗完手,抽出一张纸擦了擦手揉成一团扔进垃圾桶里,拿起桌上放着的一盒牛奶,正拆着白色吸管。

邱明华语气艳羡:"长得帅真好,我也想喝。"

"出息,你要就给你。"班盛漫不经心地开口,桌子上还有一盒。

"还是算了,我怕送牛奶的那个妹子杀了我。"

林微夏正分着试卷,将这段对话听得一清二楚。从那次宴会之后,整整一周,两人再也没说过话。

周一,柳思嘉同林微夏正式加入篮球社。加入篮球社后,一周大概有两次要去社里报到集合,都是下午放学后的时间,入社最大的好处是可以不用上第一节晚自习。

至此每到去篮球社报到的时候,林微夏和柳思嘉都会一同出现,运球,练习投篮,再手拉着手一起留校吃饭。

只不过柳思嘉的晚饭常常是一份全麦面包,尽管她已经很瘦了。

柳思嘉加入篮球社,就是为了班盛,可是一周过去了,她连班盛的人影都没见着。

周三下午训练结束的时候,宁朝还在那儿不停地飞跃投篮,汗水沿着他板寸头的两鬓滴落,惹得路过的女生频频回头。

柳思嘉对他这种借球耍酷的行为无声地翻了个白眼,抱着手臂问道:"哎,你知不知道班盛为什么不来篮球社?"

"听到你来了之后，就不想来了呗。"宁朝抓着球，跳起来投掷，篮球稳稳当当地进了篮筐，砸在地板上发出"咣"的一声。

"你个白痴仔。"柳思嘉气得换了本地话骂他。

"宁朝，你别逗她了，"旁边的男生拍了拍他的肩膀，扭头冲她解释道，"班盛基本不来篮球社的，一个学期就来几次，也不参加集体活动。"

柳思嘉把这件事告诉林微夏的时候，她正在写作业。柳思嘉撑着下巴语气抱怨："本以为能趁机接近他，结果人影都见不到。"

"我决定这周五约他亲自去问，微夏，你帮我送个信呗。"

林微夏握着的笔尖一顿，抬头看着她："我和他不熟。"

"我知道啊，你发作业的时候悄悄给他，"柳思嘉拉着她的衣袖，"这事我又不想让别人知道。"

除了你。

柳思嘉骄傲又闪亮，林微夏懂她说这句话的含义，人人都捧着她，她得小心翼翼，暗自进攻，就算到时候输，也不会太难看。

"好。"林微夏答应道。

"喏，东西我都准备好了，"柳思嘉从口袋里摸出一封淡绿色的信，"你最好了，周末我请你去吃冰。"

次日下午，班上的人都去上体育课了还没有回来。林微夏提前了十分钟回来，正准备发语文作业，发现自己抽屉里又多了几封信。林微夏看也不看，全部把它们塞进了一个白色塑料袋里。

林微夏发到第四组最后一个位置时，停了下来，眼前的书桌有些凌乱，一张地图、几支笔，桌子底下有颗篮球，风吹进来，书被吹得哗哗作响。

林微夏从口袋里摸出那个绿色信封塞进抽屉里，结果因为抽屉太满了，信封顺着光滑的书脊掉下来，"啪"的一声掉在地上。

林微夏正准备弯腰去捡，结果窗外一阵热风涌进来，将地面上的信封扬起来，打了个旋儿飘到另一边。

她弯着腰跟着信跑，想伸手去捡它，顷刻，眼前出现了一双白色的运动球鞋，流畅的腿部肌肉，视线再往上移，是黑色运动裤。班盛双手插兜，眼睫下拓出一圈阴影，抬起眼皮看她。

他先一步捡起信，拆开看。

林微夏与他错开视线，擦着他的肩膀走过去。不料，班盛左手拉住她的手臂，问她："你约我？"

"成，我会去。"班盛低头看她。

教室里的冷气很早就关了，班盛的手很冰，人是热的，俯身用眼神压着她，林微夏莫名发烫，后背出了一层薄汗，抬眼对上他的视线，正准备开口："是思——"

"嘭"的一声有人踹开门，光线涌进来，林微夏立刻挣脱他的桎梏，往前走。两人装作无事发生，不断有人进来，喊着"好热"。

无所谓了，过程不重要，结果是他会赴约。

周五，火烧云灼烧着每一块天空，校门口人群鱼贯而出，肩膀擦着肩膀，汽车鸣笛声、公交停靠声、自行车铃声混在一起，成了放假前的背景音。

林微夏穿着校服背着书包走出校门，不断地被人挤着向前，她正从口袋里掏出公交卡准备去坐车时，一抬眼，看见了在校门口站牌前站着的柳思嘉。

旁边一起站着的还有班盛。

他穿着挺括的校服，身材高瘦，可能因为出了校门，领口的扣子松了几个，露出一截流畅的喉骨，正漫不经心地看着手机。

旁边的柳思嘉冲他不知道说了什么，班盛点了点头，然后柳思嘉脸上绽放出一个明艳的笑容。

柳思嘉看到了人群外的林微夏，兴奋地冲她招手，林微夏笑了一下。接着她看见柳思嘉拉着班盛的袖子，指着她这边，班盛施舍性地抬起眼皮看了过来。

全程只停了两秒，眼神漠然。

林微夏的心紧了一下，攥紧了书包带。

没一会儿，司机开着一辆黑色的车来接班盛，班盛抬脚上了车，然后林微夏看着柳思嘉跟着班盛坐了上去。

09　谣言

周末说好去冰室吃冰到底没吃成。

林微夏趴在床上玩手机看见柳思嘉发来双手合十跪地的表情，不由得笑出声，指尖在对话框里打字并点发送：

安啦。

周末林微夏照例是在姑妈水果店帮忙，剩下的时间则用来做作业。周日晚上，林微夏洗了个头，打开窗户，用毛巾一边擦头发一边趴在床上继续看上次没看完的《小妇人》，一阵青柠檬的涩香味飘进来。

水珠顺着半干未干的湿发滴到棉质的睡裙上，洇湿了一小片后背，林微夏正看到乔对男主角劳瑞说：

"你看我，相貌平平，笨拙古怪。"

"但我爱你，乔。"

林微夏正要看女主角的反应时，旁边的手机发出嗡嗡的振动声，点开一看，是方茉发来的消息：

微夏，你看了校内网论坛没？已经炸成一锅了。

林微夏回：啊，怎么了？

方茉：班盛和柳思嘉！天，你周末都不上网的吗？

随即方茉发来一条微博的链接，林微夏没有微博账号，以游客的身份登录进去，ID名为"五彩斑斓的黑"的用户发布了一张照片，文字是：今天。

是一张蓝色的游泳池照片，视线延出是落地窗外苹果绿的庭院，白色的浇水管不停地往外冒着水。

而照片中露出一截少年宽阔流畅的肩线，冷白的后颈棘突明显，透着散漫的气息。男生待在水下，背脊压在游泳池边，正在休憩。

一截日光正好打过来，透着一股朦胧的痞帅感。

评论里的ID林微夏大多不认识，拇指按着屏幕往下滑。

A：这是班盛家吧，我家刚好在那块。

B：啊啊啊啊，思嘉，你去班盛家啦！

C：厉害啊柳思嘉，我记得班盛从来不让人进他的游泳池。

……

手机再次发出嗡嗡嗡的振动声，方茉发了一排"激动"的表情并附言：

这样看，班盛好帅哦。终于再次见到他游泳了，经过以前那事还以为他不会——

人在某一时刻，会产生一种直觉，林微夏眼皮重重一跳，问道：以前什么？

消息发出去后，对话框显示"对方正在输入"，林微夏喉头一阵发紧，

用力地盯着屏幕,最后方茉发了"敲打脑袋"的表情,又说:

"没什么啦,记错了。"

次日,周一,热度比上一周下降。

林微夏来到教室刚坐下,柳思嘉便背着手走过来,坐在她对面,她的眼睛比以往更亮。

"Sorry,你知道的,周末我——"柳思嘉唇角的弧度不由得上挑,停了停,语调尽量平稳,"但我有个礼物给你,喏,拆开看看。"

林微夏接过来,盒子拉开,是一个书包,黑色的软皮书包,做工精致,既可以手拎也可以双肩背,风格复古又俏皮。

书包中央有个经典的 Logo,学校大部分家境优渥的 A 生都在背,价格不菲,这个款式在深高很流行。

"这太贵重了,我不能收。"林微夏推了过去。

柳思嘉仰着头,马尾辫垂下来,正在做她的下颌收紧运动,伸出一根手指推了回去:

"不行,这是我周末放你鸽子的赔礼,再说了我给自己也买了一个,就想着跟你用'情侣'款的,你不要,我一个人用多丢脸。"

高中生标榜友谊都是明目张胆的,学校里女生和另一个女生要好会穿同样的衣服,会背一样的书包,用一样的文具盒,这是女生间的传统。

用一样的东西,说明两个人是好朋友。

林微夏睫毛动了一下,语调认真:"谢谢,我会好好用的。"

"对了,微夏,周末我去班盛家了,我们两个更熟了。"柳思嘉的眼尾上挑,溢出一点儿兴奋。

林微夏打开习题本正在对答案,头也不抬,语气正经:"看来不用我帮你了。"

"好啊,连你也开始笑我了——"

像是预料到柳思嘉下一秒的动作,林微夏撤离凳子急忙往后退,手里还拿着红色的水笔,然而柳思嘉早已伸手挠到她的腰。

林微夏十分怕痒,不受控制地发出"咯咯"的笑声,面对柳思嘉的步步逼近,她撒腿就要跑,却转身撞进一个人的怀里,对方后退了一步,怕她摔倒,顺势拉住了林微夏的手臂。

最先闻到的是对方身上飘来的淡淡的独特气味,混着乌木调。林微夏脑袋撞在对方宽阔胸膛上,男生的骨骼正在生长发育期,蛮横生长且有些硌人。

映入眼帘的是有着挺括布料的制服,视线所及之处的左边戴着的名牌刻了个"班"字,林微夏一个激灵,心跳漏了一拍,立刻后退。

班盛看着她,也在同一时间松了手。

距离拉开,林微夏看见班盛的校服胸口留下了红色的图案,正是她手里拿着的红色水笔的杰作。

"抱歉。"林微夏开口。

恰逢柳思嘉追了上来,在看见班盛的那一刻,她笑容明艳:"早啊。"

"微夏不是故意的。"她整个身体挡在林微夏面前,挡住了班盛的视线。

林微夏见状退开,不知道柳思嘉说了什么,两人一起出去站在了走廊上。学生陆陆续续拎着早餐走进教室,距离早读还有一段时间,林微夏拿出一只白色耳机戴在左边的耳朵上在写作业。

其实耳机里面根本没有声音,她不想被打扰的时候就会戴耳机。

方茉这个时候突然回头,拍了拍林微夏,后者拿下耳机,睁着一双琥珀色的眼睛以示疑问。

她的皮肤很白,乌黑的头发柔顺地披在身后,方茉一瞬间觉得林微夏长得好像只猫,安静又好看。

"怎么了?"林微夏问。

方茉回神,冲她示意往窗外看,语气艳羡:"他们两个人跟拍偶像剧似的。"

顺着一块方格玻璃看过去,柳思嘉穿着校制服,双手背在身后,张扬大胆地仰头冲班盛说话,男生穿着简单的校服,单肩背着黑色的书包,喉结上下滑动,散漫地靠在墙边。

确实很养眼。

然而班上的一部分女生眼神幽怨地看着两人,眼神快要把柳思嘉射穿。

须臾,两人一前一后地走回教室,班上的谈论声渐响,纷纷向他们投去探究的眼神。柳思嘉对此跟面对周末那条微博底下的评论态度一样,不理睬,不回复,任由他们发散。

谣言最没有真实性。

但抓住了人神经的兴奋点,他们内心会去相信他们想信的。

班盛没出来说过一句话。

他一向不在意别人的看法。

课间,教室又是闹哄哄的一片,干什么的都有。林微夏坐在椅子上,旁边聊天的声音传入她耳中。

"班爷,你这校服上是啥玩意儿,谁胆儿这么大在你这儿画爱心啊?"邱明华一脸的震惊。

班盛整个人倒在椅子上,闻言懒散一瞥,衣服上沾了几笔潦草的水笔痕迹,确实像个潦草的爱心,他哼笑一声,似意有指:

"大概是某只无情的野猫。"

林微夏心一紧,手指捏着的书页差点儿被扯碎,随即她走了出去,打算去办公室抱作业。

校服水笔事件只是一个小插曲,班盛和林微夏没再发生过交集,林微夏也会主动避开他。她的直觉:班盛这个人很危险,能躲则躲。

但不知道班盛是不是故意的,只要她和柳思嘉在一起,他就会让柳思嘉过去,让她落单。

毕竟他只要站在那儿,稍微抬下手,再高傲如柳思嘉也会心甘情愿地跑过去。

一开始林微夏还觉得是巧合,次数多了,她就有点儿感觉是班盛故意而为之了。

周三傍晚,两人要去篮球社练习,所以她们打算留校吃饭。校内冷饮店,林微夏穿着校裙露出一截白嫩的小腿,站在窗口点单:"老板,两杯咸柠七。"

柳思嘉则站在桐树底下躲太阳,一手正扇着风。

南江的热,连空气都是滚烫的。等了好一会儿,咸柠七制作完成。林微夏举着两杯咸柠七眼睛弯弯,转身下意识去寻找柳思嘉。

结果一眼看见班盛双手插兜站在那里,略微低下一点儿脖颈同她说话。

柳思嘉站在远处对上她的视线,眼含歉意。

这饭是吃不成了。

心底不可能没有失落感的,林微夏强行压下心里的这股感觉,仍冲她温柔一笑。林微夏转身向校门口走,打算去吃馄饨。

林微夏从口袋里摸出白色耳机戴在左边的耳朵上,呷饮了一口咸柠七，清爽感溢满唇齿。她正走着，一只长臂伸了过来探向她耳侧乌黑柔顺的长发，直接顺走了她的耳机。

林微夏扭头一看，是她的同桌宁朝。

宁朝只听了不到三秒，发现耳机里什么歌也没有，一脸惊讶地把耳机还给她，竖了个大拇指："厉害。"

林微夏被他受惊的表情逗笑，她发现宁朝这个人，除了穿校服就是穿粉色的T恤，甚至都不带重样的。

她怀疑宁朝有一衣橱的粉色T恤。

"你很喜欢粉色？"林微夏问。

宁朝哼唧了一下表示默认，还说："当然，那是你同桌的幸运色。"

他说着说着瞥见林微夏右手端着一杯咸柠七，左手还拎着一杯打包的冰饮，便侧过去抢她手里的咸柠七。

宁朝并不是要喝，只是单纯想要逗她。他觉得这姑娘是永远一副淡然温和的模样，想要看看她脸上出现别的表情。

她的情绪太克制了。

林微夏下意识地踮起脚尖去抢宁朝手里高举着的冷饮，可他一会儿换到左手边一会儿换到右手边，两人很快闹了起来。

从班盛的角度看，两人的姿态有些亲密，宁朝比她高一个头，手臂时不时碰到她的肩膀，林微夏浑然不觉，最后还被宁朝把咸柠七放在围墙上的举动给气笑了。

暖色的残阳拉长两人的影子，透着不容打扰的美好。

班盛眼底的颜色一瞬变沉，"嘎嘣"一声嚼碎了嘴里的糖，然后直接吞了下去，撇下一句话：

"想起来有事，先走了。"

情势急转直下，柳思嘉不知道为什么班盛周身的气压骤然降低，搁下一句话就走了。

这样她算什么？她心底发酸。

但这才是开始。

仅是一周之内，学校就有人传班盛周末爽了柳思嘉的约，消息愈传愈烈，传柳思嘉和班盛闹掰了。

而坐实这个传闻的是柳思嘉新的一周没来学校上课，一直都是请假的状态。

林微夏打电话过去，一直是无人接听的状态。她又从班主任那里要来柳思嘉的地址，在放学后登门拜访，她却闭门不见。

林微夏很担心，怕她会出什么事。

柳思嘉那么要强的一个人，能让她变成这样、击垮她自尊的恐怕只有班盛了。

林微夏决定去找班盛。在班上找他太过惹人注意，她知道班盛不会在篮球社出现，听说他从来不跟不熟悉的人打球，但基本上一周有两次他会在4号篮球馆同李笙然他哥一起打篮球。

这还是方茉在体育馆值日时撞见的。

傍晚，林微夏去了4号篮球馆，远远地便听见篮球撞击地板的声音，班盛穿着一件红色的球衣正在运球，宽松的衣服将少年的肩背衬得更宽阔坚挺，紧实的手臂线条流畅。

班盛站在三分线外，骨节清晰的手指牢牢地抓着球，跳起投篮，手臂伸直，球做了一个抛物线运动，掉进篮筐里。

李屹然浑身跟没长骨头一样，仰躺在观众席前的台阶上，他瘫睡在那里，身上散发着放荡不羁的气息，还不忘点评班盛的球技：

"还行，要不学长教你两招？"

班盛嚣张地比了个骂人的手势。

林微夏站在那里，李屹然，她有所耳闻，高三生，大他们一届，是李笙然同父异母的哥哥，同时他的心算是出了名的厉害。

人们对于天才都有异常的容忍度。

林微夏开口："班盛，我有事找你。"

班盛回头，他额头上绑着一根发带，衬得眼睛更加深邃凌厉，汗珠顺着利落的下颌线滴到锁骨上，视线极快地从她身上掠过，回：

"没空。"

在他再次背过身之前，林微夏呼吸轻微急促，强调："五分钟。"

班盛看了躺着的李屹然一眼，一直闭着眼的李屹然慢悠悠地睁开眼，费劲地从台阶上爬起来，捞一旁的饮料罐扔进垃圾桶，故意使坏：

"阿盛，来找你的这么多位妞中，就数这位最正。"

班盛抬起眼皮看了他一眼，无声施压，后者耸了耸肩走了。

场内只剩下他们两人，班盛看着她，忽然把手里的球扔到林微夏怀里，缓缓说道：

"过我一个球，算你赢。"

林微夏下意识地接稳球，思索片刻便点了点头。她不会打篮球，被柳思嘉拉进篮球社也只是凑数，她的运动细胞一般，但现在也只能硬着头皮上了。

林微夏拍了一下篮球，开始运球，班盛挡在她面前。林微夏带着球，她一投，班盛都不用跳起来，仗着比她高一个头的身高优势，长臂一伸毫不费劲就把她的球拦了下来。

她换了个方法——假投球，举着篮球在他面前虚晃，以求趁他不备时换个方向投球，可班盛根本不接她的招，再次将林微夏的球挡了回去。

无论林微夏怎么想方设法地投球，班盛都能预测到她下一个动作。偏偏他这个人散漫极了，一副"我陪你玩，随你怎么闹"的架势。

十多分钟下来，林微夏额头上出了一层薄汗，白嫩的脸颊不知道是被气的还是运动的关系，微微泛红。

班盛抬了抬眉毛，低下脖颈慢悠悠地转了一下手里的护腕。

一双琥珀色的眼珠轻轻转动着。

篮球再次撞到地板，林微夏抓着球没有任何预兆直接冲到了他面前，班盛刚好低着头，一张清纯的脸撞入漆黑的瞳孔中。

林微夏整个人快要贴到他面前，抬起眼睫看着他。从班盛的角度看，她的皮肤很白，瞳孔剔透且亮，漆黑的睫毛微微颤动着。

她的眼睛呈扇形打开，是很漂亮的杏眼。

两个人的距离无限拉近，呼吸一紧一慢，互相萦绕。

班盛闻到了她身上有一种清甜的水果味，喉结上下滑动，感到一瞬间的痒。

林微夏睁眼看他，专注得好似眼睛里只盛得下他一人，语速缓慢但很认真："原来你眼睛下面有一粒痣。"

是一粒，不是一颗。班盛那粒痣长在左眼下面的脸颊处，靠近鼻梁，很小，给原本冷淡的五官添了点生动，附在那里像一小块阴影，也更蛊惑人心。

平时基本没人看出来。

但她发现了。

班盛有一瞬间的愣怔。

林微夏趁机侧过身子，抱着球用力一掷，篮球贴着篮筐慢悠悠地打了个转，最后落了下来。

轻轻松一口气，林微夏眼底恢复清明，后退拉开两人的距离。

操场后侧的水池过道上，修长的手扣在水龙头上，手指弓起，淡青色的血管更加明显，水龙头拧开，白色的水柱往水槽底下冲，砸出一朵又一朵的花。

班盛弓着腰低下头，正在胡乱用冷水抹脸，水珠飞溅。林微夏站在一旁，开口：

"为什么要耍思嘉？答应又爽约。"

给人以希望和期待，又将人狠狠摔到谷底。

这就是班盛。

哗哗的水声戛然而止，班盛抬头，他的头发湿漉漉的，高挺的眉骨上还沾着水珠，笔直的视线将她钉在原地动弹不得，语气缓缓：

"那得问你。"

10　泳池

林微夏很快明白过来班盛指的是什么，是他撞见林微夏帮柳思嘉送信，却以为会是她来赴约那件事，原本她要解释，但当时教室里进来了很多人，她错过了最佳解释的时机。

现在怎么说也于事无补，林微夏当即开口："抱歉。"

"作为思嘉的朋友，希望你去找她道个歉。"林微夏看着他，语气认真。

她不希望她的朋友受伤害。

班盛上前一步，高瘦的影子笼罩性地压下来，唇角挑起一抹讥笑：

"你为什么不去告诉你的朋友，别跟太紧？"

林微夏默然，语气顿了顿："每个人都有自己的独立意识和意志，我无权干涉。我只论对错，爽约是你的问题，请你去找她。"

"我找了有什么好处？"班盛俯下身，眉宇压抑着某种呼之欲出的情绪。

林微夏愕然，抿紧嘴唇不再说话，班盛慢悠悠地直起腰，搁下一句话便走了，似有暗示：

"你自己想。"

柳思嘉请假三天，她不在的日子，林微夏基本上都是自己一个人去篮球社。在周四来临之前，她终于收到了柳思嘉的信息。

+号：Sorry微夏，让你担心了。这几天天气转凉我得了重感冒，加上班盛放我鸽子的事，心情不太好，所以没去学校也没回复你。

林微夏在对话框里打字并发送出去：没关系，你现在好点儿了吗？

+号：嗯，好多了，就是浑身还有点儿无力。其实那天我根本没能进他的游泳池，就连去他家也是我过去假装偶遇的。我偷拍了一张他的照片，放到微博上，除了虚荣心作怪外，还想借声势和传言让我们的关系更近一些。

+号：呵，但他根本不在乎我做什么。

林微夏正想打字安慰她，柳思嘉又发来很长的消息：

他放我鸽子并变着法地和我保持距离，我从小到大没受过打击吧，觉得很丢脸所以选择了逃避。不过他今天下午主动发消息给我了，给我道了歉。

他道歉的同时还直截了当地让我别把心思放在他身上。怎么可能？我是不会放弃的。因为我是真的很喜欢他。

林微夏看着最后一句话怔住，散发着暗蓝色幽光的手机屏幕映出一张淡然出神的脸。

班盛这个人，确实有本事让人痴迷，使人上瘾。

她打字回复：好。你什么时候来上课？

次日，林微夏在厨房忙活了一早上，她背着书包，手里拎着一个保温桶赶到学校的时候差点儿迟到。

林微夏坐在座位上喘着气，一缕头发沾在樱红泛着水光的嘴唇上，被她伸手拨开，下意识地去寻找柳思嘉的方向。

依然是长卷发、白色贝母手链，柳思嘉坐在座位上，众多女生围在她身边，笑着说：

"原来你是生病了，担心死我们了。"

"原来班盛是有事爽约的，他还跟你解释了啊。"

"对啊，思嘉你不在，学校好多离谱的传言。"有女生接话。

刚好做值日经过的宁朝脸上露出一个讥讽的笑，他真搞不懂这帮女生，明明前几天她们损这位柳大小姐损得起劲，这会儿又过来拍马屁。

假得要死。

聪明如柳思嘉怎么会不知道，她挑了挑眉，佯装热情："是吗？我没听到太可惜了。"

柳思嘉转了转手里的笔，紧接着说周末请她们吃饭，地点随便挑，一众女生脸上扬起灿烂的笑。

她这个做法很快破除了那些谣言。

宁朝打扫完很快回到座位上，他一边吹着口哨一边找书，视线掠过林微夏的脸又扫了回来，一脸的震惊：

"你昨晚干吗去了？"

林微夏看起来似乎熬了个夜，脸色有点儿不好，眼睛熬得通红，长睫毛下的眼底一片黛青。

宁朝视线移到桌边的保温桶上，香气已经沿着缝钻了出来，笑嘻嘻地问："给哥的？"

一只纤白的手抢先一步扣在保温桶上，林微夏摇了摇头："给思嘉的，她病还没有完全好。"

即使昨晚柳思嘉很晚还发信息给她，林微夏知道思嘉生病后还是起床煨了一锅老火靓汤。

下完早读后，林微夏拎着蓝色的保温桶递给柳思嘉，后者身上自带的冷酷气场全失，惊喜地说：

"谢啦，我妈看到你得羞愧死。"

课间操时间，广播循环地放着前奏，而各班主任不停地吹着口哨催学生们赶紧下楼集合，不要拖拖拉拉。

学生们依旧一副懒散样，女生坐在教室里拿出小镜子梳好刘海；男生走路比蜗牛还慢，走到一半还胜负心起，跳起来比谁能摸柱子摸得更高，结果在背后的班主任给他们每个人各赏了一个"板栗"。

惹得一群男生抱着头蹿下楼梯。

林微夏没下去做操，去了办公室帮语文老师分试卷，分完以后她上了个厕所。厕所基本没什么人，有几个偷懒没去做操或者肚子不舒服的女生来了厕所。

林微夏伸手握着把手正要出去的时候，卫生间响起了几道熟悉的声音。女生对着镜子整理头发，语气嘲讽：

"哎，你们有没觉得新转来的 F 生挺会来事啊？就那个林微夏，还煲什么汤，哄得柳思嘉跟她多要好，还有没有点儿自尊心啊？"

"她在男生面前也很会装清纯，整天端着，把自己当女神了，哈。"

另一个女生打开水龙头，语调高高在上："我也不喜欢她，看见思嘉送她的书包没有？估计是思嘉看她一直背着那个满是线头的书包被嘲，可怜她才送的。"

林微夏垂着眼站在那里，握着旋转门把的手停住，等外面的声音彻底消失，她才走出去洗手。

镜面反射出一张冷淡疏离又平静的脸。

班盛和柳思嘉的谣言平息后，林微夏从微信列表里找到昵称为 Ban 的微信，发了条信息过去：你想要什么？

她欠他的，早该还了。

不知道是班盛有意吊着她还是忘了这件事，他一直没有回复她。林微夏并没有把过多的精力放在这件事上，因为他们的第一次期中考来了。

期中考来临前的一周，班级氛围发生了变化，因为除了期中和期末两次大考，其他考试的分数不计入赋分等级制。

面对这次考试，班上的氛围并不太好。大部分人将每一次考试视为自己的阶段总结，更何况，一次大考对于一些处在成绩边缘的人来说，是可能会继续提升或是一不小心掉入 F 等级的时刻。

A 生收敛了以往的轻松和漫不经心，复习起来，而 F 生则比平常更认真和紧绷，通常在灰蒙蒙的早上就到校的是这一批人，最晚离校的也是他们。

林微夏自认为算认真复习的那一拨人，但她每次做完作业抬起头，看到眼前一片埋头学习而凸出肩胛骨的背影，也有点儿自愧不如。

期中考完后，差不多两天的时间成绩就出来了。

班盛依然稳坐全年级的榜首，他除了语文科目分低外，其余科目都拿到了漂亮的成绩，尤其是物理，老师恨不得把他的物理成绩和算法思路裱在相框里挂在教室中央，以供同学研究并学习。

邱明华耍滑头道："别价呀，老师，我班爷还有呼吸呢。"

班盛捏着试卷看也不看搁在一边，不动声色地抬脚踹了前面的凳子一脚，邱明华的椅子晃了起来，他"扑通"一声摔在地上。

全班哄然大笑，物理老师老李头站在台上笑了一声，直接点名："邱明华，全班就你笑得最大声，我都不好意思说你，物理选择题你是怎么做的？就连蒙也一道题都没蒙对！"

这下笑声更响了。

期中成绩出来后，林微夏成绩力压一众A生，取代柳思嘉成绩排名第三，第二是他们班的班长。

而柳思嘉不知道为什么成绩跌到了第九名。一整个上午，柳思嘉被无数任课老师喊去办公室谈话，每一位老师提起她这次的退步时都要提起林微夏，说她很有学习的天赋，学习能力日益精进。说到后面，柳思嘉不耐烦起来，她抱着手臂一脸的防备，冷冷地听着老师教导，顺带瞥了一眼A生的名单。

班主任见状叹了一口气，挥手让她回去了。

柳思嘉回来后没有跟任何人说话。

方茉跟林微夏道喜，觉得她太厉害。她不知道的是，林微夏在原来的学校轻松就可以拿到第一，在深高，她却要更花心思，A生确实起点高，思维敏捷，也聪明。

而宁朝的成绩不能不用惨烈来形容。

班主任针对班上学生的成绩状况成立了互帮小组，宁朝成了重点扶持对象，而这个任务落在了林微夏身上。

林微夏打算利用课后时间给宁朝补课，宁朝并不是很想学，他摸了摸自己的板寸头，语气潇洒：

"谢了啊，小爷我不想浪费时间在学习上。"

柳思嘉路过听到停了下来，挑了挑眉："你确实不能浪费时间在学习上。你每天都等着放学回家串烤串，将来不得继承大排档家业。"

对于柳思嘉公然的傲慢嘲讽，宁朝一点儿也不生气，他确实家里穷，家里是开大排档的，老妈还是个残疾人。但他不觉得丢人。

宁朝露出一口白牙："是啊，哪像你，整天打扮得花枝招展就想着将来嫁个有钱人，不知道哪位老baby这么倒霉。"

"你——死衰仔！"柳思嘉气得脖子开始变红。

不需要一分钟，宁朝就把柳思嘉给惹毛了。林微夏看着试卷叹了一口气,这两个人互相都看不上对方,又喜欢互呛。

"那就最后一节晚自习,我给你讲题。"林微夏商量道。

林微夏也不是非要管宁朝的成绩,只是班上有一对一互帮小组,老师又特意跟她说了,她不能视而不见。

最后一节晚自习,林微夏做完作业凑过去给宁朝讲月考试卷,宁朝的态度还算配合。教室灯光亮如白昼,每一张桌子上摊开的书本投下阴影。

教室还算安静,有的只是大家小声讨论或请教题目的声音,班盛一脚踩在横杠上,正在有一搭没一搭地转着笔,研究一道题目。

可旁边的声音清晰地传过来,班盛看着题目,把数字代入公式。声音落入耳膜里,像有回音般,越来越大:

"宁朝,你有没有在听啊?"

"有,你哥我就是有点儿想打盹。"

随即响起一道轻微的笑声,班盛心底掀起一股说不清道不明的烦躁。偏偏这个时候邱明华还要转过来,问道:

"班爷,周末你没事吧?去你家打游戏呗。你家那个VR全景设备真的巨爽,那体验感真的绝了,那是我的快乐时光。"

"我爱死你家了,我能'入赘'吗?"

班盛抬起眼皮看过去,两颗脑袋凑得很近,林微夏侧着头,脖颈露出一块白腻的皮肤,她的手肘弓起,撑到了宁朝桌子上,身后披着的长发有一缕贴在了他麦色的小臂上,宁朝打着哈欠时不时地看她两眼。

怎么看怎么不顺眼。

邱明华还沉浸在他的游戏体验中,喊道:"班爷?班爷?"

班盛低下头拿出手机不知道在干什么,过了一会儿抬头,搁下两个字:"有事。"

与此同时,林微夏的手机多了一则消息提醒,她点开一看,是班盛发来的消息,上周三发过去的消息,他现在才回复。

Xia:你想要什么?

Ban:周末陪我一天。

// 暖贴

下一秒一条新消息发过来：

补语文。

屏幕再次亮了起来，他慢悠悠添了句：

作文。

这话确实一点儿都不假，班盛的成绩单哪儿哪儿都漂亮，就是语文成绩不太好，被刘希平在课堂上点名说他作文离题太严重，还让他下课好好去请教林微夏是怎么写出近乎满分的作文的。

林微夏敲字询问，下意识地拉起防线：只这样？

她等了好一会儿，对方没再发消息过来，林微夏正要熄灭屏幕时，他发来了信息。

Ban：嗯。

林微夏依然坚持为宁朝补英语，本以为他多少会有点儿进步，结果却让人哭笑不得。张老师走进教室上英语课时，报学号让学生站起来回答问题。

"36号！"

宁朝打了个哈欠懒懒散散站起来，英语老师看见是他挑了个眉，说道："宁朝，听说你最近在补习，你随便背个好句来让大家检测一下你的学习成果。"

"Hi, Kangkang, How are you?"

"I'm fine, thank you."

宁朝脱口而出这一段话，惹得全班哄堂大笑，就连板着脸正在喝水的英语老师都忍不住呛了一下。

班上的气氛骤然放松，宁朝睡眼惺忪地看过去，从初中到现在他听到最多的就是这两句英语，还会有错吗？

宁朝看见前排冷了好几天脸且坐得笔直的柳思嘉，这会儿她脸上绷不住笑意，红唇微扬，原本扎着的头发有几缕落在耳侧，明艳又漂亮。

宁朝看着晃了一下神。

周末如期来临，林微夏早上起床给一家人做完早餐没多久就发现来了大姨妈。她生理期一向不好过，换好姨妈垫，强忍着不适打扫完家里后便躺在床上休息。

林微夏盖着被子没一会儿就出了一层汗，没过多久，她开始腹痛，时间越久腹部越像有什么在绞着一样，痛得她整个人不由得蜷缩起来。

林微夏生理期一来，整个人就跟垮了一样。最严重的一次，她强忍着痛意请好假，最后却晕倒在校门口旁边的自行车旁，被人发现后送去医院吊水才有所好转。

和班盛约好去他家是下午，可现在……想到这里，林微夏睫毛动了动，费力地从抽屉里拿出手机，编辑信息发给班盛：

不好意思，今天生理期不舒服，应该去不了了。

发出去后，林微夏也不管有没有回复，一股脑儿熄灭了手机屏幕。林微夏拉着被子转了个身，闭上眼，肚子却痛得怎么也睡不着。

十一点，客厅里固定电话响了，林微夏累得不想动弹，费力地扯开嗓子喊人：

"高航，接电话。"

斜对面传来高航在房间里开麦咆哮的声音："服了，你在用脚打游戏吗？这么菜就不要拖队友下水。"

"傻子，看我不打得你回家做五三。"

高航把键盘敲得震天响，房间里充满了他咆哮的声音。林微夏叹了一口气，掀开被子慢慢下床，走到客厅接电话。

"夏夏啊，中午我有事不回来，记得给航仔做饭啊。"姑妈在电话里说道。

林微夏捂着肚子坐在沙发上，犹豫了一下开口："姑妈，我有点儿不舒服，能不能——"

"对了，这个月的水电我交了，唉，家里多了一个人吃饭就是不同，都怪你姑父……"姑妈那边背景音嘈杂，似乎意有所指。

姑父一直在外跑长途货车，很少回家，最近是跑运输淡季，他便闲在家，平时去姑妈的水果店里帮忙。

"点外卖"三个字卡在喉咙里，林微夏又咽了回去，挤出一抹笑："好的，姑妈。"

林微夏坐在沙发上发怔，看到茶几上有一张浸了油渍的宣传单，是早上高航吃面嫌烫，姑妈随手拿来给他垫着用的。水油模糊了上面的字迹，隐隐可见"大提琴社招新"字样。

林微夏弯腰抽出那张纸,把它扔进了垃圾桶里,传单被垃圾掩盖彻底不见。她走到冰箱面前,看看还有什么食材。

冷气扑过来,林微夏痛得手撑着冰箱门,唇色惨白,看了一眼冰箱,还有一块瘦肉和一些蔬菜。

这时高航趿拉着拖鞋从房间里出来,他挠了挠头:"姐,别做饭了,吃泡面呗。"

高航除了打游戏的时候容易上头,其他时候又像个小大人懂得体贴人。林微夏淡淡笑了一下,岔开话题:"你觉得我会给你吃垃圾食品的机会吗?"

林微夏关上冰箱,走向厨房,开始淘米煲饭。她拧开水龙头,自来水冲进盛米器里,刚好准备洗干净米的时候,一旁的手机发出嗡嗡嗡的振动声。

屏幕上闪着一个陌生的号码,她点了接听,声音很小:"喂。"

"是我。"电话那边传来低低淡淡的声音。

"你在干吗?"

班盛语气悠闲,在等她的回答。林微夏不知道他是来找碴儿的还是来干吗的,她很疲惫,心情持续低落,又痛得冷汗涔涔,实在没心情同他周旋,语气僵硬道:

"做饭。没什么事我先挂了。"

不等那边有任何回复,林微夏迅速切断电话,之后她喊高航把她的手机拿出去。

林微夏淘干净米煲上饭后,困意和痛感一并袭来,她回了房间里打算休息一会儿再起来做菜。

睡梦中,林微夏隐隐听见高航在客厅里重复道:"不是,我这儿是十六巷七号,你进来直走,左拐三个巷后再右拐就到了。

"得,我下去吧。"

林微夏睡了一小会儿被高航喊醒,他让她出来吃饭。林微夏头脑昏沉地走出去,发现桌子上摆满了精致的饭菜,香气四溢,旁边堆着"云上坊"字样的便当盒。

"这些哪儿来的?"

"不知道啊,刚才你的手机在响,是外卖员的电话,他找不到地方我就下去拿了。"高航声音愉悦。

"然后你猜怎么着？我在楼下碰见了一个帅哥，说是你同学，让我盯着你把这粥喝了。"高航指了指旁边一份保温桶里的粥，旁边还有一盒缓解痛经的暖热贴。

拧开盖子，是一份缓解生理期疼痛的五红粥，热气扑到面前。林微夏把盖子扣上，走向客厅。

高航还在身后不停地感叹："听说这家餐厅是会员制不对外开放的，我同学他们之前就很想去这家吃饭但一直约不上，不行，我得拍个照炫耀一下。"

"姐，你那个同学对你挺好啊。你现在不用做饭了。"

林微夏找到手机后，回房关上门，从通话记录里找到那个号码拨了回去，电话拨了没多久就接通了。

两边谁都没有说话，只有细细的电流声。

"谢谢，多少钱我——"林微夏先开口。

"粥喝了没有？"班盛忽然打断她。

林微夏觉得莫名，还是接话："没有。"

"去把它喝了，"班盛开口，语气顿了顿，"还有暖热贴也贴上。"

"可是你点的外卖，我不能平白——"林微夏坚持想要和他分清这些。

班盛换了个手接电话，站在路口拦了辆车坐进去，说道：

"把我号码存上。"

说他是利己主义一点儿也不为过，精准付出，然后认领回报，让她心甘情愿地存上自己的号码，一点儿也不让自己吃亏。

林微夏背靠在门边上，屈起手指敲了敲墙，语气犹豫："要不……下午我帮你线上阅改作文吧。"

电话那边传来"嘲"的一声汽车飞驰而过的声音，班盛第一次正儿八经地喊她名字，声音低沉又好听：

"林微夏。"

心尖颤了颤，似有电流而过，林微夏下意识地屏住呼吸，听见班盛轻笑一声，语气玩味又带着强势：

"你欠我一天，该我的跑不掉。"

Part 3

冬至快乐
HAPPY!
lily

林微夏拍了一下篮球，开始运球，班盛挡在她面前。
林微夏带着球，她一晃，班盛都不用跳起来，
仅着比她高一个头的身高优势，
长臂一伸毫不费劲就把她的球拦了下来。

You can hear

12　琥珀

　　考试一过，南江下了一场大雨，天气开始转凉，这座城市终于在11月进入凉爽的秋天，人们开始穿上长袖裙子，新季节一来，学校里的色彩也柔和起来。

　　期中成绩公布后，班上同学对林微夏的敌意一下子削减大半。因为在这个互相竞争、你我提防的生态环境中，林微夏没有按他们的规则行事，毫无保留地借出自己的笔记本，当有同学前来提问时她也是很有耐心地进行解答。

　　这次考试，林微夏加了高分，但她入学时特长那一栏填的是"无"，所以综合分加起来，她还差一截分数才能成为A生。

　　她不在意自己的分数被比下去或是有人进步迎头赶上来，换句话来说，她好像不在意等级之分。

　　因为林微夏的成绩，A生开始对林微夏另眼相看，同时她毫不遮掩自己的学习方法、认真学习进取的坦荡，也让这些人看她的眼神少了鄙夷，多了一份欣赏。

　　至于同为F生的学生，他们觉得林微夏人长得好看，没架子，解答问题的时候又耐心又清晰有逻辑，跟她做朋友的人也多了起来。

　　而柳思嘉不再一个劲地盯着班盛，记他今天穿了什么颜色的衣服，偷拍他仰头喝冰水时喉结吞咽的弧度，开始把心思挪回学习上，课堂随测和作业做得一次比一次漂亮。老师又将满意的眼神投到她身上，而不是频繁地提起"林微夏"三个字。

　　下课后，齐刘海女生站在墙角踟蹰了很久，然后向林微夏座位的方向走去，想向她借笔记。

显然，林微夏也看到了她，冲她笑了笑。

像是受到鼓励般，齐刘海女生加快了脚下的步伐，却在倒数第二排"砰"的一声不小心撞到了一个人。

齐刘海女生吃痛地捂住额头，在看清来人后下意识地后退一步，低下头嗫嚅道："对不起。"

"喂，鱼鳞妹，找死啊！脏了我的衣服多少钱知道吗？"

郑照行一脸的不痛快，逼近一步，一脸写着想要找她碴儿的模样。

可林微夏刚才看得清楚，是郑照行故意横在她面前，自己撞上去的。林微夏站了起来，走上前："她不是故意的。"

郑照行猛然回头，原本满脸的戾气在看到林微夏之后消失得干净，林微夏乌发齐腰，唇红齿白，正紧绷着小巧的下巴看着他。

他吹了个口哨："行，今天看在美女的分上放过你。"

郑照行走后，齐刘海松了一口气，几乎是从嘴唇里挤出一行字："谢谢，我来……借主科笔记。"

林微夏转身回座位上，拿着软皮包装的红绿笔记本一并递给她，温声说："有看不懂的可以来问我。"

齐刘海女生点了点头。

中午放学后，林微夏和柳思嘉一起出现在学校食堂。柳思嘉照例吃减脂餐，林微夏老吃她带的便当吃得不好意思，就让柳思嘉别带了，换成了在食堂吃饭。

柳思嘉吃了两口便放下了筷子，淡着一张脸没有什么表情。端着螺蛳粉的宁朝正好路过，瞥了一眼她的食物，嗤笑道："鸡都吃得没你这么惨吧？"

不消一秒钟，女王脸上高冷的表情瓦解，柳思嘉抬起下巴眯眼，声音夹了点儿不悦："你骂谁？"

下一秒，又因为宁朝端着的螺蛳粉味道杀伤力太重，柳思嘉捏着鼻子扭过头去，前者语气闲闲，反问道：

"这就对号入座了？"

"你——"柳思嘉气急。

但她知道同这种地痞混混讲不了什么道理，干脆回头同林微夏讲话。见气不着这位大小姐，宁朝端着餐盘潇洒地扬长而去。

林微夏抬手拉住柳思嘉的手，当下感到掌心处挨到的骨头有点儿硌人，眼神担心："思嘉，你瘦不瘦都很漂亮。你不再吃点儿吗？"

　　林微夏自从和柳思嘉形影不离以来，就发现她一直吃得少，虽然说她是为了控制体重，可她已经比普通瘦子还要瘦了。

　　柳思嘉勉强牵起嘴角，拍了一下她的手："没事，我一向对食物没什么胃口，吃什么都一个味，如果维持生命能靠注射盐水就好了。"

　　两人正说着话，一道高瘦的身影压了下来，混着清淡的乌木香味，银色的餐盘"哐"的一声落在对面的桌子上，林微夏抬眼，对上一张漫不经心的脸。

　　"这里有人吗？"班盛侧了一下头，问柳思嘉。

　　"没有。"柳思嘉声音惊喜，她正想接着说"班盛你坐我对面吧"就看见邱明华端着餐盘一屁股在她面前坐了下来。

　　柳思嘉无声地翻了个白眼。

　　一行人继续吃饭，从班盛坐下来后，周围同学的视线频频投到这一桌，柳思嘉习惯了瞩目的眼神，一脸的神采奕奕。

　　林微夏则低头吃饭，也不说话，眼前出现一双骨节分明的手拿起了一瓶牛奶，手背弓起青筋明显。

　　柳思嘉拿着筷子戳了戳西蓝花，红唇艳艳："班盛，可以问你一个问题吗？"

　　班盛抬了一下眉毛，示意她问，柳思嘉视线移向他握着的牛奶瓶，手指点了一下脸颊："你为什么要每天喝一瓶牛奶？"

　　且认准一个牌子，风雨不动。

　　"长高。"班盛的语调干脆利落。

　　在座的众人："……"

　　尤其是邱明华正在喝汤，闻言呛得直咳嗽，呛得脖子都粗了，班盛仍是头都不抬一下。

　　"还要高，你都一米八七了，还想蹿到多高？！还让不让我们这些矮子活了？"

　　邱明华摇完他的肩膀后开始往班盛身上靠，手搭在他肩膀上："班爷，你肩膀好宽，靠上去好有安全感哦。"

　　林微夏夹菜往嘴里送时莫名想到之前去掮角区搭班盛的车时，不小心摔在他身上那一幕，她的额头撞到了他的下巴，因为挨得太紧，还感受到了他胸腔的震颤。

"这肩膀，这肌肉——"

"微夏，你怎么在吃辣椒？"柳思嘉一脸震惊。

林微夏抬头，语气温暾："啊？"

众人看着她，她却偏偏对上了班盛的视线，他背靠在椅子上，好整以暇地看着她，眼神透着"你想起什么了？不会是我想的那样"的不正经痞子模样。

味觉后知后觉回来，她反应过来自己把青辣椒当豆角塞嘴里了。林微夏一紧张喉咙直接呛住，大声地咳嗽起来，咳到脖子、耳朵变成虾子红，眼眶里汪着的水都要飞出来。

柳思嘉赶紧递给她一杯水，林微夏接过来仰头小口地喝着水。倏忽，正前方有个戴眼镜的男生带着餐盘快步冲过来，结果不小心撞翻了餐桌旁的一碗汤，油渍和汤水泼到林微夏的身上，少女的白衬衫制服迅速洇开一大片油汪汪的汤渍。

林微夏立刻站起来揪着衣服，接过旁边递来的纸巾往身上擦着。

戴小眼镜的男生当下就想趁乱逃脱，班盛看着碗里的汤，头也不抬地伸手将人拽了回来，声音往下压，语调听不出什么情绪：

"道歉。"

"谁让她把汤碗放那么边上的。"小眼镜男生争辩着。

班盛不动声色地攥紧对方的手腕，明显缩紧了一圈，疼得对方脑袋直抽连连喊疼，他依然一副漫不经心的调性：

"别让我说第二遍。"

对方疼得直回头，想知道到底是谁说话这么强势嚣张，在看清男生的脸时猛然顿住，脸色大变。

小眼镜男生立刻连连弯腰道歉："同学对不起，对不起，都怪我。"

"没事。"林微夏摇头。

学生休息室，林微夏走进换衣室。好在她衣柜格子里放了一件外套，她打算把衣服换下来，然后在洗手间清洗一下，看怎么烘干好衣服再穿上去。

外套拉链拉紧的话，应该不会让人知道她里面只穿了一件白色胸衣吧。林微夏正犹豫着，隔间门外响起了"笃笃"的敲门声。

门被拉开一道缝，柳思嘉递来一个牛皮纸袋，林微夏接过来一看，发现是新的校服，尺码也刚好合适。

林微夏松了一口气，开始换衣服。柳思嘉站在门外背靠着她这扇门，开口：

"这衣服是班盛给的。"

"他哪里来的？"林微夏换着衣服的动作一僵，后背一片雪白。

柳思嘉在门外歪头一笑："你忘了学校制服的产业链是他供应的呀。"

"连班盛都知道你是我的好朋友，特地送来了衣服。"柳思嘉笑道。

林微夏继续换衣服，她的头发很长，扫来扫去，"啪"的一声有什么东西滚落在地上。林微夏有一瞬间的慌乱，蹲下身寻找。

柳思嘉笑容艳艳，语调轻松："你可不能辜负我的好，还有这次成绩让你超过，是意外。"

终于找到，林微夏站起来，世界的一切又恢复正常，她穿好衣服扣好扣子，声音温和："思嘉，你放心。"

嘈杂的声音消失，只有外面的水龙头没关紧往下滴水的声音。

像一切都尘埃落定。

中午过后，不知道谁起的头，班盛因为柳思嘉不惜为林微夏出头的传言闹得沸沸扬扬，关于两人的传闻愈演愈烈，而林微夏彻底沦为两人故事的背景板。

林微夏从办公室抱着试卷出来，闻到的全是发烫的转印纸的味道。教室里基本没有人，因为第二节是物理实验课，他们去占座了，而林微夏因为要去拿试卷就迟了一点儿。

她把试卷放好，一转身却瞥见后门站了个人，班盛痞里痞气地靠在后门边上，没个正形。林微夏当没看见他，径直从他旁边走过打算出去，结果班盛伸出一条长腿直接跨在了对门上，不让人出去。

林微夏有点儿无奈，正要说话时，班盛的手掌摊开，上面躺着一个树叶模样的琥珀吊坠。林微夏瞳孔忽地一缩，下意识地伸手想去拿。

手掌合上，对上一双漆黑狭长的眼睛，班盛语调悠闲："中午你落下的。"

看了一眼她的反应，班盛挑了一下眉："很重要？"

班盛从那双好看的杏仁眼里终于看到了别的情绪，像涨潮的海水，盛着多种复杂的情感，汹涌而来。

班盛见林微夏这样紧张，脸色变了一下，移开视线不再看她，很轻地嗤笑一声："这样，你求我。"

"我考虑一下还给你。"

13 老手

班盛以为像林微夏这样长相看着挺软但实际挺有脾气一姑娘，肯定会睁着一双漂亮的眼睛看着他不肯让步。

但她眼底悲伤的情绪退得干净，一片澄澈，也不恼，眼睛直看着他："求你。"

班盛愣怔了一下，摊开手，林微夏拿起吊坠放进兜里，同他擦肩而过。人走后，淡淡的水果香萦绕在他鼻尖。

物理实验课，老师让学生们自己找搭档，再各自组成小组。林微夏下意识地想找柳思嘉，看见她不知道同班盛身边的人说了什么，最后如愿以偿地站到了他身边。

林微夏收回在他们两人身上的视线，专心上起课来。

下午放学后，教室里的学生三五成群结伴吃饭，风很热，天边火红的晚霞壮观又热烈。路过操场的时候时不时会听到球场处爆发出来的一阵阵喝彩声。

林微夏同柳思嘉吃完饭回到教室，林微夏从抽屉里拿出作业开始写，柳思嘉坐在方茉的位子上撕酸奶纸膜。

"微夏，下午物理实验课我不是和班盛一组吗，感受到了学神的碾压。

"他脑子真的转得挺快，思路也很清晰，什么都会。跟着他简直躺赢，而且我跟你说他……"

林微夏垂眼看着英语习题上的句子翻译——shark 做名词是"鲨鱼"，另一个延伸义则是"老手"。眼睫动了动，放下笔，她伸手摸了摸兜里的琥珀树叶吊坠，上面还残留着温度。

她忽然出声，打断正在絮叨的柳思嘉："思嘉，听说班盛很少参加集体活动，每周五固定会在3号篮球馆同他哥们儿打球，但其实是在4号球馆。"

柳思嘉那双上挑的狐狸眼瞬间发亮，眉头一挑："真的？不过你怎么知道？"

林微夏极淡地笑了一下："我是 F 生嘛，她们和我说的。"

"行，下次请你食冰咯，最贵的那种。"柳思嘉把手臂搭在她肩上。

这种氛围并没有持续多久，宁朝拎着校服阔步进来，一回到座位上就开始指挥柳思嘉：

"你，离远点儿，挡到我看黑板了。"

柳思嘉抱着手臂冷笑道："你的学习还能再耽误吗？"

她不知道宁朝到底有多讨厌她，一见面就要找她碴儿，不过她柳思嘉更不需要这种不学无术的混混喜欢。

宁朝笑了一下，坐下来，开始堆旁边的书堆到他看不见那张漂亮的脸为止，一副好男不跟女斗的架势。

晚上回到家洗完澡后，林微夏坐在书桌前，身后的黑发还带点儿湿气，她摸了摸手里的树叶吊坠，拉开抽屉不舍地看了一眼，小心翼翼地放进去。

林微夏拿起一旁的手机，登录微信，找到那个漆黑的头像，她想看班盛的朋友圈。她没有朋友圈，很早的时候就把朋友圈给关了，她不关心别人发了什么或是过着怎么样的生活，同时，她的生活没什么好展示的。

点开微信名为 Ban 的朋友圈，黑色头像下面是一条个性签名。

——To reach the unreachable star.[①]

林微夏怔住，她觉得班盛是一个复杂又矛盾的人，大部分时候他对一切表现得很漠然，过分理智，甚至到了冷血的地步。

可他又偶尔表现出纯粹的浪漫主义和傲气。

比如眼前这句张狂又浪漫的签名：去摘遥不可及的星。

班盛一周前发了一条动态，就一张图片，什么文字都没加。林微夏点开图片放大看，是椰奶冻。瓷盘里装着方格椰奶冻，晶莹剔透，上面撒了椰蓉粉，看起来让人很有食欲。

邱明华在底下评论：好吃吗？

Ban：还行。

邱明华：还行是什么程度？

Ban：吃第二遍的话不会拒绝。

邱明华：品鉴达人上线。

[①] 去摘遥不可及的星。出自音乐剧《堂吉诃德》。

林微夏了然，将班盛喜欢椰奶冻的事告诉柳思嘉，很快，她回复：好，本美女这两天开始为班盛学做椰奶冻。

仅是学了两天，柳思嘉就负伤在身，白嫩的手指被热锅烫出了几个水泡。林微夏给她换药的时候，柳思嘉疼得直吸气。

"让我进厨房的男生，他是第一个。

"他真的好难接近啊。"柳思嘉叹道。

林微夏低下头小心地用创可贴封好她的伤口，打趣道："但架不住你吃他这款啊。"

班盛这种坏男孩确实招大多女孩喜欢，但感情就是这样，你情我愿，多喜欢的那一方注定是输家。

林微夏处理好伤口后，把棉签、碎布用纸包好扔进垃圾桶里。她返回见柳思嘉一脸的忧心，笑着伸手点了一下她的额头：

"他不是喜欢天文吗，我这两天上网偶然看到周五会有银河拱门的天象，一条银河横跨南北从地平线上冉冉升起。"

"是吗？连老天都站在我这边了，那我周五放学去找他，说不定能一起观星。"柳思嘉神色雀跃，拿出手机查林微夏所说的天文现象。

林微夏还捧着她的手，看见了她掌心的那道疤痕，虽然淡了许多，但疤痕还在，生在白嫩得像水的掌心处，丑得像一条毛毛虫。

林微夏的睫毛颤了一下。

柳思嘉抽回手拍了一下她的脑袋，笑道："没事儿，谁会整天盯着我的手看啊。"

林微夏抬眼看着柳思嘉，轻声说："思嘉，希望你得偿所愿。"

周五第一节课是体育课，林微夏还在收语文作业，发现差几个人没交，便一个个收齐。收到最后，绿色便笺条还剩一个名字，上面赫然写着：班盛。

林微夏看过去，班盛正坐在自己的桌子上，一只脚随意地踩在椅子横杠上，正同人说着话，领口露出的一截喉骨随着他说话的动作上下滑动着，透着一股不羁随性。

林微夏走过去，旁人见他们有话要谈，立刻抱着球去了球场。

"你作业没交。"林微夏说。

班盛的桌子凌乱，摊着几张草稿纸，上面写着一堆她看不懂的天文计算公式,厚厚的一摞书前立了个地球仪。

他侧身从桌子上找到作业本递过去,林微夏伸手接过来,却怎么都不动,一抬眼,一双漆黑的眼睛看着她。

"什么时候来我家?"

林微夏错开相触的视线,班盛大概还不知道今天放学柳思嘉会去堵他的事,她低下头:"后面再说,这周我比较忙。"

作业本一端的拉力骤然松开,阴影撤离,林微夏抬起眸,发现有两颗草莓软糖顺着作业本滑了过来。

班盛单手插兜,校服在他臂膊弯里挂着,他与她擦肩而过,扔下一句漫不经心的话:

"路上买东西老板顺带送的。"

体育课上,邱明华同班盛一同靠在操场的墙壁上,他忽然想起什么,戳了戳他:"班爷,你买的糖还有没有了?分我一颗。"

班盛直起腰来,将手中的篮球扔了出去,声音平淡:

"没了,喂蝴蝶了。"

"啊,蝴蝶还会吃糖啊。"

一整个周末,柳思嘉都没和林微夏联系,林微夏不知道进展到底是好是坏,来到学校的时候见到柳思嘉,她的表情既没有很快乐,也没有很沮丧。

而是脸上多了一丝忐忑。

"怎么样?"林微夏问她。

柳思嘉对着镜子整理了一下,欲言又止:"到时候再和你说。"

见她这样,林微夏没再说什么,应了句:"好。"

新的一周轮到林微夏跟班上一个女生出黑板报,对方刚好是 A 生最后一名,如果林微夏再多考两次高分,那名女生就要掉回 F 生的行列中了。

那名女生一直在利用课余时间学习,对林微夏更是爱答不理,把出板报的重担甩在了她一个人身上。

林微夏没办法,只能利用课余时间一个人弄,画完画后还要写字。晚自习后,林微夏打算把空白的版面填上诗句。

她从讲台底下拿出工具,一个人在黑板上写画。时间悄无声息淌过,林微夏晃了晃发酸的手臂,偶然瞥见墙上的挂钟,惊觉时间已经这么晚了，教室里空无一人。

对面教学楼的灯还亮着，只有三两学生从教室里出来。林微夏放好工具，洗干净手后走出教室，正要离开的时候，忽然听见楼上传来一阵悠扬的大提琴声。

林微夏的步伐停了下来，转身往六楼的阶梯教室走去。走上顶楼，喘了一会儿气，她背靠在墙壁上静静地听着音乐教室里的琴声，手伸开，不自觉地做着拉琴弓的姿势，比了一会儿觉得傻气，又放下来。

一刻钟后，门口传来声响，林微夏站在昏暗处看见几位气质姣好的女生背着大提琴有说有笑地走出来，脸上的表情天真无忧，一两个轻声抱怨着器乐老师的考核太难。

人都走后，林微夏背着书包下楼，刚走了不到三分钟，"啪"的一声，学校竟然断电了，周遭陷入一片漆黑。

林微夏从口袋里拿出手机，结果发现早已电量耗尽关机了。她有夜盲症，看不清路，人慢慢挪到墙边，磕磕绊绊地下起楼来。

刚慢吞吞地下了没几级台阶，脚倏地踩空，脚踝一歪，心一惊，眼看就要摔下去，慌乱之中一只手稳稳当当地拽住了她背着的书包，林微夏整个人往后倒，撞到一个温热宽阔的胸膛。

她闻到了熟悉的乌木香，心不受控制地缩了一下，匆忙站直撤离。

"谢谢，"林微夏靠在墙边，问道，"你还没走吗？"

"回来拿点儿东西。"

不知道是不是林微夏的错觉，班盛的语调有一种说不上来的冷淡。

班盛往下踩了两步台阶，手里拿着他那把银色的打火机，拇指往上滑弹开机壳，机匣发出"啪"的一声，一抹橙红的火焰从虎口处蹿了出来，映出一张漫不经心又痞帅的脸。

他持续地扬起打火机往前走，林微夏跟在一旁。走了没多久，班盛忽然停了下来，林微夏抬眸看向他。

"不想摔倒的话就跟紧我。"班盛搁出一句话。

楼梯的光线昏暗，班盛散漫地抬脚往前走，林微夏亦步亦趋跟在身后，纤白的手紧紧抓着男生黑色外套衣摆的一角，一前一后，渐渐地，裙摆的影子与黑色外套的影子挨在了一起。

男生头颈笔直，肩膀宽阔，一条笔直的肩线将男生的身材衬得更笔挺，人看着不着调却有意放慢脚步,好让林微夏能跟上他的步伐而不摔倒。

两人开始有一搭没搭地说话。

气氛比之前融洽。

走到三楼的平地上,班盛停了下来,话锋一转,语气仍是慢悠悠的,摸不出什么情绪:

"柳思嘉周五来篮球馆堵我了。

"她打扮得挺带劲,还送来了我最近吃的椰奶冻。

"柳思嘉挺会来事儿,跟我打篮球的兄弟人手一份糖水。"

林微夏不自觉地松开抓着他衣袖的手,开口:

"思嘉很喜欢你。

"她很好。"

话音刚落,班盛猛地转身,低下脖颈看着她。

保安在操场巡逻,一束远光灯扫了过来,林微夏觉得刺眼,下意识地别开脸。不料,班盛伸手挡住,逼着她四目相对。

下一秒,保安的白色远光灯晃了过来,伴随着一声呵斥:"谁在那里!"

只是不消一秒,灯光暗了下去,保安拎着电筒又去巡逻别的地方了,他根本没有发现教学楼这一角落里无声对峙的暗流涌动。

两人都没有动弹,林微夏出板报忙了一晚上,鼻尖沾上黄色的粉笔灰一直不自知。班盛看着她,伸出手去抚蹭掉那秀挺鼻子上的灰。

一轻一重地蹭着,带着粗粝感,林微夏的心尖颤了一下,睁开鸦羽似的睫毛去看他。她发现班盛是单眼皮,褶子却很深,显得一双眼睛异常黑亮。

而那粒黑色的小痣落在靠近鼻梁的脸颊处。

看一次蛊惑一次人心。

班盛眼锋掠过这个看起来安静清冷的姑娘,一副等她发话他就敢去做的架势,问道:

"你说,我要不要接受她?"

14 坏血

分不清是不是有意的,他加重手的力道,指腹终于把那最后一点儿粉笔灰刮蹭下来,奶白的鼻尖立刻见了红,像只小兔子。

"可我想和谁做朋友是我的事,我想要的朋友是你。"班盛脸颊抽动了一下,盯着她缓缓说道。

林微夏后退一步,他的攻势太猛让人招架不住,她看着他,语气决绝:"想让我和你成为朋友,除非南江下雪。"

南江气候温暖湿润,一年几乎都是长夏,甚至有人戏言,南江只有两个季节,夏天和秋天。这座城市几十年来从没下过雪,要南江下雪,几乎是不可能的事。

"别把话说太满。"班盛轻笑了一声,他懒洋洋地直起腰撤开了两人的距离。

说完这句话后,学校恢复光亮,瞬间亮如白昼,保安站在对面教学楼的走廊上不停地吹口哨让学生赶紧离开学校,无数飞蛾聚拢在路灯下,灰尘浮动。

周边光线忽然过亮,林微夏下意识地抬手挡了眼睛,在指缝间瞥见班盛低下头,冷白的后颈那一排棘突明显,他咬着身上的冲锋衣拉锁,抬起脚下台阶,头也不回地离开了。

从那晚之后,林微夏开始变着法地躲班盛,班上有什么活动或者涉及班盛那个朋友圈的邀约,她统统找借口拒绝。

一两次还好,次数多了,尤其是那些 A 生开始心生不满,她们抱着手臂站在一起,在林微夏抱着作业经过的时候,毫不顾忌地放声议论她,语气高高在上:

"不就是成绩好点儿,有什么可贱的?"

"是啊,再怎么累计加分,底色也是个 F 生,出身差,脑子笨,只会死读书。"

她们原以为这些语言攻击、谩骂能中伤到林微夏,让她方寸大乱,从而心生快意。然而林微夏并没有什么反应,她像蓝色湖泊的冰面,平静而美丽,没有因为外物的扰乱而生出一条裂痕。

倒是陪在一旁的方茉脸色变了又变,回到座位上的时候,一脸急切:"微夏,你没事吧?"

林微夏摇了摇头,冲她温和一笑:"没事。"

"我刚才被她们吓死了,你没事就好,她们那些人是这样的,唉,你也只能忍气吞声了。"方茉安慰道。

林微夏正在分作业，回应时表情疏离："我反击了。"

"啊？"方茉一脸疑惑地看着她。

"人的弱点很明显。人做出一件事或某个行为，他想的是从中肯定自己，而那个快感就来自对方的反应。

"而你没给出反应，就是你赢了。"林微夏拿着作业本抬头看向窗外。

方茉顺着她的动作看过去，那群人中有一两个女生脸色不快，因为过于生气胸前起伏大，渐渐地脖子颜色涨成虾子红，显得有些滑稽。

"哇，微夏，你是我偶像！"方茉语气崇拜。

林微夏往外看，视线被一个高瘦的黑色身影占据，对上一张眉眼透着散漫的脸，眼看人就要靠过来，她快速移开视线，低声对方茉说：

"帮我发下作业，我去上个厕所。"

林微夏从前门走了出去。

其实她不止一次这样躲着班盛，这段时间柳思嘉和林微夏待一块，只要一碰上他，林微夏就会走开，美其名曰给两人留足够的空间。

只要柳思嘉有和班盛单独相处的机会，林微夏都会避开。

她应该这样做。

班盛靠在墙边，抬起眼皮深深看了一眼前门匆匆而逃的身影。

一转眼，12月到来，南江的气候依旧温暖舒适，除了冷空气南下时需要穿厚一点儿的外套，大部分时间天气都是暖洋洋的。

课间休息时教室里乱哄哄的，"砰"的一声，有人一脚踹开了门。

林微夏听见声响看过去，宁朝站在门口脸上挂了彩，他腰间系着校服外套大刺刺地走进来，一脸的肃杀之气。

宁朝抬脚勾着板凳坐下来，与此同时，林微夏闻到了一股浓郁的血腥气，抬眼看见他那张帅脸青一块紫一块，下巴处还有一条明显的血痕。

"朝哥，又上哪儿打架去了啊？"

宁朝把书往桌上一摔，啐了一口："跟十三中那帮浑蛋干架来着，他们爱挑事那就陪他们咯。"

"那你还敢回学校啊，这学期操场和实验楼的卫生可不得由你承包了？"有男生打趣道。

宁朝闻言露出一个皮笑肉不笑的笑容，动作牵扯到了嘴角的伤口，疼得他发出"嘶"的一声。

林微夏听后放下笔，看着他："我一会儿去医务室给你拿点儿药。"

说完林微夏去医务室拿了药回来，但医务室靠近教职工宿舍那边，路程有点儿远，以至于她回来时迟到了。

刚好是老刘的课，他放下粉笔看向门口的林微夏："你去哪里了？"

"老师，您有所不知，课代表去给宁朝拿药了，还是同桌知道心疼人哪。"有男生抖了个机灵。

全班哄堂大笑，纷纷回头，暧昧和揶揄的眼神在两人之间流转，邱明华也跟着笑得前俯后仰，回头跟班盛说话：

"哎，你别说，两人看着还挺配。"

邱明华嘻嘻哈哈地笑着，不经意撞上班盛的脸，他的脸上没什么表情，但邱明华知道，他不爽了。

只看了一眼，邱明华便知道什么话该在他面前说，不该在他面前说。

老刘叮嘱了两句抬手让林微夏进来，敲了敲讲台，喊了好几遍，教室才彻底安静下来。

下课后，林微夏拧开碘伏瓶盖，把棉签插进瓶子的时候，身后有道压迫性的影子挨过来，袖子挨着她的衣袖而过，一道挺拔的身影从她面前经过。

林微夏看见宁朝正歪七扭八地往脸上糊药，轻叹了一口气："我帮你吧。"

林微夏举着棉签，挪了一下凳子，两人的距离一下子拉近，她正要往宁朝的伤口涂药，一道冰碴似的冷冽声音传来，像冬天里的一记闷雷：

"宁朝，出来一下。"

林微夏的手抖了一下，碘伏液顺着棉签滴落到针织衫的衣摆上，立刻晕染出一朵花来。她抬眼看过去，班盛穿着一件黑色的连帽卫衣，半张凌厉的脸藏在阴影里，视线相接，他的眼睛像深色的海，看一眼，便能将人吞噬得一干二净。

宁朝站起来，一脚踹开凳子，转过身边向班盛的方向走边调侃："稀奇，你这种 A 生不是最不屑同我们这种人说话的吗？"

宁朝还在那儿说着话，班盛散漫地倚在墙边，眼睛只看着她。

到底帮宁朝涂药没涂成，他人跟着班盛出去后就再也没回来过。中午吃完饭后，林微夏趴在桌子上写作业。

柳思嘉捧着一罐可撕指甲油过来坐在她对面开始涂指甲，她吹了吹指甲上面的豆沙红，开口："微夏，你还会帮我的对吧，明天——"

"思嘉，不好意思，我可能没办法帮你了。"林微夏纤长的睫毛抬起。

柳思嘉一向笃定林微夏会帮她忙，忽然被拒绝，她红唇动了动，一时竟找不到合适的措辞。

现在连柳思嘉也撼不动她了。

林微夏抽出一张纸巾，牵过柳思嘉的手，垂下眼认真且动作轻柔地给她擦手指上出界的指甲油，语调缓慢：

"语文老师举荐了我参加全国诗歌大赛，而且课业繁忙，这段时间我可能陪不了你了，篮球社那边我也去不了了。"

林微夏确实要参加诗歌比赛，得知这个消息的时候，她消化了一下——她只是作文好一点，但从来没有写过诗，不知道怎么做准备。

好在刘希平鼓励她："你文采不错可以试试，而且写诗很有趣也很简单，把你看到的想表达的写出来就好了。"

柳思嘉挑了一下眉，剥了一颗糖扔进嘴里："理解，那你好好准备，以后我就可以出去说我姐妹不仅长得漂亮还会写诗。"

"瞎讲。"林微夏笑着拧了一下她的胳膊。

晚上回到家，林微夏打开电脑试着写了几句，觉得不满意又按了删除键。关掉页面后，她浏览了一下学校的论坛和贴吧，刚好浏览器自动保存了历史浏览网址，林微夏顺便登进了那个叫YCH的网站。

网站依然是一片漆黑，冰冷的压抑感，访问人数增多了50，但上面空空如也，什么都没有。

林微夏正要退出去时，忽然发现多了两个帖子。

ID名为溺水的蘑菇发帖，时间是上个月。

我恨这里的一切。
好想离开这里。

无人跟帖，像是在自说自话，配图是一条走廊过道，冷色调的蓝色，墙壁上挂了深高的标语。林微夏蹙眉，她好像没见过学校有这样的地方，最后点开ID名为溺水的蘑菇的主页，一片空白什么也看不了。

林微夏坐在椅子上抱着膝盖看了很久，把那张照片点了保存。

自从林微夏不掺在柳思嘉和班盛之间，并多次躲开他之后，心里轻松了不少。偶尔会听方茉很夸张地说班盛和柳思嘉又单独待一块啦,那个学姐又重新来找他了之类的消息,林微夏听后一笑,脸上的表情却是疏离的。

气象局报道又一台风"鲨鱼"从琼海登陆,预计将会带来新一轮的强降雨和大幅降温,手机收件箱塞满了气象部门发来的让市民远离海域、相关水上作业和过往船舶暂停等信息。

外面昏沉沉,乌云翻涌,教室里白天亮着照明灯,周五放学后,林微夏留在教室里写作业,收到姑妈电话,让她去十三中给高航送伞。

林微夏看一眼外面浓黑得要滴出水墨来的天空,站起来收拾东西背着书包准备出去。等走出校门的时候,天已经完全暗下来了,风呼啸而过,扬起树叶飘在半空中,开始下起小雨。

天空呈现一种浓稠的青灰色,冷风过境,空气骤然变冷。林微夏站在公交站台上等车,雨越下越密,马路上的汽车一辆接一辆地飞驰而过。

风来得迅疾又猛烈,卷得林微夏手撑着的伞摇摇晃晃,以至于雨水打在林微夏的脖颈上,顺着皮肤流进后背,冰冷的雨珠灌进来,让她不由得瑟缩了一下。

一辆黑色的迈巴赫冲过来,发出尖锐的刹车声停在她面前,白色的水汽腾空而上,听到刺耳的声音,林微夏下意识地捂住耳朵。

车窗降下来,露出一张美艳的脸,是柳思嘉。美人的脸上升了点红晕,她冲这边喊:"微夏,去哪里,让班盛送你咯?"

林微夏摇了摇头,笑着拒绝:"不用,我坐公交就好。"

分不清是不是天气的原因,气氛一刹那陷入冰冻,柳思嘉扭头看向另一边,男生懒散地靠在后座椅背上,指尖飞速地滑着屏幕玩游戏,并没有把眼神分过来。

柳思嘉扯了扯他的衣袖,班盛终于肯施舍般看过来,看着她:

"上车。"

林微夏仍是拒绝,班盛给了司机一个眼神,下一秒,黑色的汽车像离弦的箭疾驰而去,与此同时,车窗升起,像是圈起只有他和柳思嘉两人的世界。

将她隔绝在外。

须臾,林微夏的手机屏幕亮起,她伸手拭去上面的水雾,点开,班盛给她发了一条信息:

周末来我家。

他是指林微夏欠他那次。她正犹豫着怎么拒绝，班盛像是猜准了她的心思般，慢悠悠地补了句：

不来，我跟柳思嘉说，我想要的朋友是你。

林微夏的心被烫了一下，她没办法，回了句"不食言"便把手机揣回兜里。等了好一段时间，公交终于到站，她坐上车后，车子迎着风雨一路来到了十三中。

林微夏下车后，时针已经指向了六点，学校的人基本走光，天暗得一天比一天快，只有校门口没有打烊的店亮着灯光。

她走进去四处找人，终于在实验楼处找到高航。林微夏的伞还没送过去，他人就跑了出来。

高航露出一张笑脸，做了个鬼脸："得，还是老姐贴心。"

人一靠近，面貌也清晰起来，林微夏注意到他嘴角的伤，问道："你怎么了，打架了？"

高航神色一暗，随即又勉强露出一个笑容："没有，路上磕的。"

林微夏还想再仔细查看他的伤口，却被高航一把揽住肩膀，带着她往前跑："快点儿回家吧，雨大了就惨了。"

两人走出校门口，林微夏正打算从口袋里拿公交卡的时候，不远处传来一阵轻佻的口哨声，紧接着三四个人影从暗处出来。

"哟，这不高航吗？认厫没有啊？"为首的人摇头晃脑，手里还时不时甩出一把折叠刀。

高航脸色一变，冷笑一声："我认你个头。"

对方正想回嘴，无意看见高航身旁站着的林微夏，心中一喜：这妞长得挺好看啊，跟不食人间烟火的仙女似的。口哨声再次响起："这是哪来的仙女姐姐？"

高航立刻拽住林微夏的胳膊把人往身后藏，眼睛盯着他，沉着一张脸："找事是吧？"

风刮得更猛了，雨点加重砸在人的身上有一种刺痛感，眼看台风就要来了，他们斗了几句嘴便走开了。

人一走，高航又恢复了在她面前温顺的模样，林微夏抽出手臂，看着他开口："今天这事我不会告诉姑妈，但以后你不能在外面打架。"

高航一手接过她的书包，语气讨好："知道啦！回家吧姐。"

因为台风过境，周末两天都是阴沉沉的，气温下降，格外冷，整座城市笼罩在一种白茫茫的湿气中。

林微夏出门的时候穿了一件松绿色的针织外套，衬得肤白如冻玉，她抱着一把伞按照班盛发过来的地址搭车。

她以为要去的是掮角区那边他家的临海别墅，柳思嘉之前去的那个地方，但班盛给的是另一处地址，在市区附近，南湾区一号。

天色暗沉，宽阔道路旁的椰林成影，林微夏撑着伞来到门号 7-3 前时，裙角、白色鞋袜上爬满了细小的白色雨珠。

林微夏按响了门铃，黑色铁栅门边上的监控摄像头对着她闪了一下，她把伞柄架在肩膀上，开始盯着地上的蚂蚁搬家。

顷刻，不远处传来声响，林微夏抬头，一道高大的身影映入琥珀色的眼眸。班盛穿着一件黑色的连帽卫衣，他从头到脚都是黑的，男生没有撑伞，帽子随意地扣在脑袋上，越走近，那侵略性极强的五官就越逼近。

人站在门口，大门徐徐自动打开，微夏撑着伞同他一同进门。她对班盛家的第一印象是空和冷，家具是冷硬的欧式风格，烟灰色的窗帘随风摆动，地上的大理石反射着此处的空旷冷清。

"家里的阿姨和司机放假回去了。"

林微夏站在巨大的落地窗前，看见旁边正是蓝色游泳池，细小的水波浮动着，无限接近于夏天的蓝色，视线往外延伸，院子外面一片草绿，水管开着白色的花。

班盛原本整个人埋进沙发里，见状站起来，一截凸出来尖尖的喉结上下滑动着："随便参观。"

"你的游泳池不是不让人进吗？"林微夏出声。

班盛低下头发出一声很轻的哂笑，刚好走到她身边，语气自然平常：

"你是别人吗？"

低沉似冰块撞击的嗓音钻进耳朵里，热气拂耳，耳后的颜色一点点变深，林微夏的心忽地缩了一下。

班盛人擦着她而过，单手插兜径直推开落地窗的门，一阵风吹过来，林微夏抬脚走过去，一望无际的蓝。

她闻到了一阵淡淡的氯气味。

林微夏走在游泳池边上，问他："很喜欢游泳？"

"一个人泡在水下憋气快要到极限的时候，给人一种可以忽略全世界的感觉，很爽。"班盛懒散地答，辨不出真假。

林微夏站在那儿，看着蓝色游泳池不知道想起什么，眼底一阵刺痛。倏地，身后传来一声漫不经心的问询：

"试试？"

还没反应过来，身后被人一推，林微夏脚尖一转，整个人不受控制地往前倾，吓得惊叫出声，眼看就要在台风天摔进冰冷的游泳池中。

一只骨节分明的手搭在腰间，稍微一收力，就将她整个人带了回来。林微夏惊魂未定，胸口阵阵起伏，看见一张漫不经心的脸，班盛则放声大笑，笑得肩膀抖动，一颤一颤的。

林微夏对上一双漆黑的眼睛，眼底充斥着恶劣的笑意，她只看着他。

渐渐地，班盛敛去了脸上的笑意，把人往前一带，两人的距离咫尺之间，他闻到了她发顶的香味，呼吸错乱，他看着她：

"真不该惹你。"

输的还是他自己。

林微夏挣开他的桎梏，拉开距离："很冷，进去讲作文吧。"

走进班盛的书房又是另一个世界——一张 U 形沙发，一张书桌，上面堆叠着几本关于天体物理的书，墙壁上挂着一张世界地图，还有几张篮球运动员的签名照。

凳子底下躺着一颗篮球。

最特别的是墙上挂满了天文照片，深蓝的天空、白色的星轨、瑰丽的云，每张照片都有一个张狂的落款签名：Ban。

林微夏不懂这些，但光看照片里的景象，就知道是难得一遇的奇景。

"你正在看的那张照片是我之前在西北一座山上拍的，蹲到大半夜，有高反不说还从山坡上滑了下去，摔断了小腿，到现在里面还埋着钢钉。当时我一个人在那儿，手机没了信号，有一种要死在那里的感觉。"班盛自嘲地一笑。

林微夏点评："冒险家。"

班盛转身递给她一杯水，林微夏接过一看，是她喜欢喝的咸柠七，指尖碰到杯壁，是常温的，她感叹于他的细心。

浪漫的天文景象难得一遇，观看又得在开阔、远离光污染的地方，其他照片想也不用想是班盛费了多大劲才拍的。

"可是很浪漫不是吗？卫星互掩，再形影相叠，像心的吞噬。"班盛盯着照片缓缓说道。

林微夏顺势看过去，两颗伽利略卫星慢慢靠近，大的掩住小的，最后只剩两个影子叠在一起，像两个边缘人抱在一起。

"很好看。"林微夏触动道。

班盛抬眼看着林微夏安静的侧脸，看见有一缕头发沾在白嫩的脸颊处，垂在裤缝边的手动了动，抬手想把头发钩到她耳后。

结果手刚要碰到她的耳朵处，林微夏防备性警觉，一向平静的脸出现波澜，语气有些急："别碰我。"

班盛愣怔了一下，盯着林微夏的背影若有所思。

林微夏坐下来开始看班盛的作文，越往后看眉头就渐渐拧起来，只觉得不对劲。

林微夏正要开口说话的时候，桌上的手机发出嗡嗡的振动声，她瞥了一眼来电名字，站起来拿起手机背过身接电话。

"微夏，这可怎么办？你弟跟人打架把人送进医院里去了。"听筒里传来姑妈慌乱的声音。

身后传来一阵声响，林微夏下意识地侧头，瞥见一截冷白的脖颈，班盛在后面。

"不要急，姑妈，你慢慢说。"林微夏轻声安慰。

"你弟跟班上的一个人起了争执，把人打进医院了，对方家里有钱有背景，无论我怎么赔礼道歉，他们不肯接受和解，扬言要告航仔。这可这么办啊？我就这么一个孩子，他还这么小，万一毕业档案有污点怎么办……"姑妈一向强势，这会儿说话却语无伦次焦急不已。

今天是下雨天，书房又大，即使背对着他，听筒里的话还是一字不落地落入班盛耳中。

林微夏低声安慰了几句挂断电话后，转身冲班盛开口："不好意思，家里出了点儿事，今天的补课改下次吧。"

说完她走过来俯身收拾桌上的书本、笔，乌发从腰间散落，林微夏把东西一股脑儿地装进书包里正准备走时,班盛喊住了她。

"你弟在哪儿读书?"

"十三中。"

"要告你弟的那家人什么名字?"

"不太清楚,只知道和我弟有冲突的叫方淮阳。"

班盛慢悠悠地出声:"方家的人我认识,我跟他哥方淮回打过两次交道。"

林微夏眼睫动了动,抬眼看向他,班盛弓腰坐在沙发上,看着她:

"一句话就能摆平。"

班盛抬起眼皮看着林微夏没再出声,他的态度摆在那里,仿佛就是林微夏一句话的事。

但拿什么来换,她自己清楚。

班盛这种人,骨子里藏着坏血,天生的谈判家。

外面的雨声密了些,林微夏看了他几秒钟,收回视线,垂下眼睫:"我先走了,雨大了不好走。"

说完林微夏背过身,刻意忽略掉落在身上的那道眼神径直向前走,手挨着门框,走道的风吹了过来。

班盛发出一声嗤笑:

"林微夏,你怎么都不肯求我一声?"

呵,前段时间为了那个琥珀吊坠倒是什么都肯做。

林微夏的背影僵住,但还是走了。走的时候雨比之前密了一些,林微夏撑着伞,走出了班盛家。

赶到医院的时候,电梯门"叮"的一声打开,远远地看见高航一脸颓丧地靠在墙上,脸上还带青一条紫一条的伤痕。

姑妈的声音远远地传了过来,语气夹杂着悲怆:"孩子比较冲动不懂事,我替他向你们道个歉,淮阳这孩子的医药费我这边出,你们要多少赔偿我们也出,还是请你们大人有大量……"

姑妈佝偻着腰,一脸的卑躬屈膝,却怎么也近不了对方家长的身。对方竭力维持着有钱人应有的体面,脸色冷漠且强硬,姑妈的心凉了半截作势就要跪下来,被助理拦了下来。

"林女士,多说无益,回去准备应诉吧。"助理推了一下眼镜。

人群散开后,姑妈一转头就看见不远处的林微夏,视线再移到脸上挂了彩的高航,叹了一口气。

"妈,回去吧。"高航出声喊她。

回到家后,林微夏去做饭,没多久,餐桌上出现了丝瓜清汤、红烧茄子、腐乳炒空心菜和中午吃剩的排骨。

晚餐氛围一片死寂,没有人说话。林微夏盛了一碗汤到姑妈面前,她依然没有动筷子,高航则沉默地扒拉了几口饭就回房了。

餐桌上的灯用久了有点儿暗,光线投在林微夏眼睫上,晕出一道阴影。林微夏开口:"这两天我问问同学中有没有能帮上忙的。"

姑妈回过神来忙说:"对对,你们学校的学生大部分都是家庭有钱有势的小孩,肯定能帮上忙。"

"辛苦你为你弟操心了。"姑妈夹了一块排骨放到林微夏碗里。

台风过后,天气明朗了许多,新的一周又来临。周一,林微夏从早读就没看见宁朝,以为他请假了。

结果快上课的时候,宁朝单手拖着一根扫把大摇大摆地走进来,嘴里还叼着一袋豆奶。林微夏反应过来,他这是被罚扫了。

宁朝甩手把扫把丢到墙角,坐下捶了一会儿自己的肩:"都怪十三中那帮人。"

听到"十三中"这个词,林微夏耳朵动了动,不禁询问道:"十三中,那你认不认识初中部的方淮阳?"

"初中部的?不认识。不过什么事?"宁朝问道。

"我弟打了人,他们现在不接受赔偿说是要告我弟。"林微夏垂下眼,语调有些低。

宁朝一听到这些有钱人的这些做派就冷笑一声,他不知道什么时候从袖口处滑出一把折叠铅笔刀,掌心甩出刀刃来,上面的光反射在一双漆黑的眼睛里,透着狠意。

"要不帮你打服他?"

"还是算了。"

先不说这种以暴制暴的方法不可取,要是真这么做了,只怕局面会愈发不可收拾。

事情一直没有进展,班盛没再主动堵她跟她说话,似乎笃定了林微夏会主动找上门。而姑妈那边给的压力越来越大，林微夏打算周四下午上完最后一节音乐课去问柳思嘉，看她能不能帮上忙。

傍晚时分，林微夏和柳思嘉正在面馆等面上来，校服口袋里的手机传来一阵振动声，她看了一眼来电显示人，握着手机走出去接电话。

"喂，姑妈。"有风刮来，林微夏不自觉地裹了一下衣领。

姑妈愉悦放松的声音从听筒里传来："航仔的事情解决了，对方一句话的事，你弟同学就改主意了，主动提出要撤诉，这下你弟的档案不会有什么污点了。"

"那就好。"林微夏松了一口气。

"这次多亏了你同学，他亲自打电话过来的时候我吓一跳，我在电话里再三表达了感谢，结果他什么都不想要，想让你陪他吃个饭。"

"夏夏你记得去啊，人家帮了我们家这么大忙。"姑妈再三强调道。

林微夏抬眸看了一眼天空，乌云翻涌，除了周一短暂地出了一会儿太阳，这几天都是阴雨天。

"好。"林微夏对电话那头应道。

周五从早上开始落雨，一整天都湿答答的，同学们的伞挂在走廊的架子上，窗外被一层白雾轻轻笼着。

班盛今天没有来学校，林微夏右手边隔着走道的那个位子是空的，柳思嘉也没了来她这里的兴致。

一下课，女生凑过来围住柳思嘉，她们凑在一起讨论新出的香水牌子，以及哪个牌子的指甲油更闪。

放学后，林微夏特意留到最后，做了一段时间作业后，人都走完了她才慢吞吞地收拾书包，坐上开往南湾区一号的公交。

到达班盛家已经是七点了，一下公交，狂风险些把林微夏撑着的伞吹翻，雨越来越大，从天浇注而落，砸在地上飞出一朵又一朵的水花。

黑色的幕布将天空吃透，幸而一路有灯光，雨斜斜地打了过来，暖色的灯光映照下，整个画面像褪了色的电影胶片。

林微夏站在门口摁了门铃，这次没等多久就有人过来开门。阿姨领着她一路走进门，示意人在楼上便走开了。

林微夏走上二楼，人站在玄关处，却发现客厅里没有开灯，一片黑暗，只有落地窗外院子里透进来的点点星光。

她以为没人正要扭头时，猛地发现落地窗的南向墙边处有个黑色的身影，他靠在墙边，姿态落拓不羁，只见一截微扬的下巴。

林微夏按了墙边上的开关，"啪"的一声室内瞬间亮如白昼，班盛靠在墙边，没有回头看来人，整个人透着一股颓丧之气。

林微夏抱着书包走近，来到他对面坐下，这才看清班盛的脸。他今天穿着一件黑色的外套，肩头湿了一大半，一片深色，漆黑的眉眼还沾着水珠，脸上带着明显的深一道浅一道的伤口，有一道很长的伤痕，像是被划伤的。

他的情绪差到了极点。

坦白说，林微夏第一次见到班盛这个人，就觉得他有着不可一世的骄傲，但同时身上还透着孤绝，是他把自己圈地为王，没人能靠近。

只是班盛这个人太擅长伪装和不动声色了，几乎没人能看清。

但今天不同，林微夏能感受到班盛今天丧到了骨子里，浑身被黑暗笼罩着，有一种什么都随便的架势，是厚重无法呼吸的黑色。

"高航的事谢谢你，要不是你的善良和热心帮助，我弟也不会……"林微夏把打好的草稿说出来。

她正说着说着，班盛忽然极冷地嗤笑一声，也没看她一眼，毫不留情地揭穿：

"林微夏，你能不能再假一点儿？"

林微夏愣住，还想再说点什么的时候，班盛终于抬眼，语气漠然：

"不想待就走吧。"

15 冬至

人走后，四周静得不行，只剩狂风拍打窗户阵阵作响，白色的玻璃布满雾气，雨珠贴着玻璃往下坠，像在哀泣。

他仰头靠在墙上，慢慢地滑坐下去，班盛翻转掌心发现上面有一条血痕，不断有血涌出来，触目惊心。可他现在一点儿痛感都没有。

班盛拿起手机，找到那个烂熟的电话号码拨过去，听筒传来冰冷的"嘟"声，响了一会儿，电话转为一道温柔的女声："对不起，您拨打的电话无人接听……"

再打,还是如此。

"啪"的一声,手机被摔碎在墙壁上,黑色的机身贴着墙壁掉在地面上,屏幕膜摔得四分五裂。

班盛闭上眼,睫毛颤了一下,漆黑一片,眼底全是被割裂成破碎的痛苦。

一阵静谧过后,不远处发出声响,好像有人影走了过来,班盛的耳朵动了动,警觉地睁开眼,在看清眼前人时愣怔了一下。

林微夏单膝往下弯半蹲在他面前,打开旁边的小型医药箱,长长的眼睫垂下来,像薄薄的蝶翅,轻声开口:

"楼下阿姨说你受伤了,她给了我医药箱就提前走了。"

琴姨还说,像今天这样的日子,通常班盛只想一个人待着,所以他们只能先走。但林微夏没有选择说这句话,她也自觉地没问为什么两次来班盛家都没有见过他的家人。

林微夏拧开碘伏盖,抬起脸,拿着棉签往班盛身上靠,去涂他脸上的伤口。稍微靠近一点,她就闻到了他身上独特的气味,他阴影下的高鼻梁,像工笔画,起伏有致。

手指不经意地挨到他脸上的皮肤,烫得林微夏手一抖,液体滴到脸颊上,"啪"的一声,分不清是冰凉还是燥热,班盛抬起眼看着她。

"听说今天是你生日。"林微夏移开眼,快速擦掉他脸上的液体。

班盛一眼瞭过去,林微夏今天穿着一件白色毛衣,脑后乌黑的长发上别了一个稍大的红色丝绒蝴蝶结,一张脸唇红齿白,这会儿倒显几分乖巧,没了往常的清冷疏离,让人生了欺负的欲望。

班盛抬手攥住她的手掌,宽大的手掌裹住柔荑,他的掌心很冰,林微夏心一缩,抬眼撞上一双深邃的眼睛。

"我不过生日。"

林微夏点了点头,班盛这才放开她,倏地一顿,整个人靠在墙上。林微夏给他上完药,把药箱放回楼下。

阿姨已经离开了,整栋楼空荡荡的。半个小时前,班盛出声赶人,林微夏拿着折伞下楼离开时正好碰上阿姨。

阿姨笑笑走上去,把药箱递给她:"同学,听阿盛说你叫微夏是吧,能不能帮阿姨把药送上去,看着他处理好伤口?"

林微夏没有伸手接,语气疏离:"抱歉,我得离开了。"

人刚走没两步，阿姨喊住她，解释道："今天是阿盛的生日，每年的这个日子他都会出去一趟，然后带着一身伤回来，问他什么也不说，也不让人上去，把自己关在房间里。

"你是他第一个带回这个家的女生。他从来不与别人亲近。你能不能帮阿姨这个忙？你去给他上药，他应该不会发脾气。

"如果阿盛有什么做得不对的地方，阿姨替他给你道个歉。"

……

雨水撞击玻璃发出的声音将林微夏的思绪带回，她把药箱放回原处折返二楼，发现客厅里的灯暗了下来，室内已然变成了观影模式。

班盛略弓着腰，眉眼低着，正在看电视剧，手里还握着遥控器，上面播着的是《权力的游戏》，幕布上的一把利剑恰好划到他脸上，脸上没什么表情。

林微夏走过去，在他旁边坐下，也在一旁静静地陪着看起了电视剧。

两人一起看了一集半电视剧，基本没怎么说话，伴着落地窗外的风声雨声，气氛意外地融洽。

"你喜欢《权力的游戏》里哪个人物？"林微夏专注地看着幕布，睁眼时睫毛显得很长。

班盛挑了一下眉，不正面回答，反问道："你呢？"

"艾莉娅，她很勇敢。"

兴许是坐太久了，班盛仰靠在沙发后背上，押了一下颀长的脖子，回答她的问题："都不怎么喜欢，里面的人物都带着悲情色彩，非挑一个的话，小恶魔吧。"

大冷天的，班盛开了罐饮料，"嗒"的一声，白色泡沫瞬间喷涌而出。他脸上的表情晦暗不明，嘴角挑出一个讥讽的弧度。

"他生下来就是个错误。"

确实是这样，这部剧的观众都知道，小恶魔的母亲因为生他难产而死，他在姐姐的仇视和嘲讽中长大。他的父亲更是亲手将他送上审判台一心想要他死。君临城人人畏他，也恨他的贪婪和好色虚伪。

"可在我看来，他贪婪好色、玩世不恭，在面对权力的操控时是在伪装自己的善良……他虽然是个侏儒，面对世人的偏见和亲人的仇恨时，却一直勇敢地活着，认清了生活的真相却依然好好活着。"林微夏看着屏幕静静地说道。

班盛轻笑了一声，仰头灌了一口冰凉的饮料，问她："你看完了？"

林微夏摇摇头："电视剧没看，我把原著《冰与火之歌》看完了。"

班盛没记错的话，原著小说有五卷之厚，人物关系错综复杂，他抬眸看向她："你也啃得下来。"

"因为以前没什么朋友。"

林微夏想起什么，看向窗外，外面的树影不再摇曳，她忽地站起来："雨停了，我要走了。"

身旁的沙发因为她的起身立刻鼓了起来，班盛眼眸动了一下，抬手拉住她的手腕。林微夏回头，对上一双眼睛，班盛自下而上地看着她，话语却强势：

"不是答应陪我吃饭，吃了再走？"

与此同时，林微夏的手机发出嗡嗡的声音，她拿出来解锁屏幕一看，是姑妈发来的消息："怎么样，你陪他吃上了吗？夏夏，你可得好好感谢人家，他可是我们家的大恩人。"

说是吃饭，阿姨先前又走了，班盛就一大少爷整个人倒在沙发上边喝饮料边看电视剧，根本没有要动手的意思。

林微夏只好打开班盛家的冰箱门打算给姑妈说的"恩人"做饭，却发现里面几乎都空了，倒是有半袋阿姨先前包好的饺子，她忽然想起来——

今天是冬至。

厨房里，林微夏站在集成灶前拧开开关，青蓝的火苗燃起，映在一双琥珀色的眼珠上。冷水在锅里渐渐翻滚起来，饺子倾盘下锅，须臾翻起了肚皮。

白色的缕缕烟气从锅盖的缝隙旁冒了出来，林微夏低着头正在切青菜段，她的神态认真，班盛什么时候闪了进来倚在门口一直看着她她都不知道。

林微夏衣衫口袋里的手机一直在响，持续不停，直到班盛走过去侧身拿了出来。

林微夏腾不开手，本来想让班盛接听电话，不经意地一瞥，在瞥见来电人时下意识地踮脚就去抢。

只可惜班盛更眼尖，仗着身高优势手一扬并点了接听。男生站在她身后，他握着手机，略微俯下身，听筒处贴在林微夏耳朵上。

他绝对是故意的。

与此同时,柳思嘉一贯高扬的声音传了过来:"喂。"

林微夏进也不是,退也不是,她僵住不敢动弹,人被班盛困在方寸之间,稍微一动就会撞上身后坚硬的胸膛。

"你在干什么?"

话音刚落,身后的人握拳压着声音轻咳了一下,伸手将流理台上的汤勺一扔,汤勺撞击大理石发出一道"咣"的声音。

"你那边有人?"柳思嘉警觉道。

林微夏脱口而出:"答应陪某个人吃饭。"

说完林微夏就后悔了,她不想对柳思嘉撒谎,也没当班盛是好朋友,只是用"某个人"指代,却发现,"某个人"这三个字听起来更欲盖弥彰。

不知道是不是她听觉有误,林微夏听到了身后一道很轻的哂笑声。

下一秒,柳思嘉语气揶揄起来:"哦,你有喜欢的人了。"

"没。"林微夏否认道。

柳思嘉的语气是从没有过的沮丧:

"班盛拒绝了我,我不知道还能坚持多久。

"他要是能有我喜欢他的一百分之一喜欢我就好了。

"今天郑照行跟我表白了,那个傻子。"

气氛好像忽然冷下来,锅里的饺子煮沸后水不停地翻滚着,林微夏弯腰去关火终于有借口脱身,眼底恢复清明:

"再等等。"

餐桌上,只亮了一盏灯,两人面对面地坐着开始吃饺子,窗外又开始下起了雨,电视还在放着,时不时传来冷兵器对碰的声音,老爷子的剧本让人根本猜不到下一个是谁领盒饭。

两人都没怎么说话。其实饺子煮得烂了一点儿,但班盛食欲大开,吃了一碗后又盛了一碗,筷子往下一拨,班盛没注意也没认真看,低头一咬,流心荷包蛋的味道溢在唇齿间。

班盛看向林微夏。

林微夏拿着筷子,也从碗里夹出一个荷包蛋,说道:"一人一个。

"冬至快乐。

"冬至是一个值得庆祝的日子。"林微夏睁着眼看着他说。

班盛原本无波澜的眼底起了变化,忽然低头笑了起来,他坐得懒散,脸上的表情却不像在开玩笑,心想:
　　林微夏,你这样只会让我更喜欢你。
　　我追定你了。

Part 4

带着她逃亡

lily

林微瘦单膝住下弯半蹲在他面前，打开旁边的小型医药箱，长长的眼睫垂下来，像薄薄的蝶翅，轻声开口："楼下阿姨说你受伤了，她给了我医药箱就提前走了。"

You can hear

16　流星

　　吃完饭后，班盛打了辆车送林微夏回家。林微夏打开车门刚坐上去，一道瘦削的身影侧身坐了进来。
　　林微夏眼神疑惑地看向他，班盛靠在后座上，一副浑不懔的架势，搁话："陪你回去。"
　　林微夏别过脸去看向车窗外，班盛口袋里的手机发出"叮"的信息提醒声，他掏出来，拇指滑开屏幕，邱明华发来一连串消息。
　　邱明华：班爷，我被人欺负了。
　　邱明华：这个场子必须得你帮我找回来。
　　邱明华：服了，一出门就跟七中那帮人杠上了，我等你过来。
　　邱明华：什么情况，你不管我了吗？
　　看到最后一句话，班盛发了一串省略号过去，对话框里敲出一行字发送：管不过来。
　　意思是他有要管的人。
　　下一秒屏幕亮起，邱明华的语气跟机关枪扫射似的发送一排问号：谁？你要管谁你说啊？
　　邱明华越急，班盛越是不说，蔫坏得很，直接熄灭了手机屏幕存心吊着他。
　　班盛亲自把人送到路边，林微夏推开车门走下车。路上有浅浅的水坑，林微夏抱着伞正凝神避着水坑，身后传来班盛闲散且从容的声音——
　　"林微夏。"
　　林微夏茫然回头，班盛坐在车里，只看着她："晚安。"
　　远处一抹灯光一晃而过，刚好停在班盛眼睛里。

像有流星划过。

冬至一过,南江好像才真正迎来了像样点儿的冬天,人们换上了薄一点儿的呢子大衣、外套。深高的冬服依然是制服格子裙,比起夏天,多了一层及膝袜。

学校为庆祝圣诞节的到来,特许每个班有一个自由活动的晚自习。高二1班的活动定为在节日那天交换礼物。

全班每个同学都要准备一份心意,然后包装好以礼物的形式出现在晚会上,圣诞节那天大家一起选。

下了课后,大家都在小声讨论着买什么礼物,时不时往自己悄悄关注的人那里看一眼,希望对方能选到,希望命运的巧合落在自己身上。

女生们围着柳思嘉,七嘴八舌地说话,手搭在她肩膀上:"思嘉,你打算送什么呀?"

"嘁,她送什么那帮男生不都抢着要?不过最重要的是班盛肯定一眼就能认出思嘉的礼物啦。"

一提到班盛,柳思嘉那双冰川般的美人眸出现笑意,面容更显娇艳。

关于柳思嘉和班盛的流言日益减少,但众人还是觉得两人关系不一般。毕竟柳思嘉对班盛的态度越来越明显,比起女王从前端着架子,现在她已经放下架子了。

方茉看着两耳不闻窗外事的林微夏叹了一口气,一脸的愁苦:"微夏,你不想想送什么礼物吗?可愁死我了,那些A生基本上家境是很好的,送的礼物肯定会被人选走。要是我送的没人选怎么办?啊啊啊好丢脸。"

林微夏正埋头解一道物理题,终于解出来,松了一口气,笑着伸手捏了一下她圆圆的脸颊:"我要啊。"

"呜呜呜,你最好了。"方茉立刻抱住她的手臂。

做完课间操后,学生们拖拖拉拉地上楼。柳思嘉照常穿过人群走过来,挽住林微夏的手臂一起回教室。

方茉还没回来,柳思嘉靠在她桌子上同林微夏聊天。林微夏没事干,正整理着凌乱的桌面。

"你猜猜我选的礼物是什么?"柳思嘉的红唇一张一合。

林微夏边抽出试卷边分类边笑着应:"猜不出来啊。"

"喏，你看。"柳思嘉从口袋里摸出一个东西。

林微夏看过去，纤白的手掌上躺着一支银色的钢笔，闪着银光，笔身的线条也很好看。

柳思嘉的确很喜欢班盛，那样高傲漂亮的一个女孩，记得他常喝的牛奶，吃他喜欢吃的糖，在班盛喊停前一直暗暗给他送牛奶。

林微夏看着眼前带着亮光的狐狸眼，嘴唇动了一下，柳思嘉再次开口："你呢，打算送什么？"

林微夏摇了摇头："暂时还没去想。"

傍晚，林微夏回到家坐在书桌前托着下巴发呆，班上圣诞节要交换礼物，她还没去想送什么。她好像没有什么能拿得出的东西。

要不然，送书好了，她可以好好包装，里面再夹张书签。林微夏正撑着脑袋凝神想着，桌边的手机发出嗡嗡的振动声。

林微夏拿起手机划了接听，一道干净爽朗的声音传进听筒里："老姐，江湖救急啊。"

"你就急着吧。"林微夏语气惯来沉静。

"哎，老姐……别挂！姐，你行行好吧！。"高航忙不迭地说道。

三巷十八号，一位穿着白色连帽卫衣的男生站在一家店前，正愁眉苦脸着，见林微夏姗姗来迟，蹙着的眉头终于松开。

"老姐，你一向学什么都快，试试呗。"高航说道。

高航在这家店打了一个小时的气球枪，兜里比脸还干净，他还就不信邪了，今天非得赢走店里的一样东西。

林微夏拿起气球枪单眼瞄着目标试了一下手感，说道："我不太会。"

说完，一发子弹射了出去，果然偏了，高航见状叹了一口气。老板正嗑着瓜子看电视，瞅了一眼对面这个看起来文弱的姑娘，笑呵呵地说："这个要是谁都会，我这个小本生意不得亏本啊。"

话音刚落，"砰砰砰"的声音响起，气球像节节开花似的，接连爆破。高航立刻鼓掌吹起口哨。

老板瞪大眼看着林微夏接连射中了他的气球，长得那么斯文内敛的姑娘打起气球枪来毫不手软，相当干脆利落，还是百分百中的。

到最后，林微夏赢得店里最大的一个粉色娃娃和篮球。结束之后，高航把一颗篮球塞到她怀里，露出一口白牙：

"谢谢姐。"

林微夏被动地接过篮球，指着他怀里的半人高的娃娃，想着把这个拿去交换礼物晚会的现场也不错。

结果高航下意识地把它藏到身后，脸上起了一抹可疑的红晕。林微夏明白过来，语气揶揄："哦，有喜欢的女孩子了。"

说完林微夏转身就往家的方向走，高航怕他老姐告状追了上去，转移话题道："姐，你也太厉害了，怎么一打就中啊？"

"第一发是用来试位置的，老板调低了准星，所以比原来的位置往下打就行了。"

"姐，你真厉害。"

……

圣诞节那天，篮球社要求全员开一次会，每个人必须到场。林微夏缺席已久，这次却不得不去。

两人挽着手去会议室，柳思嘉今天用红发圈扎了高马尾，路上惹得行人频频回头。

"我的礼物是蓝色包装纸，底部写了个'嘉'字。"柳思嘉说道。她还在微博发了张照片，配文是：等那个人来。手机客户端的后缀是S。

看到那个字母S，大家纷纷心知肚明地点赞，她这样兴师动众，无非是想告诉别人这个礼物是她柳思嘉送的，谁都不能碰，除了班盛。

会议结束后，林微夏负责将器材送回器材室，其他人陆续离开，柳思嘉则在不远处同人聊着天，正好等她。

林微夏走在过道里，准备去洗手，忽然，一道过强的力拉着她的手腕往器材室里一拽。林微夏被男生拽到门后边，强势的阴影笼罩下来，班盛抵着她，漆黑的眉眼压下来：

"你送的什么？"

门外不远处，柳思嘉同人聊着八卦，脸上的笑意敛住，似乎看见有两道身影一闪而过，但仔细一看，又什么都没有，只看见器材室的门震动了一下，灰尘飘浮在半空中。

柳思嘉朝不远处喊了一句："微夏，你好了没有？"

声音传到林微夏耳朵里，她睁眼看着班盛，他仍不肯放人。

"我送的是书。"林微夏说道，班盛这才缓缓放开她。

今天是圣诞节，每个班都洋溢着送礼物的热闹气氛，班上的男生女生凑在一起讨论天气，说自己的心愿之类。

有人问林微夏道："哎，微夏你的圣诞心愿是什么？"

"世界和平。"

"敢不敢再敷衍一点儿？"李笙然嗤之以鼻。

"想去看海。"林微夏脸上的笑容始终浅淡。

柳思嘉伸手指了一下她的额头，不以为意地笑："发呆啦你，这算什么愿望。"

"是咯，开个车或者坐个地铁就能看到，我就不乐意去海边，怕晒。"邱明华勾了一下耳边的头发。

宁朝看了他一眼，哼笑："就你那肤色，还用得着晒吗？看着就像在海边长大的海娃。"

全部人哄堂大笑，邱明华气得脸颊通红扬言要跟宁朝干架，林微夏捋了一下耳边的头发，跟着不由自主地笑。

班盛坐在自己的座上，低下脖颈，全神贯注地研究着手里无人机的构造，从始至终没有参与这场谈话。

或者说，他压根儿没听，更不关心别人说了什么。

到了交换礼物的环节，全班闹哄哄的，班长为了搞气氛，把班上的六盏灯灭掉了四盏，只剩下两盏灯，显得整个空间的光朦胧又昏暗，让人心里隐隐觉得刺激。

同学们是按抽签顺序上去挑礼物。每个人的礼物都准备得很用心，有些礼物的包装一看就很贵，不难猜出是出自A生之手。

那颗篮球被其他人挑选礼物时随手拨在了一个无人在意的角落，林微夏紧紧盯着那颗篮球，看见半道被邱明华挑走时松了一口气。

林微夏则上去挑了一个像是明信片的东西。

交换礼物的活动结束后，大家收拾东西放学，林微夏把那个礼物塞进书包里，柳思嘉跑过来，脸上的表情带着兴奋。

"他没抽中我的礼物，不知道被谁拿走了，"柳思嘉开口说道，话锋一转，挑着细眉道，"但我抽到一个很班盛的礼物。"

林微夏看过去，柳思嘉手里拿着一个绿色的锦盒，上面躺着一串漂亮的手工制作的星星灯泡，随着她按开关的动作，灯泡立刻通了电，眼前亮起来，一闪一闪，像天上的星星。

"是不是很像星空？这种风格一看就是喜欢天文的班盛弄的。"柳思嘉的眉梢全是喜悦之色。

早已走出校门的宁朝打了个喷嚏，当下疑心被谁骂了，立刻把外套拉链拉到喉顶，旁人见他手指贴着创可贴，隐隐渗出血迹，问道："朝哥，你手咋了？"

"被钨丝划了一下，"宁朝丝毫不在意，随口应道，"走了。"

另一边，柳思嘉还在同林微夏说着话，她不自觉地往第四组的方向看去，见班盛的手搭在邱明华身上，俯身不知道同他说了什么。

其间，他似乎还朝林微夏懒洋洋地瞥了一眼。

邱明华竟然把球给他了。

林微夏的心猛地一咯噔，心里有不好的预感，她匆忙拉着柳思嘉出校门，耳边刮过的风有些烘人。

晚上回到家，洗漱完后，林微夏的头发湿答答地披在身后，她歪头拿毛巾擦头发，顺便拿起手机找到那个黑色的头像，发了一条信息过去：

你怎么知道我送出的礼物是篮球？

五分钟后，消息提醒的声音响起，隔着屏幕都能感受班盛慢悠悠的语气。

Ban：为以防万一，你弟跟我说的。

他做事是这样，要有绝对的把握才会出手，靠近林微夏也是如此。

林微夏继续不死心地追问，在对话框里打字发送出去：把篮球还给邱明华，他怎么会同意？

隔了五分钟，手机屏幕再次亮起，字里行间透着班盛的好心情和耐心。

Ban：他一直想跟我借海边的别墅和装备，周末他想去海边冲浪，我这回准了。

Ban：他求之不得。

第二天早上，冷空气彻底走了，一出太阳到处又是暖洋洋的天气。林微夏来学校比较早，一眼便看见班盛凳子上躺着一颗篮球。

进教室的人越来越密，所有人都在讨论班盛座位上的那颗篮球，要说它普通吧，确实很普通，不是什么名贵的牌子，一看就是批发店里的体育用品，看起来还很廉价。

可它又不普通，上面写了三个明晃晃的大字：班盛的。

这三个字无疑彰显着这是他的所有物。

第二节课下课做操的时候,林微夏故意慢吞吞地,等所有人都下去了再站起来,走到班盛的座位边上。

"咣"的一声,身后发出声响,林微夏回头,班盛倚在后门边上,单手插兜,露出的一截腕骨清晰分明,看一眼就知道她想干什么。

一双漆黑分明的眼睛盯着她,教人不敢动弹,语气跟个无赖似的:

"上面的字是用喷绘笔漆上去的,擦不掉。"

17 彩虹

林微夏双手插回兜,经过班盛身边的时候,低声地说了句"无赖"便走了。

放学回到家后,柳思嘉两条长腿一软,"嘭"的一下坐在真皮沙发上,别墅门外隐隐传来一道熟悉的女声:

"好好的怎么又发烧了?你先送去医院,我一会儿就过来。"

听到期待中的声音,柳思嘉脸上露出一个笑容,站起来向门口走去:

"妈——"

一位眉眼同样冷艳,穿着黑色貂毛外套、包臀裙,中间绑了一根细腰带的女士走进来,立刻有阿姨迎上来接她手里的包。

温黎艳还拿着电话,冲柳思嘉不冷不淡地点了头。

柳思嘉坐在沙发上,背脊挺得笔直,在耐心等她妈妈讲完电话。她正思索着如何跟妈妈分享最近的事时——

"啪"的一声,一张期中考试的成绩单摔在她面前,空气一下子凝滞起来。

"叫我回来一趟,就是让我看你丢人的成绩?"温黎艳的语气冷淡。

"上次是意外,不会有下次。"柳思嘉盯着成绩单说道,不由得攥紧手指。

温黎艳没再说什么,从包里拿出一个暗蓝色的锦盒放到茶几上:"我从法国给你带的礼物。"

话音刚落,温黎艳手里握着的手机急促地响起来,她看了一眼来电提醒,说道:"你妹妹生病了,我回去一趟,下次再陪你吃饭。"

柳思嘉冷笑一声,"唰"的一下站起来,看也没看一眼,把那个蓝色锦盒扔进垃圾桶里，往二楼的方向走。

都改嫁了，装什么好母亲？

温黎艳也没被激怒，从阿姨手里接回包就要走，半晌想起什么，说道："听说你们班转来了一挺厉害的小姑娘，叫林微夏是吧。虽然家境普通，但人家轻而易举就把你的地位拿走了。"

柳思嘉的背影僵住，绞住衣服的手指不自觉用力，指尖像有一层血漫了上来。

之后，柳思嘉一改往日散漫的做派，开始用功学习，不再一下课就时不时地召集那些跟班开会、聊八卦。

虽然跟林微夏的交往还是正常，但林微夏还是察觉出了柳思嘉细微的变化，她只觉得柳思嘉的神经忽然绷得很紧。

下周就是物理小组实操测试的日子，深高一向注重实践与运用，实验这一块的平时分数也会计入期末总分。

柳思嘉对于这次测试格外用心。

班上的人为了这次考核，基本都是同组员待在一起。柳思嘉为了拿个好分数，更是三天两头往班盛那里跑。

宁朝盯着凑在班盛跟前的柳思嘉，嗤笑了一下："同桌，你说这些有钱人家的小孩是不是贼看重面子啊。

"说什么Ａ生Ｆ生，表面按综合能力划分层次，实际不是根据金钱把人划为三六九等吗？Ａ代表综合能力高，这不就是起点高的有钱人？这种的小孩占了百分之九十。"

宁朝一向不关心深高的事，这会儿忽然一针见血，林微夏一时不知道怎么接话，答："我们还有高考，它很公平。你呢，晚上的英语还学吗？"

"不了不了，我看到英语就头晕。"宁朝连忙说道。

中午放学后，班上的女生互相挽着手臂，男生打闹成一团一起拥向食堂。林微夏像往常一样，在座位上做作业，等着柳思嘉梳好头发过来找她。

可等了半天都没见人过来。林微夏合上作业本，站起来朝她走去。柳思嘉坐在前排，手指撑着脸颊，身边围着几位女生，她心不在焉地听她们说着话，唇角勾起淡淡的弧度。

越走近，声音越清晰，一位短发女生拨了一下手指甲："那个篮球到底谁送的啊，班盛天天抱在身边。"

"不会是哪个女生送的吧？不然像他这样的人，要什么没有，一身名牌，偏偏把一个几十块钱的篮球当作什么宝贝似的，还不让碰。"其中一个女生似乎朝林微夏这个方向瞟了一眼。

柳思嘉听后挑了挑眉："行了，你们可以去写小说了。"

"但是有人看见班盛跟一个女生在一块。"有人说道。

林微夏刚好走到这群女生的阴影里，柳思嘉没有说话，她松开抵着脸颊的手，抬头忽然开口，语调稀松平常开玩笑道：

"微夏，那个篮球不是你送的吧？"

其他人的眼睛一直看向林微夏，眼神夹着"鄙夷""原来如此"等情绪，皆一副等着看好戏的模样。

林微夏的心咯噔跳了一下，有些慌乱，但也打算把事情的原委解释一遍，柳思嘉忽然扑哧一笑，伸手亲昵地点了一下她的额头：

"干吗？我开玩笑的。"

紧张的气氛一下子缓和，身上那些试探的视线消失，柳思嘉站起来挽起林微夏的手臂，一起去食堂。

来到食堂，两个女生相对而坐，她们正准备开动时，"哐当"一声，银色的餐盘落下，柳思嘉视线内看到一只肌肉线条紧绷的手臂。

"搭个伙。"宁朝大剌剌地坐下，露出一口白牙。

一向爱呛声的柳思嘉无声地翻了个白眼，低头吃沙拉。吃饭期间，柳思嘉都只和林微夏交谈，刻意把某个人当空气。

柳思嘉还在惦记着不知道被谁拿走的礼物，一双美眸微眯着，说道："我明明发微博了，谁还敢拿我的礼物？不要告诉我班上还有同学不上网。"

宁朝在旁边听乐了，讥讽道："还真把自己当女王了啊。是个人上网都得关注你吗？"

柳思嘉神色渐冷，正要发作，倏忽旁边有男生朝宁朝借笔，宁朝从口袋里摸出一支新的银色的钢笔，忽然反应过来：

"换一支。"

柳思嘉循着声音看过去，漂亮的眼眸尽是不可置信："这不是我买的钢笔吗！居然是你抽走了我的礼物。"

宁朝明白过来，乐得不行，笑得相当欠："谢了啊，小爷我还没用过贵牌的钢笔,手感还不错。"

柳思嘉气得牙痒痒,什么也不顾,"唰"的一下转身就走了。林微夏吃完后,把柳思嘉的便当盒收起来,说道:

"你怎么老是惹她?"

宁朝摸了一把脑袋上的短楂,说:"看不惯她那骄纵大小姐的模样呗。"

物理实验测试在即,林微夏不得不打起精神去练习自己的实操能力。

林微夏原来在的学校不太注重实操,更别提这种严格的实操测试了。这次测试是小组竞分制,从上次实验课开始,林微夏就一直和邱明华搭档。

柳思嘉则是和班盛一起。

邱明华的实操能力无功无过,加上他整天惦记着别的事,一下实验课就跑出去,帮不了林微夏太多。

其他同学也抱着书本陆续出去了,只剩林微夏留在那里,她拿着试管打算多练习几次,漆黑的眼睛盯着烧杯里的实验现象,不自觉地咬着笔头记录,眼神疑惑。

"我教你。"一道闲散从容的声音从身后传来。

林微夏听见声响回头,班盛单手插兜倚在门口,他今天穿了件黑色的冲锋衣,衬得头颈笔直,一根银色的十字架项链刚好贴在凹陷的冷白锁骨窝处,神色懒散冷淡,一副跩痞公子哥模样。

班盛开始教她,林微夏下意识地听他口令拿起水银试管,半晌回过神来又放下。男生单手插着兜,缓缓走过来。

刚好始作俑者站在眼前,想起之前的种种,林微夏想起柳思嘉那天略带质疑的问话,水润的嘴唇一张一合:

"那个篮球,你别带来学校了。"

班盛站在她身边,替她摆了一下仪器,语调从容自得:"不太行。"

林微夏收回视线,声音温软,情绪却是说不上的淡:"家里还有一个篮球,我打算给邱明华。"

班盛神色未变,嗤笑一声,搁下一句话:"他不敢。"

"像你这种人都这么肆意妄为的吗?我听说邱明华很怕你。"林微夏抬头,琥珀色的眸子盛着一道挺拔的身影。

一切都不言而喻,她的隐含意思是他仗着家境好又长了副好皮相,处处逼迫别人，一直我行我素。

班盛这么聪明，不会不懂。

班盛双手插兜倏然凑过来，一股好闻的乌木香传来，人没有挨太近，漆黑的眼锋却把她从头到脚、仔仔细细来回扫，带着压凌。

林微夏被这样的眼神烤着，不自觉地绷紧脚趾，脖子渐渐发热，在冬天里后背竟沁出了一层薄汗。

班盛这才缓缓开口，轻笑："我肆意妄为？"

窗帘随风动，不远处忽然传来一阵脚步声，邱明华扶着腰一步一步挪回实验室，他刚才想溜的，结果走在半道上肚子痛又折回来上厕所。

邱明华一见班盛，脸上立刻愁云密布："我不想去，不行吗？"

"随你。"班盛扔下一句话。

真正的物理实验测试在周四来临，小组合作共赢制，林微夏照例同邱明华站在一起，老师还没来，教室乱哄哄的，大家要么各自在聊天，要么就是拿着物理书在复习实验步骤。

物理老师来了后，同学们各自回到自己的位置上开始实验。林微夏在开始前视线环绕了一圈。

却不经意在斜对面看到班盛和柳思嘉两人。

柳思嘉时不时地看着班盛，偶尔会伸手勾一下他的袖子，身材瘦削的男生循着动作侧过脸，漫不经心地低下脖颈听女生说话。

物理实验测试结束得很快，老师现场打完分后，刚好铃声响起。实验室内人头攒动，柳思嘉把书横贴在腰处，像只斗志昂扬的黑天鹅，她迫不及待地拿出手机发消息给妈妈：

期末考试我不会输。

发完以后，柳思嘉心情很好，打算请她们吃冰。

三两女生拥着柳思嘉走出实验室，隔着高低不一的肩膀，柳思嘉看了一眼正在低头收拾东西的林微夏，红唇勾起："微夏，去不去吃冰？我请客咯。"

林微夏摇头："家里还有事。"

人都走得差不多了，邱明华还坐在凳子上，犹豫了很久，从口袋里摸出一块巧克力递给林微夏，后者神色疑惑回看他。

"那个，你好像误会我和阿盛了，"邱明华挠了挠头，"他一直对我挺好的。

"你知道深高这所私立学校的德行嘛,我爸是做渔产生意的嘛,刚到班上的时候,大家都嘲笑我。但班爷不会,他在这个学校一直都独来独往的,冷酷得不行,是我天天跟在他屁股后头称兄道弟,但他也不怎么搭理我。直到有天我家破产了,我妈还生病了,那段时间我丧得不行。

"班爷他除了从小长大的兄弟外,基本不掺和别人的事,更不跟别人打交道。盛哥这个人呢,独来独往惯了,别人都评价他是不关心别人死活,挺冷漠,精明利己的一主。

"可就是这样一个人,主动把校服设计卖给了校长。他提的要求是这条产业链得给他,但最后班爷去求了他父亲,让叔叔交给我爸去做。他家哪缺什么人手哪,完全就是为了帮我一把。

"就是因为他的帮忙后来我家才有所好转的,所以我拿他当一辈子的兄弟,把命偿给他都行,总之你不要听那些人乱说他对我不好什么的。"

……

放学后,林微夏站在校门口的站台处等公交,随着公交车发出刹车的声音,学生们鱼贯而入,她被人潮拥着上了车。

公交车一晃一晃的,冬天暖阳的一束光穿过玻璃板射在林微夏白得几近透明的皮肤上,一粒光点落在脸颊处的红色蝴蝶胎记上。

旁侧几个男生看见这位长发齐腰、气质清冷安静的女生纷纷侧目。林微夏浑然不觉,思绪还沉浸在之前在实验室和邱明华的对话中。

"抽到你的礼物却给了班爷,错在我。

"不好意思啊,他从没向我开口要过东西

"除了那个篮球。"

是她对班盛成见太深,误会他了。

学校里,林微夏分发作业,发到班盛的作业时,他侧坐在座位上做题,一只黑色的笔抵在虎口上,一边转笔一边快速地写下一个答案。

听到林微夏喊他,班盛头也没抬,更别说分一个眼神了,只腾出一只手来接作业。林微夏盯着那骨节分明、细长,充满了艺术感的手开口,语气温暾:

"我有话跟你说。"

"放学在实验室等我。"班盛仍旧头都没抬。

下午放了学，实验室空无一人，窗外的日光仍然很亮，外面的吵闹与实验室的安静对比明显。林微夏不懂为什么班盛把她约在这里。

　　班盛没多久就出现了，慢条斯理地走过来，他单手插兜站在实验台前，一只手拨开试管，开始做实验。

　　"知道自己输在哪儿吗？"

　　实验分很快出来，林微夏这组勉强及格，而班盛和柳思嘉这个小组实操分数是第一名，接近满分，老师只扣了 0.5 分，据说是因为柳思嘉操作的时候，袖子不小心沾上了一点儿色素剂。

　　"原理没有理解清楚。顺序反了，先测表面张力，再测浸润现象。"班盛说。

　　接下来，班盛让林微夏重新做一遍实验，她认真做着，班大少爷靠在墙壁上偶尔出声提醒，虽然话少，却每句说到要害，逻辑分明让人不得不服。

　　倏地，架高的烧杯中搭着的白纸开始慢慢变色，七彩的颜色一路相互连接，互相浸染。林微夏松了一口气，唇角牵起一个浅浅的弧度。

　　总算成功了。

　　"毛细现象是表面张力和浸润现象相互作用的结果。"班盛看着眼前的景象说道。

　　班盛就是这样，对林微夏是无条件的。

　　无条件原谅，被误解再怎么生气，第一考虑却是她没有把这个实验学会，压着脾气也得教会她。

　　林微夏不知道怎么形容此刻的心情，她正犹豫着要怎么开口跟班盛道歉时，不远处忽然出现一抹光晃了一下眼睛。

　　林微夏看过去，班盛不知道从哪里变出一块反光镜，对准她刚做好的实验装置，对面地上立刻出现了一道七彩的光，就连地上的影子都是彩虹的颜色。

　　绚烂又短暂。

　　这耀眼的瞬间。

　　林微夏睁眼，她看见班盛站在阴影处，仍是一副跩痞没正形的模样，懒洋洋地开口，嘴角却带着笑：

　　"送你一道彩虹。"

18 恶意

"之前的事,真的抱歉。"林微夏抬眼看向他,语气真诚。

班盛愣了一下,还真是第一次见这姑娘在自个儿面前好声好气,一副任人拿捏的模样。他轻笑了一下,漫不经心地开口:

"我就这么好打发啊,林微夏。"

班盛抬手用拇指按了一下脖子,语气闲适地开口:"欠我一个愿望,当你道歉的诚意。"

林微夏点头答应了。

当时的她还不知道,班盛是如何不动声色、步步为营地圈她入陷阱。而这个名为陷阱的东西究竟是困住了她还是班盛本人,无人知晓。

此后班盛几乎每天都会送林微夏回家。

即使是有事也会因为林微夏把事情推掉,风雨不动。

堂堂一个深高风云人物,众星捧月的主,放着每天接送的豪车不坐,非要陪林微夏挤公交。

但这是班盛单方面的。

林微夏从来不等他,做好自己的事便自顾自回家。

班盛也不介意,他暗恋他的。班盛每天会在离学校有一段距离的那条巷子前等她,他尽量让自己的行为不给她造成困扰。

林微夏没那么快出来的话,他会在旁边店里闲散地打上一局桌球。

尽管班盛低调得不行,还是有流言传了出来。

传出来的流言只言片语,他们不敢大肆造谣,多半是对班盛这个人发怵,被他记上并不是什么好事。

"林微夏挺有本事啊,能让班盛心甘情愿送她回家。"一众人凑在一起说闲话讨论着。

柳思嘉老远听见她们讨论,抱着手臂冷眼驱赶讨论的女生:

"在背后嚼人舌根,不合适。

"昨天放学,我还看见班盛往书店的方向走了,没送人。"

柳思嘉依然高傲漂亮,她靠在栏杆边上,屈起手指敲了敲栏杆,发出"笃笃"的声音,示意她们适可而止。

有女生立刻挽住柳思嘉的胳膊，说道："就是，从高一入学，她们传得班盛的女朋友得有100个了吧，结果呢，人家酷死了，一个都没谈。"

柳思嘉表面紧绷的神色松了一点儿，心里却不大痛快，甚至到了心绪不宁的地步，真真假假，流言只需要一点儿捕风捉影就够了。她更不愿意低头去向当事人求证。

班盛的关心是恰到好处的体贴。他记得林微夏来姨妈的时间，会给她准备好暖贴和红糖块。

通常林微夏都是不接，然后他会变着法地通过别人的手送到她手上。她后知后觉收下，事后一侧头就能撞上一张得逞的脸，唇角漫着若有若无的笑意。

两人关系变融洽是在周五放学回家的路上。那天晚自习林微夏去办公室帮忙批改试卷，回去的时候已经有些晚了。

水围巷坐落在城区，但因为这里人员复杂，存在一些回迁户和外来务工者，所以这里的住户通常会让自家小孩早点儿回家，不要在外面瞎晃。

到家还有一段距离，不远处的坡道上聚集了一群流里流气的混混，原本他们一边抽着烟一边开着黄腔，其中一个黄头发不经意地一瞥，盯着林微夏立刻吹起了意味深长的口哨。

黄头发掐灭烟，同身后的几个喽啰交换了一个眼神，立刻走上前。白灯泡悬在路牌处，将黄头发脸上的刀疤照得清晰可见，加上他不怀好意的表情，显得十分瘆人。

林微夏心底一惊，抓着书包带下意识地后退一步，心开始跳个不停，恐惧像蚂蚁密密麻麻地爬满了后背。

她正打算转身就跑时，忽地听见了一道熟悉的声音。平常林微夏反感的吊儿郎当散漫的声音此刻响了起来，带着少年独有的冷冽和稳重，让人安心：

"接着走。"

林微夏心稍定，脚尖的方向不再往后转，她瞥见身后的那道影子始终不紧不慢地跟在身后。身后的班盛今天穿了一身黑，冲锋衣的银色拉锁拉到锁骨窝，衬得整个人峭拔刚劲，他单手插着兜，手里拖着一根不知道哪来的棒球棍。

班盛在她身后一边有一搭没一搭地嚼着口香糖，林微夏每往前一步，他就拖着棒球棍在地上划，发出尖锐的声音。

在寂静的夜晚显得格外响。

班盛跟着林微夏，在经过那帮混混身边时，薄唇刚好吹了一个泡泡，"啪"的一声响起，那帮混混吓一跳，黄头发条件反射地弹开。

舌尖戳破泡泡卷回唇齿间，班盛不疾不缓地嚼着口香糖，沉着脸抬起眼皮看了旁边一眼，冷笑了一声。

一帮人尴尬得不行，黄头发只看了班盛一眼，碰上他的眼神便知道，这人惹不起。黄头发只得回避，猛地咳嗽一声，挥手示意身后的人装模作样地借口打电话散开了。

班盛到底把人安全送到家，林微夏站在家门口踌躇了一会儿，转头看着他："今天——谢谢。"

班盛低头笑了一下，抬手将她被压在书包肩带下的黑发抽了出来，手腕处的袖子挨着她的手臂，指尖缠着她的头发，心想：一天到晚不是道歉就是谢谢，什么时候能等到我想要的那句话——

喜欢我。班盛看着她心里默默想。

林微夏愣住，一时不知道该如何接话，手指不由得攥紧衣角。倏地，邻居家的狗吠叫起来将这一刻打破。

"进去吧，我等得起。"班盛头也不回地转身，头颈微低压抑着内心，想起什么又朝身后挥了挥手。

南江的树四季常青，在路灯的拥裹下亮着光，灯光将少年挺拔孤绝的影子拉长。

班盛的关心进退得当，从不会过分惹人烦。送她回家不会多说一句话，从来默默地跟着。

然后再自己打车回家。

林微夏回家的路上一直有一道守护的身影。

自从那天后林微夏对班盛的态度没之前冷淡了，两人在路上偶尔能搭一两句话。班盛使起坏来，偶尔会逗一逗她，惹得林微夏打破一贯的淡定，神色气恼。

班盛长臂一伸，轻而易举地勾到林微夏的书包带，将人拽了回来。两人推拉间，"吧嗒"一声，一份传单模样的东西从拉链未拉紧的书包里掉了出来。

林微夏脸上一闪而过慌乱的神色，班盛略微弯下腰，伸手将传单接了过来，手指夹着纸端详。

　　是某品牌举办的大提琴演出活动传单，底部写着"参与扫码抽奖有机会获得现场观赛的门票"。

　　"你喜欢大提琴？"班盛问她。

　　他的问话很精，一般人看到这个传单，会根据上面的信息问出"你是不是想去看这场比赛？"。

　　班盛不是，他看得更远，知道这件事的本质——想去是因为喜欢。

　　林微夏没有回答，想去把那张传单抢回来，班盛却将它扬得更高，一脸的从容闲散，一副等着她接招的模样。

　　抢回传单未果，林微夏直接放弃，淡声说："你想要就给你吧。"

　　班盛神色变了又变，没有说话。

　　林微夏和班盛在路上拉扯的事被人撞见，事情很快传到学校里，不是跟之前只有一个人看到的那般——那样会被认为是捕风捉影。这次是好几个人一起撞见，流言越传越广，在同学们看来，林微夏和班盛走得很近是板上钉钉的事实。

　　一群女生坐在台阶上聚在一起吃冰激凌，时不时发出娇俏的笑声，她们讨论别人的语气带着天生的优越感，在她们口中林微夏成了一个用尽心机接近 A 生的人。

　　"行了。"柳思嘉秾丽的脸出现隐隐训斥之色。

　　李笙然撑着下巴若有所思道："可听我哥说，班盛好像很喜欢一个女生。"

　　这个时候也就李笙然敢说这话，先不论她是半路来到这个家的，与同父异母的李屹然一直不对盘，她说的话确实有几分可信度，毕竟李屹然是班盛的哥们儿，划为自己人的那类。

　　气氛像平静的湖面开始裂成冰块，柳思嘉思绪发怔，手里拿着的冰激凌融化，"啪"的一声掉在校裙上。

　　李笙然发出一声惊叫，立刻拿出纸巾帮忙擦干净，其他女生也纷纷凑过来帮忙，柳思嘉依然没有反应，直盯着裙摆上的冰激凌发怔。

　　晚自习，高二 1 班教室闹哄哄的，有的同学不仅随意说话，还仗着班主任刘希平不在，随意在座位上走来走去。

纪律差得一塌糊涂。

刘希平沉着脸出现在窗口不知道是谁第一时间发现的，原本吵闹得像菜市场一样的教室霎时安静下来。

郑照行背对着讲台，嘴里还咬着根辣条，把手里的扑克"啪"的一声扔了出去，喊道："对K！"

班上立刻起了一阵细微的笑声，状况越严峻，大家越是忍不住笑，邱明华整个人忍笑忍得肩膀都抖。

不仅如此，甚至还有两个学生出现旷课的情况。

"还笑！全班出去罚跑十五圈！"一向温和的刘希平脸上出现怒气，接连用尺子敲了好几下讲台，额头上的青筋怒起。

一行人拖拖拉拉地被班主任赶去了操场，一路上惹得其他班级的学生趴在窗口，频频注目。

操场上的大灯亮如白日，高大的树木层层遮掩，在夜晚留下随风而动的影子。由体育委员整好队，带领大家跑步。

刘希平背着手一脸严肃地站在队伍前，他吹了一下口哨："林微夏，出列。"

班盛下意识地看向从方阵队伍里走出来的林微夏，她的眼神疑惑，其他同学的眼神更是费解。

"你休息，其他人开始跑步！"

林微夏转瞬明白过来老师的用意，她正想开口说她可以跑时，一道尖锐的声音插了进来：

"老师，不是说好全班一起受罚的吗？凭什么她可以搞特殊？"

"就是，还是说她家给学校捐的楼或是实验设备更多啊，谁还不是父母心里的宝了？"

"就是，他自己不觉得可笑吗？我要回去告诉我妈。"一个A生插话，直接说起了班主任。

细碎的不满声音越来越多，老刘的神色变得为难。柳思嘉利索地扎好头发，霸气地扫了她们几个人一眼，一众人自觉噤声，她转而面无表情地看着刘希平："还跑不跑了？"

刘希平暗自松了一口气，吹起哨子喊口号，队伍终于拖拖拉拉地跑了起来。一圈又一圈，跑得他们一个个喘得上气不接下气，狼狈不已，刘希平站在操场边上监督他们跑完，队伍才得以解散。

这次惩罚结束后，学生们心有余悸，次日醒来各种"跑步后遗症"并发，不是小腹疼就是走路小腿僵得跟老太太下楼梯一样。

他们当中有一部分人身体上的痛感越强，对林微夏就越心生不满。

不知道从什么时候开始，好像是某节体育课后，林微夏身上臆测的眼神越来越多。有时远远地看见一群女生，经过她们时，就会听到讨论和嘲弄，时不时还会爆发出一两阵笑声，男生更是一脸玩味地看着她。

"是真的，可儿在换衣室看到的。"

"原来如此，平时装得那么清高，结果……女神形象破灭哈哈哈。"

"我说呢，平时装得脾气那么好是怕被针对吧，她好装。"

这种情况通常只有柳思嘉在场的时候会好点儿，她同林微夏在一起时，议论的声音仍会响，柳思嘉扫一眼她们才会噤声。

而方茉对这件事表现出莫大的担心，有时那些指点的眼神太过伤人，她忍不住想要跟他们争执，一只手攥住了她的胳膊，方茉回头对上一双平静无波、剔透的眼眸。

"微夏你不生气吗？"方茉担心道。

"生气啊，但生气是最无用的事，"林微夏神色疏离，反倒轻声安慰起她来，"我没事，我有我自己的路要走，她们不在我的视线范围内。"

施暴者不是因为一个由头去谴责她，而是很早就看不惯她了，现在只是找了个理由，得以让自己能在背后中伤她。

而拥护施暴者的那些人，加入一个群体中，跟着做出盲目、粗暴的论断以求获得安全感。

错的并不是林微夏，她什么都没做，错的是根植于土壤里隐藏的恶意和嫉妒。

方茉似懂非懂，但觉得林微夏看着温柔，实际是一个很强大的人。

新的一周来临，大阴天，天色暗沉沉的，像蘸了墨水，湿冷的空气过境，连带校园里红艳的凤凰花都跟着黯淡了几分。

学生们穿着深高的制服正在教室里整理各自的仪容仪表，女生们匆忙借皮筋扎头发，拿纸巾擦掉口红，男生们则简单多了，负责把拉链拉好，扣子扣整齐就行。

可偶尔也有一两条漏网之鱼。

值日干部检查到高二1班时，正好查到郑照行没有戴名牌，旁边的小弟让他去找班盛买名牌，他冷笑一声。

班盛早就和他不对付了，还找班盛，自讨没趣。班盛肯把名牌卖给他的话，他郑字倒过来写。

"我今天就不戴名牌了，怎么着吧？"郑照行坐在桌子上，恶狠狠地盯着值日的女生。

女生是别的班的值日干部，不苟言笑地扫了一眼郑照行，打开蓝色文件夹打算记他的名字。

郑照行脸一沉，直接踹飞了前面的凳子，伴随着旁边女生的尖叫，书本一本叠一本纷纷砸在地上，一支笔不小心打在值日干部脸上，传来的痛感让她下意识地闭了闭眼。

"凭什么？为什么她可以不扎头发？"郑照行盯着干部，手却径直指向林微夏。

空气霎时安静，班上大部分人的眼神都投向她，林微夏站在座位边上正在提前分每组的语文试卷，纤白的手指沾上了粗糙的油墨，动作顿了顿，继续数试卷。

说起上次值日的事，李笙然无声地翻了个白眼。郑照行跳下桌子，一步一步朝林微夏走过去，一副要找碴儿的模样。

"林同学，你在1班一再搞特殊说不过去吧，不如让大家看看你头发里藏了什么？"郑照行看着她开口，明明是笑着的眼睛却透着狠戾。

气氛死寂，周遭人都一副看好戏的模样。郑照行一副要拿林微夏开刀不肯放过她的架势，方茉吓得眼泪蓄在眼眶里又不敢哭出来。

林微夏的神情不冷不淡，乌黑的长发垂下来，隐隐可见嫣红的唇，还是那张清冷又过于冷静的美人脸，她继续低头数试卷，教室里只有试卷翻页的窸窣声。

她甚至没有分眼神给郑照行，更别提因害怕而屈服了。

林微夏这样淡漠的态度更是激怒了郑照行，原本还挂着笑的脸阴沉了下来，他盯着眼前的女生，那眼神似乎要把她生吞活剥。

李笙然正在帮柳思嘉扎头发，三两女生围在女王身边，跟她说着话，似乎有意不让她插手。宁朝现在还在实验楼打扫，不知道这里发生的事。

至于班盛，一打铃就不知道跑哪儿去了，现在还没有回来。

郑照行走到林微夏面前，一只手按住桌子上的试卷，她的动作被迫停了下来。他想也没想，众目睽睽下，手伸了过去——

"别碰她。"一道听不出情绪的声音传来，语调虽平缓，却莫名带着震慑力。

众人看过去，班盛倚在门口，身后的乌云成墨，融在他那双漆黑的眼睛里，有一种山雨欲来的黑暗征兆，他手里拿着一罐冰可乐，屈指搭在银色的拉环上，筋骨明显。

同样是穿着深高的校服，班盛什么也没干，只倚在那里看着他，气势具有压迫性。

班上细碎的议论声传来，大家交头接耳道："是班盛。"

"估计他也看不下去了吧。"

"郑照行除非疯了，才敢惹班盛。"

班盛看着郑照行没有说话，但两人打过好几次交道，他应该懂那个眼神什么意思。如果郑照行能承担后果，他班盛绝不拦着。

班盛一开口郑照行的手就下意识地缩回去，班盛这个人一向不好惹，他很少亲自动手，都是动脑筋专挑别人的痛处和命门掐，之前十三中有个人犯了事，他搜罗了对方一箩筐犯事的证据，也不管对方家里的权势，把人送进了少管所。

想到这里，郑照行有些犹豫，他人被架在这儿，周遭人兴奋好奇同时又期待地看着他。

他想起什么，下意识地朝某个方向看过去。

下一秒，郑照行没有任何犹豫，像受到刺激一般伸手去扯林微夏的头发，他的动作快又阴狠，根本让人没有反抗的余力。

林微夏头皮一阵撕扯的痛，被人拽着往前，整个人撞到桌子上，上面的书本、纸笔东倒西歪地掉在地上。

腹部受到撞击传来的痛感让她不由得佝着腰，但郑照行压根儿没放过她，手很快伸了过来，像拔掉烂草般，用力一扯——

郑照行尖锐的指甲划过来，像一把利器，林微夏耳骨处传来一阵刺痛，右耳传来一阵耳鸣声，轰轰隆隆，像是车轮胎碾过她的耳朵，然后碾成碎片，然后有什么温热的液体涌了出来。

他不知道按到了什么开关，噪声骤响，她下意识地皱眉，胸口一阵心悸。她什么也听不清，隐约看见周围人的嘴形，他们好像都在笑，一副"果然如此"的表情，还夹着嘲讽，柳思嘉则一脸的震惊。

除了方茉在哭。

郑照行暴力地从林微夏耳朵里扯出一个东西，"啪"的一声助听器掉在地上，往不远处滚了滚。

顺着手指往下滴着暗红的血，吊诡又血腥，一滴又一滴，落在地上。

"轰隆"一声，走廊外的天空响了一记闷雷，紧接着这场蓄谋已久的大雨终于兜头而下，这个早会是彻底不用开了。

19 逃亡

"天哪，她真的是聋子，那不就是残疾人吗？"

"可儿说得没错吧，上体育课在更衣室她就看见了……"

"对比她之前清高得不食人间烟火的样子，哈，现在不显得滑稽吗？"

"那她就是听不清我们说的话？我说她怎么反应比别人慢半拍。不过她这样的应该去聋哑学校吧，怎么来深高了……"

声音像是从很远的地方传来，裹着风声，听不大清，右耳接收到"残疾人""清高"断断续续的音节，左耳里清晰地听到了他们的对话。

郑照行神色当场错愕，随即又冷笑一声，看着林微夏眼神变得玩味起来，可在他还没进行下一步动作时，一阵猛力袭来，他还没反应过来，后背被班盛踹了一脚，一时没站稳，整个人直直朝地上跪了下去。

郑照行痛得当场爆了一句粗口，正想反击，班盛沉着一张脸再次把人掼到了地上，他跨在郑照行身上，一双眼睛自上而下地看着他，单手攥着对方的衣领，就跟拎着一条死狗般，直接把人往墙上掼，一次比一次狠，后墙的黑板震动。

两人很快扭打起来，但班盛很快占了上风。

没人敢劝架，打人的那位家里的背景和在学校的地位，不是他们惹得起的。班盛一向比同龄人稳重，这会儿打架狠起来不要命，郑照行牙齿被打得出血，脸上迅速红肿起来，青一块紫一块。

柳思嘉带着教导主任和刘希平急匆匆地过来，教导主任见状脸色大变，呵斥道："班盛！你一个优等生在这儿打架像什么样子！你们快上去把两人分开！"

可班盛就跟没听到一样，阴戾着一张脸，眼睛已经充了血，从侧边来看，他一截冷白的脖颈青筋凸起，后脊凸起，一条弧线绷得很紧。班盛正准备直接朝郑照行踹去。

除了柳思嘉，最急的就是邱明华，再这样打下去，可是会出事的，班盛一向稳重冷静，多的是方法治郑照行，他怎么会冲动到这个份上？

班盛脸上的表情冷戾，他抬手捞起一旁的板凳，想也没想就要往郑照行脑袋上砸——

"班盛——"

一道温和的声音传来，班盛低头，高挺的眉骨涌出血珠，往下淌，高举在半空中的板凳晃了晃。

"我没事，算了。"

林微夏的声音淡淡的，没有一丝不甘和委屈，好像她生来就该承受这些一般。

林微夏的声音不大，却奇迹般让班盛缴械投降，他脸上阴沉的戾气也随之消失。班盛把凳子"咣当"一扔，吓得旁边的女生发出尖叫声，一群人蜂拥而上，场面乱成一团。

林微夏还惦记着她那个破旧的助听器，刚才她就在找，一直没找到。林微夏蹲下来，四处寻找，倏忽，发现小小的助听器躺在不远处桌角旁，她正要伸手去捡，一只骨节分明的手更快地直接把它拾了起来。

林微夏人还没反应过来，班盛一把攥住她的胳膊将蹲着的少女拉了起来，冰凉的宽大手掌一路往下滑，拉住林微夏的手腕，穿过重重人群走了出去。

在经过教导主任身旁的时候，班盛的语调平稳，话语却猖狂："回来再来您这儿认处分。"

班盛就当着这么多师生的面，堂而皇之地带走了林微夏。

同学各自扶正歪倒的椅子，刘希平叹了一口气吩咐学生把郑照行送到医院。

一众混乱，柳思嘉站在人群中，人来人往，其中有位经过的同学不小心撞到她肩膀。女王仍没有反应，脸色彻底冷了下来。

身材高大挺拔的少年拉着女生往前走，林微夏跟跄地跟在后面，他的步子迈得大又快速，林微夏手腕被攥得发紧，不由得抬眼看向他，他的背影不可一世又坚定，像是要带着她逃亡，离开这里。

外面的雨白辣辣的，卷成了厚重的幕布，她垂眼看着搭在手腕处的那只手，筋骨绷起连着手背处明显的淡青色血管，骨节处还挂着鲜红的血。

她的心绪比雨还复杂。

暴雨下得很急，如冰点打在脸上，传来刺痛感，雨水落在地上，蒸腾起来的雾气像白色的海向他们漫来。

班盛没有一秒犹豫，脱了外套递给林微夏挡雨，他带着她跑出校门把人带到绿色站台下避雨。

他走出去打车，林微夏刚一抬脚跟上去又被班盛摁了回来。

雨天不好打车，拦了好久才拦到一辆蓝色的出租车。"啪"的一声，车门终于关上，两人并肩坐在后座，车窗将湿漉漉的雾气隔绝在外。

"去哪里？"

班盛低声报了一个酒店的名字，他的声音冷冷沉沉，似乎情绪不太好。

暖烘烘的暖气打开，发出老式空调嗡嗡的声音，司机透过后视镜看了一眼后座的乘客。男俊女靓，看起来相当养眼，就是各自坐的距离有点儿远。

但明显男生淋的雨更多，从头到脚，肩膀处的颜色被染成深色，手肘抵在大腿上，还有雨水顺着黑色的袖口往下滴。女生好一点儿，只有后背、头发淋了一些雨，她扭头一个人看向窗外不知道在想什么。

司机是在深高门口接到这俩学生的，有点儿担心："你们确定要走吗？应该还没放学吧。"

班盛换了个姿势，头懒散地仰靠在后座上，从喉咙里发出一个音节，相当敷衍："嗯。"

司机看着前方打了方向盘转弯，继续问道："姑娘，他是你哥吗？"

班盛头转了一下，看向林微夏，身子微倾，似乎怕她听不清想帮忙复述一遍。

"不是。"林微夏转过头说话。

身上的冷意一点点被烘烤，林微夏偏头看向班盛，从她这个角度看，能看见窗外白茫茫的雨景一路倒退，也看到了他一截清晰利落的下颌，以及尖尖的、上下缓缓滑动的喉结。

眼看司机还要再冲林微夏絮叨什么，班盛想阻止，林微夏身体倾过了一点儿，指了指自己的另一只耳朵，解释道："我没事。"

虽然她右耳暂时失去了支撑。

"你戴那个难不难受？"班盛若有所思地问她。

林微夏愣怔了一下，回："还好，习惯了。就是不能剧烈运动，出汗会浸湿助听器。"

从很早的时候开始，林微夏右耳听力丧失，左耳听力后来略微受到影响，为了不影响正常生活，她早早地戴上了助听器。

车子平稳地向前开，男生女生坐在后座还是有点儿距离，镜头往下一拉，有着暗色花纹的廉价地毯上有两双鞋，一双带着明显品牌 Logo 的黑色运动球鞋沾着泥垢，不停地往外滴着水，一双白色的帆布鞋被雨水浸黄，两双鞋挨到了一起。

出租车抵达酒店的时候，雨势渐收。班盛带着林微夏来到酒店前台，拿身份证递给前台工作人员开卡。

前台工作人员接过身份证，右手滑动着鼠标，看了他们一眼说道："高档套房已经没有了。"

林微夏一怔，下意识开口解释："我们是同学，不是……"

"普通套房就可以。"班盛说道。

前台人员点头办理好入住手续，再次看了一眼男生。男的虽年轻，却气质出众，尤其那优越流畅的骨相，一看就是老天爷赏饭吃的，像极了当红的年轻小生。

前台工作人员把房卡和身份证交给他的时候，笑容弧度弯得标准，语气讨好："预祝您和您女朋友入住愉快。"

林微夏轻叹了一口气。

前台女人没有得到预想中的回应，甚至对方都没有伸手接房卡，一抬眼，撞上一张冷淡的脸。

班盛平时看着一副浑不懔的模样，这会儿语气认真搁话："她刚才说了我们不是男女朋友，是同学，你没听见？"

前台工作人员愣在那里，班盛抽过房卡和身份证往前走。林微夏跟在后面，看着那挺拔的背影在想。

班盛这个人到底有多少面呢？平时爱逗她，在公共场合却绝对尊重她的意愿，不勉强，连个口头便宜都不愿意占。

他的喜欢赤诚又清白。

"嘀"的一声，房卡刷开酒店的门，班盛把卡插进感应卡槽里，暖色的灯光瞬间荧然。林微夏打量了一下，班盛走在前面，抬手按墙上的开关，空调开始运转。

班盛四处检查发现没有针孔摄像头后就先让林微夏进去洗澡了。

喷头的热水开关拧到最大，往下哗哗冲水，林微夏赤足站在地上仰头冲着热水澡，感觉每一个毛孔都得到了舒缓。

热气漫上来，熏着林微夏的眼睛，舒服得让人觉得上午在学校发生的那些事好像变得遥远了，虽然只是短暂的。

"笃笃"，卫生间门外响起了敲门声，林微夏脚尖往外移，躲在门后拧开一道门缝，伸进一只手，林微夏接过纸袋再次把门关上。

刚好也洗得差不多了，林微夏换上班盛买的衣服。他给她买的是一套红色运动衣，尺码稍微大了一点儿，但也不影响。

衣服穿上很好看，林微夏抬起眼睫望向镜子里的自己，红色好像也显得人精神了点儿，脸色没有之前那么苍白了。

正要把纸袋扔掉，林微夏发现里面还有药，又停下来，对着镜子处理伤口。先前郑照行暴力拔除她的助听器，加上他的指甲猛地刮伤了她的耳朵，雪上加霜，但好在她的凝血能力好，每次检查结果显示凝血酶数值都不错。

林微夏拎着换下的衣物走出去，一眼就看到了不远处的班盛。

他背对着林微夏站在落地窗前，只单穿了一条裤子，后背肩胛骨那里嶙峋，透着少年的劲拔，肌肉线条紧绷。

林微夏发现他后背有一条歪曲的疤，在背脊正中，时间久远生出白色的痕迹，宛若游龙一样歇落在后背，张狂又不羁。

听到声响，班盛回头，林微夏立刻瞥开眼，说道："你去洗吧。"

班盛一把捞起桌上的手机朝浴室走去，他经过时，带着一股潮热之气，似乎轰到了她脸上。

林微夏移开眼没有看他，强装一脸淡然，她感觉班盛似乎停顿了一下，发出一道漫不经心的哼笑声。

他发现了她的无措和紧张。

"砰"的一声，浴室门关上，林微夏松了一口气，掐了一把自己的手肘，让自己回神。

班盛洗完澡依然单穿着一条裤子出来，头发还淌着水珠，林微夏坐在沙发上快要睡着了。他走过来，躬下腰，她眼尖地瞥见班盛手背上全是伤口，上面还凝着血痂。

"我帮你处理一下。"

拆棉签、拧瓶盖的声音很轻，在静谧的环境中却被听得很清楚。班盛站在她前面，问话：

"你惹郑照行了？"

林微夏摇头，她跟郑照行连基本的交流都没有。班盛的眉骨高挺，挑了挑眉，给出一个名字：

"柳思嘉？"

"不是她。"林微夏坚定地摇头。

她了解柳思嘉，这种拿别人缺陷开玩笑的事柳思嘉不屑去干。直觉告诉林微夏，是别人，但那个人藏在暗处。

林微夏身边的沙发凹陷，影子压了下来，班盛坐在旁边，她转身对着他，虚握着他的手掌，正认真地给他处理伤口。

但两人靠得太近了，近得林微夏闻到了他身上淡淡的沐浴液味道，以及一抬眼便撞上一双漆黑的眼睛。

他的眼睛跳跃着一簇火。

林微夏移开了视线。

不同于以往，这次靠近，林微夏有点儿心烦意乱，匆忙处理好伤口后，发现纱布用完了，便从口袋里拿出一条粉色的腕巾，偏玫瑰粉。

粉色腕巾从虎口处开始缠，包扎到手背的另一边，班盛低着头，发梢有滴水滴在了林微夏的手臂上，是冰凉的，她却觉得麻，于是包扎伤口最后一步都没走完，急忙拉开两人的距离，手心出了一层汗。

班盛忽然喊她："林微夏。"

"嗯？"林微夏不由得看向他。

班盛看过来，视线缠着她，问："你慌什么？"

20 电影

"没有。"林微夏轻声答。

收拾好纱布、药之类的,一抬眼又撞见那块结实分明的肌肉,上面还沾着水珠,腹部两侧还有两条若有若无的人鱼线。

林微夏移开眼:"你把衣服穿上。"

另一边,柳思嘉游荡在街上,大冬天的她咬着一根冰激凌,就算冰得硌牙也想让自己清醒清醒。

她不知道自己为什么要出来,但转念一想不爽不开心想逃就逃了,哪有那么多为什么?后来她打了一下午的游戏,漂亮的指甲在键盘上毫无章法地乱敲,死了无数回,但有一个队友一直带着她躺赢,还不忘讥讽她:

"说吧,跟我组队前,是不是去烧高香了?"

出来的时候天色变暗,一片乌灰,荧荧灯火亮了起来,没一会儿又下起了雨。

虽是小雨,柳思嘉想也没想就往雨里冲,她漫无目的地往前走,不知不觉就拐进了一条小巷子。

快要走到头的时候,巷子尽头响起几道下流的声音,柳思嘉回神拼命往回走,越到出口走得越急,猝不及防撞上一个坚硬的胸膛。

"嘭"的一下她摔在地上,正忍不住皱眉生气时,一抬头竟撞上一张熟悉的面孔。

宁朝看到她的时候愣了一下,柳思嘉这个时候实在狼狈,精致的头发凌乱,衣服也皱了起来,身上是湿的,只有那红一度的唇未变。

他转而笑得放肆,居高临下地看着她:"哦,是哪家被雨淋湿的小狐狸?"

宁朝剃了个寸头,左鬓贴着青皮那里剃了个Z字,显得更像街头老大了。

柳思嘉眼睛睁成圆形,散发着怒意,她挣扎着从地上爬起来,临走前还高傲地挺直脖颈,抚平了发皱的裙角。

走了不到十步,身后传来一道声音:"喂——看你可怜,要不要跟我走?"

柳思嘉停下了脚步,她不知道自己为什么会停下来。半个小时后,柳思嘉更怀疑自己是被人作法了，居然跟班上的一个混混来到了这种鬼地方。

不远处左侧有块路标，牌子陈旧，上面刻着"金鱼街"三个字，字体被风霜侵蚀得有些模糊。

拐进金鱼街，是一个全新的她未到过的世界。店铺成排，每家门前亮起灯，来往的人熙攘，十分吵闹。看店的女人一边动作伶俐地给客人包装东西，一边动着嘴皮子骂人：

"那个死人扑街鬼，叫他不要喝偏喝，死了也好，老娘还有第二第三春呢。"

飞蛾撞到灯下扑腾着绕了两圈，客人的笑声隐在灯下光里："消气咯，和气生财。"

亦有支摊修手机的老板坐在桌前悠哉地看着不入流的电影，有上前取手机顺便让老板帮忙看货的，宁朝插了一句嘴："水货。"

沿着金鱼街一路往下走，都有人同宁朝打招呼，同街那些年轻人见到宁朝毕恭毕敬喊："小宁爷好！"

宁朝敷衍地应了句，碰上有爱闹的小青年冲他喊："小宁爷带姑娘回家咯！回家咯！"

男生踩着滑板从两人身旁溜走，宁朝冷笑一声，从旁边小摊里捞起了两个网球，扬手一扔，精准狙击小青年后背，对方踉跄一下从滑板上摔下来，着急忙慌地逃开，惹得旁人大笑。

长街拐个弯，映入眼帘的是篷布支起来的一家家红蓝错落的大排档，烤肉混着孜然的香气从烤架上飘出来，门口立着的冰柜堆着成撂的肉串、青菜。

"大小姐没来过这种地方吧？屈尊了。"宁朝嘲讽道。

一双狐狸眼环视一圈，柳思嘉看到一些油污重的地方忍不住皱眉，她没有说话，明显情绪抵触，肚子却在这时不合时宜地发出咕咕的声音。

宁朝哼笑了一声往宁记大排档走去，柳思嘉则不情不愿地跟了上去。走着走着宁朝停了一下，柳思嘉一路上低头注意着脚下泥泞的路险些撞上他的后背。

刚想出声，看见一对面容和善、打扮朴素的夫妻冲她友好地笑了笑。

柳思嘉则礼貌地打招呼问好。宁母很热情，立刻擦干净桌子，忙让她进来坐。柳思嘉坐下来，手里握着一杯热茶。

须臾，宁母端来一盆热水，温柔地笑笑，同时神色有些局促："你是宁仔同学吧，来，姑娘擦把脸。"

"这个毛巾是新的，你看看水烫不烫？"宁母小心翼翼。

见自家儿子带了个同学过来，打扮讲究，漂亮贵气，一看就是有钱人家的孩子，宁母怕怠慢了她。

"很合适，谢谢阿姨。"柳思嘉连忙接过毛巾开始洗脸。此时的她跟学校里表现出来的大小姐脾气全然不同。

宁朝站在冰柜面前端着餐盘拿了一把烤肉串，瞥了一眼她们这边，嘴角扯出细微的弧度。烧烤烤了好一会儿，柳思嘉正发着呆，"咣当"一声，一只青筋明显的手端着餐盘出现在眼前。

"尝尝，老头烤的。"宁朝朝正前方抬了抬下巴。

柳思嘉看过去，站在烧烤架前忙前忙后穿着蓝色夹克的男人应该就是宁朝他爸，刚才她打招呼时宁父也只是沉默地点了个头。

视线收回移到眼前的烧烤，蒜蓉烤茄子、鸡脆骨、一把牛油……看着倒是挺香的，柳思嘉拿起一根牛油串咬了一口。

宁朝看着她，女王不自在地吐出三个字：

"还行吧。"

嘴里说着还行，柳思嘉却不由自主地又拿起了一根，埋头吃起来。宁朝低头笑了一声，并没有揭穿她，转身去忙了。

吃了一会儿，烧烤有点儿辣，柳思嘉喝了一口水，一碗鱼蛋粉端了上来，她拿起筷子夹了一大口送进嘴里，滚烫中带着香味，让人食欲大开。

柳思嘉低头认真吃着粉，喝了几口汤，四肢百骸回暖，好像没那么疲惫了。

柳思嘉扭头冲做面的人开口："谢了，粉好吃。"

今晚也谢谢。

正在忙活的宁朝身体一僵，转而继续干活儿去了。柳思嘉坐在那里，发现客人开始多了起来，十分热闹。

她眼睛不由得看向忙碌的男生，宁朝站在烧烤架前低垂着冷峻的眉眼忙活，他干活利索老辣。

一会儿被叫去帮忙，宁朝半路被人撞了一下肩膀，手里的托盘飞了出去，眼看就要砸到客人，他长臂一伸，越过对方头顶稳稳当当地截住了托盘，又向客人连声道歉。

撞人的是个熟人，嬉皮笑脸地赔不是，宁朝冷笑一声，装作若无其事地去忙活，又猝不及防地转身给熟人一拳。

喊，幼稚。柳思嘉在心里说道。

场景一切，她正想开口喊他，发现争执的声音传了过来，她抬眼看过去。宁母的腿一瘸一拐的，还费力地搬着两箱重饮料，被宁朝劈头盖脸地训斥：

"妈，你没事干就去跟隔壁老太太跳广场舞，非得在这儿瞎操那心，纯属是给我添乱……"

宁朝一米八几的大个头，弯腰轻松地夺过宁母抱着的饮料箱就走了。一晚上，宁朝忙前忙后，额头沁了一层汗，手脚活泛地游刃在各个酒桌间。

"你等我一会儿，我送你回去。"宁朝声音含糊。

"不用，我一个人可以。"柳思嘉摇头。

她看着大排档里忙碌却融洽的一幕开口，语气顿了顿："你们一家人的感情还挺好的。"

……

下了一天的雨，雨停后，班盛带林微夏去了电玩城，玩了几局游戏后，他们一起去看了场电影。

他们看的电影是《尼罗河上的惨案》，刚好是改编自阿加莎小说，是她喜欢的犯罪推理类型。

影厅里，林微夏看得认真，几乎没怎么分过神。坐在一旁的班盛没一会儿就睡着了，明明看电影是他提的，人却睡着了。

虽然改编得确实有点儿无聊。

银幕上放映着尼罗河全景的时候，林微夏偏头看了一眼旁边的班盛。他穿着黑色的卫衣，头仰靠在红色的椅背上，闭着眼，灯光在他眼睫下方拓出一道淡淡的阴翳。

班盛的肩膀几乎要从椅背上滑落，他的头不停地往旁边歪，但到半空中某个角度又会悬住，又转回去，如此来回。

林微夏盯着他眼睛下方的那粒冷感中带着温度的小痣直看，鬼使神差地，她收了中间的挡板，伸出手臂，手掌很轻地挨着他的脖颈，仿佛能感受到血管下血液的流动，往自己的方向轻轻一带。

温度和很轻的呼吸声传来。

班盛的头靠在了她肩膀上。

127分钟的影片结束，前排观众陆续离席和讨论剧情的声音惊醒了男生，班盛的睫毛动了动，睁眼，从林微夏肩膀处离开，抬手搓了一下脖子，声音有些哑：

"抱歉。"

"没关系。"林微夏仍直视着大屏幕，没有看旁边的男生，目不转睛地回答。

21 批判

"刺啦"一声，姑妈将昨天的日历页撕去，林微夏看了一眼最新日期，这个学期竟然快要结束了。

林微夏吃了一份红米肠后匆匆赶去学校，等到达学校门口的时候，清晨的白雾已经全部散尽。

一进教室门，原本还在早读的同学看到林微夏声音一致弱了下来，直至完全消失。那些异样不一的眼神都投到了她身上，教室里的氛围沉寂得令人害怕。

林微夏站在门口，直到身后一道身影靠了过来，飘来熟悉的淡淡的乌木香，是班盛。

他站在那里，什么都没有说。那些人一看是班盛自觉噤声，林微夏身上那些打量的眼神悉数消失，教室又恢复了朗朗的读书声。

像一切都没有发生过。

"进去。"班盛开口。

两人一前一后进去，但班盛刚坐下就被教导主任叫走受处分去了，郑照行父母给他请了一周病假，有幸逃过一劫，但回来也逃不了责罚。

须臾，林微夏和柳思嘉则被班主任刘希平喊走。老刘的办公室离教室有点儿远，两个女生的步调不一致，但总会并肩走在路上，距离不会太拉开。

两个人都没有说话。

一进办公室，刘希平坐在那里批改作业，他没有抬头看进来的两个学生,像是有意晾着她们。

刘希平穿着一件灰袄,里面穿了件黑色中领打底衫,正握着保温杯喝茶。"咔嗒"一声,老刘把保温杯盖拧紧,直看着她们,没了平时的随和,语气严肃:

"你们昨天怎么回事?一个接一个公然逃课,深高的校规你们还放在眼里吗?还有没有点优等生的样子!"

"哐当"一声,刘希平气得把银色不锈钢保温杯掷到桌上,旁边摞高的作业本被震得歪斜了一下。

柳思嘉双手插在校服口袋里,眼神冷冷的,一副不受教的模样。林微夏则低着头没有说话。最后老刘也说累了,大手一挥让她们写两千字检讨书。

老刘让她们站着写,写完才能回教室。

上课铃丁零零响起来,办公室的各班老师一只手肘夹着课本,另一只手端着保温杯去教室上课了,留下两个女生在办公室写检讨书。

一个落笔较尖锐,一个落笔较缓,两支笔落纸上发出沙沙交错的声音。两个人谁都没有先说话。

像是先谁开口谁就输了。

所以在较劲。

柳思嘉写了一会儿手酸腿痛,甩了一下手,身后茶棕色的长卷发跟着小幅晃动,又继续写。

林微夏的忍受力一向较强,她以前经常跟姑妈去市场上批发水果,一忙就是一天,所以站着写检讨对她来说不算什么。

她看见柳思嘉不断甩手和换腿的小动作,写字的动作一顿,只是把身边的一把椅子默默推到她旁边,什么也没有说。

柳思嘉瞥了一眼,穿着的方口小皮鞋鞋尖一转,把送到身边的椅子一踢,凳脚划着地面发出"刺啦"的声音。

声音尖锐得让气氛彻底静默下来。

林微夏没说话,垂眼写着自己的检讨。与林微夏安静隐忍的性格相比,柳思嘉被人捧着骄傲惯了,时间一过,她就有些急躁,语气有些按捺不住,声调还是冷的:

"为什么没有跟我说你的事?"

南江的冬天,太阳永远是暖洋洋的,光照进来落在林微夏脸上,叶子的影子晃动在她白皙的脖颈上,整个人美得像一尊沉默的雕塑。

阳光似在烤着空气,使之更静默焦灼,柳思嘉不耐烦地翻了翻眼睛,忽地想到了什么,肩膀垂下来:

"算了——"

"对不起——"

两个人眼神相撞,先是一脸错愕,接着又异口同声地笑出声,少女的笑声像风铃,慢慢撞散冰冻的气氛。

但也只是撞散了一点儿。

两人写完检讨后再次被刘希平教育了一番,林微夏和柳思嘉一起回教室,刚好赶上下课,走廊吵闹得不行,学生们四处打闹或聊天。

快到1班教室门口的时候,林微夏发现她的手腕又比之前瘦了一圈,袖口空荡荡的。林微夏习惯性地偏头笑着看向柳思嘉,发现她原本扬着的唇角弧度慢慢放直,眼睛直勾勾地盯着正前方,脚步停了下来。

林微夏顺着她的眼神看过去,是刚从教导主任那儿领完处分的班盛。她才发现,他今天穿的一身黑,黑色卫衣外套将他的五官抬得更凌厉分明,鼻梁高挺,单眼皮,黑色锁口运动裤刚好露出了一点儿脚踝,露出了一半黑百合花,挡住了一半。

他倚在那儿同人讲话,姿态仍是漫不经心,透着不正经的痞。

昨天包扎在手掌的粉色腕巾被他扣了下来,缠在了左手手腕上,打了一个简单的结。

他在标记他的所有物。

黑百合,粉色腕巾,他眼睛下的小痣,吊诡的一幕,让班盛整个人看起来更蛊惑人心和漫不经心,也招更多女孩喜欢。

与此同时七嘴八舌的讨论声传入耳朵,字字清晰:

"班盛怎么看起来更帅了!"

"是他这次打完架后开始戴在手腕上的粉色腕巾吗?和黑百合配死了,帅死我了。"

"第一次见男生戴粉色腕巾还不奇怪的,太正了,我要死了。"

"别死,要是他那个腕巾是那个谁送的,你再死也不迟。"旁边一个女生朝林微夏这里瞥了一眼。

毕竟昨天班盛为她大动干戈,精彩程度被旁观者添油加醋发散,现在已经在全校传开了。昨天大家在贴吧和论坛讨论得厉害，说这剧情发展想不到，还顺便明里暗里地嘲讽了柳思嘉，现在每个人都在暗地等着看这场大戏。

可目前好像什么动静也没有。

柳思嘉双手插回校服口袋，抬着下巴，冰着一张美艳的脸撇下林微夏独自回教室。

粘起来的冰面又裂了一道痕。

林微夏垂下眼匆匆走进教室，哪知道走了两步就被学生干部堵住了。对方是一个戴银丝眼镜、长相斯文白净的男生，自我介绍是文艺策划。

"林同学，校联欢晚会即将来临，我可是听说你会拉大提琴，这个学期还有一个多月就要结束了，你不想在这个学期留下浓墨重彩的一笔吗？"学生干部努力煽动她。

"不太想。"林微夏语气诚实。

而且A生基本每个人都有自己的专业特长，什么时候校晚会演出轮到她了？

"……呃。"男生站在她面前挠了挠头，想不出说辞却不肯走。

林微夏抬起眼睫看他，问道："谁和你说我会拉大提琴的？"

而且她还是半个"聋子"。

"有人说你会，这次校晚会最佳节目会有丰厚奖品，最重要的是，你就当帮帮同学这个忙，而且，你不想在舞台上表演大提琴，好好地演出一场吗……"

林微夏听得有些晃神，最后不知道被他哪句话游说动了答应了下来。等过了两节课，林微夏清醒过来想反悔，对方已经把报名表交上去了。

那天以后，班盛左手腕戴上那条粉色腕巾就再也没有摘下来，任凭邱明华刺激他说丑，别人众说纷纭在猜他那条腕巾谁送的。

他都无动于衷。

郑照行一周后回来上学，人是变老实了点儿，脾气还是很差，动不动就发火，班盛在场的时候他会收敛点儿。

但郑照行看班盛的眼神多了一层恨意，比之前强烈。

周五放学后，班盛照例送林微夏回家，临别时，班盛握着手机看了一眼时间，林微夏站在路边，手指捏着书包肩带来回滑动。

班盛用拇指滑动着屏幕，感到鼻尖前那一抹清甜的水果香味还没散去，抬头发现人没走，挑了挑眉：

"舍不得我走？成，那再陪你一会儿。"

说完把手机塞回兜里，一副甘愿陪你的架势。林微夏看着他："现在是白天，太阳还没下山。"

开完玩笑后，林微夏把话头转到正经事上："就是……我有一把旧琴，不过坏了，你会修琴吗？"

林微夏平时就看他爱组装和拆卸无人机，加上上次的助听器是班盛修好的，所以林微夏才问他会不会修琴。

"不会。"班盛坦诚道。

"噢，那……"林微夏垂下眼睫道。

"但我家有一把还不错的大提琴，你可以拿来用。"班盛看着她说。

林微夏抬眼撞上他的眼睛，摇头："谢谢，但我——"

班盛打断她："家里那把琴不知道是谁送的，你不用就会一直落灰。来我家练，你就当是我借你的。"

"记得拿奖，分我一半奖品。"男生懒洋洋地看着她。

班盛就是这样，体贴又周到，永远不会让人感到难堪和尴尬。

从那之后，除了学习的时间，林微夏几乎每周都会去班盛家练习大提琴。这件事有好几次她想告诉柳思嘉，可每次柳思嘉都会打断她的开场白，然后转移话题。

周五放学后，教室里面没几个人，林微夏一向走得慢，正慢吞吞地收拾东西，邱明华忽然凑过来，压低声音道："林同学，你对我班爷下了什么蛊？"

"啊？"林微夏后知后觉地应道。

"他现在篮球不打了，天文台也不去了，一问就是有事。我看他也没啥事啊，除了要送你回家。班爷脾气这么臭的人，在你面前像条巨型犬似的，你肯定给他下蛊了！"

"班盛同学一直都很乐于助人。"林微夏认真斟酌措辞道。

邱明华还想再说什么，忽地感觉喉头一阵发紧，漆黑的影子压下来，班盛仗着比他高一截，从身后锁了他喉。

"错了，错了。"邱明华立刻滑跪，脖子被一只强有力的手臂勒着，喉咙一阵发紧。

邱明华被班盛弄了几下后连滚带爬地跑了出去,空荡荡的教室只剩下他们两人。一轮橘红色的太阳照了进来,林微夏还在收拾课本,两人一前一后地走出去。

"林同学。"班盛语调懒散地喊她。

林微夏抱着书听到喊声下意识地"嗯"了声,班盛猝不及防地回头,一张脸忽然出现在眼前,鼻息相对,声音震在耳边,痒又麻:

"真以为我乐于助人?"

"你去问问我对别人是不是也这样。"

班盛家有间琴房,林微夏在他家练琴的时候,他通常在隔壁陪她,用看电影或者玩游戏来打发时间。

或者他干脆什么也不做,往房间里搬了张U形沙发,支着脑袋看她在一旁拉琴,时间一久,薄薄的两片眼皮往下耷拉,昏昏欲睡。

中场休息时,班盛让她过来喝水。林微夏把琴弓放到一边,在沙发处坐了下来,班盛倾过身,打算给她调一杯咸柠七。

班盛起身去冰箱里拿腌好的柠檬,朝沙发的方向走来,阴影落下来,男生重新窝回沙发上,恰好林微夏搁在桌上的手机发出振动声,一只纤白的手去捞,他瞥了一眼。

林微夏拿起手机回复,神色专注,长睫毛翘起时像颤动的蝶翼。

班盛拎起一罐七喜,骨节清晰的手指穿过银色的拉环正要开时,语气顿了顿,装作若无其事问道:

"在跟谁聊天?"

林微夏还在回复对方,比较沉浸,头也没抬:

"周京泽。"

"嗒"的一声,拉环扯开,无数白色气泡向上喷涌而出,班盛神色淡淡"哦"了一声。林微夏似乎想起什么,抬头对他说道:

"忘了跟你说,他是我以前去京北参加大提琴比赛认识的朋友,他拉大提琴很厉害,天赋型选手,这次刚好有比赛,我有不懂的要问他。"

林微夏说完又低下头去了,班盛脸上的表情没有任何变化,酷着一张脸,却不动声色地将短小的拉环硬生生掰成了两半,唇角漫出若有若无的挑衅：

"呵。"

林微夏还停留在和周京泽的聊天对话框里，他让她一会儿录个练习视频发过来，好看出问题解决。

她敲了个"好"字在对话框正准备发出去，一道压迫性的阴影落了下来，还没反应过来，手机被伸出的一条长臂夺走了。

"还我。"林微夏立刻伸手就要夺。

班盛仗着个高腿长，举着手机让林微夏够不着，看到林微夏那张冷淡的脸好不容易起了波动，他生了逗弄她的心思，一会儿往这边举一会儿往那边扬。

可林微夏不是乖巧的猫，她是会蛰人的蝴蝶。她坐在那里抢了一会儿就没搭理班盛，在他神经放松的时候，立刻转身去抢手机。

可班盛反应更快，拿着手机往上扬，林微夏不管不顾地扑了上去，"砰"的一声，两人双双倒在沙发上，林微夏闻到了他身上淡淡的沐浴液味道，混着好闻的乌木香，一点儿一点儿挠人心尖。

林微夏与班盛双目对视，才发现他是单眼皮，眼睛漆黑，如捉摸不透的夜空，脸颊那粒痣更蛊惑人心，多看一眼，整个人快要被吸进去。

心跳愈发清晰有力加快。

班盛盯着眼前樱红的唇，心想：

现在是我主动，还是你主动？

22 破碎

林微夏立刻慌乱起身。

班盛则用手肘撑着沙发慢悠悠地起来，手掌滑出一支黑色的手机还给她，林微夏伸手去接，不料纹丝不动。

"松手。"林微夏看他，语气冷静。

班盛果然松手，不再逗她。林微夏休息了一会儿就继续练琴，她很喜欢，也享受这为数不多的练琴时间。

从那次班盛为林微夏大打出手后，学校的人就一直明里暗里关注着两人。在学校，林微夏还是同之前那样，与班盛并无太多交集，可到底有人凭借着林微夏桌上偶尔多出来的零食，班盛从来不缺交作业却回回缺交语文作业，要林微夏亲自去催才能要到这些情况看出了端倪。

不知道从什么时候起，臆测的眼神开始在他们三人身上流转。

可众人认为，明明先前柳思嘉对班盛有意，林微夏和柳思嘉又是公认的姐妹花，一时间，众说纷纭。

可女王就是女王，看起来没有受到任何影响。

在外人看来，林微夏和柳思嘉这对双生花依然很要好，只是林微夏觉得有一层朦胧的隔阂横在两人之间。女孩间的友谊细腻又敏感，一点儿细微的变化，彼此都能感知出来。

柳思嘉对她冷淡疏远了许多，比如两人不再固定出现在食堂一起吃饭，她偶尔会跟李笙然她们一起吃饭，轻描淡写地用"忘了""有事"来搪塞林微夏。

心底像有一根细线缠住心脏，让人有些透不过气来。

校联欢晚会很快到来，下午两人一起去校外吃晚饭，柳思嘉依旧没什么胃口，在便利店买了份全麦面包，林微夏则点了份乌冬面，加了两串关东煮。

冬天的风吹起来凉凉的，好在花枝丸吃起来滚烫，林微夏咬了一口，发现柳思嘉把手里的面包撕成碎屑，脸上却一副神游的状态。

"你怎么了？"林微夏语气关心。

柳思嘉回神，机械性地扯了扯嘴角，回："没事，对了，你大提琴练得怎么样了？"

"还行，你呢？我听方茉说你也报了个节目。"

"就那样呗。"柳思嘉把塑料纸全部揉成一团扔进垃圾桶里。

校联欢晚会很快来到，在校大礼堂举行，属于深高举办的大型活动，全校师生一起参加，学校还请了两名记者对此进行采访报道。

周五晚上，大礼堂后台化妆间乱成一团，通常是人员还在这边化着妆，人就被推了上去。林微夏坐在化妆台前让人给她化着妆，每一次主持人报幕她的心跳就会加快，不免有些自嘲，应该是太久没有参加过比赛了。

妆化好之后，方茉在一边看向林微夏，眼睛看呆了，喃喃自语道："也太美了。"

暖气打得很足，柳思嘉连外套都没有搭着就这么穿着演出服走过来，她穿了一件紫色的裙子，搭着黑色长靴，妆容很艳，显得整个人气场十足，而李笙然始终陪在她身边。

李笙然看到镜子里的林微夏一怔，转而拍了拍林微夏的肩膀，一副不太情愿的模样："哎，宁朝好像有急事找你，他在外面。服了，怎么会有这么凶神恶煞的人？"

"啊，好。"林微夏把手里的口红放下。

林微夏起身，捞起椅背的外套穿上，她有点儿不适应过长的裙摆，提了一下往外走。走到外面的时候，发现宁朝正同一帮人站在树底下，不知道在商量着要做什么坏事。

她喊了句："宁朝。"

旁边的男生撞了一下他的肩膀开始吹口哨，宁朝闻言抬头，朝林微夏走过去，走了几步又冲身后起哄的人啐骂了几句。

宁朝走到林微夏面前，看她穿着演出服跑出来神色疑惑地问道："你跑出来有什么事？"

"不是你找我吗？李笙然刚才跟我说的。"林微夏急着跑出来，鼻尖上沁着汗珠。

"她有病吧，我找你干吗？"宁朝一脸无语，打了个喷嚏，"不行，我得去找那个臭丫头……"

宁朝絮叨个没完，结果一抬眼人不见了，连个人影都没捞着。林微夏跑回后台的时候嗓子有点儿发干，方茉正在四处找人，看见林微夏的时候松了一口气。

"微夏，你去哪儿啦？马上就要到你上场了，大家正四处找你呢。"方茉慌张地跑过来。

"没事。"林微夏摇头，她走到了化妆台处，背起那把大提琴。

时间刚刚好，后台控场的工作人员喊林微夏上去，红色的幕布被人掀开，林微夏背着红色的大提琴走上舞台，上台前，她特意按了一下助听器，调小了接收声音的音量。

林微夏这处的灯光是暗的，观众并没有看到她上台。距离林微夏两米处，主持人正在报着幕，她穿着一件墨绿色的晚礼服，背后开衩，露出一片雪白的背。

她的声音很好听，发音也很清晰，字正腔圆，让人想到一杯温热的牛奶。

主持人报幕完后，退到一边之前回头朝林微夏的方向笑了一下，林微夏点头，"啪"的一声，头上的追光灯打开，将黑暗中的林微夏点亮。

　　林微夏琥珀色的眼珠微微转动了一下朝台下看去，观众都认真地看着她，把注意力放到她这个表演者身上。

　　不免心里有些发紧。

　　她也在如潮的观众中一眼看见了班盛，他戴了一顶黑色的鸭舌帽，露出半张弧度流畅的脸。林微夏轻呼了一口气，右手执着琴弓，在众人的屏息等待中，搭上琴身，轻闭双眼轻轻一拉。

　　预想中低沉悦耳的声音并没有到来，反而是难听刺耳的声音呜啦呜啦地响起，林微夏疑惑地睁眼，再一拉，"啪"的一声，白色的琴弦骤然断裂，如裂帛之声。

　　顷刻间，琴弦像烧断的头发丝一般，卷曲起来。

　　台下响起一阵骚动，议论声越来越大，其中还夹着一两声嘲笑声，就连前排观看的老师也忍不住交头接耳，询问舞台上的突发状况。

　　林微夏整个人都蒙了，坐在座位上仍维持着那个姿势没有动弹，台下的声音越来越大，像潮水一般涌来，她的睫毛低垂，想起先前那个明艳且相当真心的笑容，睫毛抖了一下。

　　女主持人见机行事，让人熄灭了灯光，舞台上一片黑暗，观众席让林微夏下台的声音更响。女主持人走到林微夏耳边，同她低声交谈了几句，便退下了舞台。

　　"烦不烦啊，什么玩意儿？这就算完了？"

　　"台上那位同学，你行不行啊？不行就赶紧下去让后面的人上啊。"

　　"就是，赶紧下来吧，丢人现眼。"

　　骂声一波接一波，坐在一旁的李屹然一副看热闹不嫌事大的模样，抬起一直耷拉着的眼皮开口："啧，不上去英雄救美啊？"

　　班盛坐在座位上，依然维持那个姿势没有动，漫不经心地接话："她能解决。"

　　"哟，这么相信她啊。"李屹然持续损人。

　　班盛缓缓开口："不然就不是我班盛看上的人。"

　　"轰"的一声，舞台上的追光灯再次亮起，一道悠扬的琴音响起，林微夏还是坐在那个位子上，只不过拉出来的不是大提琴，是二胡。

她竟然换了表演节目。

林微夏稍微低侧着头，乌黑的头发挑起一半绾在后面，露出一小半白皙漂亮的脸庞，可是她的指尖却很有力，一首婉转的《梁祝》音调从琴弦上潺潺流出。

前调悲哀婉转，让人忍不住沉浸其中，回想起书上才子佳人被迫分别的故事，曲到中段，林微夏手中的琴风一转，声调忽然变得急促起来，琴音纯正，似大珠小珠落玉盘般清脆，十分富有感染力。

观众席上斜前方的一位男生低声爆了句粗口，和同伴低声交谈："绝了，我宣布从今儿起她是我新女神了。"

班盛抬起黑沉沉的眼睛睨了一眼那男生，对方后知后觉地摸了一下脖子，只觉得阴飕飕的。

他收回视线，重新看向舞台，眼睛紧锁着林微夏。

林微夏坐在舞台中央，一袭紫色的水袖长裙，随着乐曲的高潮之处到来，声音愈发地浑厚有力，拉琴的速度加快，左手也灵活地上下按弦，动作又飒又美，曲风大气，直到尾声。

她身上有种破碎感，但眼神坚定，观众仿佛看到曲调中主角化蝶飞了出来，最后翻跹落在林微夏那张白皙的脸颊上。

正好歇落在红色的胎记上。

最后一声收尾，林微夏收起琴弓，拿着二胡站起来朝台下深深地鞠了一躬。台下霎时寂静，宛若一片深海。

半分钟后，台下响起如潮的掌声，余音绕梁，尖叫声和喝彩声几乎掀翻屋顶。这是一场很出色的表演。

当天校联欢会上，柳思嘉不甘示弱，凭借一支现代舞斩获了第一名，而林微夏凭借着一首大气磅礴的《梁祝》在深高一曲成名，虽然这次出了舞台事故换了节目，但她的临场表演深入人心，感染力颇强，组委特地颁发了一个特等奖给她。

晚会结束后，大部分人围在柳思嘉身旁冲她道喜，语气奉承，林微夏坐在座位上正独自卸妆，倏地，桌上的手机发出嗡嗡的振动声，她捞起来看了一眼，卸完妆后，收拾好东西后往外走。

柳思嘉被人群簇拥着，红唇上扬，李笙然也赔着笑，瞥见匆忙往外走的身影笑意停滞了一下。

班盛发了消息说在外面等她，林微夏走出去的时候一怔，发现他同一帮人站在一起，有个男生一脸的困倦，一看就是李屹然，旁边站着一位女生，身段婀娜，气质绝佳，从背影来看，就是个一等一的大美女。

林微夏发现班盛同他们在一起的时候神情极为放松，班盛看见她的时候，抬手让人过来，灯光里，她看见他清晰的指骨。

林微夏走近时，发现那名女生竟然就是刚才帮忙在台上解围的主持人，她想了一下，难得主动开口，语气中带着猜测："你是学姐？刚才谢谢学姐解围。"

女生侧过头，漆黑的瞳孔溢着笑意："客气，程乌酸，你叫我乌酸就好了。"

"按关系来说的话，我算是阿盛的远房堂姐，他是李屹然，我们几个都是从小一起长大的好朋友。"程乌酸解释道。

晚会已经散场有一段时间了，仍有零星路人经过，看见学校一帮话题热度最高的人凑一起，忍不住八卦起来："那个是李屹然吗？"

"班盛也在。值，看个校联欢晚会还能碰见两个帅哥。"同伴附和道。

"李屹然就算了吧，你知不知道他的外号叫'垃圾'。"朋友说道。

"还有乌酸学姐！我的女神学姐呜呜呜。"

班盛正准备说话，抬起眼皮看了她们一眼就没有说话，薄薄的两片眼皮像利刃，让围观的路人手抖了一下，她们不再八卦心虚，立刻逃之夭夭。

"啧，班大少，你是不是不懂什么叫怜香惜玉？"李屹然笑着开口。

他是不介意自己被喊"垃圾"。

程乌酸一点儿都不想参与他们的斗嘴，拍了拍林微夏的肩膀："要谢你得谢阿盛，是他叮嘱我要多照顾你。"

"他对你可上心了。"乌酸打趣道。

李屹然装作第一次见到林微夏一样，搓了搓冷白的脖子，故意问道："阿盛，这是女朋友啊？"

"不是。"班盛回。

林微夏眼睫动了动，抬眼看过去，班盛一脸的坦然："未来不一定。"

李屹然比了个骂人的手势，一脸不得不服的表情，拉着乌酸离开了。只剩下他们两人，空气中弥漫着若有若无的尴尬，班盛看着林微夏红艳的嘴唇，开口：

"涂得跟女鬼一样，丑死了。"

班盛拿了一张纸巾抬手拇指按住她的嘴唇就要擦，林微夏一时愣住，呆在那里让他擦。粗粝的拇指按上红唇，指腹瞬间染上艳红，其实她这样很好看，一点儿都不像女鬼，皮肤生得极白，配上红唇，清冷又好看，像三月的白雪，称得上艺术品。

她的唇瓣很软，像果冻，班盛喉咙开始难抑地发痒，他瞬间收回手，视线撤离："走了。"

两人并肩走在学校的林荫道上，林微夏总觉得男生手指的温度还停留在上面，唇瓣发麻，她下意识地用袖子擦了一下。

"对了，这次奖金有1000块，按之前约好的分你一半，赔你的大提琴可能不够……"林微夏拉住他的衣袖，递过去500块钱。

班盛停下脚步，看了一眼她递过来的钱没有收，漫不经心地笑了笑："那个破琴算什么事儿，钱不收了，请我吃顿饭吧。"

林微夏睁眼看他："你想吃什么？"

"饺子吧。"不知道怎的，班盛想起了冬至那碗热气腾腾的饺子。

虽然冬天快过去了。

林微夏一脸茫然："啊？"

他这么精明的人，不是应该趁机宰她一顿吗？

"啊什么啊，再不走我改主意了。"班盛双手插兜径直往前走。

林微夏只得跟上他的步伐，两人来到民乐东路的一家饺子店，店铺的招牌陈旧，但收拾得很干净，人流量也不少。

林微夏点了两份牛肉馅的饺子，问了班盛没什么忌口后就坐下了。班盛有点儿洁癖，反复地用开水烫着杯子和汤勺。

手机屏幕忽然亮起，林微夏滑开一看，是方茉发来的恭喜信息，她的语气激动：

啊啊啊，微夏，你在舞台上美死我了，你知不知道，你在学校论坛上爆了，大家都在讨论你，拿奖开心吗？

林微夏在对话框里敲字并发送：还好。

方茉还顺带发了个论坛链接给她，林微夏没有点开，她压根儿不在乎别人的眼光，不在意别人的评价，受关注更不在她的追求范围和目的中。

她只是想没有压力地做自己喜欢的事。这次的大提琴演出变成了二胡是个遗憾。

班盛喝了一口荞麦热茶，热气氤氲住他懒散的眉眼，他想起什么，开口："你还会拉二胡？"

林微夏咬了一口圆滚滚的饺子，舌尖瞬间被烫到，对方适时推过一杯水来，她喝了一口，不知道是坦诚还是谦虚：

"小时候跟一个老师学大提琴，每次提前去他家，他都在教女儿学二胡，后来我手痒就跟着学了一点儿，学艺不精，我只会这一首。"

"临场反应挺聪明。"班盛评价道。

吃完饺子后，林微夏同班盛一起往外走，她站在门口跟老板娘结账，老板娘正忙活着，手抹了一下围裙，接钱的时候看了一下眼前的俊男靓女，忍不住夸奖：

"你们两兄妹长得真俊，跟电影海报似的。"

女生穿着藏青色制服外套，内搭一件浅色针织衫，格纹窄裙，露出一双白皙的长腿，长相清纯又靓丽，男生则高出一大截，同样是制服外套，身材挺拔修正。

两人的眉眼出奇地像，是一致的冷淡。

老板娘越看越感叹："你们爸妈年轻的时候肯定好看，你看你们兄妹长得……"

班盛单手插兜，本来要抬腿往外走的，闻言停了下来，回头，脸上的表情像忍了又忍，问道：

"真长得像兄妹？"

Part 5

♡这是我的世界, xia
 world !

lily

先在追着他跑。这一刻的班盛不是下坠的、幻灭的，身上那些沉郁的气息悉数消失，是全新的他。林微雯拿起相机，"咔嚓"一声对着他的身影拍了一张照。

You can hear

23 新年

次日，林微夏来到学校的时候，发现聚集在她身上的焦点和议论声变密，她放下书包，拿出三明治准备吃早餐，一张放大版的圆脸忽然出现在眼前，吓得她心脏漏一拍。方茉歪着脑袋说道：

"原来仙女还要吃早餐的呀。"

林微夏点了一下她的额头，语气不太正经："是，我不仅会吃早餐，一会儿还得收你的语文作业。"

方茉瞪大眼睛，回神拍了一下自己的脑袋，立刻转过去碎碎念道："完了完了，我作业没写。"

早读前班上依旧热闹，林微夏坐在自己的座位上做事，刚逗弄方茉时嘴角还挂着淡淡的笑。在柳思嘉和李笙然挽着手一起走进教室的时候，气氛起了微妙的变化。

有几个穿制服的Ａ生下意识地看向林微夏，眼神带了点儿同情的意味，同时还夹了点儿嫌弃。

林微夏并没有受到影响，继续整理着自己的作业。

做课间操的时候，林微夏是一个人下楼的。柳思嘉不再等她，像个女王般被众星捧月拥走了，背后茶棕色的长卷发一如既往闪着光泽。

结束时，林微夏顺着人潮上了楼梯，在拐角处不经意往下一瞥，柳思嘉被一个女生挽着胳膊，艳红的唇勾出一个弧度。

旁边有人不小心撞了一下她，林微夏回神，手搭在楼梯间的扶手上，收回停留在柳思嘉身上的视线，顺着人流上了楼。

今天阳光很好，光线是暖橘色的，带着透明感。高二1班门口好多人挤在走廊处晒太阳，热闹得不行。林微夏去晒太阳，手臂搭在栏杆处，眯眼发着呆。

班盛懒散地靠在栏杆上，后背微弓，一条脊线微微凸起，邱明华凑在一边，他们正在玩无人机。

柳思嘉打趣道："哎，笙然你能不能行啊。"

"那当然，不过得抓紧时间涂，一会儿老刘来了，我的美甲工具非给收了不可。"李笙然拍了一下她的手臂。

林微夏脸上的表情疏离，没有任何变化，心脏却像家用电饭煲到点一样，不停地往外咕噜冒泡，然后"啪"的一下破了。

她从来都很珍视这份友情，只可惜，青春期女生间的许诺，像易碎的艺术品那样碎得快，除非时时小心照看它。

李笙然看见班盛在，扬声笑着问话，有种撒娇的意味："班盛哥，周末我和思嘉想去风海那里冲浪，你有没有时间教我们？"

在女生期待的眼神下，班盛手里握着无人机的手柄，有一搭没一搭地嚼着口香糖，没有答。

宁朝也在，他倚在一旁习惯性地摸了一下寸头，瞥了一下林微夏身后的两个女生，语调随意地冲班盛说话，却意有所指：

"哎，我妹子昨晚的大提琴表演，你不会真以为弦是她自个儿拉断的吧，不查查？"

就这么一句话，气氛忽然诡异得不行，就连一旁玩闹的同学也停了下来，一致地看向班盛这边，等着他开口。

班盛握着无人机的遥控，动作顿住，偏头看向林微夏，眉眼带着压迫，缓缓问道："是不是有人？"

"有。"林微夏往后看了一眼。

下一秒，身后的柳思嘉叫了一声："笙然，你把指甲油涂出边界了。"

视线被幢幢人影挡住，宁朝往两个女生看去，一个是一贯神色冷艳，一个脸色慌乱，低头拿出卸甲巾把边缘的红色指甲油卸掉。

宁朝见状冷笑一声。

李笙然的脸色并不太好看，刚想要大声说话，班盛看她一眼，后者自动噤声。

他看着林微夏，示意她接着往下说，林微夏语气顿了顿，轻松地笑了一下："有是不可能的，是我在台上太紧张，一用力就把弦拉断了。"

"弄坏你的琴，真的抱歉。"

班盛头颅微微一低，对上林微夏的眼睛，同她确认："确定没有？"

林微夏亦回看他，没人敢说话，更不会有人敢去影响他的判断和决定。只要她说出她的委屈，他会为她做主。

她也知道班盛要查的话很容易查，处理这种事对于他来说简直轻而易举。但林微夏还是摇了摇头，坚持道："没有，是我自己不小心。"

"丁零零——"上课铃适时响起，男生女生先后回教室，林微夏正要回班上，李笙然挽着柳思嘉经过她身旁，冷着一张脸看也不看她一眼，"砰"的一声撞了一下林微夏的肩膀。

林微夏吃痛地皱了一下眉。

期末考试很快来临，一到大考，班里就是剑拔弩张的气氛，跟往常相比有过之而无不及。柳思嘉还是会同林微夏说话来往，只是两人疏远了很多。

班上的人自是看出来两人之间的变化，人往往羡慕强者，下意识地选择站队。那帮女生自然没有以前那么关照林微夏，更没有之前热情了，时不时地还会针对她，但林微夏也能适应。

她总能适应生态环境的各种变化。

考试前三天，林微夏坐在教室里温书，正前方发生一阵骚动，紧接着，七嘴八舌的议论声传到左耳中。

"思嘉，你换书包啦？"

"哇，这个是限量款吧，我之前就一直好想要这个书包，可惜买不到。"有女生语气艳羡。

"是咯，早该换了，那种书包配不上你，一副穷酸样，还总惦记别人的东西。"

像在提醒，林微夏一个F生，本来就不配跟她们做朋友。

柳思嘉语气略微不耐烦地打断她们："行了，别再说那些有的没的。"

谈笑声渐渐隐去，林微夏握着的笔尖顿了顿，在白纸上洇开一个点，她看了一眼抽屉里的那个还算崭新的书包，柳思嘉送的那个。

林微夏还在上面挂上了自己的幸运符，视线收回重新落在书本上，继续学习。

中午放学的时候，方茉坐在座位上整理好课本后，兴高采烈地准备和

同伴去吃饭,看见林微夏一个人坐在座位上写作业,问道:

"微夏,一个人吗?要不要跟我们一起呀。"

林微夏温和地笑了一下:"没关系,你们先去吧,我还有一点儿就搞完了。"

她一个人也可以,既可以和好朋友在同一片阳光下前行,也可以一个人,做一只孤独的兽。

期末考试的时候下了雨,冬天的雨天总是阴冷的,早上出门的时候林微夏换了一件雾蓝色的呢子大衣,戴了一顶黑色的贝雷帽,皮肤白得跟羊脂冻玉一般,气质清冷又孤绝。

出门前收到一条班盛发来的消息,语气嚣张得不行——

Ban:需不需要放个水,让你过一下考赢我的瘾?

这基本是不可能的事,放水也改变不了,除非班盛缺考。林微夏没有回他,拿着雨伞出了门,结果一出门就碰到了早在外面等着接她去上学的班盛。

班盛穿着一件黑色的大衣,侧脸弧度流畅,他的拇指搓了一下左手手背上的骨头,脸颊抽动着。

一看见林微夏,班盛拎着早餐走过来,扫了一眼她今天的打扮,露出意味深长的眼神,偏偏是一副正经到不行的语气:

"今天穿得不像兄妹了。"

……

一连三天都在下雨,最后一门考试结束的时候,雨还在下,但这个学期结束了。

也不算没有收获。

林微夏抱着白色的考试文件袋出去的时候,隔着遥遥人群,她一眼就看见了被人群包围的柳思嘉。

柳思嘉不知道冲旁人说了什么,她们先后离开。林微夏拿着伞走向柳思嘉,她抱着手臂站在那里,两人都没有说话。

柳思嘉抱着手臂,斜着眼看她,先开了口:"那件事不是我干的。"

"嗯,我知道。"林微夏语气缓慢。

两人相对无言,林微夏又轻声说了句:"谢谢你这个学期的照顾,思嘉。"

雨变得大了一点儿,林微夏撑开伞匆匆走进织成细线的雨帘中,水珠砸在白色的透明伞纸上飞旋出一朵又一朵的小花。

寒假来得很快，刚好快要过年，南江街道到处高挂着大红灯笼，人流量变得越来越大。姑妈给高航报了三个补习班，搞得正在青春发育期整天只想着玩游戏的青少年叫苦连天。

因为临近年关，姑妈店里生意忙不过来，便喊了林微夏过去帮忙，她每天负责收银，做鲜切水果之类的杂活儿，看似轻松，但一天忙下来也累得腰酸背痛。

整个寒假，林微夏基本没有联系过任何人，班盛出了国，偶尔会发几张照片给她。

到了年前两天，水果店终于关店休息了，年三十那天年夜饭后，姑妈给他们一人包了一个大红包，高航瞅了一眼林微夏手里较厚的红包，佯装不满："妈，老姐的红包为什么比我厚啊？"

姑妈正端着盘子，想也没想就给了他后脑勺儿一掌，斥责道："你还有脸说，你姐寒假在店里辛苦了多久，你呢？房间里的游戏键盘都快被你盘出包浆来了吧。"

高航立刻耍起宝来，应着电视机里春晚小品的声音，气氛倒还融洽。林微夏帮忙收拾好碗筷后，拿着换洗的衣服准备去洗澡，临时瞥了一眼蓝色床单上的手机，发现手机屏幕不断亮起。

林微夏拿起手机坐在床边，登进微信，发现方茉、宁朝给她发了新年祝福，她笑着一一回复，班群里也热闹得不行，老刘也难得在群里大方起来，发起了红包雨。

林微夏看了几眼正要熄掉手机屏幕，眼睛忽然捕捉到柳思嘉出现在她的聊天对话框里，她点进去一看，是一条一连串的新年祝福，一看就是网上摘抄来的，还没来得及仔细阅读，信息忽然被撤回，聊天界面归为空白。

须臾，柳思嘉发来一条信息，语调是一贯的高冷：手滑，群发的。

不知道柳思嘉是真的不小心群发新年祝福信息一并发到了她这里，还是和好的试探，林微夏认真地回了句：思嘉，新年快乐。

发完信息后，林微夏便去了浴室洗澡，出来的时候穿着棉质的睡衣，脖颈连着锁骨那一块，被水蒸气蒸得粉红。

她一边不断用白色毛巾包裹着湿发，一边捞起手机坐在窗边的桌子前，才看到半个小时前方茉发了好几条信息。

方茉：啊啊啊，你看了班盛的朋友圈动态没有？

接着方茉立刻发来一个截图，林微夏点开查看，发现这个是邱明华的朋友圈截图界面。昵称为 Ban，头像漆黑一片的用户，发了一张夜晚的天空的照片，配文是：在等某人跟我说新年快乐。

定位是加拿大，语调是说不清的神秘，也更招人猜测。邱明华和班盛的共同好友在底下清一色评论，起哄的捣乱的什么都有。

A：某人是谁？

B：新年快乐，我就是某人。

C：哇，班盛，你在加拿大啊，新年快乐呀。

邱明华把这条动态截图打码后发到私人小群里，唯恐天下不乱，结果一传十，十传百，这下连没有班盛微信的同学都知道了这件事。

方茉还在那儿八卦：微夏，这个某人——说的是不是你啊？嘿嘿嘿。

林微夏低垂着的睫毛抖动了一下，下一秒，消息栏显示进来一条消息，她点开一看，是班盛一贯漫不经心的语调，他说：

哎，某人。

林微夏握着手机开始觉得机身发烫，水珠顺着头发不断滴到手机屏幕上，明明他没有说话只是发了个文字，却像是自动译成了低沉的嗓音震在耳边。

她在对话框里敲字又不断删除。

班盛这边的手机显示则是"对方正在输入"，像是按捺不住般，他被这个正在输入弄得千挠百痒，摁住发话筒发了条语音过去。

一按语音播放，男生略微嘶哑的嗓音回荡在房间，带着一股若有若无的无奈：

"今天过年，我一个人在国外。

"我只想你跟我说新年快乐。"

林微夏想起班盛刚才发的那张照片，夜空灰暗，没有一颗星星出来，不像家里这边，焰火在荔江湾升起，无比热闹。

她正打着字，头发上的水珠滴在屏幕上，输入法跳跃不出中文，林微夏干脆发了条语音过去。

一道温软的女声透过不平稳的电波传过来，她说话带着一点儿严肃，语气正经：

"——新年快乐，班盛。"

接着林微夏去吹头发，再回来查看消息时，发现班盛没再回消息，心底有一种说不出的情绪，但不再关注。

林微夏刷着手机，倏地，手指停住了，她盯着手机上的一小块屏幕看了好久，整个人忽然后仰躺在床上，窗外的果树甜香涌入空气中，一点儿一点儿灌入鼻尖，不断攻击着紧闭的心脏，痒痒麻麻的。

手臂横在一边，紧握着的手机屏幕亮起，上面显示对方改了昵称，班盛现在的微信名叫：

听见了。

像是在传达一个无人知晓但又只有她知道的回应。

24 主唱

寒假的日子很快结束，一开春，温暖的空气迫不及待地进入这座城市的每个角落。从那条新年微信开始，柳思嘉和林微夏的交往又多了起来，当然，她们之间不再提及班盛这个名字。

这个横亘在她们之间的男生，像是一个禁忌。

粘好的冰面会因此摔得四分五裂。

在深高待了一个多学期后，林微夏算彻底适应了这里的生活。A生和F生之间仍隔着一道墙，基本没有交集，像是两支队伍。

深高里隐藏的阶级生态链，像是迷雾一般，总有一层什么东西笼罩其中，看不见，摸不着。

南江的气候以长夏为主，一年到头都是暖洋洋的天气。才4月初，天气就已经热得不行了，而深高的蝉鸣声，一天比一天响亮。

大家很快换上夏天的制服，男生是简单的白衬衫和长裤，女生则是清一色蓝白水手服，像一片片青春靓丽的帆。

周五，水围巷永远无比嘈杂，林微夏一家人坐在餐桌前，外面的吵骂声和刹车声钻了进来，姑妈走到窗边"啪"的一声把窗户关上。

室内总算安静了点，姑妈重新回到餐桌旁，主动给林微夏盛了一碗丝瓜汤，看了她一眼："夏夏啊，你爸来向我要人了，他出来了，说想让你回去。"

林微夏低头慢吞吞地嚼着豆角，没有说话。姑妈看了她一眼，继续斟酌着语气讲话："我们是一直养着你，但你是他的女儿，姑妈不占理啊。"

林微夏是单亲家庭长大的小孩，林父是个酒鬼，一喝酒就干些偷鸡摸狗的事，从不管小孩死活。

甚至还经常死性不改犯事被抓进去，姑妈见她可怜就把小林微夏接过来养，从十岁到现在，一养就养了七年。

林父一直对女儿不管不问，现在看小孩长大了又想来要人了。

林微夏放下筷子进了房间，没一会儿捏着厚厚的一沓钱出来，一共五千块，她全递给了姑妈。

林女士站了起来，把她的手往回推，脸色一变："你这孩子，这是在干什么？"

"姑妈，这是我平时攒的钱，我留着也没什么用，拿去贴补家用。"林微夏语气温和，重新把钱塞到她手里。

姑妈推了几番后还是把钱收下了，语气是拢不住的愉悦："那我先替你保管着，你爸那边我就先替你回了，吃饭吧。"

"好。"

林微夏以为这件事会告一段落，但一切只是她以为。周末，林微夏照旧在姑妈的水果店帮忙。

没什么人的时候，她就坐在那里看书。

雪白的手肘撑着书的边沿，林微夏撑着脑袋正在看钱德勒的一本小说《漫长的告别》，放在一边的手机发出来电提醒的振动声。

她看了一眼，是一串陌生的号码。

她拿起手机走到水果店外的树下，犹豫了一下点了接听，轻轻地"喂"了一声。

对方收到她的声音后，开始骂人。

是林父。

他骂得相当难听，醉醺醺的语气，声音慷慨激昂得像是要把人生吞活剥，一连串不入流的脏话透过不平稳的电流声传过来："你这个吃里爬外的便宜货……"

林微夏依然维持着那个姿势没有动，任其辱骂，她脸上的表情淡漠，眼神怔怔地看着远方，没有动弹。

倏忽，一条胳膊伸了过来直接把林微夏的手机夺走，林父还在那边骂个不停，他直接给摁了电话，并将那串号码拖进了黑名单。

林微夏抬眼看向来人，班盛仗着身高优势痞里痞气地压凌在她面前，手腕依然系着那条粉色的腕巾。

他刚洗了头，额前细碎的黑发还往下滴着水珠。

"不想听就挂掉，还听个什么劲？"班盛睨着她。

林微夏拿回自己的手机，抬眼看他："你怎么来了？"

"带你去个好玩的地方。"班盛缓缓开口，双手插着兜。

按往常，林微夏一定会拒绝班盛。可不知道是今天的太阳太晒了，还是刚才那通电话让她的心情沉闷。

总之，林微夏现在非常想要出去透气，需要有人让她放空，短暂地逃离这里。

然后班盛出现了。

林微夏迟疑了一会儿，点头："你等我一会儿，我进去和姑妈说一声。"

林微夏没一会儿就走出来，班盛领着她走出水围巷拐到一条宽阔的马路上，他从裤兜里摸出手机，点开社交软件发了条语音过去，话语简短："出来。"

不到三分钟，一辆黑色的跑车跟漂移似的"唰"的一下停在两人面前，车窗降下来，李屹然手搭在方向盘上，看见林微夏，立刻同班盛碰了个眼神，意思是"把人喊出来了，你牛"。

坐在副驾驶座的程乌酸唇角弯起友好地同她打招呼。车锁自动解开，林微夏脚尖动了一下，但没有上车。

乌酸看出她的迟疑，体贴地解释："李屹然已经成年了，两个月前刚拿的驾照。"

"不是，"林微夏摇头，看向驾驶座那个看着快要昏睡过去的李屹然，问，"学长，你怎么了？"

"……"李屹然。

班盛唇角是抑不住的笑意，越忍越忍不住干脆放声大笑，结实的手臂撑在车门上，青色的脉络明显，他笑得胸腔都在颤动。

最后两人上了车，李屹然开车倒是稳，车里放着电子音乐，一路向北疾驰。路上他们间或聊天，讨论某件事，林微夏都没有参与。

她不怎么说话，安静地坐在那里，出神地想着事，之前也是这样。

林微夏和柳思嘉认识于一个暑假。两人相识于微时，都见证过对方最落魄难堪的一面。

柳思嘉老说那个暑假林微夏帮了她很多，对她意义重大。但柳思嘉对林微夏来说又何尝不是呢，那个暑假她在一个亲戚介绍的熟人开的咖啡厅里兼职，柳思嘉经常来咖啡厅，那个时候她们因为一些事已经熟识。

每次台风天，林微夏会给她准备一把伞，或者冲一杯她喜欢的热拿铁。

台风离开后的那一周，林微夏工作就一直不在状态，原因是林父私下骚扰过她多次并找她要钱，她拒绝之后只会换来加倍的辱骂。

周五，林微夏负责打烊、收拾咖啡厅，她是最后一个离店的，人刚走出咖啡厅没多远就遇见了醉醺醺的林父，他笑嘻嘻地拿着一瓶酒："闺女，给点儿钱让老爸用用呗。"

说完林父就上前搜她的身，换平时林微夏也忍了，可最近发生太多事，她的情绪低迷，忍无可忍，一阵推搡后，林微夏冷眼看着他：

"滚。"

林父一个没站稳差点儿摔倒在地，脸上的笑意消失得干净，他一把敲碎酒瓶直接冲了过来："我给你脸了是吧？"

眼看酒瓶就要砸在林微夏身上，一道身影忽然出现从背后直接踹了林父一脚，林父一个趔趄摔倒在地。

林父一脸阴沉地从地上爬起来，拿着碎酒瓶就要往柳思嘉身上摔。林微夏一向淡定的脸这时慌乱不已，急忙跑过去拉着柳思嘉的手就要跑。

风扬起两人的长发。

争执间，绿色的尖锐的玻璃块划伤了两个女生紧牵着的手。

没一会儿，警车鸣笛开过来，林父凶神恶煞地瞪了柳思嘉一眼，之后逃跑了。幸好当晚警方最终将林父抓获。

最后两个女生掌心都留了一块伤疤，柳思嘉那道伤口较深，到现在仍留有疤痕，不知道要花多久的时间才会消失。而林微夏掌心的那道伤口较浅，疤痕渐渐褪去。

柳思嘉那么爱美的一个女孩子，为了救她留下了一道疤。当初要不是她站出来，林微夏还不知道那晚会发生什么事。

虽然柳思嘉多次表达过自己不介意，还打趣说两人掌心的伤疤连在一起，就是友谊的一条线。

但林微夏觉得自己永远欠她。

开了半个小时后，车子从高速路上盘旋下来，车窗风景由单一的高楼大厦切换成青山绿木，空气清新，越往前开，空气中海水的咸湿味越重。

原来是要去海边。

车子开到海附近，林微夏才知道他们来了月亮海岸——南江市最浪漫的海。月亮海岸处种植了一大片红艳的玫瑰，食梦山环抱左右，由于这里的水质干净，一到晚上月亮的光辉洒在海面上，漂亮得像透明的水晶，因此有"月亮海岸"的美称。

因为地处偏僻，又还未被完全开发，所以平时月亮海岸的人流量较少，可林微夏下车后发现今天人异常多。

"微夏，喷下防晒，虽然快傍晚了，但太阳光还是很强。"乌酸拿着防晒喷雾递给她。

不远处不断有试麦、打碟的声音传过来，林微夏循声扭头，下意识地眯起琥珀色的眼睛。

前方搭了一个舞台，蓝色的标牌搭在舞台最高处，以鲸落图案为背景，写着"鲸撞大海音乐节"七个大字。舞台两边不断有干冰烟雾冒出来，电子音乐从音乐设备传出来直炸耳朵。

五米远处立着的易拉宝标明这是一场各高校大学生联合举办的音乐节，后面还写了入场须知和注意事项。

"音乐节？"林微夏微睁大眼。

说完斜前方跑来一个工作人员匆匆递了四张票给班盛，对方应该是大学生，两人看起来相当熟。

工作人员说不方便的话可以直接从后场带他们进去。

班盛哼笑了一下，拍了一下那人的肩膀，说道："简哥，我有那么娇气吗？"

简哥点头，语气还挺严肃："娇不娇气不知道，但我知道你是最难请的人。"

一行人寒暄完先后排队进场检票，过完安检后，林微夏和他们都各自戴上了一个有音乐节标志的绿色手环。

一进去，视野更加开阔，露天场地内人挤人，有人买了充气垫坐在那里打牌，还有扛旗的队伍径直从他们身边走过去。

海风吹过来，旗子上面写着"蹦啊，都是来罚站的吗""看一场 live①，快乐似神仙"之类的话。

人一多，难免会发生碰撞，班盛虚揽着林微夏，始终稳当地把她护在怀里，带着她来到了 pro 区②。

台上的乐队基本都是年轻的大学生，他们或翻唱，或唱自己的作品，舞台上已经开始演了一段时间，人群时不时地爆发出喝彩声和尖叫声。

刚开始，林微夏还有点儿拘束，后来被场内观众的快乐感染，也跟着挥动起手臂来，唇角不自觉地向上弯起，沉闷的心情一扫而空。

林微夏认真地投入听歌的环节中，连班盛什么时候不见了也不知道。人海中，林微夏踮起脚尖不断张望，扭头找人，却怎么也看不见班盛，还以为他被人潮冲散了，心底有一丝慌乱。

幸好，她看见了被挤到不远处的乌酸学姐，林微夏奋力地挤到她身边，一向淡定的脸出现焦急之色：

"学姐，你看见班盛吗？他好像不见了。"

程乌酸抬手撩了一下沾在脖颈的长卷发，正要开口，前方爆发出一阵喝彩声，她抬了抬下巴："你看。"

林微夏循声看过去，班盛不知道什么时候出现在了台上，他站在键盘手加主唱的位置，刚才那个工作人员简哥成了吉他手，李屹然则坐在那里，抱着手风琴，神色懒淡，一副我是被拉来凑数，要是"划水"了别怪我的模样。

"这支乐队的主唱临时生病了，来代个班。"班盛伸手拔了一下麦，话语短得不能再短。

可就是一副踺痞又漫不经心的模样，惹得台下一众女生跟着尖叫大喊："主唱好帅！"

班盛脸上的表情并没有多大变化，他同一边的工作人员碰了一下眼神，简哥拨了两下吉他，音乐开始有节奏地响起。

---

① 现场演出。
② 会员专属观演区，离舞台较近。

一道好听的嗓音响了起来:

> 分分钟都盼望跟她见面
> 默默地伫候亦从来没怨
> 分分钟都渴望与她相见
> 在路上碰着亦乐上几天

班盛的粤语发音很有味道,带着一种独有的腔调,男生的嗓音像是新奇士的青柠水,字字动人,又透着独有的冷调。他边唱边用指尖按着黑白琴键,始终一副漫不经心又游刃有余的状态。

"主唱真的好迷人啊。"

"我怎么没见过他,南江大学的这支乐队可以啊,真的很厉害。"

周围热闹得不行,乐迷们都在蹦迪跟唱,音乐唱到高潮处,舞台处的干冰烟雾不断往外冒。班盛的嗓音将气氛推到了高潮,他正低头弹着琴键,左手的粉色腕巾随风晃动,忽然一抬头,抬起眼皮往台下看。

一双漆黑的眼睛迅速捕捉到人群中的林微夏,他唇角挂着散漫的笑容,看着她认真唱道:

> 今天初发现
> 遥遥共她见一面
> 那份快乐太新鲜
> 我一夜失眠

"妈呀,我没看错吧,他在笑?"

"他在看谁啊?不行,这么帅的主唱我一会儿得去后台堵他要微信。"

班盛在台上唱着歌,身后的大屏幕不断切着这首歌的MV,林微夏站在台下,咸味的海风,天边的落日,周围的尖叫声,海边的椰子树。

她好像通通失去了感知。

她知道自己的耳朵温度在不断上升,心脏像过电一般,不断加快,林微夏在心里告诉自己,耳朵太烫是太阳烤的,心跳加快是因为现场音乐轰炸得心脏受不了。

不是因为台上那个看似散漫不走心实际却看着她认真唱歌的男孩。

人群中不知道谁放起了冷焰,与此同时,一道动听的嗓音传来,他只看着她:

  爱恋没经验
  影子心里现
  问为何共她见一面
  美丽印象似初恋
  分分钟都盼望跟她见面
  默默地伫候亦从来没怨

"轰"的一声,白日焰火燃起,被挤到队伍中的林微夏看着台上,大屏幕上跳跃的画面忽然变成了一行斜斜的字体:

  这是我的世界,Xia。

同时,班盛那句低沉的收尾"可爱的一个初恋"轰在林微夏耳边,久久不能散去,她像得了耳鸣。

乌酸跟着现场的观众起哄了两声,她认真地看着台上的人,笑着说:
"阿盛很喜欢你。
"我从来没见过他对哪个女孩子这样,你一个眼神就能让他在乎得要死。"
人群中不知道谁在玩水枪,打了林微夏一脸,却始终降不下林微夏脸上的热度。他唱的这首歌很好听,她更不知道班盛从哪里得知她喜欢看海。

她的微信名叫Xia,台上的那个人从来不愿意参加校内任何活动,眼神里时常藏着厌世,跩酷着一张脸游走在学校。他从不与人为伍,不愿意参加任何集体活动,更没人知道他还喜欢玩音乐。可就是这样一个自我封闭的男生,在主动告诉她:

这是我的世界,林微夏。

第一次喜欢一个女孩,所以我想毫无保留地展现给你。

全都给你。

一首歌终于结束,林微夏在怦怦的心跳声中无意瞥见乌酸学姐那双漂亮又灵动的眼睛,始终追随着台上的李屹然。

一刹那间,她好像明白了什么,忍不住问道:"乌酸学姐,你是不是——"

程乌酸摇头,笑了笑:"没有,他一直拿我当好朋友。"

黄昏来得很快,林微夏虽然听歌听得开心,腿却站得发酸,她退出拥挤的人群,找了个角落正想休息一下,刚拿出手机,恰巧看见班盛的来电。

林微夏点了接听,班盛的话语简短:"你出来。"

林微夏拿着手机一路小跑出来,跑出音乐节场地后,她却什么人也没看见,只有远处一望无际的海。

"这里。"

身侧后方传来一道懒洋洋的声音,林微夏扭头看过去,班盛靠在墙边,放下屈着的一条长腿朝她走来。

班盛领着林微夏走到停车场,一脚直接跨上车,示意她上来。林微夏甚至不知道他哪里搞来的车,在班盛眼神的催促下,慢吞吞地上了车。

一坐上车,车像离弦的箭一样冲了出去,林微夏整个人不受控制地撞到他后背,下巴撞到坚硬的骨头,加上他开得很快,她下意识地伸手揽住他的腰。

腰腹处传来一阵痒,骑着车的男生略微一僵,片刻又恢复如常。

车速平稳后,林微夏小心翼翼地往后挪,手也松开紧紧地抓住两边的扶手。倏地,又一阵急刹后再次加速,她再一次撞到他后背。

男生后背滚烫的体温轰着她前胸,她立刻坐正。

班盛再次使坏,如此反复,故意得不行,林微夏气急败坏起来,脸涨得通红:"班盛!"

见她真的要生气了,班盛才收敛,闷笑着说:"不闹你了,你往右手边看。"

林微夏立刻坐得离班盛远远的,气恼得不行,闻言下意识地往右看,一下子怔住。班盛不知道什么时候骑车带她来到了海边。

此刻正值黄昏时刻。

视线所及是一望无际蓝绿色的海水,大海衔着一颗滚烫的落日蛋黄,天空的晚霞是彩色的,光洒下来,给人身上加了一层温柔的滤镜。

没有人见到大海不会忘记所有的烦恼。

沾着湿气的海风吹过来,心情无比放松。前方的男生声音似乎裹着海风,沙沙的:"开心吗?"

"嗯。"林微夏点了点头。

"有什么愿望可以喊出来,想发泄也可以。"班盛骑着车,缓缓说道。

林微夏犹豫了一下没开口,班盛也没勉强她,继续骑着车带她环岛看海。兴是大海太包容了,永远沉默地在那里,温柔地注视着每一个人。

在拐角处,她认真地喊了出来:

"啊——啊——好想南江下雪!"

林微夏从小生活在南江,从来没有看过雪,以前去京北参加过比赛,可每次去的时候都不是冬天。

班盛哂笑了一声,似在取笑她的小女孩心思,说道:"好,换个实际点儿的。"

这一刻,海风灌进嘴里,场景美得让她抛却了稳重和冷静,把内心的压抑用力地喊了出来:

"好想快点儿离开这里!

"好想去京北看雪!"

想看雪,想去京北读书以及那些难以言说的情绪随之发泄了出来,林微夏松了一口气,心情甚至有点儿雀跃,她唇角带着笑。

前方正在骑车的男生忽然开口,语气沉稳认真,像是许下一个承诺:

"我陪你去。"

林微夏久久没有接话,她倏地想起什么,轻声说:"我很烦人的。"

班盛并没有受挫,他握着把手转了一个弯,继续说:

"林微夏,我能接住你的期待。"

林微夏又怎么不知道班盛说的这句话是什么意思?他有多好,多厉害,多不让人失望,她都知道。

只是她脑海里响起了柳思嘉说"一直做好朋友"的话,还有那个琥珀色的树叶吊坠。

心猛地一惊,碎片朝她涌来。

"我还有别的事要做。"林微夏轻轻地说。

这算是拒绝。

话音刚落,林微夏看见班盛原本宽阔直立的肩膀无声地塌了下来,像是被人抽断了身上的少年意气,他没再说什么,只是沉默,让她透不过气来，心里闷闷的，像有气泡不断压着心脏边缘，却又挤不掉。

林微夏发现自己不忍心让原本意气风发的少年变得难过。

她不忍心。

25　秘密

班盛带她环岛一圈后，两人站在海滩前吹了一会儿晚风。班盛手里紧握着的手机发出一阵振动声打破了尴尬的气氛。

他摸出手机看了一眼信息，从鼻腔里发出一声哼笑：

"李屹然先走了。"

林微夏后知后觉地看向他："啊？"

"他找别人玩去了，顺便把乌酸也带走了。"班盛把手机揣回兜里。

林微夏的眼珠转动了一下："那我们怎么回去？"

"接驳车。"班盛径直往前走。

他不是不知道李屹然憋的什么坏心思，故意顺水推舟留他们两个人在这里，给他制造两人单独相处的机会。

班盛领着人来到接驳车附近，却被告知要等高校音乐节结束后接驳车才能出发。远处的落日缓缓向海岸线下沉。

天色越来越暗，林微夏心底有些紧张。

班盛似乎看出了她的担忧，转身打了个电话，不知道他冲电话那头说了什么，很快，有一辆黑色的车缓缓驶来接他们离开。

班盛拉开车门让林微夏先上去，然后侧着身子，长腿一伸靠了进去。黑色轮胎摩擦在柏油马路上，"轰"的一声，向远方疾驰而去。

一路上，除了车内舒缓的音乐声在响，没人说话。司机有意同班盛说话，可他明显没有同人搭话的心思，敷衍得不行，连眼皮都懒得抬。

对方见他心情不好，也就自觉不再打扰。

车窗外的夜景一路倒退，林微夏坐在一旁，察觉到了班盛的沉默，瞥见他正漫不经心地拿着手机玩游戏，修长的手指相当灵活，手机接连发出"kill"的声音，那英俊的眉眼向下耷拉，一副没劲透了的模样，整个人气压往下沉。

玩了一局后，班盛退出了游戏，把手机揣回兜里。这下车内彻底安静下来，他仰头靠在后座上，懒懒地合上眼。

班盛不再跟以往一样时不时地逗弄她，或是凑在跟前。他沉默下来，安分得不行。

可这样的他，偏偏让人在意。

林微夏希望，至少班盛不要因为她而心情不好，他应该是那副跩痞到不行，谁都不放在眼里的狂妄模样。

车子停在大路边，距离水围巷还有一段距离，林微夏下车，身后照例跟了一道修直的身影。

班盛虽然被拒绝，仍一如既往负责安全把人送到家。

两道长长的影子一前一后地叠在一起，林微夏走了不到十步，瞥到不远处的灯箱牌，停下来回头，撞上班盛站在身后。

灯光照亮一双漆黑的眉眼，影子刚好投下来，几分落拓孤独歇落在上面。

"怎么了？"班盛抬起眼皮看了她一眼，没说话。

林微夏停在他面前，犹豫一下，问道："你——要不要喝奶茶？"

昏黄的灯泡下，糖水铺前站了一男一女。林微夏等了好一会儿，奶茶终于打包好。

"给。"林微夏递给他。

班盛接过来，手指拎着白色塑料袋，把人送到家门口附近。月光落下来，林微夏的脸有一种朦胧的美，她仰头看着班盛，语气是前所未有的认真：

"谢谢你，我今天很开心。"

班盛回到家的时候，夜色已经很深了，家里的阿姨早已睡下，在院子里留了一盏灯。他的指纹落在门锁处，"咔嗒"一声解锁了。

"啪"的一声，客厅内的灯亮起，如白昼一般明亮。视线所及之处，李屹然跟浑身没长骨头一样窝在他家沙发上。

班盛把奶茶搁在桌上，坐在沙发上，薄薄的眼皮像利刃，睨了他一眼。

李屹然瞄了一眼桌上的那杯冻鸳走①，冰块早已融化附在白色塑料杯上，湿答答地往下淌着水，见状吹了个口哨：

---

① 方言，一种咖啡奶茶混合的饮品，即"鸳鸯奶茶"。"冻"指加冰，"走"指用炼乳代替原本配方中的奶和糖，如果只有茶没有咖啡则为"冻茶走"。

"班少前后忙活,攒了这么久就得到了一杯奶茶,啧。

"她到底跟那些主动贴到你跟前的妞不一样。"

班盛懒得搭理他,抬手搓了一下脖子仰靠在沙发上休息。倏地,李屹然的手机发出振动声,他看了一眼,站起身就要往外走。

李屹然手里捏着手机,另一只手不动声色地将那杯奶茶拎在手里。班盛适时睁开眼,眼锋掠过他,开口:

"放下。"

李屹然指了一下这杯冻鸳鸯,迤迤然道:"我记得你睡眠一向不太好,是从来不碰咖啡奶茶这类玩意儿的,而且我看你也不太想喝的样子,不用我帮你喝掉?"

"爷乐意。"班盛回。

李屹然满脸写着"我服"两个字,直接把奶茶搁下离开了。人走后,班盛捞起那杯奶茶,吸管插入尝了两口,冰块早已融化,比先前冰冻时甜腻两倍不止,即使这样他还是吞了下去。

还挺甜,班盛看着手里的奶茶忍不住想,哄小女生用的东西,竟用在了他身上。

林微夏去了一趟海边,仅是过了一个周末,晒伤后遗症就出来了,露出来的脸、胳膊、后背发红,开始火辣辣地疼。

那天乌酸学姐递给她的防晒喷雾忘了用,弄得林微夏心生懊悔。晚上放学回到家,林微夏从院子里拔了芦荟到房间里。

林微夏正在房间里用掰开的绿色芦荟往胳膊上涂,放在书桌上的手机不断发出振动声,她捞起来一看,是程乌酸发给她的信息。

乌酸:微夏,我给你发几个音乐节的现场视频,一些是我拍的,有的是工作人员用无人机航拍的。

林微夏在对话框里敲字回复:好,谢谢学姐。

林微夏穿着白色吊带裙坐在椅子上,一边涂芦荟一边心不在焉地点开视频看,无人机拍的音乐节现场视频到底更全面更清晰,将在场的每一位乐迷的脸都扫了进去。

她无意一瞥,视线猛然顿住,为了确认自己没有看错,林微夏又把那个视频拖回去看了一遍。

视频里的林微夏站在台下,认真地看着台上的班盛表演,而在她斜后方有一名穿着灰色短袖的女生，那名女生在人群中神态有些畏缩，举止怯弱，视线却始终跟着班盛。

在班盛唱完下台后，她也就跟着消失在镜头里。

她没看错的话，那个女生是方加蓓。

在班上被人称作"怪胎"，在班上独来独往被孤立的隐形女生。

次日，周一，教室里热闹不已。林微夏到校的时候，下意识地往左手边一看，发现班盛那个座位空空如也。

林微夏以为他是迟到请假，可一直到放学，班盛都没有出现。

同学们先后成群结队地出去，林微夏先前同柳思嘉打了招呼说中午不一起去食堂吃饭，自己带了饭团来学校。

柳思嘉耸了一下肩，然后被几名女生前后拥着一起去校外吃饭了。

教室里的人慢慢离开，到最后只剩下林微夏一个人，她合上笔帽，拿着蓝色的饭盒走了出去。

在校实验室的阶梯处，林微夏一眼看到了孤零零坐在那儿默默地吃着便当的方加蓓，语气温和：

"介意我跟你一起吃吗？"

方加蓓抬头，眼神木然地看了她一眼，点了点头。林微夏走过，坐在她旁边的台阶上，打开饭盒，里面放了五个金枪鱼饭团。

"你要不要尝一个？"林微夏用筷子夹出一个饭团。

方加蓓接过，小声地说："谢谢。"

林微夏膝盖上放着饭盒，她撕开薄膜纸，慢慢地嚼着金枪鱼饭团，以至于语气有些温暾：

"周末音乐节你是不是也在现场？"

"是。"方加蓓依然声音很弱，像吊着最后半口气似的。

像是预料到林微夏会追问，方加蓓低头吃着饭说道："请不要问我为什么。"

林微夏点了点头，坐在一旁安静地吃饭团，吃完的时候，她把垃圾装到一个袋子里准备走，身后忽然有人喊住她。

林微夏回头，这是方加蓓第一次直视人，她的音量比以往高，语调阴冷："我希望你离他远点儿。"

方加蓓没有说这个"他"是谁，林微夏也没问，一缕光线浮在阶梯处，分不清谁先藏了秘密，谁又先看出了谁的秘密。

午休之后，教室氛围异常热烈，大家纷纷凑在一起不知道在讨论什么，先后往外走。林微夏侧着身子环顾了一下四周，疑惑道："为什么大家这么兴奋？"

方茉挽着她的手臂也往外走，脑袋凑过来说道："每学期有一门课外选修课，上学期我们选完了你才转过来的，然后这个学期不知道为什么，推到现在才开放选课系统。"

"那你想选什么？"林微夏问她。

"嗐，我们还有什么好选。"方茉一副认命的样子。

见林微夏一脸疑惑，方茉冲前面的方向抬了抬下巴，前面几个Ａ生带着娇笑的谈话声传来，伴随着"网球""体操"之类的字眼出现，方茉开始解释：

"选修课也是规定Ａ生优先选的，他们一般都选省力好玩的室内运动，剩下的室外运动又晒又费劲，没人选就是我们的了，这类运动最拿难学分。

"上次期末考试你的排名又前进了！你的积分是不是还差两分？下次大考微夏你只要发挥稳定，就是Ａ生啦，到时候就能享受优待和特权了。"方茉道。

林微夏极淡地笑了一下，声音很轻，像在自语："但我的目的不是这个。"

"什么？"方茉问。

"没什么。"林微夏拍她，"走吧，选课去。"

全年级的同学今天都在厚德楼选课，Ａ生选完之后，怀里抱着书本先后走出去，头昂扬着唇角带笑。

一众Ｆ生登进系统，虽然早有预料，但看到弹出来的页面显示一些仅剩的选修课时，皆一致地发出了叹气声。

林微夏握着鼠标，看着上面的页面，侧头问方茉："欸，这里有一门室内选修课，怕晒的话要不要选游泳？"

方茉立刻摇头，怕她勾选游泳那个选项，下意识地脱口而出："不要！不吉利，以前出过事，还是算了。"

空气凝滞下来，只有鼠标点击的声音，林微夏怔了一下，琥珀色的眼珠动了一下："以前出过什么事啊？"

方茉说完就后悔了，对上林微夏的眼睛目光开始躲闪，说得比较含糊："我也不太清楚，好像有个人在游泳馆那里出过事，反正那里可吓人了，光是路过那里，我就瘆得慌……"

"你慢慢跟我说。"林微夏的声音轻柔，带着安抚的意味。

方茉咬着笔头，下意识地低下头，声音越来越小："对不起，我不想给自己惹事。"

林微夏正想说"没关系"的时候，隔着一排电脑，听到身后的座位传来一声清晰的冷笑声，夹杂着嘲讽和审视。

她回过头，最先看到的是那道有些吓人的唇角弧度，视线往上移，对上的是一双阴郁细长的眼睛。

是方加蓓。

而方加蓓一无以往的胆怯，直接与她对视，眼神带着冷意，对视了一分钟后，她先移开混浊的眼睛，缩着肩膀看着电脑，又恢复了从前的模样。

晚上回到家洗漱完，林微夏累得仰躺在床上，闭上眼，忽然想到什么，捞起一旁的手机找到那个黑色的头像，在对话框里打字。

"你是出什么事了吗？今天没看见你来学校"，刚打出这句话又按了回删键一个字一个字删除，重新输入——

Xia：你今天怎么没来学校？

林微夏盯着屏幕思考了一会儿还是发了出去，然后立刻熄掉屏幕，等了几分钟，重新点亮屏幕，上面的对话框除了她一开始发的那句话，空空如也。

浓密的眼睫低垂，一种复杂的情绪涌上来，像是风涌进来鼓着心脏，不断拉着它下沉。她起身打开窗户，站在前面透了一会儿气。

林微夏形容不出来，更不知道这种情绪叫作失落。

次日，班盛都没出现在学校里，也没有人知道他去了哪里。林微夏坐在座位上背单词，一抬眼便看见窗外的走廊处柳思嘉似乎在缠着邱明华问他班盛的下落，后者苦着一张脸摇头表示自己也不知道。

最后柳思嘉似乎没问出什么来，冷着一张脸走了。

一连好几天，林微夏给班盛发了好几条信息都无人回复，甚至还想过是不是因为她拒绝了班盛，他从此撂着她了。

她本来想去问乌酸学姐班盛去了哪里，但最后还是作罢。

总会出现的。

林微夏洗完头出来后,用白色毛巾擦着湿淋淋的头发,水珠断续地滴在地板上,丢在床单上的手机发出信息提醒振动声,她顺手捞起手机登进微信。

班盛居然给她回了信息。

林微夏前几天间断地给他发的消息,到现在还躺在对话框上:

周一 9:40pm
Xia:你今天怎么没来学校?

周二 6:35am
Xia:你要不要喝牛奶?

周三 10:50pm
Xia:你是不是出什么事了?

林微夏一共给他发了三条信息,而班盛跳过最新一条信息回复,只搁了一个字,屏幕上赫然躺着——

Ban:喝。

周五,林微夏值日,她特意起早了搭公交去学校。一大清早,空气就有些闷热之意,林微夏后背出了一点儿汗,刚要进教室,一道高大的身影欺凌性地压了下来。

是班盛。

班盛今天穿了一件黑色的 T 恤,靠在门框边,看着林微夏没有说话。他的脸色过于苍白,难掩眼底的倦色,不知道去干什么了。

他笑着抬眼看着林微夏。

这眼神太过熟悉危险,林微夏下意识地后退一步,不料班盛眯了眯眼,长臂一伸,手指勾住她领口绀色的蝴蝶结,将人带了过来。

林微夏猝不及防地被拽到跟前,险些撞到他的鼻尖,他早上似乎刚洗完头,身上飘来淡淡的清爽薄荷味,水珠顺着眉骨往下滴。班盛眼睛带着笑,靠近鼻梁处在脸颊上的那粒黑色的痣却生动起来。

亦正亦邪，冷感中透着蛊惑人心的味道。

心脏不可避免地过了一下电，跳得很快。

班盛懒洋洋地开口，语气含笑：

"我的牛奶呢？"

26 号码

班盛直看着林微夏，她却不知道说什么了，那天去买早餐的时候在便利店忽然看到了他专门喝的牛奶牌子，于是心血来潮顺手发信息问一下。

她当时只是想知道班盛去哪儿了，牛奶是搭话的借口。

没想到他还真记上了。

"没买。"林微夏错开眼神，不好意思地看向别处。

班盛整个人散漫得不行，盯着她笑，声音很轻：

"说话不算话啊你。"

一大清早的，班盛的声音像冰块，又带着点儿将醒未醒的沙哑，加上他那浑不懔的姿态，震在林微夏耳边。

"你不是每天都有牛奶喝吗？"林微夏低下头。

班盛眼睫低垂思索了一会儿："以前是有两份，我拿我自己喝的，每天还有人送，不知道是谁送的我就给邱明华了。

"今天为了等你给我送，出门特意没拿牛奶。"班盛直看着她。

林微夏岔开话题，看着他眼底的一片乌青和明显过于苍白的神色，问道："你没事吧？"

班盛愣怔了一下，神色闪过一丝不自然，继而漫不经心地笑："没事。"

陆续有同学到教室，开始嘈杂起来，邱明华拎着两个包子睡眼惺忪地进门，在看见班盛长腿踩在横杠上，抱着手臂随意地仰靠着椅背在合眼休憩那一刹那，还以为自己看花了眼，抬手揉了一下，在确认是他班爷的那一刻，一个箭步冲了过去，大喊：

"哥！"

班盛适时睁开眼，缓缓开口："想死的话就过来。"

邱明华半路刹车，挠了挠头，嘿嘿直笑："这不是看见你开心嘛。"

一众女生在进门看见班盛的时候,眼睛互看透着信息,眼神里含着兴奋,急忙躲去洗手间补涂唇膏。

一切照常,只是方茉的神色恢恢的,之前选修课发生的事她明明知道却瞒着林微夏,夏夏平时又对她这么好,于是她心生了愧疚。

林微夏看出了她的心理压力,出声安慰:"没事,你想说就说,不想说也没关系。"

有了林微夏这句话,方茉明显轻松了许多,她还给了方茉一颗话梅糖,小姑娘脸上又绽放了无忧无虑的笑容。

今天连上了两节数学课,下楼做了课间操后同学们被太阳晒得昏昏欲睡,各自拖着身体慢吞吞地上楼,当然也不乏在楼梯上逃窜打闹的男生。

班盛固定懒散地靠在栏杆前拿着遥控器在玩无人机,在校内开始了他新一轮的巡逻。体委挤在一帮男生中,笑着同他们击掌。

随即体委来到班盛身后,做了好一番心理建设,轻轻拍了拍他的背。班盛把手里的遥控器交给邱明华,随手扯下护目镜,转身看着对方,没有说话。

"那个……班盛同学,我校与隔壁三中在这周五会有一场校联赛,听说你一直很强,不知你是否有兴趣……"体委紧张得不自觉地咽了口水。

他暗暗唾弃自己没出息,紧张个屁啊他又不会吃了你。

"你找错人了。"班盛懒洋洋地开口。

撂下这句话后班盛转过身去继续玩他的无人机,当身后游说的体委不存在。

体委叹了一口气往教室里面走,一边走一边不死心地回头看着班盛,心想他这个强将不上场的话,胜算会减少一大半啊。

于是体委将目光投向了在座位上安静看书的林微夏。

当体委兴冲冲地说明来意时,林微夏一脸蒙,问道:"你是不是找错人了?"

"没找错,林微夏同学,救人一命胜造七级浮屠!你去劝的话肯定有希望。"体委双手合十。

林微夏合上书,看了窗外的男生一眼,一脸的冷静:"他不愿意做的事,你觉得我有本事让他改变吗?"

"有,凭我的直觉!"体委一脸的肯定,在学校,除了邱明华,林微夏貌似是班盛主动搭过最多话的一个人。

"……"林微夏。

最后不管体委怎么软磨硬泡，林微夏都没答应这件事。

周四晚上，林微夏推开窗，院子里荔枝树的香气扑鼻而来，粉红的荔枝压弯了树枝，仅是4月下旬，就有虫鸣了。

桌边的手机发出振动声，她捞起看，是班盛发来的信息，滑开屏幕看，是他一贯强势的风格。

Ban：明天放学记得来看我打篮球。

屏幕再次亮起，又一条。

Ban：别躲。

林微夏唇角勾起淡淡的弧度，按着屏幕回复：为什么又改主意了？

你来了告诉你。班盛回。

次日，天空刚泛出一丝鱼肚白的时候，林微夏就睁眼醒了，她发了一会儿呆再起床。

林微夏走出客厅发现餐桌留了一沓钱，姑妈这两天订的一批货丢了，她急着赶去外地盯货，所以留了生活费给他们姐弟俩。

进厨房的时候，林微夏不经意地看了一眼日历，视线停滞，4月25日——今天是她的生日。其实她妈妈的预产期在5月1号，妈妈说诞生在夏天的第一天，是个好兆头，所以给她取名林微夏。

只可惜，她是个早产儿，提了五天降临在这个世界，迫不及待地想要来人世间看一看，但看了觉得也就一般。

林微夏已经很久没有过过生日了，姑妈姑父有时记得有时不记得，记得的时候会给她做一桌好菜来庆祝她的生日。

但这样记得她生日的情况随缘。

做早餐的时候，林微夏做了一碗长寿面，特地卧了两个荷包蛋。一碗黄澄澄的长寿面飘着热气。

她假装有蜡烛许愿。

在心里默默跟自己说了句"生日快乐"。

来到学校，照常上课，偶尔和同学们闲聊，林微夏没跟任何人主动提她的生日，一来没必要，二来她擅长对任何事不抱有期待。

不期待任何人、任何事，才能专心走自己的路。

周五下午是深高与三中校联赛的时间段，他们只上了一节课，便被班主任叫去给校篮球队加油了。

下午天气有点儿闷,一进室内篮球馆,便听到了白色球鞋摩擦地板发出的声音,随着篮球"咻"的一下被投进筐里,观众席上爆发出喝彩的声音。

扑面而来的冷气,让林微夏两条细白的胳膊直起鸡皮疙瘩,方茉拉着她找了个视线较好的位置坐下。

因为班盛的加入,以柳思嘉为首的一帮Ａ生自发组成了一支啦啦队,她们穿着整齐的啦啦队服,扎着统一的高马尾,显得青春又靓丽。

柳思嘉一出场,篮球场上的那帮男生眼神便撂了过来,低声说着话,闹出一阵轻笑声。

班盛也在,低头看着手机,眼皮都没抬一下,更别说朝柳女王的方向看了。

因为校篮球队里有4名高二1班的学生,老刘便让1班的全体学生穿上了体育服以示整齐统一,还给他们每个人一个翻花球,发到林微夏手里的是一个红色的亮闪闪的翻花球。

隔壁学校的同学也不甘示弱,不仅穿好了班服,还带了手铃,颇有和他们呛声的架势。

随着裁判一声口哨,场上的球员陆续归队,整好队后陆续出场,对方是蓝队,我方是红队,几乎每一队队员出场,台下都会鼓掌欢呼。

林微夏坐在那里,看着球员进场,坐在后排的人语气是按捺不住的激动:"来了来了,我看见他了!"

"这就是深高的班盛?好正啊。"后排的女生直盯着球场上的男生。

隔壁院校的女生饶有兴致地接话:"这种天菜,不是早有人喜欢着吗?喏,都亲自下场盯着了。"

她指着场上啦啦队首身形高挑的柳思嘉示意。

"喊,你不知道吧,他现在不属于任何人,你还有希望。"女生脸上的表情似乎在谈八卦秘辛。

"哪个是班盛啊?我怎么没看见。"

"左边第三个,个子比别人高一截,手腕上系着粉红腕巾的那个。他怎么那么帅啊,看一眼都让人心跳加快。"

林微夏顺着女生的谈话看过去,班盛顶着一张漫不经心痞坏的脸,他穿着白色的球服,袖子是黑色的,肩边也是,搭在裤缝上的手背青筋明显，像流动的艺术模型。

班上的女生看着台下的班盛惊得喊出声："不是吧，班盛的球服上不是 16 号？他的号码牌不是一直都是 16 吗？我晕，怎么变成 25 号了！"

"那我这加油横幅不是白做了吗？"女生不满地嘟囔道。

林微夏的心突突地跳了一阵，循声看过去，看到班盛在球场运着球奔跑，身后印着火红的 25 号，她心底起了不敢确认的猜想。

自从这帮女生在得知班盛改主意加入校联赛后，便提前好几天精心准备这些加油的横幅、手幅标语。

结果谁能料到班盛不按常理出牌，临时换了球服号码。

但这时去换也来不及了，比赛已经开始，她们只能扯着嗓门儿为班盛加油。

林微夏身旁一直有个空位，邱明华不知道什么时候凑了过来，他这次摔到脚了，没能上场，便在场下观看。

邱明华"啧"了一声，感叹："难得看班爷打一次比赛，你看这帮女的打扮得，一个比一个花枝招展。

"可惜啊，落花有情流水无意。"邱明华这话颇有一股暗示的意味。

林微夏收回看向台下的视线，问邱明华："你知道他为什么改主意加入篮球比赛吗？"

"我不知道啊，就是班爷那天问了我周五是多少号，我说是 4 月 25 号，他就答应了。"

林微夏正想说点儿什么，耳边响起了震耳欲聋的尖叫声和欢呼声，她看向球场，宁朝他们互相碰了个肩膀，露出一口白牙。

裁判一声令下，球员各自中场休息，一群女生蜂拥而上，柳思嘉举着矿泉水走上前给班盛送水。

班盛掀起球衫的一角擦眼角上的汗，结结实实的腹肌一闪而过，柳思嘉站在他面前，脸红到耳根。

就在大家以为班盛会接柳思嘉的水时，只见他略微俯下身，径直越过柳思嘉，捡起地上一瓶冰水仰头灌了下去，喉结缓缓地上下滑动，姿态漫不经心又冷情。

林微夏没再看下去，起身去了厕所。上完厕所后，她站在走道边上的水槽前洗手，洗完手往回走，风口上的风涌了过来。

刚走到拐角处,她忽然被一只伸出来的手臂猛地一下拽进器材室。男生攥着她的胳膊,她闻到了熟悉的乌木香。

一抬眼,果然是班盛。

班盛把她拉到门口,男生的速度快,抬手拉过去,"嗒"的一声门上了锁。

今天他们统一穿的是体育服,白色的 polo 运动衫套在林微夏身上,袖口是天蓝色,剪裁出纤瘦的腰线,身穿水手服蓝的运动裤,一双长腿笔直又白腻,像横切下来的一块羊脂玉。

加上林微夏生得算高挑,乌黑的长发齐腰,又穿得这样青春,纯得像一颗散发着清甜气息的水蜜桃。

班盛睨了一眼她身上过短的运动短裤,眼底情绪不明:

"谁让你穿这么短的?"

她答道:"老刘。"

班盛低声笑了一下,不再逗她,转而问道:"看我打球了吗?"

林微夏看着他点头:"看了。"

"行,那我刚才进了几个球?"班盛扬了扬眉。

空气安静下来,一双琥珀色的眼珠来回转动着,明显是答不上来。她看了个屁,班盛看得来气,抬手掐住她的脸,好看的细眉拧了起来,一双无声的眼睛蓄着水光。

心好似被挠了一下,班盛不由得松了手。

"能猜到我的球衣号码是什么意思吗?"班盛看着她。

林微夏对上他的视线,轻声答:"猜到了。"

班盛随即认真道:

"生日快乐,林微夏。"

27　球服

穿着 25 号球服在球场上奔跑的意思是今天是她的生日,班盛换了球服只为她庆生。

从不参加任何比赛但改了原则也是因为她。

"你怎么知道我生日的?"林微夏抬眼看他。

班盛哼笑一声，一副坏劲没处使的模样："那还不简单，开学第一天我就搞到你的入学申请表了。"

关于她的一切，他都知道。

室外声音吵闹，光线浮进来，班盛很快放她出去了，林微夏出去后，没一会儿他也跟着出去了。

没有人知道器材室内发生的小插曲。

下半场比赛很快开始，林微夏重新坐到座位上，心潮起伏，方茉像发现新大陆般睁大眼睛看过来：

"微夏，你怎么啦？脸红得跟苹果一样。"

林微夏愣怔了一下，摇头："没什么。"

随着球场比赛到达白热化阶段，台下的人也看得不由得心潮澎湃，林微夏认真地看着台下的比赛——少年穿着黑白球服，身后印着火红的25号，他运着球在球场上来回跑，俯身伺机投篮，身手灵活。

像一道迅疾的闪电。

班盛身上松垮的球服反而衬得人身形高大，肩膀宽阔，他脚踝上的黑百合打眼，偶尔扫过观众席上时痞懒的眼神抓人，甚至连靠近鼻梁的小痣也显得富有个性。

他在人群中，本就是耀眼的存在。

林微夏不明白班盛为什么疲于出现在学校的公共场合中，拒绝与人为伍。她正出神思考着，身后的女生忽然爆发出一声尖叫。

她顺势看过去，只见宁朝远远地把球投给班盛，班盛纵身一跃，抬手毫不费吹灰之力灌了一个三分球！

裁判用力吹了一声口哨，亮牌加分那一刻，全场站起来欢呼尖叫，深高以压倒性的比分赢了三中。

班盛站在球场上，高挺的眉骨还沁着汗珠，一双漆黑的眼睛往观众中扫了一眼，似乎在找人。

"啊啊啊啊，在看我吗？"

同伴推了一下发花痴的女生："破案了，看来柳女王真的是单向暗恋班盛。他看上的人估计在观众席上。"

几个人看过去，场前处于啦啦队位置上的柳思嘉脸上的表情并不怎么好看。

"他在找谁啊，好奇，我倒想看看什么样的女生能把班盛迷住。"

一双黑眼珠往看台上来回地扫，停顿了一下，似乎在锁定某个人。他的眼神碰了过来，林微夏整个心脏都是麻的，怎么用力都好像呼吸不过来，班盛轻笑了下，挑了一下半侧的眉毛，动作痞气又利落。

林微夏耳边仍震着欢呼声和尖叫声，她的心跳持续加快，左耳响起了刚才班盛在器材室同她说的话。

"这场比赛是赢给你看的。"

高二1班最近考试成绩不错，而今又在文体上节节开花，老刘一开心，大手一挥，在市内酒店订了个大包间来庆祝这次胜利。

同学们一听到这个消息，全场欢呼起来。

能让老刘这个铁公鸡请客，这绝对是一件值得兴奋的事好吗！

学生们散场回家洗澡换好衣服来到宝来府，林微夏坐在饭桌前同方茉聊天，女生谈八卦，男生们凑在一起不是聊球就是吹水。

班盛姗姗来迟，他一出场，全班同学开始起哄，闹道："哟，冠军来了！"

"牛啊，盛哥不出手则已，一出手一鸣惊人呐。"邱明华惯性当"班盛吹"。

其他人见班盛也没撂脸，铆足了劲拿他开涮，毕竟班盛平常冷得不行，基本不怎么跟他们来往。

班盛套了件黑色的T恤，露出来的一截锁骨还沾着水珠，他刚好坐在林微夏斜对面，没怎么说话，全程拨弄着手机，偶尔有人跟他说话，他便搁下手机漫不经心地听人扯。

饭过三巡，体委拿着一杯饮料过来敬班盛，他大着舌头说话："班爷，你太厉害了，我服，这场比赛多亏了你。"

班盛哼笑一声，应："不是我，是号码幸运。"

"号码？你说你的球服25号啊？怎么的，昨儿个25号乐透中奖啦？"宁朝笑着插话。

林微夏正眼观鼻鼻观心，认真喝着冰可乐，只听见斜侧的班盛慢悠悠地回答，带着轻微的哂笑声：

"是，遇见25号让我中大奖了。"

一口可乐刚到喉咙，林微夏闻言呛了一下立即咳个不停，咳得眼泪都出来了。方茉连忙倒了杯白开水给她，边拍着她的背。

林微夏趴着喝水的间隙，透过透明的玻璃杯，刚好对上他的眼神，瞥见班盛脸上一闪而过使坏的笑。

　　一群人吃饱喝足后，班长在同学们的游说下动用了班费转场去唱歌，老刘也笑呵呵地一同前去了。

　　班盛提前撤了，他能参加饭局就不错了，也没人敢拦他，只是一帮女生脸上的雀跃不再。

　　一来到唱歌的地方，邱明华立刻抢了麦，宁朝则坐在点歌机旁，两人合唱了一首《广岛之恋》，边比画边鬼哭狼嚎，歌声可以说是惊天地泣鬼神。

　　其他人则一边吃着水果零食一边玩摇骰子游戏。

　　柳思嘉看他们抱在一起做作的样子，原本冷艳的脸绷不住，"扑哧"笑出声，倒在林微夏肩头，笑得长卷发散乱，肩膀都在抖。

　　林微夏兜里的手机发出振动声，她摸出来看了一眼，是班盛发来的信息。

　　Ban：出来。

　　林微夏没有回信息，握着手机，等柳思嘉笑完了她才起身出去。一走出包厢门，林微夏轻松许多，右耳也不会像刚才在里面那样被震天的音响弄得发疼。

　　她四处张望了一会儿没见着人，倏地，左侧一道声音传了过来，喊她："在这儿。"

　　林微夏看过去，班盛倚在墙边，他戴了一顶鸭舌帽，露出半截下巴，是一张散漫却又蛊惑人心的脸。

　　班盛领着她七拐八绕往前走，最后他带着林微夏来到了市区的一处公园。走进去，林木葱郁，静谧得不像话，盏盏路灯铺在花坛里，像藏在地上的星星。

　　两人来到一侧长椅坐下，正对着马路牙子，凉风吹过来，十分舒服。林微夏正疑惑他来这里干什么，班盛跟变戏法似的从身后拿出一个奶油草莓小蛋糕。

　　林微夏怔了一下，感觉心底有些涩涩麻麻的，佯装轻松道："啊，谢谢。"

　　班盛在蛋糕上插了三根蜡烛，低下脖颈用打火机一一点亮。橙色的烛火摇曳，他冲林微夏抬了抬下巴：

　　"行了，许愿吧。"

　　林微夏双手交握，长睫毛紧闭，认真地许了愿，吹灭了蜡烛。然后班盛给她切了一块蛋糕，自己也分了一块。

班盛不太爱吃甜食，但还是很给面子地吃了两口，见林微夏跟猫咪进食似的吃蛋糕就觉得好笑，随意把玩着手里的打火机，问道：

"哎，许了什么愿？说来听听。"

见林微夏不吱声，班盛继续正儿八经地诓她："说不定我能帮你实现。"

林微夏把蛋糕放在一边，抬眼，瞳孔里透着怀疑："老天都不能实现的你可以吗？"

班盛眼睛里藏着灰败，语气却轻狂得不行：

"我不信天，不信鬼神，但你可以信我。"

林微夏没有说话，在两人眼神的对峙下，她败下阵来，说道："好吧，我说一个。

"我喜欢狗，愿望是想要养一只狗，因为小时候我养了一只小狗，但是家长把它送走了……"

林微夏还在这边絮叨着，忽地感觉一阵危险的气息靠近，喉咙一阵发紧，声音戛然而止——

班盛猛地靠近，用纸巾缓慢擦拭她鼻尖上的奶油，眼睛迅速捕捉住她的眼神。

相隔咫尺，紧张得林微夏揪得半侧裙子发皱，班盛看着眼前的女孩，声音震她在耳边，嗓音含笑语气却认真到了极点：

"什么时候让我做你的狗？"

又来了。

班盛只要咬定一件事，哪会轻易放手？他有自己的节奏，知道说什么会让林微夏相信他的真心。

在这一方面他简直游刃有余。

林微夏的一颗心快要跳到嗓子眼儿，氧气灌不进来，整个人的感官都不是自己的，闻不到风的味道，听不见虫鸣。

只能听见眼前人的呼吸声，只能看见眼前这个男生。

她艰难地吞咽着，在她不知道说什么的时候，班盛从身后拿出一个系着蝴蝶结的蓝色锦盒，示意她拆开。

林微夏拆开礼盒，在看见礼物的那一刹那，眼眶发紧，一阵泛酸，她从不轻易掉眼泪。

眼前的礼物是一件很漂亮的八音盒，班盛让她拿在手里按动开关，好听的声音嘀嗒响起来，正中间一只蝴蝶扇动翅膀，大片大片的水晶雪花落下来，底下是微缩的蓝色大海，是水围巷，是深高。

不远处有一个机场站牌，蝴蝶飞越沧海，方向是朝着京北。

雪花洋洋洒洒，似飞花，漂亮得迷人眼，让人仿佛走进了白色的冰雪天地。

复刻这些地点，他应该花了很多心思。林微夏想起当初睁着眼睛拒绝班盛的话，决绝得不行，直接下难题："想让我跟你做最特别的那一个朋友，除非南江下雪。"

现在，南江下雪了。

林微夏的脑子很乱，像有两个声音在打架，一个理智的声音告诉她有些东西不能忘记，她有自己的路要走，柳思嘉更是她的朋友，她不能不考虑柳思嘉的感受。

另一个声音提醒着她：你难道就没有一点儿动摇吗？

班盛说话逻辑清晰，条理分明：

"你不用急着拒绝我，你可以用三天的时间考虑。

"你可以任性，随意发脾气，在我这里你想干什么都可以。

"林微夏，你是我的野心。"

林微夏缓缓抬头看他，班盛长了张能迷惑人的脸，靠近鼻梁的那颗痣更招人，可他的眼神认真，心也是赤诚的。

班盛看着她缓缓开口："你考虑好，第二次了，过了这个村就没这个店。我班盛不可能栽同一个人身上两次。"

他不是没有朋友，只要稍微勾勾手，有多少女孩排着队一心只想接近他。

他也有他的骄傲。

28　礼物

另一边，KTV大堂前，柳思嘉一袭黑裙倚在墙边，她看着两个一前一后远去的身影。

脸上的表情复杂。

她拧着手里的矿泉水瓶，怎么拧都拧不开，烦躁劲上来，正想把矿泉水瓶用力一掷时，一道黑色的身影晃悠悠飘过来，是宁朝。

柳思嘉习惯性地使唤人："喂，帮个忙。"

宁朝看了她一眼，直接搿她面子："不帮。"

柳思嘉一眼认出他手里把玩的钢笔正是自己送的那支，语气傲慢道："你这个礼物还是抽的我的。"

宁朝懒得理她，柳思嘉一下子觉得没劲透了，转身就要走。不料，一只结实的手臂把人拦住，直接拧开瓶盖再送回她面前。

柳思嘉抬头，眼前是一张桀骜不驯的脸。但她愣怔的情绪只持续了不到一瞬间，下一秒，那张狗嘴里果然吐不出象牙：

"瞧你们女的小气吧啦那劲儿。"

柳思嘉的白眼都快翻上天了。

好不容易和平相处一分钟，宁朝却笑得十分欠揍："那滋味不好受吧。"

显然刚才他也看见了那一幕。

"什么？"柳思嘉还没有从自己的思绪回过神来。

"那什么，以小宁爷混迹江湖的多年经验，勉强教你一招，是你的就是你的，不是你的也别勉强——"宁朝语气吊儿郎当。

柳思嘉沉下脸，打断他："啰唆，你现在很像老太婆。"

宁朝闻言笑了一下，正要说点儿什么，看见不远处走过来的刘希平眼神一变。

老刘在包厢里被学生起哄连唱了好几首歌，这会儿好不容易溜出来喘口气，结果一出门就看见两个学生，上周撞见宁朝翻墙把他气个半死，还没找宁朝算账。

"宁朝，过来——"刘希平笑眯眯的，一脸不怀好意。

一只宽大的手掌搭在手腕上，他的掌心温度滚烫，柳思嘉人还没反应过来，便被宁朝拽着往前跑，她穿着有跟的红色方口皮鞋，一路被迫有些跟跄地跟在后面。

匆忙中，街道沿途的风潮热，心率因为奔跑而加快，身旁的车一辆接一辆地从他们身旁开过。

像一道道从他们身上刹那划过的流星。

老刘在后面穷追不舍，边跑边厉声喊："还给我躲，躲得初一躲不过十五。"

柳思嘉累得气喘吁吁，开始放慢脚步："不行了，我跑不动了，你跑什么？还拉着我跑。"

宁朝没来得及解释，拽着柳思嘉的手腕，眼睛往左右两边都扫了一下，见不远处有家台球店，直接在路口左拐，拉着人躲了进去。

珠帘掀开，柳思嘉被宁朝带着躲进了一张台球桌底下，他们躲的这张台球桌在角落里，正对着另一张台球桌。

那张桌子四面八方围满了人，刚好挡着他们。柳思嘉额头上沁了一层薄汗，蹲在地上不停地喘气，隔着人群的缝隙，她看见了老刘那双旧皮鞋在地面上穿梭，明显是在找他们。

台球室内的空气不太好，烟草味与零食的味道混在一起，站在柳思嘉边上的一个人一身的酒味，熏得她想吐出来。

球桌上球杆撞击球落袋的声音接连响起，十分清脆。

柳思嘉捂住嘴巴顺带捂住鼻子，打算先忍一会儿等老刘走了再说，结果他像是料定两人就在这里似的，来回踱步就是不走。

台球桌底下的空间很狭小，宁朝一直侧着身子对着柳思嘉在放风，直盯着老刘的动向，幸好老刘在台球室内打了一会儿转，脚尖掉了个方向就朝外面走了。

柳思嘉正在这儿憋着气，老刘一走，这熏天的臭味她一秒都忍不了，横着手臂捂着嘴作势要钻出去，刚好撞上转过身来松了一口气的宁朝。

与此同时，宁朝的唇瓣不经意擦了一下柳思嘉柔软白皙的手臂。

瞳孔睁大，映着另一张震惊的脸庞。

"啪"的一声，球杆击中台球精准落袋，发出清脆的响声，围观的人连连叫好。

湿湿的奇妙的触感，像羽毛落在心脏上，柳思嘉的心动了动，像是叶子受到入侵不自觉地蜷缩了一下。

柳思嘉回神，一张浓艳美人脸顷刻间粉碎，立刻喊出声："有病啊！痴线！①"

---

① 方言，笨蛋。

她边说边迅速手脚并用从台球桌底下爬出来,大小姐一脸恼羞成怒,边往外走边用力地搓自己的手臂,表情嫌恶。

　　宁朝也随之侧身出来,他双手插着兜愣了一下,随即抬起下巴从鼻孔冷哼一声:"我还吃亏了呢,大小姐,喂我一嘴的毛。"

　　柳思嘉彻底崩溃了,一双杏眼怒睁:"我没有!你手臂才长毛,你这个人猿泰山!"

　　正在玩台球有说有笑的大人看见对面桌子底上爬出来一男一女俩高中生惊住了,只见长相美艳的女生气急败坏地走了出去,而那个留着寸头的男生双手插兜不大乐意地跟在身后,但低下脖颈的时候唇角溢出若隐若现的笑。

　　路人只觉得,真是两个奇怪的年轻人。

　　班盛给林微夏过完生日,再把人放走时已经很晚了。

　　林微夏回到家夜已深,她洗完澡后坐在书桌前,想起来好久没有写日记了,她右手用白毛巾擦着直滴水珠的黑发,左手拉开抽屉拿出软牛皮封面的日记本。

　　"啪"的一声,一枚树叶形状的琥珀吊坠掉在地上,林微夏俯下身捡起来,与此同时,桌面上手机发出收到信息的嗡嗡振动声。

　　林微夏坐在椅子上,胳膊环住膝盖,盯着手机屏幕看了很久,同时左手紧攥着那枚树叶琥珀吊坠,攥得鲜血回涌,手背都是红的。

　　房间里的灯光明亮而惨白,视线往远处延伸,另一处房间的灯光昏暗迷离,伴随着足球赛事的开播,杯子碰撞旋出一朵又一朵的饮料花。

　　班盛窝在沙发处,衣服裤子都是黑色系,他正心不在焉地看着房间里投屏的足球赛事。

　　漫不经心却招人。

　　"纪姐,还看啊,魂都要被你勾走了。"有小弟打趣道。

　　"去,干活儿去。"

　　被叫作纪姐的人一身成熟气息,大波浪,银耳环,但其实她也就二十出头年纪,因为早出社会,打拼几年后现在帮老板做事,管理着这里。

　　李屹然经常来这家餐厅,没想到他今天还带了个新面孔过来。

　　"哎,班爷,你觉得谁能赢?"有人问道。

班盛姿态闲闲:"西班牙。"

对方押了相反的球队,纪姐端着一杯冰水过来,冰块撞击杯壁发出清脆的声音,她端到班盛面前,笑吟吟道:

"那我跟你押相反的咯,我选克罗地亚队,输了可是要认罚的。"

班盛没有应声,纪姐挤了过来坐在他旁边,一阵浓郁的香气飘来。李屹然仰靠在沙发上,一副浪荡公子哥的模样。

"少爷,不是说临到高考了吗?"纪姐没好气地看着他。

这会儿班盛出声了,一副不怕惹事的姿态,慢悠悠地说道:"乌酸呢?"

李屹然原本一副无所谓的模样,在听见这个名字后脸色出现波动,眉宇间尽是风雨骤来的模样,但片刻又恢复原来好脾气公子哥模样。

"阿盛,你玩不起。"李屹然低头笑了一下。

球赛进行到白热化的阶段,班盛坐在那里看球,桌上的那杯冰水愣是没有动过,眼看冰块就要融化在水里。

他俯身去拿冰水,冰块撞击杯壁发出清脆的声音。

纪姐凑了过来,礼貌笑笑:"阿盛,留个电话呗,下次你过来姐给你打折。"

班盛依然没有任何反应,直看着大屏幕,没有给她一个眼神,他戴着鸭舌帽,侧脸没有表情,只露出一截凌厉的下巴,缓缓开口:"阿盛不是你叫的。"

纪姐愣住,正打算说点儿什么的时候,只见他手里紧握着的手机屏幕忽然亮了起来,显示有电话进来。

她看了一眼,上面的备注显示为"夏",见班盛看了一眼,原本还冷得不行的一张脸倏地变化,他的表情放松下来。虽然是一样的面无表情,但全然没有了先前的冷淡和疏离。

唇角竟勾出浅浅的弧度。

班盛站起身,单手插着兜拿着手机往外走,还顺带搁了一句:"你猜?"

李屹然在身后大喊,杯子"哐"的一下砸到桌上:"放屁,人家不见得这么想。"

光恰好打过来,散落在班盛坚挺的肩膀上,他低头看着手机闻言朝背后比了个骂人的手势。

班盛走出去,站在店门口,发现外面刚下过雨,但空气还是潮湿闷热。他点了接听：

"喂。"

"喂，是我。"林微夏的声音很轻。

班盛开口："知道。"

林微夏换了个手拿电话，拿着铅笔在草稿纸上涂涂画画，语气顿了顿："我想再要个生日礼物。"

第二份礼物。

"好，要什么？"

电话那头传来滋滋的电流声，随即传来齿轮滑动的声音，班盛似乎很紧张，林微夏的声音似乎在牵动着他的呼吸，她开口：

"想要班盛成为……"

Part 6

☆他给的☆
第二份生日礼物
lily

班盛家有间琴房，林微夏在他家练琴的时候，
他通常在隔壁陪她，用看电影或者玩游戏来打发时间。
或者他干脆什么也不做，在房间里搬了张U形沙发，
支着脑袋看她在一旁拉琴，时间一久，
薄薄的两片眼皮使往下牵扯，昏昏欲睡。

You can hear

29　话梅

班盛的喉结上下滑动了一下，正想开口的时候，那头传来"嘟"的一声电话被切断的声音，他看着熄掉的屏幕无声地拧起眉。

他摸了一下口袋找钥匙，纪姐跟出来，掌心摊开正是他的钥匙。

班盛接过钥匙，看了一眼纪姐，那眼神，像一把刀刃，更带着无形的压力，纪姐讪讪地笑了一下。

纪姐往回走的时候，想起刚才他那个眼神就忍不住自嘲：今晚真是魔怔了。

手机屏幕再次亮起，班盛点了接听，声音低低沉沉："喂。"

林微夏把手机贴在耳边，她的语气有点儿干："刚才手机没电自动关机了。"

"嗯。"班盛回。

她好不容易鼓起勇气说出那句话，天知道刚才手机会突然断电，林微夏又急忙找出数据线充好电。

到现在，手心还是出了一层汗，林微夏握着手机，另一只手无意识地绕着白色的充电线，绕来绕去，语气顿了顿，重新说道：

"我刚才没说好，就是，想问你——

"高考我们要不要考到同一座城市去——

"一起去京北看雪。"

话音落下后，电话那头传来滋滋的电流声，然后是冗长的沉默，班盛没说话，林微夏似乎听到了他轻轻的呼吸声，缠着她的心，致使心跳频率忽慢忽快。

一颗心就这么悬着。

书桌上有一个小白点，林微夏伸出手抠了一下，她再次开口，语调是一如既往地缓慢："你要是不愿意——"

"愿意。"班盛出声打断她，语气缓缓。

林微夏换了个手接电话："行，那你先忙吧，我睡觉了。"

"嗯，关好窗，"班盛出声叮嘱，似乎有什么不一样了，他说，"晚安。"

挂完电话后，林微夏吹干了半湿不湿的长发，打算睡觉，刚上床手机发出"叮"的一声提醒，她点开一看，是李屹然发的消息。

"班盛挺会啊。你一答应他，他今晚把这里所有人的单都买了。"

林微夏睫毛颤了一下，盯着信息看了好一会儿才去睡觉。夜已深，偶尔能听见高架桥上跑车轰鸣的声音。

其余时间较为安静，可林微夏翻来覆去怎么也睡不着，她不相信自己就这么说了，连带睡觉也有一种不踏实感。

林微夏伸手摸到枕头下的手机，点亮屏幕，刚好发现班盛十分钟前发了信息给她。

Ban：睡了没有？

林微夏从空调薄被里伸出两条白瘦的胳膊握着手机打字：还没有。

紧接着，一条信息再次跳在屏幕前，她甚至可以想象班盛是怎么样一副正经的语调来确认。

Ban：确定了？

Xia：嗯。

班盛刚洗完澡出来，就这么单穿着一条黑色的裤子，结实分明的腹肌上还沾着水珠，他俯下身，捞起茶几上的手机，看见这句肯定的回复，唇角扯出细微的弧度。

这天晚上，他没再依靠任何安定类的药物，梦里不再是无边无际的黑暗以及暗红一片，半夜也不会因为心悸醒来。

一夜好眠。

林微夏周日睡得有点儿晚，以至于第二天起床起晚了，她急忙洗漱完，背着黑色的书包冲出家门。

哪知周一出门竟撞见了守在她家门口的班盛。

班盛一只手拎着早餐，中指勾着白色的塑料袋，是她常吃的咸水角和生滚鲜粥,另一只手玩着手机,头颅微低,姿态闲散。

他穿着深高的制服,身形挺拔,一副大少爷屈尊等人的模样。

"你怎么在这儿?"林微夏轻喘着气。

班盛闻声把手机揣回兜里,走过来把早餐递过去,眼睛直盯着她:

"过来确认,以防你反悔。"

林微夏有些无奈,但她知道班盛想要的是什么,于是抬眼直视他,水润的嘴唇回答:

"不反悔。"

班盛低头笑了一下,又让林微夏把钥匙交出来。她把钥匙拿出来,见男生从裤兜里摸出一个东西,骨节分明的手掌滑出一枚小恐龙钥匙扣,荡在她眼前。

"昨天打赌赢的,你的是钥匙扣,我的是恐龙鸭舌帽。"

班盛把钥匙扣递给她,他这个人一向爱掌握主动权,自己不把钥匙拿过来挂钥匙扣,偏要亲眼看着林微夏接过他的东西挂上去。

仅第一天,林微夏就感受到了他的掌控欲。

"啊,不太好吧……"碰上班盛的眼神,林微夏的声音越来越小。

但她还是没有接,他往前走了两步,低下脖颈,身上那股痞里痞气的劲压凌在林微夏身上。

对上他的眼神,她退后一步,班盛就往前一步。

让人无处可躲。

"林微夏,别逼我啊。"班盛俯下身,逼她回看他,一副痞浪模样。

林微夏只好接过那个恐龙钥匙扣,挂在了自己的钥匙上。

天光越来越亮,刺金色的阳光铺开,林微夏坐上公交,到达深蓝一中站再下车,身后始终跟着一道不紧不慢的影子。

以前他也这样过。

但现在,有些东西,不一样了。

林微夏走进教室心跳有点儿快,总害怕被人发现。没一会儿,班盛也跟了进来。一进门,邱明华就直冲着班盛嚷嚷:

"班爷,你朋友圈里说的第一天是什么意思啊?"

林微夏拉开椅子的手一顿,又接着坐下开始吃班盛买给她的早餐。班盛从她身边经过,刚送进嘴的滚粥差点呛了一下。

邱明华还在那儿不停地嚷嚷着，只见班盛面不改色地走过去，直接抽掉邱明华的手机，从背后锁住他的喉咙，轻笑一声，不动声色加重力道："关你屁事。"

连上了两节数学课，教室里的人大都昏昏欲睡，下课的间隙，林微夏收到班盛发来的信息，她扭头往窗外看。

班盛在走廊处同人说话，他的姿态漫不经心，却时不时朝手里紧握着的手机看一眼，明显在等着她回消息。

Ban：中午一块吃饭？带你开小灶。

林微夏盯着屏幕变得为难起来，在对话框里打字：可思嘉中午约了我吃饭。

就在前一天晚上，柳思嘉发了信息说周一要和她一起吃饭，她会让阿姨做好两人份的便当。

拒绝的消息发出去后，如石沉大海，班盛再也没有回复过。

她猜测，班盛可能发脾气了。

既然两人都有了一个约定，才第一天，他想跟她多一些相处的机会是正常的，可林微夏却事先跟柳思嘉约好了，没有考虑到他。

想到这儿，林微夏又补了一句话：下次一定。

可班盛依然没有回她消息。

上完第三节语文课，老刘让林微夏去办公室抱练习册。林微夏抱了高高的一摞练习册回来搬到讲台上，再分发给每个小组。

在发到第四组的作业时，林微夏视线顿了一下，挑了班盛的练习册出来，打算亲自给他。

林微夏希望借着发作业的机会跟他搭话，她把练习册发到班盛面前，开口："你的作业。"

班盛正研究着他的无人机遥控器，这玩意儿好像出了什么故障，他低下头的时候，脖颈侧面的青色血管绷紧凸起，莫名带着别样的张力。

林微夏同他说话，班盛愣着眼皮都没抬一下，继续撬着他的遥控器，直接当她不存在。

作业僵在半空中，林微夏默默叹了一口气。

上午放课铃一响，学生们如跳出集装箱的鱼，相继跑了出去，在热烈地讨论午饭吃什么。

林微夏和柳思嘉如往常一样挽着手臂一起去食堂，可她却感受到了柳思嘉情绪上的不对劲。

她没像以往那样张扬出明艳的笑容，很少说话，偶尔她跟柳思嘉说话，后者也是心不在焉的模样。

倏地，柳思嘉的手机响起一阵急促的铃声，她看都没看一眼，直接摁了关机，眉眼皆是冰碎般的冷冽。

林微夏看了一眼，好像是她妈妈的呼叫来电。

柳思嘉的午餐照例是少得可怜的减脂餐，她还配了一杯绿色的清体果汁。因为那个电话，柳思嘉似乎心情更不佳，她拿着筷子扒拉了几块蔬菜，一脸的兴致缺缺。

兴是柳思嘉屡次听到什么传闻，一双上挑的眼睛看着她："微夏，你没有做什么对不起我的事吧？"

林微夏慢吞吞地嚼着荷兰豆，问她："怎么样算对不起你？"

柳思嘉一愣，没想到林微夏会反问她，正想说点儿什么的时候，看见桌面上她的钥匙上的小恐龙挂件，当下心里起了不好的直觉，一脸的狐疑："你这个钥匙扣哪来的？"

林微夏看向柳思嘉，她瘦得领口处的胸骨凸起，衣服套在她身上更显空荡荡，视线移到她面前没怎么动过筷子的食物。

她吃得比以前更少了。

"你把这些吃掉一半以上，我就告诉你。"林微夏把筷子递给她。

两人视线僵持了一阵，柳思嘉妥协，开始拿起筷子埋头吃东西。林微夏见状起身去食堂窗口打了一份玉米炖排骨汤给她。

没一会儿，林微夏端着餐盘回来，把汤端到柳思嘉面前，看了一眼她的午餐——便当盒里面的食物已经被消灭了一大半。

柳思嘉嚼着西蓝花，冲她耸了耸肩膀，语气有些骄傲自得："我吃了，你说吧。"

林微夏双手插兜站在她面前，迟迟没有说话，她略微俯身，伸出一只手用力一掰她的嘴。

柳思嘉一阵吃痛下意识地张嘴，林微夏仍维持俯身的姿势，琥珀色的眸子透着冷静，语气透露出洞察：

"假吃。"

虽然柳思嘉假吃的动作很逼真，但还是没能骗过林微夏的眼睛，她的长睫毛抬起看向不远处角落里的垃圾桶，色泽新鲜的食物被扔在那里。

美眸一闪而过恼羞成怒，柳思嘉用力打掉她的手，情绪失控，与她对视时声音拔高且尖锐："你凭什么管我！"

"砰"的一声，柳思嘉把汤匙摔在桌子上发出震天响，空气一霎安静，惹得正在吃饭的众人看过来，一脸看好戏的表情。

柳思嘉直接起身，头也不回地离开食堂，她走得很快，不小心撞到了正慢悠悠走路手里还捧着一个椰青的宁朝。

"啪"的一声，椰青被撞倒在地，淌了一地的汁水，宁朝肩膀被撞得生疼，心里一阵窝火，沉着一张脸拦下女生："你——"

他在看清柳思嘉脸上的表情后怔住，剩半截"怎么回事啊"生生吞回喉咙里，柳思嘉沉着一张脸打掉他的手，跑开了。

林微夏站在那里，眼睫抬起，直看着她离去的背影，思绪发怔。

食堂里的人吃完午饭后陆续端着餐盘离开，林微夏洗完手后路过便利店，目不斜视地从旁边经过，走了两步又停下来，返了回去。

下午第一节上的是美术练字课，老师在讲台前教理论，学生们在底下开小差。林微夏拿着笔在纸上勾画，中间有几次侧头看向班盛。

他仍没有看她。

下课后，林微夏走到讲台上写代老刘传达的通知，他们要订一本语文资料，不想订的可以来找她，她负责登记名字。

第二节课是体育课，男生们早就抱着篮球一窝蜂地冲了出去，女生们则梳好头发，拿镜子照到满意为止，才慢吞吞地挪去更衣室换体育服。

方茉喊林微夏走的时候，后者摇了摇头，温柔地笑笑："你先去，我一会儿就来。"

"好噢，那我先走啦。"方茉朝她挥手。

班盛还坐在椅子上，弓着腰在摆弄他的无人机，林微夏一直坐在那里，直到教室的人都走光。

谁都没有先说话。

林微夏起身走到他面前，影子落了下来，看着他道："班盛。"

她的语调很柔，一阵清甜的水果味飘来，班盛握着美工刀的手一顿，但还是没有抬头。

见他仍不理她，林微夏收回在他身上的视线，径直越过他的座位就要走。结果班盛伸出一只手直接拉住了她的手臂，漆黑的眉眼低着。

"你的作业。"林微夏递给他。

人走后，班盛把美工刀扔桌子上，伸手搓了一下脖子，漫不经心地捡起桌上的作业本，结果凭空"哗哗"掉出一把话梅糖。

班盛愣住，拿起桌上的一颗糖盯着看，唇角的弧度勾起，越扩越大，原本冷厉的眉眼，像被缠住的春风，洋溢着愉悦之情。

喊，哄人吗？

体育课，在老师的口令中，林微夏和几个同学去器材室抱网球器材，她抱着一箱绿色的网球往操场的方向走，男生打闹的说话声顺着风递到她耳朵里。

邱明华看着手表，一脸震惊："班爷，你还是酷着一张脸吧，你老这样冲我笑，我不习惯，有一种杀人前最后的笑既视感。"

林微夏口袋里传来信息进来的提醒声，她往上掂了掂箱子，腾出一只手拿出手机，在看到班盛的消息后，呼吸一滞，感觉被周遭的风裹住，热得脸颊发烫。

林微夏问他：你早上发的朋友圈"第一天"是什么意思？

Ban：冲刺高考第一天。

30 预警

自由活动的时候，宁朝在打篮球，跳跃、传球、投球，一切都玩得很顺，他却有点儿心不在焉，频频往操场那边看。

大家都在运动，再不济，也有女生们凑在一起玩闹，只有柳思嘉穿着运动衫运动裤，扎着高马尾靠在足球网杆旁的阴凉处。

也有同学上去示好关心，但被柳思嘉的眼神劝退了。

宁朝直看着操场那边的方向，以至于同伴等了他半天球都没等到，直喊他："宁朝，你看什么呢？"

"没什么。"宁朝回神，把怀里的球扔给他。

林微夏和柳思嘉已经三天没怎么说话了。她一脸的冷漠，不再主动找林微夏，重新回到她的圈子中，当那些跟班拥护的女王。

以前柳思嘉时不时地疏远她，但两人还是朋友。现在不是了，是普通的同学关系。

林微夏心里不太好受，但她知道，友谊的变质是日积月累的，她们之间最好的赏味期在那个下雨天。

就好像面包在冰箱存放太久了，因为温度、空气、湿度等问题，久而久之，食物就变质了。

柳思嘉的生日会来得突然，时间定在周五。到底是顾着那份体面，她喊了林微夏过去。

柳思嘉的生日会排场极大，灯火通明的别墅里红白气球飘在天花板上，给人一种梦幻的感觉。

来她生日宴的同学很多，柳思嘉同人欢笑拥抱，却有意把叫来的林微夏晾在一边。

到切生日蛋糕的环节，大小姐双手合十，明艳的脸颊微红："希望他能来。"

周边同学都知道是谁，此起彼伏的"哦"声响起，纷纷起哄："他肯定会因为你来的啦。"

可班盛迟迟没来，生日会到一半，有人看向来人，惊呼一声："思嘉，你看谁来了？"

"我天，是班盛。"

柳思嘉原本耷拉的眉眼鲜活起来，班盛拎着一份蛋糕进来，礼貌开口："生日快乐。"

小姐惊喜不已，兴师动众地吩咐要重新吹一遍蜡烛许愿。蜡烛被吹灭那一刻，众人趁黑灯瞎火捣乱，又闹在一起。

林微夏垂下眼睫，独自去厨房拿水果帮忙。一转身，林微夏险些撞上一人的胸膛，下意识地后退。

外面吵闹不已，一方密闭的空间只有两人。

班盛单手插兜，缓慢靠近，影子落了下来，见到她鼻尖上沾着的奶油，眼神变了一下，看着她：

"你慌什么？"

他慢悠悠地补了句："我又不会对你怎么样。"

林微夏看了一眼外面，轻声说："你怎么来了？"

"你一直没回我信息，所以上这儿堵人来了。"班盛俯身靠近她，影子压下来，手指轻轻刮蹭掉她鼻尖的奶油。

林微夏的情绪不太好，一直闷闷的，但她表面看起来云淡风轻，从来有什么事都是藏在心里，自己一个人慢慢消化。

可聪明如班盛，直接捕捉到了林微夏的情绪，抬眼看她："不开心？

"反正都是因为我，要不我从1班转走？"班盛作势从裤兜里拿电话，一副吊儿郎当、立刻给你解决的模样。

林微夏怀里还抱着一盘圣女果，也没拦他，全当他只是想逗她开心——班盛那么骄傲的人怎么会为了她做到这个份上？

可一对上他的眼神，林微夏便知道他是来真的。

他的眼神直接而认真，确确实实地在朝林微夏传递一个信息——为了你，我什么都愿意去做。

心动了动，林微夏像是下定决心般："我来处理，原因本在我。"

……

5月来得迅疾而热烈，荔枝成熟从树上掉下来，偶尔砸在路人的脑袋上，意味着南江真正进入潮热之夏。

刚进入夏天，南江市气象局便以短信、广播、电视轰炸的方式通知全市人民这两天会有大暴雨，红色预警即将生效，请各单位和学校视情况停工、停课。

同学们都兴致勃勃地等着台风来临、学校停课的消息，结果锋团绕过了南江这边，只降了点儿雨，搞得同学们一整天都在唉声叹气。

晚上班盛送林微夏回家，到达水围巷的时候，他把书包递给林微夏。

林微夏接过，想起什么跟他说话："我们有约定的事先别说，周末我打算跟思嘉说。"

班盛没说话，脸上没什么表情，手掌垂在裤缝边上，指骨明显。林微夏怕他发脾气不理人，主动凑前了一点儿，两人的距离拉近。

高大的影子压下来笼罩在她身上，班盛睨见她的耳根慢慢变红，映着一张唇红齿白的脸。

美丽得像一朵白色的山茶花，在无声地绽放。

"听你的。"班盛看着她缓缓地说。

班盛低头拿起手机看了一下，说道："周六先跟我去见见我朋友？有个朋友刚从国外回来，周末见一下。"

林微夏知道他什么意思，班盛这是要带她进他的圈子。

"下次吧，等我跟你相处得再熟点儿。"林微夏说道。

而且她答应了周六帮方茉补课。

班盛发出轻微的哂笑声，挑了一下眉：

"要怎么熟？"

说着说着，班盛抬起手准备逗她。

"你好烦。"林微夏直接拍掉了他的手。

班盛让她交出手机，问道："你存了我的电话号码吗？"

"存了。"林微夏说道。

班盛扬了一下眉，拇指按着她的手机操作了一番才还给她。林微夏接过来一看，班盛把通讯录里自己的号码设为紧急联系人，又把他的微信置顶了，霸道又强势。

弄好一切后，班盛才肯放她走。

周六很快来到，林微夏穿了件简单的白T恤搭牛仔裤出门，她戴着墨绿色的鸭舌帽站在约好的地方等方茉。

方茉见到她后兴奋地挥了挥手，最后两人一起去了商场一家冰室，一推开门，十足的冷气打了过来，每一个张开的毛孔都得到了舒适。

方茉点了一杯冻茶走，林微夏则点了一份忌廉咖啡①。这家店还算安静，林微夏拿出书开始帮方茉补习数学，她打算先讲一遍自己总结的知识点，再让方茉做题。

讲了一遍，方茉还是一知半解，她枕在书本上看着林微夏说话，语气苦恼："夏夏，你说我费尽心思来深高是为什么呀？

"一开始我妈得知我被深高录取特别开心，虽然我是我们学校分解过去的指标生，但也让我妈在街坊邻居面前扬眉吐气了一把。可我进了深高才知道，这是私立学校，跟大部分学校不同，每次我努力的时候都感觉自己像无头苍蝇，而她们才是漂亮的特供水蜜桃。

"我妈每次来深高开家长会都抬不起头，可她为了供我到这里读书，

---

① 方言，奶油咖啡。

把家里的房子都换了。这里充斥着特权、优先权、偏见和欺凌。谁说校园是象牙塔的？我觉得像一个小型的社会。我来这里是为了什么呢？"

"搞得我很在意她们的看法，在意这个学校的等级，好像成为A生就代表自己是优秀的一样。"

方茉难得正经，说出了自己的烦恼，林微夏握住圆珠笔的手一顿，浓密的睫毛垂下来：

"为了你自己。有时候，去别的学校也不一定会好。凡事要先满意自己，别人才会满意你，对你另眼相看。"

"微夏，你说得对欸。嗯，从今天起，我要每天对自己说一句：我很满意自己！"方茉忽然从桌子上爬起来，精神一振。

林微夏摸了一下她的头，笑道："好啦，快抓紧时间听课。"

林微夏极有耐心，方茉不懂的她会反复讲几遍，方茉基本都懂以后开始做题。练习题做完了后，方茉交给林微夏，林微夏帮她改题。

须臾，方茉伸手叩了叩桌子，一脸的揶揄："夏夏，你有情况啊？"

"啊？"林微夏后知后觉地看着她。

方茉伸手指了指，一脸的挤眉弄眼："你的屏幕都亮了好几次了，有人发信息给你了，你不看一下吗？"

林微夏去拿桌上的手机，开始低头回复信息。回完以后一转身对上一张八卦的脸，她的表情无奈，犹豫了一下还是把她和班盛的约定告诉了方茉。

方茉一脸震惊，甚至飙出了脏话："是班盛欸！"

"京北啊，我记得那里的雪很漂亮，我记得京北有所很有名的航空航天大学，京大也好有名。"方茉一脸的艳羡，"太美好了，你们为了彼此而有个共同的目标，然后一起努力。"

"不过微夏，今天是周末欸，我们班大帅哥怎么不陪你？"方茉戳了戳她的手臂。

林微夏还在给她批改题目，也没抬头，一贯的云淡风轻："他去参加朋友的同学聚会了。"

"那你为什么不跟着去？！"方茉问道。

"也不用管这么紧。"林微夏的语调浅淡。

方茉直接朝她握拳以示佩服："我的好夏夏，虽然班盛人很好，可这是聚会……"

那天下午，方茱一通说搞得林微夏有些迟疑，半响，她也不知道自己是不是受了什么蛊惑，鬼使神差地拿起手机打了电话。

电话接通的过程中，她的心有些忐忑，电话那头很快接听，传来一道好听的低沉的声音："喂。"

"你在干吗？"林微夏问道。

那头传来一道轻笑声，班盛的语气坦然自得，痞里痞气地答："哦，不放心我。"

林微夏被他的话弄得脸上起了一阵尴尬，还没来得及反驳，电话这头收音忽然大了且清晰起来。

玻璃杯碰撞的声音，三个男生笑着说的声音，乌酸学姐的说话声，其中还夹杂着李屹然的骂声，摇骰子的声音，全都听得一清二楚。

她甚至听见了班盛说了哪句话，起身去拿饮料，又折回来落座。他干了什么，全都让林微夏听得一清二楚。

没有一句隐瞒。

坦坦荡荡。想要七分的安全感，他就给足十一分安全感。

比林微夏想要的总是多那么几分。

"提前练习一下。"班盛缓缓开口。

31 骑兵

如果林微夏提前知道方茱会整整一下午都用揶揄的眼神看着她，说什么她也不会受怂恿打这个电话，让自己一直被班盛取笑。

班盛笑着问她："怎么转性了？"

林微夏答不上来，最后她匆忙把电话挂断了。

班盛的聚会一直持续到晚上，结束之后回到家洗完澡，他穿了件银色的浴袍出来，松垮地系上带子，俯身去捞桌上的手机。

空空如也。

班盛发现除了下午那个电话，林微夏没再来发信息联系他，更不关心他在哪儿。他坐在沙发上，弓着腰，拇指按着手机开始打字，水珠不断从额前细碎的黑发滴落到手机屏幕上。

林微夏收到信息的时候正准备上床，她解锁手机看消息，隔着屏幕都能感受到班盛眯着眼表达不爽的情绪。

Ban：今晚怎么没见你给我发信息？

林微夏在被窝里回复并发送消息。

Xia：下午不是刚打了电话。

一分钟后，熄下去的屏幕再次亮了起来，班盛吊儿郎当地回复。

Ban：行，知道了。

他又慢悠悠地补充了一句：开始有恃无恐了？

林微夏被弄得竟想不出一句辩驳的话，明明是他在索要关注，手机屏幕的亮光映着一张唇角弧度浅浅的脸，于是回复。

Xia：你怎么这么娇气？

班盛的回复相当给面子：被你惯的。

林微夏唇角的弧度大得她快要控制不住自己的表情了，于是拍了拍自己的脸。

结束聊天后她给柳思嘉发消息，想了想措辞：思嘉，你明天有空吗？我有点儿事想和你说。

她以为柳思嘉不会搭理她，没想到后者很快回复，语气跟往常大不如同，热情回道：

没问题呀，明天我带你去玩，记得穿漂亮点哈。

好。林微夏笑着回复，心情也不自觉地轻松许多。

次日，林微夏穿一件白色吊带小背心搭件蓝色的牛仔背带裤，露出两条白藕似的胳膊，领口露出来的锁骨像漂亮的月牙。

她本想直接出门，想到柳思嘉可能会约她去探店，要一起拍照，顺手涂了支裸粉蜜桃色口红。

嘴唇泛着潋滟的水红色，整张脸一下子明媚起来，林微夏如枝头上往下压的半熟的水蜜桃，从内到外透着清甜的香味。

下午四点的时候，太阳仍高悬头顶，热得站在喷泉前等人的林微夏额头出了一层汗，很快，一辆黑色的轿车拐了个弯过来停在她面前。

车门被打开，柳思嘉从车上跳下来，她穿了粉紫色运动套装，搭上那头长卷发，明艳又充满活力。

"Sorry，来迟了。"柳思嘉一路小跑过来，朝她晃了晃，"看我给你带了什么，刚才特地让司机绕路去买的，所以才迟到了。"

柳思嘉拎着两份咸柠七，总是一份无糖，一份半糖。

"没关系，"林微夏眼睫抬起，眼睛浮着光，"谢谢。"

"上次在食堂，我刚跟家里人吵了架心情不太好，是我乱发脾气在先，真的抱歉。"柳思嘉第一次跟人解释，语气有些磕绊。

林微夏把吸管插入杯中，唇角勾起浅淡的弧度："食堂发生了什么，我都不记得了。"

"那我们现在去电玩城。"

"好。"

林微夏和柳思嘉两人各自拿着一杯夏日冰饮，有说有笑地往商场的方向走去。眼看就快要到时，一个穿着白色T恤、绿色运动中裤的男生站在商场门口朝她们用力挥手。

林微夏脸上的笑意凝滞了一下，浓长睫毛下的眼睛疑惑："那是？"

"那是我表哥，他今天跟我们一起玩，"柳思嘉拉着她的胳膊，说道，"走，过去我介绍你们认识。"

柳思嘉带着林微夏走过去，男生长得还算周正白净，一双细长的眼睛藏在银框眼镜后面，看上去家教良好，妥妥一副有钱人家小孩的模样。

他在看清林微夏相貌的那一刻，眼睛闪过惊艳之色。

"哎，这是我朋友，林微夏，"柳思嘉红唇轻启，转而扭头说道，"夏夏，这是我表哥林森，他很随意的，你不用怎么理他。"

"你好，"林森主动友好地打招呼，笑了笑，"本家啊，都姓林。"

林微夏的神经这才放松下来，应道："你好。"

三人乘旋转电梯直上商场四楼，在两排对立的娃娃机后面，正是他们要去的电玩城。里面人挤人，学生，成年人带着自家小孩，周末全挤一块了。

林森一口气在收银处兑了几百枚币，拎了个篮子装着跟在两个女生身后。

"你想玩什么？"林微夏问。

柳思嘉指了指不远处的跳舞机，开口："我想玩那个，好久了。"

"好，但我玩不了太久。"林微夏点头。

她戴着助听器，出多了汗的话怕弄湿助听器导致声音接收不灵。

两个女生很快站上跳舞机，随着屏幕上人物的动作，她们双腿分开，又合上，同时挥动着手臂，长发时不时地打在脸上，脸上洋溢着青春的笑容。

很快,路人围观起来,站在一边欣赏她们跳舞,甚至还拿起手机进行录摄,一旁的小孩也跟着摇头晃脑地跳起来,奶声奶气地喊道:

"两个姐姐好漂亮!"

跳了没一会儿,柳思嘉喘着气直喊停,直捂肚子:"不行了,微夏,你先玩,我去趟厕所。"

"好。"

柳思嘉跑去厕所后,林微夏也停了下来,白皙的额头、后脖颈都出了一层汗,她正摸着背带裤上的裤兜找纸巾。

忽然有人递了湿巾过来,是林森。

林微夏怔了一下接过,低声道:"谢谢。"

林森手里端着一杯可乐,跟着林微夏往外面走,笑着问道:"不玩了啊?"

"嗯,我等思嘉回来。"

两人游离在密集的人群之外,林微夏站在娃娃机前等柳思嘉,可是左等右等也不见柳思嘉回来。

林微夏为了打发时间玩起了夹娃娃,她一眼看上了橱窗里面的一个骑兵,它骑着马一脸冷酷的样子像极了班盛。

她要是把这个娃娃夹到了就送给班盛。

不知道是钳子太松还是她运气太差的原因,林微夏怎么夹都夹不到,她这个人虽然看起来文静,性格冷淡,对什么都不在意。

但心底的胜负欲一旦被激起,林微夏就会像现在这样,反复夹,沉浸在游戏里面。

林微夏凝神看着玻璃窗里的那个小骑兵,眼睫毛没有动弹过,钳子左移,她正准备按下那个蓝色的按钮时。

一道身影笼了下来,一只手覆在白皙的手背上,阴冷的气息从身后传来,林森以一种相当暧昧的姿势从背后虚揽住她,凑在耳边说:"要这样,你要夹住它的中间部位。"

他的语调压低,不知道为什么让林微夏想到了蛇吐芯子,是出洞觅食的信号。

林微夏后背一阵阴冷,一个激灵立刻甩开他的手,半蹲侧身从他的圈禁中逃开,语气疏离:"我去看思嘉有没有好。"

林微夏神色冷淡地离开,走到洗手间,水龙头被她拧开,白色的水柱以一种激流的姿态冲到方槽里。

　　她的思绪发怔，回神之后挤了一点洗手液，手伸到水龙头底下疯狂地洗手，反复搓洗直到瓷白的手背通红。

　　林微夏这才强迫症般地停了下来。

　　林微夏烘干手后走了出去，她从口袋里摸出手机，开始发信息给柳思嘉。

　　Xia：思嘉，你好了没有？

　　＋号：快了快了，早上吃坏东西了。

　　林微夏握着手机，睫毛动了一下，继续打字：一会儿我们找个地吃饭吧，我有事跟你说。就我们两个人。

　　消息发出去后，屏幕过了好一会儿都没再亮起。半响，柳思嘉回了消息，似乎不太同意：啊？他跟着我们没事吧，我们说悄悄话的时候我让他待一边去。因为我们结束后，我还要跟他去办点儿事呢。

　　林微夏没再回复，三分钟后，柳思嘉从厕所出来，一脸的歉意，挽着她的手臂往电玩城的方向走去，同林森会合。

　　路上柳思嘉问她同林森相处得怎么样，林微夏扯了一下嘴角，语调有点儿冷淡："还好。"

　　"我表哥这人还挺有意思的，往后相处看看你也会发现他挺有意思的。"柳思嘉难得夸人。

　　三人会合后，气氛有一丝微妙。他们走出来的时候天色已经暗了下来，柳思嘉提议去吃饭。

　　林森走到不远处拿出手机熟练地拨了个电话，不一会儿折了回来，说道："我让王叔在君悦府给我们留了一个VIP包厢，微夏，听嘉嘉说你口味清淡，我已经特地叮嘱他们把饭菜做得清淡一些，少油少辣。"

　　"他家是开酒店的，怎么样，林森是不是挺贴心的？"柳思嘉细心地替林微夏扶上头上的发带，同她低声说道。

　　林微夏抬起眼睫看向林森，接收到她的眼神后，林森扶了一下眼镜，腼腆之色一闪而过，跟先前的他判若两人。

　　"啊，可是我今天想吃大排档，"林微夏红润的嘴唇轻启，同时扭头看思嘉，"要不我们去宁朝家吧，他说我去了会打折。"

　　林微夏把话说得滴水不漏，她不想跟林森在密闭的包间里吃饭，不能拒绝的话不如在露天排档里吃饭，人多，加上去的是认识的同学家的店。

柳思嘉犹豫了一下答应了。

他们正好碰上了高峰，地铁口拥出来一批又一批的人，人挤人，行人还时不时互相撞到肩膀。

空气闷热，连吹来的风都是滚烫的。

拐进金鱼街后，里面的环境像是生生从高楼林立灯火通明的南江市另辟了一条街，路况比在外面恶劣多了。

林森的脸色实在算不上好看，又竭力忍着。

柳思嘉虽然眼神嫌弃，一脸傲慢，但似乎只是表面的，她看到流动摊上的小玩意儿，玩起来爱不释手。

有个玩滑板的小孩同伙伴在街上打闹，互相扔球，倏地，一只羽毛球从不远处飞了过来砸在林森脑袋上，他的脸色难看到了极点。

林森穿着球鞋，一只脚直接踩过羽毛球把它踩得粉碎，语气带着咬牙切齿的意味："不能去个环境好点儿的地方吗？"

柳思嘉白了他一眼："来都来了，忍着吧。"

三人很快到了宁记大排档，只有宁父宁母在，二老说宁朝去进货了一会儿会回来。柳思嘉乖巧地同宁父宁母打招呼，这一操作把林森的下巴都惊掉了。

林森正反复仔细地擦桌子，见他要快把桌子擦烂了，柳思嘉一脸的无语，语气带着斥责："把人家桌子擦烂了你赔啊！"

"不是，嘉嘉，你怎么还认识这种人啊？"林森都要被气笑了。

柳思嘉一时语塞，林微夏正倒着茶水，淡淡地插话："我也是这种人，我家在水围巷。"

"不是，我不是那个意思，"林森一脸尴尬，只得转移话题，"话说微夏你都喜欢干什么？"

"看推理小说。"柳思嘉帮忙答道。

宁朝进完货回来的时候看见林微夏她们来了一乐，正要上前，发现旁边还有另一个男生，于是在上菜的时候才上去打招呼，说了句吃好喝好，还送了一扎免费的冰镇绿豆汤给他们。

三人一起边聊天边吃饭，林微夏的态度一直不冷不淡，直到林森说起自己在十三中隔壁念书，与高航打过照面，说了一些他的事。

林微夏的态度才不像之前那样疏离，脸色好了一点儿。

班盛收到宁朝消息的时候，正跟一帮朋友在聚餐，滑开屏幕看到信息那一刻，脸色一变，直接扔下一帮人走了。

灯光忽明忽暗，同伴一脸疑惑："班爷这是怎么了？平常老子就没看过他脸上有什么表情，这会儿脸色怎么黑得跟罗刹似的，谁惹他了？"

"魂被一只小蝴蝶勾走喽。"李屹然丢了颗番茄进嘴里。

班盛来到金鱼街的时候不算晚，这儿的灯泡过暗，鱼龙混杂什么人都有。他一眼睨见林微夏安静地坐在那里，唇角始终保持淡淡的笑，旁边坐着一个男生，时不时地把眼神投到她身上。

一片树叶坠落在她柔软的黑发上，那个男生伸手探了上去，手臂绕过她的后颈，整个人往她身上倾，去拿那片叶子。

班盛站在不远处，他的身材瘦削，黑衣黑裤，垂在裤缝边上的手因为用力而青筋偾起。

男生站在黑夜里眼睛如两片利刃，沉着脸，正无声地盯着两人看。

32 流沙

饭吃到一半，林森忽然叫了半打饮料，三个玻璃杯端上来，他开了饮料，米色的气泡花潺潺冲进玻璃杯里。

林森把饮料端到林微夏面前，笑着问："你要不要尝尝？还挺好喝的。"

隔了两张桌子的地方有个戴着鸭舌帽的男生坐在那里，看不清脸，只露出半截凌厉的下颌线。他什么也没点，只要了一壶茶，正闲散地喝着茶，闻言握着茶杯的手一紧，修长的手臂上青筋隆结。

"我不喜欢喝。"林微夏出声。

林森温和一笑，也没勉强她，自顾喝起来。林微夏松了一口气，扭头同柳思嘉说话：

"思嘉，我有话跟你说。"

柳思嘉正小口地喝着绿豆汤，抬头对上林微夏的眼神一怔，她的眼睛像玻璃珠，很亮，透着一股冷静，似乎准备好了什么重要的话要跟她说。

"我也有话跟你说。"柳思嘉"咣"的一声把汤匙扔碗里。

"你觉得他怎么样啊？"柳思嘉冲斜对面的林森抬了抬下巴，她撑着下巴，手指无意识地点着脸颊，"他家里超有钱的，虽然是暴发户起家，长得不赖。"

"我——"

林微夏正准备开口拒绝，林森凑了过来，冲她嘿嘿一笑：

"林同学，我给你变个魔术怎么样？"

"不用。"

林微夏拒绝，可他还是不依不饶地凑到跟前，竟把手搭在了她肩上，然后从兜里掏出银行卡扬言要给她变魔术。

林森故意靠近自己，被他碰着的地方，林微夏觉得有毒蛇爬过，本能地挣扎。

面对林森的言语和动作骚扰，柳思嘉用力推了他一把，继续游说道："夏夏，他没边界感，你别放在心上。

"不过你觉得他怎么样啊？今天我可是特地攒的局，姐妹我够意思吧，我觉得他挺好的……"

柳思嘉的嘴唇一张一合，林微夏渐渐听不清她的声音，耳鸣症又犯了，右耳嗡嗡作响，声音锐利，她下意识地捂住耳朵。

"砰"的一声，一只茶杯笔直地飞旋过来，正好砸在林森搭在林微夏肩头的手背上，男生立刻吃痛地放开手。

茶杯贴着他的手砸在地上，发出"啪"的一声，立刻变成了四分五裂的碎片。

"谁啊！哪个神经病？"柳思嘉"唰"的一下站了起来。

果然，来这条破街就没什么好事。

柳思嘉顺着方向看过去，与她们隔了两张桌子的位子上，有个戴着黑色鸭舌帽的男生一直背对着他们，他略微弓着腰，后背中间那条脊线凸起，头颈笔直。

看着有点儿熟悉。

男生不紧不慢地起身，朝他们走过来，帽檐下一双漆黑的眉间压着戾气，他缓慢抬起头，轻轻转动了一下手腕。

是班盛。

柳思嘉心底一阵惊慌，下意识地往后退了一步。

林森一看对方就不是个善茬，但也没什么好怕的。

林森一把摘下眼镜，他的手背一片通红，立刻见了青紫，弄得他稍微一使劲就钻心地疼。

"你是不是找死，你是不是有病？"林森冲了过去。

人刚冲到他面前，班盛就伸出一只手截住对方的手臂，眼神始终保持锐利。

"啊啊啊——"林森整个人被班盛拽了过来，左手更是被反剪在后面动弹不得，整张脸因为吃痛而涨成了猪肝色。

"班盛！"柳思嘉皱眉，"你放开他。"

柳思嘉说话对班盛根本不管用。

班盛跟拖条狗一样拖着他往前走，林森大喊大叫，惹得客人频频围观。宁朝正帮人开着饮料，老到地打招呼："没事，放心吃啊。"

林微夏的耳鸣还没有好，她坐在那里一直捂着自己的耳朵。场面乱成一团，班盛把林森拖到角落里，一边面无表情地踹他，一边慢悠悠地开口：

"碰她碰得爽不爽？"

"敢碰她。"班盛拍了拍他的脸，脸上闪过狠戾之色，又提着他往墙上撞了一下，缓缓出声：

"活腻了就直说。"

柳思嘉知道班盛是什么人，再让他疯下去，他肯定会把林森打出毛病。她脸上的表情焦躁，去找正在忙活的宁朝："你让他停下来。"

"我哪有这本事。"宁朝烤着肉串，姿态漠不关心。

"你当我欠你一次！"

柳思嘉推了宁朝一下，刚好他手里拿着辣椒粉，被她这么用力一推，下意识地肩膀往旁边一斜，手一抖撒了半罐辣椒粉出来，给客人烤的一盘肉全废了。

宁朝咬了一下后槽牙，刚想出声训斥，在看到柳思嘉发红的眼睛那一刻一下子熄了火，低声道：

"上辈子欠你的。"

宁朝绕到大排档后面劝班盛，声音冷静："差不多行了，闹大了不好收场。"

眼看班盛扬起的手还要落下时，宁朝一句话轻而易举掐中他的命门：

"你不去看看我同桌吗？我刚过来的时候看见她好像耳朵不舒服。"

班盛果然停了下来，跟着宁朝回到大排档，走到林微夏面前，伸手拉住她的手臂就要带人走。

班盛虚揽着林微夏，男生宽阔的肩膀形成一道有安全感的阴影把女生遮住，他拉着她的手臂。

视如珍宝的动作和紧张的眼神立刻刺痛了柳思嘉。

他甚至看都没看她一眼。

柳思嘉冲着两人即将离去的背影，喊道："林微夏，你没有什么要跟我说的吗？"

那抹纤细单薄的背影停滞了一下，林微夏回头，眼神透着冷静和疏离："我没什么好跟你说的。"

林微夏从来没用这种眼神看过自己，不管她对别人多么冷淡，她永远是包容又温柔至极地看着柳思嘉。

"是吗？那这个是什么？"

柳思嘉走上去，用力去拽她右手上的钥匙扣，林微夏拇指抵住小恐龙尾巴的一角不肯让步。

两人在用力拉扯，手指泛白，手背因为使劲过度血色涌上来。

两个女生直视着对方，她们身高几乎同等，风扬起两人的头发，谁也不肯让步。

从远处来看，会以为只是两个女生手搭在一起。

不知道谁先松的手，柳思嘉从口袋拿出手机，登录微博，找到程乌酸的个人主页，屏幕直接撑到她面前，问：

"解释一下？"

撑到林微夏面前的是乌酸在微博上更新的朋友聚会大合照，照片中的班盛只露出半截侧脸，一贯的漫不经心，他甚至懒得看镜头一眼，其他人则做出搞怪的动作。

就在柳思嘉准备给这条微博点赞时，眼尖地发现班盛头上戴的那顶鸭舌帽，有一个小恐龙图案。

电光石火间，柳思嘉想起林微夏钥匙上的那个小恐龙挂坠。

林微夏看着她："今天我就是要跟你说这件事的，思嘉你不给我机会。"

她今天一直想跟柳思嘉说她和班盛有了约定这件事。

柳思嘉脸上的表情愣住，眼睛发红，下颌线绷紧显得凌厉起来：

"你以为我不知道你们背着我做了什么？当我是小丑吗，明明是我先认识他的！"

班盛正低下脖颈抬手蹭掉另一只手背上暗红的血迹，闻言冷笑一声，不知道他是在笑她说的前半句还是后半句。

是什么时候开始发现的呢？

班盛送她回家，林微夏去他家练琴，还有体育器材室那次……以为她不知道吗？

班盛视线总落在林微夏身上，不管柳思嘉打扮得多张扬，班盛头都不转一下。

她们走在一起，林微夏雪白的手腕红一下，柳思嘉眼睛就会刺痛一分。

他拽的。

他碰了她。

这么长一段时间，她感觉自己像语文课本那个寓言故事里捂住自己耳朵去盗铃的人物一样。

其实每个人都知道

只有她假装自己不知道。

柳思嘉像情绪失控了一样，不停地推她肩膀，不断开口："你来深高，是谁把你带进Ａ生的圈子？你以为没有我的应允，你还能像现在这么平静、风光地上学生活吗？在深高，我干什么都拉你一起，让阿姨做两人份的便当，买礼物送给你，介绍朋友给你。除了你，没有人在我这里有这种待遇。友情对你来说是什么？你假不假啊，林微夏？"

有雨点打在脸上，生疼，林微夏由着她推，右侧肩膀生疼，指甲陷进肉里直皱眉，在一片寂静和争闹中终于开了口：

"你对我做什么我都不会生气，因为我把你当作我的朋友。可你并没有，思嘉，我运动细胞一点儿都不好，我不想参加篮球社。我很喜欢拉大提琴，可我家里条件不好，家人也极力反对，所以当学校有免费的社团时，我最想参加的是大提琴社。

"我不只喜欢看推理小说的。

"我的手机一直为你开着机，每次你一遇到什么事，半夜打电话找我倾诉，无论多晚我都会接，哪怕你吐槽的只是小事情。可我有事打电话给你需要你时，你那边有事的话就不会接，再推到下次等你有时间倾听时，我的情绪已经过去了。"

生活中总是有很多事，偶尔负面情绪上来，六神无主的时候下意识地就会想要找身边那个要好的女生。

希望她说："微夏，别难过了，明天我们一起去玩吧。"

只是这样，可需要她的时候永远不在，不是电话接不通，就是敷衍地回复一条消息："我在外面。"

林微夏这个人一向冷静自持，就算是生气也会选择用平缓的语气表达，可这次说到后面，她的嗓音开始发颤，像是扁桃体发炎，每说一句话，喉咙就扯得生疼。

"我们之间的关系不对等。我们的这段友谊你占上风，这段关系里一直都是你在俯视我。"

柳思嘉愣怔在原地，每次半夜拨打电话过去，女生温柔的声音永远让她感到安心，但没想到也藏着抱怨。

为什么不说出来？

为什么一直在忍让？

可心底被欺瞒的愤怒和骄傲像是激流冲水，柳思嘉此刻全是不满，眼睛发红：

"忘了跟你说，上次的诗歌大赛，名额是我的，是我看你可怜，主动让给你的！你还真以为靠你自己就能得到？"

"可笑至极。"

当时这个比赛的推荐名额一开始就定了柳思嘉，后来老刘一脸为难地找到她，说林微夏也自荐了想要这个机会，让她选。

比起林微夏，他更得罪不起柳思嘉这样家庭的孩子。

柳思嘉毫不犹豫地选择了退出，把这个机会留给了林微夏。她知道林微夏缺钱想拿奖金，她知道林微夏想靠自己。

柳思嘉希望她能过得很好。

林微夏一愣，心里酸涩的情绪盈满，像灌了水的气球一直往下沉，嗓音闪过哽咽：

"大提琴演出那天，我看见你割了我的琴弦。"

"不管你信不信，我很嫉妒你。"

柳思嘉呆住，眼底含着不可置信。说完这些话后，林微夏慢慢起身，背对着柳思嘉往前走，她脸上的波澜消失，那张清冷的脸又恢复了往常一样的平静。

林微夏在想刚才同柳思嘉说的那句话。

她讨厌柳思嘉高高在上提出要求，自己会无条件答应。

嫉妒柳思嘉明目张胆地同人撒娇，我行我素，人人会妥协。

羡慕柳思嘉的性格与她相反，毫不掩饰自己的野心。

想成为她，自由又自在地活着，可以任性地追求自己的梦想。

假装没看见她割坏自己的琴弦，她把责任推到别人身上也配合她。

因为是好朋友，

再怎么抱怨也想在人前维护她。

好朋友是——

柳思嘉身上有很多缺点和小毛病，林微夏决心下次不再忍着她了，可偶尔听到别人评价她的不好时，又会忍不住争辩。

她那些毛病、小脾气只有我能说。

你们都不可以。

女生间的友谊复杂，有时充满了较量的心机，讨厌她今天做的某个行为；有时又简单要好，要一起去吃饭，一定要用"情侣款"的东西。

是什么时候开始变成这样了呢？这段友情像激流冲水，积累了不满、抱怨、比较的情绪，时间一久，水猛烈地冲刷过来，到最后，淌下来的全是沉重的泥沙。

就是现在这样。

两人之间的友谊像流沙，好像越握紧，流失得越多。

其实两人拉扯的那个不是恐龙吊坠，它可以是任何一样东西。

其实她们都明白。

刚才两人拉拽钥匙扣的时候忘了谁先松的手，林微夏右手的拇指还是麻的，连着一块心都是空的。

天色越来越晚，起风了，浓云卷成一团，黑压压地往下坠，好像要下暴雨了。班盛始终不紧不慢地跟在女生后面，以防她有什么事。

但林微夏看起来什么事也没有，她慢吞吞地往前走，走到一半忽然蹲下身，把脑袋埋进膝盖中间。

班盛快步走过去，修长挺拔的影子落了下来，他半蹲在女生面前，单膝跪地，屈着手肘，宽大的手掌去托林微夏白皙的脸颊，浓密的睫毛轻轻挠动他的掌心。

掌心一片湿热。

她哭了。

班盛眉心一凛,这是他第一次见她哭,心底也像被什么堵了一样。在学校被郑照行欺凌成那个样子,也没见她掉一滴泪,班盛抬手将人拽了起来,看着她。

林微夏的眼泪不停地往下掉,眼眶越来越红,他什么都没说,越这样认真看着她,林微夏越哭,她发出"呜呜"的小猫一样的声音,鼻尖红红的,让男生不自觉地上下滑动了一下喉结。

班盛抬手用指腹擦去她的眼泪,又用拇指拨开她额前的碎发,同时觉得她这样有点儿好笑,发出轻微的哂笑声。林微夏瞪他,但他的语气是实实在在地在哄人:

"好了,我怎么有了只爱哭的小蝴蝶?"

33 低级

那天晚上,情势急转直下,这还是要从一张照片说起。校内网搭建的一个叫 YCH 的小破网站在晚上二十二点到凌晨三点浏览量达到高峰,一跃成为深高校内炙手可热的网站。

有人在爆料区爆了一张照片。

看起来是无意抓拍的角度,男生身材修长,气质痞坏,他戴着鸭舌帽,即使挡住大半张脸仍能看出来是个大帅哥,此刻他正略微低下脖颈,动作轻缓地擦拭女生脸上的眼泪,眼神宠溺得不像话。

女生长发齐腰,仰头看着他,黑眼睫上正挂着泪,一滴泪珠顺着红色的蝴蝶胎记滑落到男生的虎口处。

照片上的人正是班盛和林微夏。

一时间,像有人往平静的湖面投了个火石,温度燃至最高。起初有人把这个链接分享给微信好友,一传十,十传百,大家苦于没有一起讨论的地方,纷纷凑到这个地方开始八卦起来。

因为 YCH 这个论坛言论自由,加上虚拟网络给予的安全感,让人们可以畅所欲言。这件事放大了人的神经的兴奋点,人们纷纷跟帖,当然其中也不乏肆意释放恶意的人。

【明天吃什么好787878】：这是惊天大瓜啊。F生竟然能接近A生，对方还是班盛，绝了。

【一起吃饭吗】：平时特烦柳思嘉拉帮结派，傲得跟什么似的，这会儿竟然有点怜爱她了。

【z姓人是我偶像】：对不起，各位歪个楼。班盛真的好帅啊，好能扛相机，360度无死角的帅。

【匹诺曹没有鼻子】：和好朋友喜欢的男生走这么近？对不起，我也接受不了。要是你身边有这种人，你还能和她做朋友吗？

【踩长筒靴的小猫】：各位，这个林微夏人品不行，建议大家远离这种人。

【小狗钱钱】：还好我从来不跟F生做朋友，哈。

帖子跟了几百楼，其中有位ID叫"潘多拉的魔盒"的用户也跟了帖：你们这个样子又算什么，审判者？这难道不是变相的网络暴力吗？

【潘多拉的魔盒】：各位，不觉得奇怪吗？平时都没有人来这个网站的，忽然爆出一张照片，感觉很像给这个小网站引流的，而且跟风说故事传谣，根本没有事实依据啊。

这种极少的中肯的清醒发言很快被淹没在成百上千的留言里，他们兴奋地讨论着、批判着林微夏这个人，神经末梢的兴奋点到达了顶端。

次日，林微夏来到教室，一走进班上，气氛诡异地安静下来，一瞬又恢复吵闹。她发现了磁场的不同，像是动物间的领地角逐，各自镇守为营，划分属于自己的王国。

跟她转学那天相比，现在的磁场似乎直接把她排挤在外了。

林微夏神色未变，来到座位上坐了下来，很快，早读铃响起，同学们开始背书，声音稀稀拉拉，老刘皱眉敲了敲讲台，说道："你们没吃早饭吗？声音拖拉，和尚念经都比你们强。"

正批评着这帮学生，老刘见后排冒起一缕又一缕的热气，但课桌上摞的书过高，书堆一遮挡，根本看不清谁是始作俑者，于是更生气了：

"谁在下面吃早餐的！"

宁朝晃悠悠地举手："报告！是邱明华在吃自热火锅！"

全班哄然大笑，老刘气得眼镜都要掉了，最后邱明华被拎出去罚站了。

一切都没变,但好像又变了。

变化总是从细枝末节开始,班上的人开始避着林微夏,就连借支笔这种小事都避她不及,仿佛她是什么洪水猛兽。

林微夏收作业时,每个组长都是收好放自己桌上,眼皮抬都懒得抬一下,跟之前向她热情借笔记的时候判若两人。

做课间操的时候,只有方茉挽着林微夏的手臂一起下楼,她们穿过长廊,各自带了水杯站在饮水机前。

林微夏端着玻璃风线水杯正在喝水,忽然听到一众女生的娇笑声,李笙然的声音相当悦耳动听,勾了一下手:"方茉是吗?过来一下。"

"啊,叫我呀。"方茉睁大眼,声音惊喜。

穿着校制服戴着红色领结以柳思嘉为首的那帮女生,把手搭在方茉身上,给人以亲近感,她们俯身凑前说话,眼睛时不时地看向她这边。

方茉个子较矮,仰头看着她们,脸上的表情从害羞变得迟疑僵硬起来。

林微夏吞下一口温水,脸上并没有多余的表情,她甚至能预料到会发生什么。

没一会儿,方茉脸颊透着苹果红,声音惊喜:"柳思嘉说周末邀请我去她们的聚会哎。"

方茉的惊喜是真的,毕竟人好像天生对于强者总有一种倾慕,尤其是强者群体,加入进去会产生一种从属安全感。

从而产生一种心理——我不是落单的那个。

"可是……她们让我远离你……说你……"后面的词方茉说不下去了,也不忍心。

方茉抬手勾了一下耳边的短发,此刻像下了很大的决心:"但微夏你放心,她们说的我一件事都不会去做的!"

她们说的林微夏跟自己认识的夏夏是两种人,方茉相信自己和她相处时的真实感受,她才不是那种人。

看方茉犹豫又过于害怕的神色,林微夏知道她不只是受到邀请才这样,她应该是受了某种威胁。

中学女生都是群居动物,处于敏感青春期,对于这个世界有一种莽撞的冲劲,但也是天真的动物,有脆弱性,最害怕孤立游戏。

"方茉,要不你先和她们走吧,我想起来我还得等个人。"林微夏拍了拍她的肩膀。

她不想让方茉为难，她不在意一个人。

"啊，好吧。"方茉点头，但明显松了一口气。

林微夏站在饮水机前放好水杯，正准备下去，忽然被人轻轻揪住发尾，回头一看，班盛单手插兜站在她面前，继而抬手拍了一下她的脑袋：

"走了。"

来来往往的学生看着两人，眼神探寻或小声议论。班盛一脸的无所谓，他向来不在意别人的看法。

他只在意林微夏。

两人顺着人流一起并肩下楼梯，眼看林微夏要被跑下楼的人撞到时，他拉了一下她的胳膊，漫不经心地开口，话语里却透着狠劲：

"我可以把网站封了。"

林微夏出声："别。

"想非议你的时候何止靠一个小论坛？再看看后面会是什么情况。"林微夏的语气冷静，她甚至看起来一点儿都没有受到这些人的影响。

被孤立之后，上下课或是课外活动，跟林微夏来往最多的是宁朝和班盛。有时上体育课三个人会走在一起。

路人看到后纷纷惊掉下巴，叹道班盛这是被拉下神坛了啊，整天跟F生混在一起。

言论风向总是变得很快，从骂"林微夏道德有问题"已经到了"哦，原来很有手段，你看她只跟男生玩"。

这帮女生变着法地整林微夏，想让她吃苦头，记点儿教训，让她别再靠近班盛。

气象局发来短信，周末预计有台风来临，将会有大暴雨，让各单位注意作业。

周三清晨，林微夏穿着深高的制服，微红着一张脸匆匆来到学校，她坐在座位上张着嘴唇在喘气，连书包都来不及卸。

没多久，班盛不紧不慢地走进来，脸颊抽动着，咀嚼着最后一口早餐，5月的光从窗户折过来，照在男生后颈的棘突上，他俯下身，形成一块阴影，姿态是一贯的不着调。

众人看他慢悠悠地把他每天必须喝的牛奶给了林微夏。

独一份的优待。

柳思嘉的眼神一下子变了。

班盛回到自己的座位上，刚坐下没一会儿就被人喊走了。

没一会儿，有人过来催林微夏交英语周记，老师规定，英语周记半年交一次。

林微夏低头从书包里翻出作业，随手把它放在书桌正中央，紧接着发出"刺"的拉链拉上的声音。

她抬起头，去拿将书桌上的作业本，拿不动，好像被什么黏住了，再用力拿，"刺啦"一声，绿色的英语周记本在手中碎成两半。

"哈"的一声从某个女生喉咙里冒出来，紧接着笑声越来越大，形成一把嘲讽的利刃。

林微夏低下头去收拾桌上被黏着的碎纸，桌上黏了502胶水，很快手指上也黏满了胶水，手指与手指胶着在一起，液体开始凝结，连带手指的皮也被硬生生扯了下来。

林微夏一直没有说这事，直到中午两人一起吃饭的时候，班盛才发现。

东食堂二楼餐厅，一群女生坐在一起，她们戴着红色的领结，边用勺子挖着咖喱牛腩饭边发出娇俏的笑声。

"思嘉，你早上有没有见她忍了又忍的表情？真的很好笑。"有女生说道。

"哈，她这种人看起来就很懦弱，怎么敢反抗？"

在一众欢快而愉悦的女生谈话中，柳思嘉几乎没怎么说话，随意地扯了一下唇角。结束的时候，一帮人离开食堂，没人注意到吃饭时她几乎没动过筷子，她只喝了咖啡。

柳思嘉被人挽着手臂往外走，脑海里忽然出现之前林微夏逼她吃饭的场景。

从食堂走到教学楼有一段距离，一帮人打了场胜仗，心情很好，在看见不远处的两人后嘴角的笑意僵住。

教学楼附近的一排水龙头前，一男一女站在一起，班盛站在烈日照过来的方向帮女生挡住了大半的阳光。

男生俯下身，后背弓成一个弧度，他抓住林微夏的手放到水龙头下，白色的水柱冲下来，姿态漫不经心，动作却认真，他在帮她洗掉手上的胶水。

隔着一段距离，班盛抬起眼皮看了过来，只是一眼，就让那帮女生的头皮发麻，也不敢去接他的眼神。

柳思嘉眼睛被晒得发烫，她冷着一张美人脸，抬起下巴，挺直背脊从两人身旁经过。

不仅如此，她们还看见班盛帮林微夏补了一下午的英语作业。

他从来不管别人的事，现在应该加上——除非是林微夏。

当天晚上，林微夏洗漱完坐在书桌前回班盛信息，忽然界面显示方茱发来的消息，并附了一张截图和网站链接，也不知道她哪儿弄来的。

柳思嘉在微博和朋友圈同步更新了一张照片，她放学后跟女生一起去了冰室，吃完后拍了搞怪的照片，并配文：

朋友还是同类好。

有人把这条截图放到了YCH网站上，又引起了一阵讨论，有人跟帖：

"柳女王的阴阳怪气我喜欢。"

"哈，这不是变着法地骂林微夏吗？打起来打起来我爱看。"

就在她以为这件事被讨论一阵就会过去时，事情忽然发生了变化，林微夏坐在椅子上盯着那条帖子看了很久，低头编辑手机消息。

很快，网站的浏览量激增，有人发了一张林微夏的朋友圈截图。林微夏没有开过朋友圈，一片空白，只有一条横杠在那里。

但林微夏更新了一条个性签名：

低级。

是她们做的一切，做法低级，行为低级，诋毁低级。

这是林微夏第一次跟以柳思嘉为首的A生的正面交锋，硬碰硬。

Part 7

飓风过境=3

lily

女生长发齐腰,仰头看着他,黑眼睫上正挂着泪,
一滴泪珠顺着红色的蝴蝶胎记滑落到男生的虎口处。

You can hear

34　反击

"周五，风团在热带洋面形成，忽然改变路径，提前降临我市。"很快，气象局发出了暴雨和雷电红色预警。

雷电预警包括深高所在的地区，导致深高在下午忽然大面积地断电，学校为保障学生安全，下午仅上了一节课便改为自由活动。

活动自由，但学生不得离开学校。

教室的氛围一下子活跃起来，学生们开始转身交流起来，也有人坐在教室，往耳朵里塞耳机，一脸冷漠地看着书本。

人的起点不同，所付出的时间成本也不同。

高积云悬在天空中，呈现着一股浓稠之色，预示着一场台风的到来。

林微夏今天值日，她和另一个女生花了大半天的时间把地拖干净，累得直不起腰。弄好后，戴眼镜的女生和她打了一声招呼先回了教室。

她把拖把洗干净，又把它放在架子上，最后把桶放置好。地面干净如新，一切都整理完后，林微夏感到小腹一阵胀痛。

总感觉自己生理期要来了。

林微夏坐在马桶上盯着厕所门上的涂画笔迹，有人用红色的水笔歪扭地写了一行行字："贱人去死"，抑或是"我爱某某"。

还有"想跟张蓝可做一辈子的好朋友"之类的话，在一堆密集的留言中，有一条写着——"林微夏恶心"。

红色的水笔歪扭地写在上面，字体大得触目惊心。

林微夏怔住，鸦羽似的睫毛低垂，她站起来摁下冲水键，伸手"咔嗒"一声拧开门把往外推，结果门一动不动，像是有什么阻力横在门外。

再用力往外推，门还是几乎一动不动，只是被推开了一道小缝。

林微夏抬起眼睑，往后退了两步，淡着一张脸用力一踹，门"砰"的一声打开，一根拖把掉在眼前。

与此同时，凭空落下半盆水，混着粉笔灰、泥沙直冲到林微夏身上，她反应极快，侧身躲了一下却还是没能避免。

水直接朝她身体右侧淋了下来，迅速浇过那乌黑的头发，半侧肩膀被淋湿。身上湿腻得厉害，她闻到了身上一种难闻的异味。

几乎是一瞬间，她右耳戴着的助听器浸到污水后迅速发出尖锐的、断续的声音，绞得耳朵生疼。

林微夏感到胸口一阵心悸，人快要呼吸不过来，她左手捂住心口，大口大口地喘气，另一只手干脆利落地摘掉右耳的助听器。

世界的声音消失了一半。

一个栗色头发女生正低头给柳思嘉涂指甲油，其他女生围在一边，有的拿着时尚杂志提供样式，也有站在一边聊天的。

"星啊，还是你鬼精，厕所那个点子你帮思嘉出得好。"有人夸她。

栗色头发的女生握着柳思嘉的右手，低下头轻轻吹干上面的指甲油，嫣红的嘴唇洋溢着得意：

"哼，谁让她欺负思嘉啊。"

"什么？"柳思嘉神色错愕。

这帮女生正得意着，想跟柳思嘉邀功。这件事一开始是栗色头发女生想出来的，其他人是一起施行的，她们没选择当场告诉柳思嘉，就是怕她犹豫，不同意这件事。

栗色头发女生正打算邀功，一股迅猛的风袭来。

瞬间一盆污水兜头而下，同时还混了好几只蟑螂。

栗色头发女生被糊了一脸的脏水，皱着眉往外吐沙子，样子滑稽又可笑，全然没有了之前的矜贵模样。她正想发火骂人时，低头一看衬衫上正爬着两只大蟑螂，吓得大惊失色："啊——"

"啊啊啊啊，走开啊。"一帮女生拿着书本使劲拍打身上，试图弄掉蟑螂。

女生们真的怕死了蟑螂，就连一向淡定的柳思嘉此刻脸上的表情也是全线崩盘，一脸惊慌地跳来跳去。

她们边叫边跳，有的人甚至被吓哭了，不停地发出尖锐的声音，样子滑稽得像小丑。

场面一度混乱不已,先前还意气风发的人此时狼狈不堪,身上名贵的衣服被淋湿,编好的头发散乱开来。栗色头发女生气得眼眶发红。

只可惜,蟑螂喜潮湿,在身上爬来爬去,恐怕她们要跟它们纠缠好一阵子了。

女生们正尖叫着拍打身上的蟑螂时,一抹高挑的身影出现在眼前,视线内是白腻笔直的两条腿,视线顺着格纹窄裙往上移,是一张疏离又美丽的脸。

"林微夏!"栗色头发女生大声喊她,声音愤怒到了极点。

林微夏双手插兜站在她们面前,琥珀色的眼珠微眯,气场压人,声音清冷:

"欺凌游戏好玩吗?孤立,排挤,整人……还有什么招?"

女生们没有料到林微夏反击,因为她平常看起来就懦弱,脾气也好。她脸上的表情冷静,看起来对这一切都无所谓,甚至透出一种等着她们放马过来的态度。

这让她们一个激灵,产生了一种后怕的感觉。

言论很快发酵,人们不再是冷漠的旁观者。开始谈论的大多是 F 生,后来少数遭过殃的 A 生也加入谴责中。

"这帮人也太嚣张了吧,真是够了。"

"之前被她们欺负过,现在看到她们这个样子,哈,真的活该。"

柳思嘉甩了一下头发上的脏水,直视林微夏。

林微夏接了她的眼神回看过来,白皙脸颊上的那块蝴蝶胎记因为她说出来的话仿佛动了一下,振翅欲飞,有一种诡异的美丽。

像一只毒蝴蝶。

这帮女生第一次被人整和反击,议论声让她们实在不好受,内心起了怯意。

原来林微夏并不是善茬。

气氛僵持,栗色头发女生上前,林微夏的眼神逼着她扬起手就要把巴掌扇下去时,一道耐心尽失、具有压迫力的声音缓缓传了过来:

"闹够没有?"

栗色头发女生扬在半空中的手抖了一下,那帮女生,围观的人,还有柳思嘉全看过去，是从天文台下来的班盛。

班盛单手插着兜，身上披挂着台风天的湿气，浑身散发着沉郁的气息。他走了过来，围观的人自动让出一条道。

他当着所有的人一把将林微夏拽到身后。

"道歉。"班盛缓缓开口。

他看着柳思嘉。

柳思嘉原本红着死命不肯哭的眼眶一下子滚出眼泪来，他没有看到自己被林微夏整得多惨吗？她声音拔高颤抖道：

"凭什么？我又没干！"

这件事又不是她干的，柳思嘉完全不知情，栗色头发适时缩着脖子躲在柳思嘉后面，怕班盛找自己的碴儿。

"你出来。"班盛看着栗色头发女生缓缓出声，语气侮慢。

僵持了三秒，栗色头发女生走出来，班盛的眼神凌厉，他看着对方，眼底透出来的意思不言而喻。

道不道歉随她，过一分钟后怎么处理就随他了。

栗色头发女生被看得心底发慌，嗓音发颤："对不起。"

游戏始于柳思嘉，因为她扮演了一个受害者的身份，拥护她的人假借了柳思嘉的威势释放了自己深藏已久的恶意——

"凭什么是林微夏，她怎么可以得到这么多关注？"

"她到底哪里特别了？"

事情还没完。

班盛抬起眼皮看向始作俑者，当着所有人的面开始问她：

"柳思嘉，我拒绝过你几次了？"

一声问话，全场哗然，围观者的眼神互相交换着，得，女王丢不丢脸啊？

柳思嘉没有回，也不敢应。班盛明确拒绝过她，说对她不喜欢，以后也不会变。她咬着牙不吭声。

拒绝过三次。

当着众人的面，班盛看柳思嘉是女生，还是给她留了面，又起了一个话头，眼神锐利地看着柳思嘉，以及这一大帮女生，出声：

"藏好你们的动作，别让我逮到。

"今天人都在，我把话撂这儿。"班盛脸颊轻微抽动着，语气狠绝又缓慢,做到一次性警告到所有人。

"谁碰林微夏,就是跟我过不去。"

班盛的眼睛扫过在场的每一个人,没有人敢去碰他的眼神。班盛从来都是惹不起的人,他插手的话,没有人的日子会好过。

所有人在心惊之余看着班盛拽着林微夏的手臂穿过重重人群,他的头颈笔直,侧面一截脖颈上的青筋突突直跳,似乎在强压怒气,随时要把这把怒火烧出来。

人群自动让路,柳思嘉她们眼睁睁地看着班盛把人带走了。

"轰隆"一声,暗灰的天空随着雷声劈下一道闪电,同学们吓一跳,纷纷回到自己的座位上。

而这场,这场酝酿已久的暴雨终于下了。

最后班盛带林微夏上了天文台,学校的天文台在后山,两人穿过校内长廊过去的时候淋了点儿雨。

其间他一直没说话,气氛紧张到了极点。林微夏知道他在压着火,更知道他是因为心疼她。

林微夏笑了一下:

"我没事。"

班盛没有说什么,拇指按向指纹锁,"嘀"的一声,门受到感应自动打开。林微夏走进去,发现他们处在一个圆角方形舱中,四周墙壁上嵌着LED大屏幕,上面抓取到的图片是各式各样的星云,清晰度极高,颜色也漂亮,她甚至看到了一团大象模样的紫色星云。

正中央是一个旋梯,直通二楼,上面架着的应该是观星仪器,但现在一片漆黑,什么也看不了。

"过来。"班盛喊她。

林微夏跟着班盛走进一楼的房间,里面应该是休息室,有一张U形沙发,旁边立着一台小冰箱。

沙发对面是投影仪和幕布。

林微夏坐在沙发上休息,见班盛从冰箱里拿出一盒牛奶,又不知道从哪里翻出来一个奶锅。他热牛奶的姿态漫不经心,黑T恤下的肩膀宽阔,由少年凌厉又野蛮生长的骨架撑着。

很快,牛奶在锅里冒泡发出咕噜咕噜的声音,奶香味飘满了整个房间。

班盛端着热好的牛奶坐到林微夏旁边，坐下来的一瞬间压到了她裙子的一角，他冲林微夏抬了抬下巴让她喝。

林微夏接过杯子喝起来，牛奶烫得舌尖有点儿疼，但灌进去，四肢百骸都很舒服。班盛又不知道从哪儿拿出一条白色的毛巾，给她擦头发，低声说："将就一下。"

班盛靠在她身上，单膝跪在沙发上，动作舒缓地擦着她的头发，偶尔手指穿过她的头发，又用温暖的毛巾覆盖头皮。他身上散发的气息让她感到安心。

从紧绷的环境进入一个舒适的空间，神经一下子得到放松，林微夏忽然觉得很累，她本来是想无视她们的整人游戏的，她最擅长做的事就是忍耐。只是水灌进助听器的那一刻，心里的怒火就起来了。

陪她们玩不是她要做的事。

疲惫感传来，林微夏头靠在沙发上，看着眼前的男生，但只能看到一截流畅的下颌线，她抬手扯了一下男生的衣摆。

班盛低下头对上她的眼睛，缓慢开口：

"你有事从来不说。"

林微夏偏头看着他，盯着班盛脸颊上靠近鼻梁的那粒小痣，手指动了一下，她很想碰一下。

眼前这个男生很靠谱，也让人安心，她忽然开口问道：

"班盛，你会在我身边待多久？"

外面下着暴雨，湿气透进来，雨珠沾在落地窗前不停地往下流泪，班盛湿淋淋的手碰了一下她的头发，动作很轻，像在抚摸，视线与她的缠在一起。

林微夏右耳的助听器早已被摘掉，左耳的听力以前受了影响也不算完好，但还是听见他说：

"你说多久就多久。"

除非有一天你不要我。他心想。

35　非黑

夏天的暴雨总是这样下得急，有一种要把这座城市倾倒的感觉。

柳思嘉从整人到被林微夏反击，再到从旁观者眼里看见奚落，看到他们眼里写着"你也有今天",她感觉自己像经历了一场消耗战,耗尽身上所有的力气。

她知道自己现在很狼狈,但依然挺直背脊,维持着她表面上的骄傲。

柳思嘉撑着下巴思考问题,但很快闻到了自己衣服上发出的臭味,她觉得身上很恶心,手臂后背起了一阵鸡皮疙瘩。

"刺啦"一声,椅子被拉开,柳思嘉当着众人的面不管不顾快步走了出去。大家看了一眼她的背影开始小声地议论了起来。

宁朝正躲在书架后面玩暴力切水果游戏,手机时不时发出咔嚓的声音,他瞥了一眼前门匆匆往外走的身影,随手把手机揣兜里,跟着走了出去。

雨势收歇,柳思嘉站在教学楼前的一排水龙头边上,水龙头哗哗往水槽里冲着水。

她弄了一点儿水,擦拭自己的手腕,还有脖子。柳思嘉感觉自己像被打湿在地的红艳的凤凰花,蔫蔫的。

她从来没有这么丢脸过。

宁朝出现在柳思嘉身后的时候把她吓了一跳,女王翻了个白眼:"干吗?不去安慰你同桌来我这儿干吗?"

"这水池你家开的啊?"宁朝毫不客气地怼道。

宁朝站在旁边,俯下身拧开一个水龙头,低头洗手,柳思嘉情绪并不好,她踢了男生一脚,忽然问道:"喂,你站哪边的啊?"

尤其这事,她明明没做,却被当众泼水。一出事,所有人也把矛头指向她。

这时,太阳从乌云层里撕开一道金光,竟然下起了小小的太阳雨。宁朝没有答,漆黑的眼睛瞥了一眼正在清洗衣服磨蹭得要死的柳思嘉,开口:"我帮你吧。"

宁朝弯腰捡起地面的一根浇花水管,经过她身边时,抬脚一踩地面上的开关。

没等柳思嘉反应过来,他拿着水管正对着柳思嘉直接把人从里到外浇了个透心凉,柳思嘉整个人都蒙了,眼睛、嘴巴里全灌了水,衣服也变得越来越沉重。

冷,冷又难受。

今天的第二次狼狈。

水还在不停地冲着她，柳思嘉抹了一把脸上的水，忍无可忍走上前推了宁朝一把，强忍着不适，刚咽下的苦楚终于在那一刻爆发，红着眼睛吼道："你有病啊！"

宁朝关掉开关，水管扔在一边，看着她问道："清醒没有？

"我说，柳思嘉，真的算了……"

柳思嘉一愣，随即明白过来，宁朝费尽心思搞了这么一出原来在这儿等着她，她心里的委屈和不甘到了极点，胸腔剧烈地起伏着。所有人都站在林微夏那边，妈妈拿她来比较，喜欢的男生只看到她，现在连一个宁朝都在向她说教。

她边用力推宁朝的肩膀边开口说话，语气骄傲得不行且一点儿都不饶人：

"你不会真以为我去一趟你家大排档我们就是朋友了吧？我家人提供优渥的条件，给我最好的教育，是为了让我远离你这种人。不过你们F生确实一个都不自命不凡。

"请问你谁呀？来给我上课，你配吗？"

宁朝的肩膀被柳思嘉不停地往后推也由着她，比起他打过的架来说这点儿力道根本不算什么，只是柳思嘉说的话，像海岸的礁石。

一个字一个字砸在他的心脏上。

那双明亮且深长的眼睛一闪而过异样的情绪，片刻消失不见，宁朝低头自嘲了一下，也是第一次这样正儿八经地喊她：

"柳思嘉，我还真是错看你了。"

说完宁朝便擦着她的肩膀离开了，柳思嘉愣怔在原地，回想起他刚才那个眼神，她心里很不舒服。

那张冷艳的脸上并没有太多表情，倏地一阵反胃，柳思嘉急忙找了个垃圾桶开始呕吐。

但她早上根本没吃什么东西，呕也只是干呕，但反胃太难受了，吐得她生理性地流出眼泪。

柳思嘉维持着那个呕吐的姿势，雨后的光照在她的耳后，长久没有动弹过。

新的一周，暴雨过后，一片晴空。

深蓝一中高二1班又恢复了往常的气氛，没有了前几天的剑拔弩张。那帮闹事整人的学生有一周没来学校上课。
　　家里的公司不是在谈判环节出现差池，就是长辈的社交链出了问题，家长知道这件事后，严厉责罚了自己的小孩。
　　谁干的？
　　班盛干的，让他家里人传个话的事。
　　此一战，吃到苦头后，那帮女生不再想方设法地整林微夏，她们见到林微夏后，都是绕路走，一切恢复如常。
　　欺凌游戏得到遏制，就连郑照行都消停了些。
　　A生和F生之间的界线划得更干净，各自井水不犯河水。
　　平静无垠的大海底下往往藏着涌动的暗流。
　　女生间的群体也是，再爆发，只会更危险。
　　这两天随堂测验，学生们下午考完四点钟就放学了。因为不用上晚自习，班盛让林微夏去他家接着看《权力的游戏》。
　　只是电视剧看了没两集，两人便打起了游戏。班盛家的客厅很大，男生坐在沙发上，略微弓着腰，修长有力的手臂抵着腿部握着游戏手柄，他的表情放松，看起来很自在。
　　林微夏坐在地毯上背靠沙发，白色的地板袜堆叠，露出一截白腻圆润的小腿，唇角勾起淡淡的弧度。
　　茶几上各放一罐可乐，吸管分别是蓝色和红色，上面吸附着一层冰雾，显示着旁若无人的亲昵。
　　很快，林微夏输了两局，要被罚弹脑崩。她怕疼，眼神求饶，双手合十故意激他："求放过，而且男生不应该让着女生吗？"
　　班盛轻笑一声，慢悠悠地答："你不知道男的就爱在游戏上面较劲吗？"
　　说完，一道身影压了下来，还没等林微夏反应过来，班盛忽然倾下身，弯腰从后面锁住她的脖颈。
　　林微夏作势挣扎就要跑，班盛轻轻地哼笑一声，托住她的脑袋，伸出手要弹她的脑门儿时——
　　不远处发出推门的声音，班盛抬起眼皮看过去，笑意僵在嘴角。琴姨急忙出来迎接，她弯腰伸出手去接对方递过来的手工西装，声音惊喜：
　　"您可算回来了，董事长您都一个多月没回家了。"

林微夏感受到班盛动作有一瞬间的僵硬,后背箍着她的力量松开,那好闻的乌木香也随之缓缓撤离。

"爸。"班盛喊他。

班父握着手机,低头看着手机,听见一个多月没见面的儿子打招呼头也没抬一下,只是淡淡地"嗯"了一下。

不对劲,这不是正常父子该有的相处模式。

班盛看起来并不在意,他把游戏手柄放在桌上,多少收敛了身上浑不懔的气息,这次清了喉咙,音量提高了一下,有些郑重的意味:

"爸,这是我的同学,林微夏。"

班父此刻终于抬头看过来,林微夏也在这时得以看清他的面容,他戴着一副眼镜,长相偏斯文俊逸那一类。她猜班盛长得应该像他母亲,五官深邃,骨相优越,但班父脸上冷淡的表情和班盛倒是如出一辙。

"哦,你好。"班父神色淡淡地打了个招呼。

不同于其他家长见到自家小孩同学一脸的热情,班父甚至连问话的欲望都没有,只是简单地打了个招呼。

班盛正要说点儿什么的时候,班父握着的手机铃响,他点了接听,径直越过两人,推开落地窗右侧的门,站在庭院的草坪前打电话。

班盛轻笑一声,拿起桌上的一个青苹果,抛到半空中又稳稳落入他掌心,右手转了一下水果刀,开始漫无目的地削苹果。

准确来说,不是削,是在撬苹果。

琴姨走了过来,双手在身上系着的围裙擦了一下,问道:"阿盛,晚上的饭要不要加上董事长的?"

"加呗。"班盛心不在焉地答,他还在跟那只青苹果较劲。

琴姨点点头,转身朝厨房的方向走去,班盛语气顿了顿,以一种漫不经心的口吻开口:"琴姨,加道椰子鸡汤,里面要加马蹄。"

"好嘞。"

林微夏重新坐回沙发上,想解救班盛手里的那只青苹果,刚开口,一道身影经过,班父走到玄关处,拿下衣帽架上的西装,回头跟班盛说话:

"你王阿姨那里有事,我过去一趟。"

"啪"的一声门关上了,空旷的客厅过分地安静,身旁少年修长挺拔的身影没怎么动,一阵冗长的沉默,只有庭院外面工人修剪草坪发出嗡嗡的机器声。

"我们出去散步吧。"林微夏打破这一静谧。

房子外面视野开阔,上午下过一场阵雨,地面湿漉漉的,翠绿的棕榈与椰树挨在一起,枝叶野蛮生长,遮住了头顶的那一小块天空。

视线所及,是一望无际潮湿闷热的绿。

班盛走在林微夏身边,他心情看起来不是很好,神情懒倦,但还是极有耐心地回答她的问题。

班盛懂得的门道很多,能说出哪种树是从南洋移植过来的,还能告诉她每棵树对应的年份,他还告诉林微夏,在离他家三公里外的海湾,早上飞过来的海鸥最多,样子也漂亮。

两人正聊着天,不远处忽然接连传来凄厉的狗叫声,一声比一声大。林微夏眉心跳了跳,急忙走过去。

她站在一棵棕榈树下面,隔着一片苍翠,看见一个四十多岁的中年男人站在家门口,拿着一根棍子在抽打一条很小的德牧犬。

男人脸上的表情冷漠,神色闪过一丝狠戾,边抽边朝地上啐道:

"老子打死你算了!

"畜生,你还敢不敢了!"

那只狗看起来还未成年,根本没有反抗的意识,它的脖颈套着一根项圈被拴在树上,狗主人每用棍子抽一记,小狗便发出凄惨的叫声。

最后它躺在泥泞的地上,眼睛含泪,呜呜地叫着。

林微夏呼吸沉重,胸腔剧烈地起伏着,甩出了一句脏话:"畜生。"

说完就要上前干涉主人打狗的事,不料胳膊被一只手搂住,她急躁地回头,对上一双漆黑的眼睛,班盛帮她分析:

"你这样贸然冲上去,相信我,不会有好结果。"

林微夏挣了一下无果,班盛始终牢牢地攥住她,她耳边不断传来狗凄厉的叫声,眼睛泛热,看了他一眼,班盛脸上没什么表情,连情绪都没有。

她说道:"难道看见了可以冷眼旁观吗?也对,你一向冷漠。"

班盛惊讶地挑了一下眉,继而轻笑,一双眼睛睨着她:"世界非黑即白吗?真是天真。"

林微夏最不喜欢的是班盛身上这副管你们去死,死在我眼皮子底下也无所谓的态度,琥珀色的眼珠回看他:

"是吗，你这么精明圆滑，事事冷漠，又得到了什么？"

刚一说出口林微夏就后悔了，几乎是一刹那，她感觉手臂上的力道变松，班盛慢慢放开了，明明站得很近，她却感觉两人的距离一下子拉远了。

男生看了她一眼收回视线，开口：

"随你。"

说完，班盛便背过身，扔下她一个人在原地，他的身材瘦削，远处那黑色的背影快要与黑绿的棕榈融在一起，透着落寞的意味。

再回神，林微夏想上去救狗，德牧犬和那个男人都不见了，她找了三次都没有看见，最后失望而归。

晚上回到家，林微夏坐在书桌前做试卷，看着题目念道："每年全世界有近亿的鲨鱼被捕捞，人们捕捞之后……"

念着念着，林微夏开始出神，拿起扣在一边的手机看班盛有没有给她发消息，点开那个黑色的头像。

他没有发消息过来。

以往这个时间，班盛会雷打不动地跟她说晚安，但现在没有。在得到这一结论后，林微夏心里涌起了一种沮丧的情绪。

做题做了半个小时，进程缓慢，林微夏边答题边走神，她想到下午班盛落寞冷峻的背影。

看手机没收到信息，反而更心烦意乱，像有什么东西堵在心口一样，呼吸不畅。

林微夏干脆去洗澡，洗完后在浴室吹头发，隐约听到房间里的手机响，急忙放下吹风机跑进房间，她的心跳得很快，且毫无章法。

她有些急地扑向床边，连来电显示都没来得及看就接起电话，喉咙因为紧张一阵发干，她轻声说：

"喂。"

"是我，宁朝，明天能不能帮我带早餐啊？忽然想吃你家那边的肠粉。"

原来是宁朝，林微夏垂下鸦羽似的睫毛，水珠不停地顺着头发往下滴水，洇湿了后背，一阵冰凉。

"噢，可以。"林微夏答。

宁朝似乎捕捉到了什么，开了个玩笑："怎么听到我的声音还挺失落？"

36 操控

次日,林微夏带了早餐给她同桌,宁朝笑呵呵地道了谢。高中的友谊这点特别好,一个人只要待在一个班上,就能吃遍住在不同地方的同学家附近的早餐。

吃早餐的间隙,班上的同学眼睁睁地看着班盛每天早上必须喝的牛奶,现在都给了林微夏。全校的人都知道,他独一份的优待只给了林微夏。

只是大家不知道,两人在冷战。

班盛的牛奶照给,但是他没怎么跟林微夏说话,甚至连视线交流都被他单方面切断了。这多少让林微夏产生了难受的情绪。

周二,做完课间操后,林微夏回到座位上休息,邱明华一脸笑嘻嘻地进来,递给她一盒牛奶,笑道:

"给。"

林微夏没有接,整个人趴在桌子上,情绪有些郁闷,抬头轻声问道:"他呢?他不能自己来给我吗?"

"哎,林同学你就别为难我了,你不收的话班爷会把我剁了扔海里喂鲨鱼。"邱明华强行把牛奶塞到她手里,脚底跟抹了油似的一溜烟跑了。

林微夏白皙的两只胳膊搭在桌上,她盯着手里的牛奶,又转头面向窗外,班盛正散漫地靠在走廊的栏杆处玩他的无人机,后颈的棘突随着低头的动作缓缓凸起。

她轻叹了一口气。

整整三天,他们没再说过一句话,林微夏表面看起来还是一副沉静冷淡的模样,可她经常心不在焉,听人说话时也会走神。

方茉很快发现了她的不对劲,扯了扯衣袖,问道:"你怎么啦?"

"啊,没事。"林微夏回道。

林微夏决定去找班盛谈一谈。可每次一放学他就没有了踪影,因此,她打算到4号篮球馆看能不能堵到人。

傍晚夕阳如烧,像上帝打翻的颜料盘,在天空留下浓墨重彩的一笔。

林微夏站在篮球馆门口,冷气从脚边打了过来,舒服得不行。她想走进去,琥珀色的眼珠静静环视了一圈球场。

班盛不在，只有几个在打球的男生待在那里，以及仰躺在台阶上的李屹然，他天生长了一副混吃等死的脸。

他躺在那里，像个恃帅行凶的吸血鬼。

但林微夏很快发现了那个漆着"班盛的"三个字的篮球，还有他的护腕。

人却不在。

林微夏走过去，额头出了一层细细的汗，问道：

"学长，班盛呢？我找他有点儿事。"

李屹然慢悠悠地抬眼看了她一眼，说出来的话呛火："他不见你。"

林微夏没再多停留，她从不打持久战，转身就往外走，走了没几步，身后传来一道说不出什么情绪的声音：

"听说你前几天把我妹那帮人整哭了？"

虽然李笙然没参与，但她跟柳思嘉那帮人总混一起。

林微夏停下脚步，转过身以为李屹然找她算账来了，没想到他躺在那里，冲她比了个大拇指，夸奖：

"干得不错。"

"你跟李笙然不一样。"林微夏评价道。

李屹然漆黑的眼底闪过一抹阴狠，缓慢地笑："我和我妹不同。

"她死了都不关我的事。"

他这样一说，林微夏觉得他们两兄妹不对付的传言的确是真的。李屹然继续开口，将手边的饮料罐扔进垃圾桶里，开口：

"阿盛这个人脾气不太好，但他对你够好了。"

李屹然又躺回地板，说出的话一针见血："他向来不管别人的破事，但你——他管了。

"结果你怎么对他的？"

难听的话他也不愿意多说，散漫地闭上眼，是示意她可以走了。

林微夏没有反驳他，转身往前走，低垂的长睫毛掩住了无限心事。

时间一过，林微夏理智回笼，她知道自己说得过分了。她不知道他经历了什么，但看他和他爸之间的相处模式和感情。

她再说这种话是在向班盛递刀子。

班盛这个人冷漠，防备心重，处理事游刃有余，含了点儿圆滑的成分，从来都是人不犯他，他不犯人的处事观。可就是这样一个人，在她面对校园欺凌的时候。

为了她，站在了所有人的对立面。

动物遇险要救跟她出口伤人是两码事，对于后者，她确实做错了。林微夏坐在座位上，下意识地看向不远处男生修长挺拔的身影，眼底有了苦恼的情绪。

林微夏，你没有良心。

只是林微夏一直在想要怎么跟班盛道歉，在这方面她一向头疼。

她还没想出头绪来，学校就推出了禁带手机的规定，原因是省教育单位提出了新的教育方针，并派了人下来抽调各市中学生的手机使用情况。

因此，深高最近严查带手机到学校的行为，严格到连高三的学生都不放过。学校为了这次大检查，至少短期内会禁掉他们的手机。

下午第一节课还没开始上，老刘临时接到学校下发的通知，风风火火地走进来让全班学生站到走廊外面去，准备突击检查带手机的情况。

学生会干部分批检查，扫荡学校的各个角落，最后翻出十几部手机，甚至还翻出了邱明华藏在抽屉里的袜子，惹得大家一脸嫌弃地看着邱明华。

老刘气得吹胡子瞪眼："你看你的袜子都臭得硬起来了，你当学校是你家啊？"

"学校是我家，人人都爱它，这不您说的吗？"邱明华一个劲地耍嘴皮子。

老刘被噎得说不出一句话来，大手一挥，让学生赶紧进去。刘希平叫了四位学生上台，给每人发了一把探测仪，开始查同学身上有没有藏手机。

林微夏也被老刘喊了上去，她负责检查的是第四组，正好是班盛在的那个组。她站在台上，隔着重重身影，看向班盛所在的方向。

邱明华站着也不老实，斜着脖子扭到后面不停地跟他讲话，班盛一脸的漫不经心，正倚在墙边缓慢地喝他的可乐。

大概是邱明华嘴太碎说太多了，班盛噙着可乐罐，伸出一根食指敲了敲罐身，不冷不淡地看了他一眼，后者自动噤声。

林微夏检查了一对同桌，第二对恰好有李笙然，后者看见她一脸的不耐烦，故意把书摔在桌上发出响声，惹得旁人频频朝她们这边回头。

即使这样，李笙然却不得不张开双手配合，一脸的坦荡自若。

林微夏脸上没有什么表情，她拿着机器弯腰扫过李笙然的肩膀、胳膊、腰，检测结果显示什么也没有。

李笙然身上散发着香甜的味道，脸上的表情扬扬自得，她斜睨着林微夏，其他人见状更是发出嗤笑声。

就在她想要坐回去的时候，林微夏拉住她，蹲下身拿着探测仪扫李笙然的脚，嘀——嘀嘀，金属被探测到的声音急促响起。

林微夏直视她，李笙然呼吸声加重，不情不愿地弯腰，从方口小皮鞋里掏出一部手机扔进篮筐里，发出"咣"的一声。

林微夏一个一个检查过去，轮到最后一组那个人的时候，映入眼前的是一副宽阔的胸膛，左边戴着的名牌刻着"班盛"二字。

班盛双手插兜懒洋洋地站在她面前，林微夏握着探测仪的拇指绷紧，走上前，距离一下子拉近，她感受到了无声的压迫。

两人都没有说话。

男生自动伸开手，林微夏拿着仪器扫他的肩膀、后背，侧身很快扫了一下他的腰就想要关掉电源。

一道略低沉的声音传来，极淡地："给我放水吗？"

林微夏只好硬着头皮重新给他仔细检查，她人正对着他，侧身时候，两人挨得很近。

她闻到了他身上熟悉的冷调乌木香，脸颊不经意间擦到他胸前的衣服。

两人的姿势看起来非常像拥抱，可班盛没有跟以前一样逗弄她，或是跟个不着调的痞子一样说浑话。

他的表情冷淡疏离，甚至视线越过她落在课桌上的题目上。

心底起了一种别扭又奇怪的情绪。

像气泡水，灌进胃后很不舒服，怎么也压不下去，又让人难以忽视。

林微夏从班盛身边撤离的时候，倏地瞥见他桌上立着的那个地球仪，中间那道缝有被美工刀撬开过的痕迹。

犹豫了一下要不要求证，但最后林微夏装作没看见，关了检测仪。

检查完后，刘希平端着一筐各类电子产品扬长而去，引来身后同学们一大片吐槽的声音。

上了一整天的课，加上天气原因，林微夏热得有点儿头昏脑涨，傍晚她打算去学校外面的便利店吃份车仔面。

放学铃一响,学校的人鱼贯而出,聊天声、自行车刹车声、汽车按喇叭的声音混在一起。林微夏站在校门口,身后有人撞了她肩膀一下低声道歉。

她笑着说了声"没关系",再抬头,无意间瞥见了不远处那道挺拔的身影,愣怔在原地。

班盛站在公交站台前,挺括的校制服衬得他的一截喉骨更显流畅,他时不时地看手机。

他似乎在等人。

很快,一个留着栗色长发的女生一路跑到他跟前。不远处的林微夏心一紧,好像是之前来找他的那个学姐。

班盛的眼神从手机上分过来,瞥了她一眼,从裤兜里摸出一部手机给她。

学姐神色惊喜,握着手机晃了一下,从背后拿出一罐冰可乐给他,以示感谢。

林微夏断定,应该是上午班盛帮她藏在地球仪里的手机。

天空的火烧云呈鱼鳞形状,橘色调烘在两人身上,班盛依旧漫不经心地刷着手机,头也没抬,伸手接过她递过来的可乐。

手握着可乐,骨节清晰的手指扣在拉环上,稍微一用力,手背的青筋隆结,蓄着野蛮强劲的力量。

"嗒"的一声,白色的气泡喷涌而出,这次学姐没有被吓走,一双透亮的眼睛只看着班盛。

似乎有人发了信息过来,班盛倚在站台前,单手握着手机,低下脖颈打字,另一只手把可乐递给身旁的女生。

意思是他开给她喝的。

女生脸上的表情惊喜又无措。

这一幕被不远处的林微夏尽收眼底,她甚至不愿细看那位学姐接下来的举动。空气闷热,呼吸好像怎么都不顺畅。

林微夏一向冷情,即使是亲近的人,她也不会与之产生过分的联结。

这是她的自我保护。

是什么时候开始在意起来的?

现在她心底起了一种嫉妒、在意的情绪,像被浇了水,移植到温室里更改了培育条件的种子，坏情绪在疯狂肆意地生长。

不想看到他跟别的女生在一起。

不喜欢他给别的女生开可乐。

班盛，确实很会操控她的情绪。

他做到了。

37　游泳

这几天她一直在想如何找机会跟班盛道歉，结果现在又撞见他跟别的女生在一起。

现在的心情是委屈加愧疚。

但先前横在两人之间的事还没解决，林微夏强忍住心里那个小女生的情绪，打算先跟班盛和好，再问那位学姐的事。

她目前还足够理智。

只是，林微夏没怎么哄过人。

而且，这次恐怕不是一颗话梅糖就能哄好的事。

林微夏推开便利店的门，冷气扑过来，脑袋瞬间没那么昏沉，人也清醒了许多。她点了一份车仔面、一份花枝丸和海带。

在等餐的间隙，林微夏坐在吧台前侧给乌酸发消息。

Xia：学姐，你知道班盛喜欢什么吗？

很快，手机屏幕亮起，乌酸回了信息，出乎意料的：

他最喜欢谁你不知道？

林微夏哭笑不得，想起刚才那一幕，她确实挺在意的，还顺手把撞见班盛跟那个学姐在一起的事跟程乌酸说了，回复道：

不见得，而且这次是我有错在先。

乌酸回道：相信我，你是阿盛的无原则和底线。

便利店的服务员很快按了铃，林微夏握着手机去端自己的餐食，吃了没两口后她又想到什么，发信息给了邱明华。

Xia：邱明华，你知道班盛都喜欢什么吗？

邱明华很快回复：游泳吧，哦，还有，他喜欢喝汤。因为班爷睡眠不太好，他喜欢喝各种安神汤，嚯，不是我说，南江市大大小小餐厅的汤他都喝过，品汤达人了那可是……

林微夏的眉心跳了跳，敏锐地抓住其中的关键点，问道：

他为什么睡眠不好？

邱明华回复：啊，我不知道，就算我去问班爷也不会跟我说的。你去问还有希望嘿嘿。

林微夏没再回复邱明华，吃完面便回去上晚自习了。

次日清晨五点，天空刚吐出一丝鱼肚白，林微夏站在集成灶前眼皮直掉，不停地打着哈欠，泪水直往两边的眼角流。

有那么一瞬间，林微夏觉得自己是疯了，为了哄班盛竟然起了个大早为他煲安神去火的汤。

因为煲汤时间要耗很久，加上林微夏要洗漱，等她把汤倒进保温桶里匆匆赶去学校的时候已经很晚了，恰好赶上了上学高峰。

保安在学校里边徒步追边指挥在人行道骑自行车的学生，骂骂咧咧道："不准在校内骑车，下来！扶车进去！"

林微夏抱着保温桶爬到四楼的时候直喘气，刚好班盛从不远处迎面走来，估计他刚从那边的天文台下来，正准备进教室。

班盛显然也看到了她，也没避开林微夏的眼神。

在两人只有几米距离的时候，林微夏正准备开口喊他，"砰"的一声，3班一个男生猛地从后面撞上来。

那个男生正急着进教室。

林微夏肩膀一阵吃痛，人没有站稳拎着蓝色的保温桶直直地向前倒去，整个人直接摔在班盛身上。

班盛伸出右手稳稳当当地接住她，一阵冰凉的气味传来，林微夏额头撞到了他领口的一截锁骨，一阵闷痛，但也没听见他出声。

同时，班盛眼疾手快地攥住撞了人就想跑的男生，他的脸颊抽动了一下，表情不太好，明显是要发火的征兆。

"对不起。"男生嗫嚅道。

他怕死了班盛，只是恨自己出门不济，撞在了他手上。

林微夏仰头看着班盛，轻声说："我没事。"

班盛这才放人走，那个男生走后，他也松开攥着林微夏胳膊的手，收回在她身上的视线。

就在力道完全消失之前,一只纤白的手抓住他的虎口,抓得很紧,热度传来,班盛心口像被烫了一下,冷淡的脸终于有了反应。

班盛低下脖颈,对上一双清冷安静的眼睛。

"我有话跟你说。"林微夏看着他。

两人面对面站着,听到她主动说话,班盛的表情松动。走廊上的学生来来往往,为了避免她被撞到,男生把她拉到了一边。

林微夏把保温桶递到他面前,语气顿了顿:"我给你煲了汤。"

班盛薄薄的眼皮动了一下,手从裤兜里伸出来接过保温桶,他拧开盖子,香味扑鼻,是酸枣仁百合安神汤。

热气拂面,是早上刚煲好的。

投其所好谁不会?可这是林微夏在哄人。

班盛拧紧了盖子接在手里也没还回去,他发出一声哂笑,开口问她:

"找谁支的招?"

看班盛随意的态度和语气,林微夏知道他应该是气消了一大半,松了一口气。想到他晾着她这么多天,语气有些委屈:

"我找了好多人。"

光听她故意放软的语调,班盛哪里不知道她心里的小九九,仗着她在他这儿无条件,故意扮可怜让他心软。

平常哪有这待遇。

"你三天没和我说话。"林微夏平静地控诉道。

班盛看着她没说话,林微夏被他的眼神看得有点儿心虚,好像一开始班盛只晾了她一节课,是她钻牛角尖,赌着性子干脆也不理人,到后面两人都没说话了。

冷战是两个势均力敌的人在打持久战。

"我的问题比较大。"林微夏双手合十赔笑道。

班盛想起什么,问她:

"邱明华今早跟我说昨天你来篮球馆找我了?"

"嗯。"

看班盛的表情,林微夏就知道李屹然说班盛不见她是诓人的,但她也理解,他站在朋友的立场替班盛生气。

"真的对不起,我说话不过大脑,"林微夏拉紧他的衣摆,主动靠近一寸,睁着一双琥珀色眼睛,"如果你还没消气,让我再做什么我也——"

林微夏话还没讲完,一道压迫性的阴影落下来,班盛站在走廊上,当着来来往往那么多人的面,低下脖颈,俯身掐住了她的脸。

林微夏吃疼皱眉,眼睛里泛着水光,班盛仍没有松手,反而加重手里的力道。

一点儿都不知道疼人的。

班盛轻笑一声,一双漆黑的眼睛盯着她,似在叹息又似无奈,声音低低地震在耳边,笑了一声:

"服了,舍得让你哄吗?"

舍不得。

再看着她拉下脸继续哄人,他舍不得。

自从YCH那个网站爆出班盛在街头给女生擦泪的照片后,网站浏览量只增不减,很多人都会日常登录进去,等着看有没有新爆料出来。

时间一长,除了校内网、贴吧外,YCH成了深高流量最大的留言网站,因为它具有匿名性,版主又不怎么出来干涉,发言自由随意。

渐渐地,很多人在上面分享自己的日常,或讲述当下遇到的无关紧要的烦恼。

气氛竟也融洽。

它现在像是任何人都可以随意倾诉的秘密基地。

那帮A生发现,不知道是林微夏和班盛待久了班盛处处纵着她的原因,还是这本来就是真实的林微夏。

她的气场越来越强,那帮女生现在也不敢明着跟她对着干。高二1班维持着一派和平的气氛,至少表面上是这样。

周末,班盛让林微夏来他家。

林微夏在水果店忙完后,拿了一本书直接坐公交去了班盛家。当她到达南湾区一号后,是阿姨给她开的门。

两人穿过庭院前苍翠的棕榈,阿姨一路把林微夏领进大厅,给她沏了一壶锡兰茶,笑盈盈地开口:"小林,阿姨先去忙了,阿盛应该在楼上,你直接上去找他就好。"

"好,谢谢琴姨。"林微夏笑着应答。

林微夏喝了两口水后上楼去找班盛，推开他房间的门，里面空空如也。她楼上楼下找了一圈，也没看见班盛的人影。

林微夏站在楼下，边拿着手机给他发信息边推开落地窗的门，她站在游泳池前，眼前是一望无际的冰川蓝，淡淡的氯气味袭来。

蓝色的泳池与不远处苹果绿的庭院形成两个调色板。

林微夏站在泳池的边缘，点开那个黑色的头像，在对话框里编辑并发送：你去哪里了？我没有看见你。

消息发出去，如石沉大海，遥遥没有回应，林微夏正准备转身离开泳池，忽地一阵水花扑在脚边，一阵冰凉。

"夏夏。"

林微夏下意识地转过身，泳池边上一个身影从水面跃了出来，卷着白辣辣的水花，班盛双肘懒洋洋地撑在岸边，他的头发湿淋淋的，高挺的眉骨上、脸上、半截肌肉结实的胸膛上，不断有水珠滚下来。

浑身透着痞帅的气息。

班盛甩了一下头发上的水，大大小小的水珠打在林微夏眼睛里、胸前、手臂处，迅速贴着皮肤往下滴，十分清凉舒适，好似消解了这个夏天带来的暑热。

他的表情放松自在，湿淋的黑发衬得一双眼睛漆黑发亮，像一条巨型犬。

"下来。"班盛出声喊她。

林微夏今天穿了件黑白格纹的飞袖裙，露出一双笔直纤白的小腿，清冷又动人。

林微夏摇摇头，下意识地后退了两步："我不会游泳。"

但班盛不让她走，只让她陪着。他的室内泳池宽阔舒适，林微夏干脆坐在休息椅处看书，旁边的圆桌上放着两杯冰饮料，一杯是冻鸳走，另一杯是冻茶走。

班盛还让林微夏把助听器摘了，以防他一个不小心弄坏了她的助听器。

林微夏看书看累了休息放松眼睛，她看见班盛一头扎进泳池里向前游着，他的手臂、背部线条流畅且充满了力量感。

让人想到动物身上漂亮的脊线。

游了不到一会儿，班盛泡在水下，仍贼心不死想把人骗下来：

"下来，我教你。"

"游完你想干什么都陪你。"

林微夏的手指按在小说第298页，没有动弹，她在看一本悬疑推理小说，变态医生把妻子杀了后，一块一块地将其分解放进保鲜袋，最后存入他的实验室。

她正看得入迷，根本不听班盛诓人。

班盛轻笑一声，想起什么："那个女生，我得跟你解释一下。"

要不是乌酸提醒他，班盛都不知道那天放学她看见他了。

林微夏的长睫毛动了一下，她合上书，等着班盛继续说，他循循善诱道："下来告诉你。"

"那我不想听了。"林微夏开口。

班盛冲她比了个不礼貌的手势，明显是不相信这个说辞，但也放弃了游说她，一头扎进水里，开启了他的新一轮游泳。

林微夏重新把注意力放到小说里，她看了好一阵，倏地，班盛从水里冒出来靠到岸边，白色的水花倾到岸上，林微夏小腿一阵湿意。

"我腿好像抽筋了。"班盛开口，嗓音略沙哑。

林微夏立刻合上书，快步走到泳池边上，蹲下来的时候，后裙摆沾到地上的水，她也没在意。

班盛泡在水里，冷厉的脸有一丝苍白，英俊的眉头紧蹙，一直没有动弹。

看到他皱眉的动作，林微夏眸子里写着担忧，她俯身伸出手，语气温和："你没事吧？要不先上来？"

白藕似的胳膊伸了出去，男生缓慢地回手，宽大的手掌搭在白嫩的掌心。林微夏想使力把他拉出来，不料班盛反拿住劲，用力一拽。

"扑通"一声，林微夏掉进泳池里，她像个旱鸭子一样不断下沉又迅速挥着手臂不断浮上来。

班盛一开始低头笑她，到后面则放声地笑，愉悦得整个胸腔都在颤动。

林微夏被灌了一嘴的水，不断沉下去，她努力学着电影里落水的人憋着气，这一刻，好像大脑里负担已久的压力、执念等通通消失了。

她竟然得到了一种前所未有的放松。

但身体不断下沉，让林微夏开始恐慌，意识开始焦灼，就在她不知所措的时候,班盛游了过来,来到她的身边,单手揽着林微夏的肩膀,另一只手则往水面上游。

其实她待的这块地方水不深,是成人能站起来的那种,是林微夏先入为主太惶恐了,没有意识到这一点。

况且他在,更不会让她有事。班盛只是想逗弄林微夏,看小姑娘平常太严肃正经想让她放松一下。

林微夏哪里知道他的想法,经历一场溺水再重新浮到水面后,她大口大口地呼吸新鲜空气,劫后余生。

她只知道眼前这个男生真的坏透了。

"都怪你。

"我都说了我不会游泳。"

林微夏越想越觉得后怕和委屈,伸手去打班盛的肩膀,她似乎真的被吓到了,不停地打他。

班盛由着她打,一双眼直盯着林微夏。

班盛的眼神一直压着她,林微夏不自觉地松手。

就在她松手的那一刻,手腕忽然被班盛压在冰冷的泳池墙壁上,攻击性气息袭来,鼻息猛然贴近,却在咫尺间隔着薄薄的一层空气。

像春天塔下将落又迟迟不肯落下的轻蝶。

38 主动

"上次放学我看见你跟一个女生在一起。"林微夏开口。

问话打破了现在的氛围,班盛愣了一下,低头笑了一下,小姑娘确实聪明。

他单手一把将林微夏送上岸。林微夏坐在泳池边,浑身湿答答的,像被淋湿的小动物。

班盛上了岸,拿了一条浴巾递给她,开口:"去洗澡,别着凉了。"

他担心林微夏着凉,想让她先洗澡再谈。

林微夏没有接,睁眼看着他,两人对视,无声地对峙。她的眼睛很漂亮且剔透,班盛看着她只坚持了三秒,败下阵来:

"李柠是乌酸的亲戚,也算我半个亲戚,之前帮了我一个忙。"

所以帮她藏手机。

"下次介绍你们认识。"班盛语气坦然。

班盛的态度坦荡，林微夏也相信他，只是，她还是看着他没有说话，故意板着一张脸的样子显得有些可爱。

班盛低下脖颈笑了一下，转瞬明白过来，缓缓出声：

"以后只给你开可乐。"

两人正准备去冲澡，忽然门口传来一阵声响。李屹然手里捧着一个椰青走了过来，班盛走过去，两人站在一块说话。林微夏用毛巾擦着湿发，断续地听到李屹然想改装他的一辆车，过来借个工具箱。

班盛让他自己去拿，李屹然瞥了一眼林微夏，唇角漾出一个讥讽的笑容：

"阿盛，这女的还没走啊。都不领情的。"

班盛薄唇一张一合，看口型是让他直接滚。李屹然也没生气，直接推门走了。

他走过来说李屹然说话就这样让她别理，林微夏摇摇头，只是李屹然的话让她想起了昨天的事。

昨天傍晚林微夏在教室做作业，那时班上没多少人，几个女生凑一块边喝奶茶边聊天。

"真的奇了怪了，班盛一向是隔岸观火，不管别人死活的风格，第几次了，为了林微夏跟所有人对立，我真觉得犯不着。"有女生说道。

"是啊，你记得以前的那件事不，他——"

"咯咯咯——"女生示意她别说了，继续刚才的话题，"哎，别说了。他为了帮她……你不知道郑照行他们在背后骂班盛骂得多难听。"

"我看林微夏也没多在乎班盛啊，啧，替帅哥不值。"

"想什么呢？"

一阵阴影落下来。

两人距离无限拉近，班盛俯身看着她，林微夏的呼吸不由得紧张起来，闻到了他身上淡淡的乌木香。

她瞥见班盛修长的手指慢悠悠捏着盆栽的绿植，叶子也微微蜷缩了一下。

一颤一颤的。

林微夏的心跟着颤了一下,她感觉自己也像这盆绿植一样,心口像被班盛漆黑眼底的那簇火烫开。

滚烫的热意涌出来。

"一会儿就这样出门?"班盛抬了抬眉。

林微夏低声说:"你裤子太大了。"

班盛轻笑出声:"哦,那我一会儿出门给你买。"

漫不经心低淡的笑声震在耳边,林微夏白皙的耳朵变烫,脚趾不由得绷紧。

两人挨得太近,他吞吐的呼吸萦绕着她,一抬眼就能看见利落的下颌线,再往上移,对上那张蛊惑人心的脸。

一阵心慌。

林微夏用力拽回自己的衣领,退开一大步,微红着脸喘气:

"你怎么老拽我衣领,我又不是你兄弟。"

班盛哼笑一声,打算出去给她买衣服。门关好以后,林微夏坐在沙发上喝水,男生又折返,看了她一眼:

"关好门。"

"噢。"

班盛快步下楼,让司机载他去附近一家商场买衣服。车子开了十几分钟,抵达一家品牌店。

他买衣服一向以舒服为主,一眼看上货架上简约的联名款衬衫,又挑了一件牛仔裤,想来刚好衬林微夏清冷的气质。

服务员接过衣服,开始扫标牌上面的条形码,班盛从钱包里摸出一张卡递过去,服务员适时抬头,看清男生的相貌惊了一下。

服务员拿着那款衬衫笑着开口:"你好,你拿的这款衬衫是男女同款的哦,这件是买给女生的吧,你可以再拿一件男士的呢,一起买可以给你打九折。"

"不用了。"班盛出声。

一说打折肯定要注册手机号成为会员,然后一到节假日成堆的垃圾短信发过来。班盛嫌费事儿。

班盛拎着蓝色的纸袋往外走,看向袋子里的那件衬衫,视线顿了顿。

林微夏玩了一会儿,喝了半杯果汁的时间就等到了班盛回来。他把纸袋递给她，顺手给了她一把草莓糖。

"你特意买的？"林微夏睁大眼问。

"没，买衣服在前台顺手拿了两颗。"班盛语气停顿了一下。

林微夏接过纸袋，眼尖地发现班盛靠着的沙发上好像也有一个蓝色的纸袋，自然而然地问：

"你也买衣服啦？"

班盛正弓着腰摘手腕处的机械表，闻言喉结不自然地滚动了一下，回：

"嗯，缺衣服。"

林微夏换好衣服后，太阳缓慢下山，正值黄昏美景，两人打算去海湾公园散步看海鸥，就一起出了门。

一出来，脱离冷气，周遭的空气滚烫不已。两人并肩走在马路上，车水马龙，一路上林微夏还在想着之前的事，时不时会出神。

"喝不喝冷饮？"班盛问她。

"嗯。"林微夏应道。

两人一前一后地过马路，由于这条路是中心地带，设了两个红绿灯，车辆多，行人挤一块，外卖车也从这边骑过去，显得更加拥挤了。

班盛怕车子碰到人，始终不远不近地站在她左侧，男生高大挺拔的身影有意帮她挡住了大半阳光。

他什么也不说，更不是邀功的性格。但林微夏都看在眼里。

他对她很好，更是无条件地宠着她。

两人刚过了一截马路，下一个路口闪着绿灯，但只剩几秒了，班盛有意加快步伐，他不想再浪费时间等红灯。

他走了几步发现身后的人没跟上来停了一下，不远处的绿灯突突地闪着，一下子跳到了红灯，这下彻底过不去了。

班盛有些无奈，打算转身去找林微夏时，一道温和的声音传来，语调不疾不缓：

"别转身，你就站在那里，我有话跟你说。"

班盛动作僵住，背对着她，没再转过来。

林微夏语气顿了顿，认真开口："阿盛，我性格比较慢热，可能像旁人说的是冷心肠，也确实是个没良心的。"

"谢谢你为我做的所有。"

背对着林微夏的班盛心一紧，心像被一根线悬在半空。他没懂林微夏的意思，是就此打住的意思吗？

想到这儿，他的下颌敛紧，绷成凌厉的弧度，沉默着没有说话。

"我不太会表达——"林微夏语气停住，心也跟着紧张起来。

林微夏知道他为了她站在所有人的对立面，他确实对她很好。

"但我现在，想要试着走向你。"

诚心诚意。

60秒红灯过去，发出突突的声音，屏幕闪成绿灯，林微夏快步走过去，站在班盛的身边。

温暖与冰冷交融。

林微夏第一次主动。

Part 8

你记住♥
☆你想做什么就去做！

lily

班盛有些无奈，打算转身去找林微夏时，一道温和的声音传来，语调不疾不徐："别转身，你就站在那里，我有话跟你说。"
班盛动作僵住，背对着她，没再转过来。

You can hear

39　领结

6月结束得快，骄阳似火烧，夏蝉在人的后面追着，叫声一天比一天嘹亮。

这帮学生正热烈讨论期末考试后暑假去哪个国家玩，要学会滑雪还是攀岩来度过这个夏天，结果老刘带来的一个消息把大家炸得体无完肤。

学校经各方代表开会一致决定，准高三生在这个暑假要补一个月的课。消息一出，学生间炸开了锅，各类吐槽声占据了学校的各个角落。

"什么都是从我们这届开始，太难了。"邱明华鬼哭狼嚎道。

"谁爱去谁去，我反正决定毕业后出国的，让我妈拿个医院报告请假呗。"一位女生说道。

郑照行冷笑一声："你以为他们没想到啊，你赋分没满他们会给你优秀的毕业履历？当然，你打算去国外那些野鸡大学当我没说。"

哈，谁也没有他自由，毕业了不想读书他老头也支持，去国外混日子也行。

他想做什么还不是一句话的事。

吐槽归吐槽，暑假要上课已经是板上钉钉的事实了，谁也改变不了。这帮小孩从小浸淫在追求利益最大化的环境中，他们清醒得很快，接受事实也快。

还有二十多天就是期末考试，又是A生与F生两个队列重新洗牌的时机。处在两者中间排名不上不下的学生神经最为紧绷。

因为先前A生闹的笑话，林微夏这个F生又对她们进行了漂亮的反击，到这次考试，她们终于有了扬眉吐气的机会。

这次这帮学生越到考试越淡定，她们摆出一副"我天生头脑好，走路也比你们跑步快"的高人一等的姿态。

F生现在连埋头复习时碰上她们戏谑的眼神都觉得羞耻。

A生与F生的气氛愈发僵持不下。

在家吃饭的时候，姑妈边吃饭边聊家常，突然想起什么，说道：

"夏夏啊，上次我去开家长会，听说你们学校还分什么A生F生等级的，我感觉挺好，有竞争才有动力。"

林微夏盛了一碗汤递给她："是。"

"听说你们快期末考试了？马上考试了，要抓紧啊。我给你攒的那笔钱可是等着给你上大学用的。"姑妈语气略严肃。

林微夏正吃着饭，愣了一下点头："谢谢姑妈，我会尽力的。"

高航全程埋头吃饭一直没敢说话，他姐成绩这么好，他生怕林女士说着说着把火烧到他身上。

林女士没好气地看了一眼吃饭跟饿死鬼投胎一样的高航，"哐"的一下把他眼前的红烧排骨移到林微夏面前：

"微夏，你多吃点儿。"

"好。"

这次期末考试前，林微夏只差两分就可以正式进入A生的行列，方茉语气艳羡地说道：

"微夏，马上你就要戴上漂亮的红领结啦，真好。"

宁朝刚睡醒，打了个哈欠，在一旁搭腔："妹子马上就是A生了，我是配不上你这个同桌咯。"

林微夏咬着笔头，看着物理试卷的最后一大题皱眉："就拿我开玩笑吧，我可能会被物理拍死在沙滩上。"

但幸好有班盛在，每次一问他题目，大少爷经常是虎口处转着一支笔，眼睛扫一下题目，就开始给她讲题。

他的思路清晰，思维敏捷，不管多复杂的题班盛解起来都是游刃有余、四两拨千斤的状态。

这次考试林微夏用心准备了很久，考试前夕，她待在班盛家。班盛给她复习完最后一个重点。

男生把笔一扔，整个人往后一靠，懒散地抻了一下脖子，关节发出"咔咔"的声音。

他起身去冰箱拿了两罐冷饮，其中一罐是冰镇可乐，班盛帮她开罐，"嗒"的一声，气泡喷出来。

"谢谢。"林微夏接过。

班盛一只手拿着冷饮，另一只手拎过一张凳子，将它翻过来直接坐下，抽过林微夏手里的笔，痞里痞气地开口：

"这次你要考到前三，我这免费劳动力你打算怎么补偿？"

林微夏立刻夸他："班盛是绝世大好人。"

"呵。"

7月来得很快，考试也正式来临。林微夏自认这次考试准备得比较充分，说实话，不期待是假的。

人都不能免俗，付出了就想要有收获。

她想看看自己能做到哪一步。

考试一共考两天，林微夏和班盛虽然不在同一个考场，但两人同进同出。他们什么也没做，只是简单地交流，看起来高调又不高调。

同学们不会像以前一样一看到两人就开始小声议论，还时不时嘲讽两句，他们似乎接受了这个事实。

考试最后一科是理综，时间是下午，班盛刚好有事发信息让她先走。太阳很烈，林微夏拿着绿色考试袋挡在头顶上顺着人流进了学校。

林微夏走在书香园的小道上，一只手不停地往脖子处扇风，不远处匆匆走来一个身影，对方走到眼前仔细一看，她发现是蒋合露。

出黑板报的时候两人短暂地打过交道。

林微夏对她的印象是学习很努力、性格冷酷的一位女生。

林微夏会记得她是因为最近方茉频繁地提起这个人，她是方茉新交的朋友，两人走得比较近，方茉说蒋合露这个人其实挺有趣，两人会因为同一部漫画而哭泣。

"有事吗？"林微夏问她。

蒋合露神色焦躁，声音有些抖："方茉被她们带走了。"

"什么带走？你慢慢把话说清楚。"林微夏出言安抚。

蒋合露胡乱抓了一把短发，蹙起眉头："刚才我们准备去食堂那里的便利店买铅笔芯，在路上方茉就被柳思嘉她们带走了。"

"你看到她们往哪边去了吗？"林微夏眉心重重一跳。

"清园路那边，然后左拐了。"

林微夏把手搭在蒋合露胳膊上，语气带着请求："能不能麻烦你带我过去？"

蒋合露看了一眼腕表上的时间，犹豫了一下："好吧，不过要快一点儿，马上要考试了。"

烈日当头，两个女生走在树影下，穿过清园路来到学校后面废弃的仓库，不远处飘来淡淡的油墨味，是学校的小型印厂，专门复印学生的资料、试卷等。

两人站在锈迹斑斑的大门前，林微夏推开门，走了进去，里面光线昏暗，腐朽的味道传来，让人忍不住皱眉。

"方茉——"林微夏往前走了几步，试探性地叫了几句。

没有回应，只有空旷的回声，刺鼻的味道让她打了个喷嚏。

林微夏转回头想跟身旁的人说"方茉不在这里，再找找"时，粗糙的门板摩擦着地板发出"吱呀"的声音。

眼前仅有的一道白色光线即将消失，门缓缓被关上，隔着一道窄窄的门缝，女生站在那里，眼神凛然地关上门。

林微夏快步跑了过去。

女生的身材高挑，茶色的长卷发闪着漂亮的色泽，她穿着深高的制服，站在明亮处，瓷白手腕处的那串白色贝母手链折射的阳光几乎划破她的眼睛。

是柳思嘉。

林微夏跑到门前，想去拉门把，"咔嗒"一声，外面传来落锁的声音。

室内立刻昏暗下来，异味让人的心情焦躁不已。出是出不去，关心则乱，她竭力让自己冷静下来思考。

电光石火间，林微夏想起蒋合露是 A 生里的最后一名，如果这次她前进成为 A 生，那么蒋合露就会掉入 F 生的行列。

柳思嘉很聪明，利用人的嫉妒心和不甘，轻而易举把林微夏困在这儿。

蒋合露想要的是守住自己的位置。

柳思嘉呢，她想要的太多了：想要林微夏吃下这个教训，咽下这份苦楚，想要一直是第一，想要喜欢的男生看自己一眼。

林微夏借着门缝外的亮光隐隐看见柳思嘉站在那里，看着她冷静出声："真不知道该说你是善良还是蠢，居然一骗就过来了。"

林微夏站在门口，直视着那双眼睛，缓慢开口："思嘉，放我出去，这场考试对我很重要。"

人生很长，也不可预测，所以发生在她身上的事，林微夏不会去质问为什么，她选择坦然接受。

尽管姑妈没有把她当成自己的小孩，也偶尔偏心高航，但姑妈把她从那个酒鬼手里解救过来，一直养她长大，给她安稳的生活，已经很好了。

小时候高航被送去学大提琴，姑妈怕他孤单没人陪就让林微夏跟着去，说是陪人，还是咬着牙给她请了同一个大提琴老师。

那段时间姑妈起早贪黑地干活儿就为了让他俩去学琴，邻居笑她，她啐一句，像个市井妇女粗着嗓子说道："呸，侄女就不是闺女啦？"

虽然姑妈偶尔偏心，爱计较，爱占便宜，但从来都是把她当亲人对待。

林微夏很感激。

既然姑妈问了这次考试，林微夏会让自己尽力。她得让姑妈知道投资她、养育她是有回报的。

隔着一道门缝，林微夏看向柳思嘉，柳思嘉没有回话，深深地看了她一眼，脸上的表情极为复杂，又不可捉摸。

林微夏看门外柳思嘉的最后一眼，竟然是她作为 A 生领口那鲜红的领结，耀眼、夺目，让人可望不可即的红色。

人走后没多久，考试铃响起，原本嘈杂的世界归为一片寂静。

借着昏暗的光线，一双琥珀色的眼珠环视着眼前这个地方。它是一个废弃的仓库，堆满了旧的体育器材，甚至还有一辆缺了一只轮胎的自行车横在上面。

林微夏找了一块干净的地方坐下，背靠着那些器材。周遭散发着一种旧物件陈腐的味道，很难闻，她只能强迫自己习惯这些味道。

这是一个废弃铁皮房改成的仓库，不通风且昏暗，加上现在是盛夏时节，林微夏只坐了一会儿，额头、脖颈就出了一层汗。

热得难受。

林微夏坐在那里，静静地抱着膝盖在想事情，她坐久了腿有点儿麻，正打算站起来活动筋骨时，肘部一不小心撞到身后的器材。

"哗啦"一声接连掉下几块木板,几块木板直接砸了下来,边角连连撞向雪白的膝盖骨再翻滚到地上。

林微夏疼得倒吸了一口凉气。

白嫩的膝盖立刻见了鲜红的血,林微夏拖着受伤的膝盖找了个靠墙的位置坐下,离那些器材远远的。

两个小时过去,考试结束铃响起,学校恢复吵闹声,一直持续到天色暗下来。天一黑,人内心的恐惧被放大。

夜晚的黑是让人难受的,很难看见光,林微夏背靠墙壁,又渴又难受,脸色有些苍白,她攥紧口袋里的某样东西,垂下眼睫,不知道在思考什么。

越陷入黑暗,人的情绪越低迷。

"砰——砰——砰——"的声音传来,林微夏一只手肘撑着墙壁站起来,抬眼看向门口。"哐当"一声,门被人一脚大力踹开。

外面的光线瞬间涌了进来,班盛站在门口,他的身影高大挺拔,只是脸色沉沉,浑身散发着冷厉的气息。

他的眼皮抬起,睨了一眼角落里的林微夏,把扳手一扔,朝她走了过来。

班盛半蹲在林微夏面前,影子完全地笼罩下来,像是为她辟开一处单独的避难所。

他的眼锋掠过她的脸和受伤的膝盖,没有说一句话,在压凌着某股劲。

"找了你半天,后来收到一条陌生短信,说你在这儿。"一开口,班盛嗓子都是哑的。

林微夏眼神一怔,她能猜到是谁发的,淡笑了一下:"她为什么不做绝一点儿?"

班盛一把将林微夏横抱在怀里,抱着她往外走,路灯荧然,林微夏抬眼看见一抹阴沉歇落在他漆黑的眼底。

"你放我下来,我现在腿不麻了,可以走了,"林微夏温声开口,语气顿了顿,"况且巡逻老师看见也不好。"

班盛只得放她下来,改为搀着她的手臂,架着人往外走。站在校门口等车的时候,班盛摸出手机打电话。

"你要打给谁?"林微夏觉得不对劲。

班盛的语气透着狠戾,缓缓开口:

"让柳思嘉出来解决事情。"

阴翳一直歇落在他眼底，班盛要是把这把火烧出来，所有人都完了，所以她得安抚他。

林微夏扯了一下班盛的衣摆，男生低下脖颈看她，她的嗓音温软，以一种商量的语气开口：

"明天行吗？我的膝盖有点儿痛，想先处理伤口。"

班盛看了一眼她的伤势最后同意了。

班盛扶着林微夏站在路边打了辆车，车子开了二十多分钟后抵达医院。下车后，他把林微夏送到医院，单手搂着她的肩膀让人安坐在蓝色的椅子上。

班盛喊来医护人员，护士很快拿着消毒药水和药粉之类的过来。护士走过来给林微夏处理伤口，班盛则拿着缴费单去交费了。

护士拧开碘伏，用棉签蘸了药水在她膝盖处的伤口涂抹，一阵冰凉。消毒完后，林微夏瞥见护士拧开一罐药，好像是白色的药粉，眉心跳了跳，问道：

"护士，这个疼不疼？"

"有点儿哦，要忍着点儿痛。"护士笑笑。

药粉还没撒上去，林微夏就别开脸，紧张得鼻子皱在一起，呼吸开始急促起来，她不敢看，总感觉这是一场酷刑。

倏地，眼前的光线消失，一片黑暗，宽大的手掌捂住了她的眼睛，淡淡的乌木味传来，她的脑袋刚好靠在他身上。

让人安心的气息。

只听见他轻笑一声，声音低低淡淡：

"护士，麻烦您上药的时候给她吹一下，她比较娇气。"

这样反倒搞得林微夏脸红起来，长睫毛轻轻地刷动冰凉的掌心，被他这么一插科打诨，上药带来的疼痛感很快过去。

处理完伤口，班盛打了一辆车送林微夏回家，在离水围巷还有1.5公里的地方恰好赶上在修路，车过不去，司机只得把两人放在路口。

班盛站在林微夏面前，出声："我背你。"

"不要吧，人太多了。"

林微夏觉得这不是什么大伤口，最重要的是她脸皮薄，这么大人了被人在大街上背着多不好意思。

班盛觑了一眼她膝盖上的伤,担心她会因为活动牵动伤口,想也没想,轻笑一声,直接掀掉戴着的黑色棒球帽扣到林微夏脑袋上。

林微夏怔怔地抬眼,撞上一双漆黑的眼睛,带着温度的帽子被扣在脑袋上,班盛脸上的表情维持一贯的游刃有余,动作却有点儿笨拙地帮她扶好帽子,冰凉的指尖碰过来,他伸手把林微夏额头上的头发捋到后面。

班盛背过身去,弯腰一把把她背起来,林微夏细长的两条胳膊搭在他颀长的脖颈上,慢慢趴在少年宽阔的后背上,紧绷的心情得到放松。

林微夏想起什么,犹豫地问道:"学校的等级是你划分的吗?"

班盛愣了一下发出轻微的哂笑声,开口:"不是我。它是另一个世界玩的一个沙盘游戏。"

回到家洗漱完后,林微夏躺在床上发呆,她想起什么起身去拉开抽屉。

里面躺着刘希平给她的东西,林微夏拿起来端详了一会儿,把它塞进书包里。

次日清早,班盛让司机来接人,出了这样的事,他是一刻也不能让林微夏离开他的视线了。

深高校园,一切照旧,没人知道昨天发生的事,刘希平在讲台上大声斥责并批评了林微夏缺考一事,并声称这是对自己人生的不负责,让同学们引以为戒。

蒋合露则请了一天的假。

下课后的走廊上,打闹声一片,以柳思嘉为首的一帮女生靠在栏杆处放风,见林微夏从办公室的方向走出来,彼此戳了一下同伴的手臂,眼神交换着"她过来了"。

一场好戏即将上演的模样。

"啊,这不是我们的新A生林微夏吗?"有人故作惊讶地开口。

"你忘啦,人家昨天缺考了,恐怕是全班倒数第一咯,还是F生。"女生笑着搭腔。

柳思嘉今天把头发扎了起来露出饱满的额头,黑眼珠下面小心思地用眼线笔点了一颗痣,一张脸更显冷艳,看起来十分具有攻击性。

红唇勾起一个弧度,柳思嘉眼神俯视她,笑着安慰:

"考试错过,还有下次咯。"

细碎的笑声此起彼伏，越来越大，她们在嘲笑林微夏为此付出的努力和准备，嘲笑她的不自量力。

她们生来起点就高，怎么能轻而易举被超越？

林微夏在一众轻视中开口，语气疏离冷静：

"是吗，那么要是我不想遵守你们的游戏规则呢？"

一时间，全场哗然，毕竟这个游戏规则从被制定开始，就没有人说过"不"，林微夏是第一个说不玩的人。

女高中生们脸上的笑意敛住，没懂她什么意思。柳思嘉愣了一秒，冷声问：

"你什么意思？"

"意思是我不参与这个学校的评定。我既不想成为 A 生，也不想成为 F 生，我只是我。"林微夏一双漂亮的眼珠扫了她们一圈，继续开口。

"差两分是吧？抱歉，忘了跟你说，去年参加的那个诗歌大赛，我的作品入围后在总决赛拿了一等奖。前段时间班主任通知我，说它被征选进国外的一本诗歌选集，那个单位还授了奖给我。在考试前，老师已经把红领结给了我。"林微夏从口袋里摸出那个领结。

林微夏的态度是不齿，她在告诉她们，她有资格成为 A 生，但是她不陪她们玩了。

一时间，全场沸腾，众人议论纷纷，教室里的同学也跑出来围观。有人持观战态度，想看事情的发展如何，也有的人眼神兴奋，想看林微夏和柳思嘉撕起来的戏码，因为柳思嘉代表的是 A 生，毕竟 A 生永远凌驾于他人之上，就没有输过。

柳思嘉的脸色变了又变，班盛倚在不远处，单手喝着牛奶，看着这一切，他没上去为林微夏出头，他知道她想自己解决这一切。

班盛睨了不远处的林微夏一眼，摸出兜里的手机走到不远处打了个电话。

"所以呢？你是来炫耀的吗？"柳思嘉抱着手臂冷笑道。

林微夏把那个漂亮的、F 生艳羡渴望已久的、有了它好像就能高人一等的红领结扔到柳思嘉身上，开始说话，她的声音不大不小，却让在场的每一个人都听得清楚：

"我不需要这个等级排名也能证明我是强者。不是你成了 A 生你就是强者的代名词了，因此可以欺凌别人，对他们产生偏见，把人划分出等级。出身、经历,不是我们选的,头脑好不好更不是我们选的,我们能选的就只是抓住当下,认真进步,对自己满意,为自己感到骄傲,认可自己才是强者。

"而不是通过打压、欺凌别人产生的那一刹那快感以为自己是胜者。

"我不打算参与你们这个游戏。"林微夏直视那帮女生。

与此同时那个领结被扔在柳思嘉身上,啪嗒一声掉下来,连带她领口的那个领结也撞歪了。

像是一种征兆。

全场忽然静下来,这群女高中生面面相觑,一时说不出一句话来,没料到林微夏还能反击,反击得还这么漂亮。

周遭的气氛诡异安静,静得似乎能听到空气流动的声音,没有人说话。倏地,人群中不知道谁说了句:

"那你转学好了,读什么深高?"

"去你的等级。"

一句声音很小的话似乎形成了小沸点,各式各样的讨论声越来越多,他们甚至吵了起来。像是火烤着蜜蜂窝,蜂群扇动翅膀的频率越来越大,嘈杂声音也越大。

柳思嘉一贯冷静的脸第一次出现招架不住的神情。

一场暴风雨要来了。

40　结束

这场闹剧最终以上课铃响而结束。

正好下一节课是实验课,学生们冲进教室拿了书本就往外走,在去实验楼的路上,学生们的心绪仍是起伏不平,好像有一股愤怒在胸腔积郁已久。

林微夏和方茉走在路上,方茉一路蹦蹦跳跳的,还不知道昨天发生的事,挽着她的胳膊不停地夸:

"夏夏,你刚才说出了我们一直想说的话。

"你真的太帅了!

"咦,你膝盖的伤口怎么回事?"方茉停了下来,眼神关心。

恰好,林微夏口袋里的手机发出嗡嗡的声音,她拿出来看了一眼,熄掉屏幕:"昨天不小心摔了一跤,你先去吧,我还有点儿事。"

"好，那我先走啦。"方茉冲她挥手。

刚才班盛发信息说要过来，让她等着。林微夏安静地站在一棵棕榈树下等人，须臾，一道挺拔的身影出现。

班盛慢悠悠地来到林微夏跟前，没说话只是看着她笑，林微夏被他看得一阵羞赧，忍不住出声：

"干吗？"

"做这件事想过怎么收场吗？"

班盛看待事情的角度永远周全，他从来不会头脑发热去做事，所以一针见血地提出这个问题。

林微夏吸了一口气，说道："推翻它，不是有个学长学姐助力部吗，总得试试。对了，你认识吗？"

"这个时候想起我了啊。"班盛语气吊儿郎当的，眼眸含着戏谑。

班盛看她刚才那个劲，还怕这帮女生扯起头花来，伤到林微夏，随时在后方盯着，以防林微夏出事。

"你就别笑我了。"林微夏轻声道。

班盛不再逗她，开口：

"认识，你也认识。"

林微夏透亮的眼睛闪着疑惑，似猜到什么，恍然大悟又惊喜："李屹然、乌酸学姐！"

"嗯。"班盛答。

放学后，班盛带着林微夏去找李屹然和乌酸两个人，李屹然却消失不见，只扔了两句话。

第一：本人早已卸任，且高考已结束，老子不再参与你们的事。

第二：找程乌酸。

这次李屹然第一次连名带姓地喊她，而且最后一句话怎么听都有咬牙切齿的意味。两人来到乌酸家，班盛径直坐在沙发上，看见乌酸第一句就是：

"听说你有男朋友了？"

"这下李屹然彻底成垃圾了。"

乌酸端了两杯柠檬水给他们，传言到底是真是假，她对于李屹然三个字绝口不谈，让班盛对两人的八卦撬无可撬。

他抬手摸了一下脖颈，低笑："行吧，林微夏有事找你。"

林微夏把事情的原委跟乌酸讲了一遍。

乌酸听完之后沉吟了一会儿："按理说，我们高考已经结束了，深高的制度与传统已经跟我们没关系了。

"但三天后有一个正副部长卸任交接仪式，我愿意为你试试，去提交一个申请，但你得有一个支撑你推翻它的强有力的数据调查。"乌酸告诉她。

林微夏最后点了点头。

从乌酸家出来后，林微夏回到家坐在电脑前，她打开跟深高相关的所有校园网站、论坛，当前YCH网站用户在线人数最多。

林微夏点进去，里面聊天灌水的人很多。她很快注册了一个账号，匿名发了一个帖子。

——各位，白天的事想必大家有所耳闻，想问一下大家的看法。

帖子很快被加精置顶，林微夏认真看着屏幕，生怕错过网友的留言。放在桌边的手机屏幕亮了起来，是班盛的发来的信息。

Ban：你账号跟密码发我。

林微夏虽觉得疑惑，但还是把账号发了过去，班盛做事向来有他自己的理由。

倏忽，电脑发出"叮咚"的声音，林微夏视线看过去，鼠标点击帖子打开，班盛把她那条帖子重新编辑，并搭建了一个投票系统。

——可以随意投个票。

很快有人在上面跟帖抒发自己的意见，其中当然不乏插科打诨和抖机灵的发言。

【白猫】：还能怎么看？我用眼睛看呗。

【黑猫】：这个投票给钱吗？

【黄色小雨伞】：不是吧，楼上要饭要到互联网上来了？不爱投出门左转。

【黑猫】：我开个玩笑你至于吗？

【今天吃全家桶了吗？】：说实话，林微夏今天说出了很多人的心里话，但要改变太难了。要知道，深高是一所私立学校，它背后的力量错综复杂，有钱势的就有特权。

【台风什么时候来】：是咯。而且我觉得挺好的，又不是不给你机会成为A生，这是深高的传统，你努力就行了。

【767889】：楼上未免说得太轻巧，我们起点都不同怎么争啊？参与机

会从一开始就被切断了，除非特别出众的人才可能一试。这个等级分类像权力的角逐，但掌握游戏规则的从来都是 A 生。

【骑着乌龟去旅行】：楼上说的都有道理，但这个游戏能不能结束啊？连我父母都知道了这个等级排名的事，叮嘱我要好好努力，经常说为了把我送进这个学校，他们付出了多少，说自己赚钱多辛苦。我真的很烦这种亲情绑架，但我又能说什么呢？难道跟五点起床为我做早饭煲汤的妈妈说——请不要把期待放在我这种人身上？说实话，现在每天来学校成了我压力最大的事。

【767877】：我是烦透了他们那凭着红领结高人一等的模样，简直窒息，这个学校好像随时存在一个生态歧视链，A 生到处欺凌 F 生。F 生也想成为 A 生，但奈何根本起跑线不同。

【美丽人生】：其实这个等级关系已经形成了一个畸形的生态共生链。A 生倚靠 F 生羡慕的眼光稳固地位，F 生仰望 A 生从而付出一切。有竞争是好事，但这个关系已经变质了。

【送你一朵花】：是的，这个关系就像个莫比乌斯环，它是无穷尽的未解，除非砸碎它。砍掉其中的一环，这个关系就不稳固了。

【遇见你】：白天林微夏把我想说的话都说了，我投废除这一票。

【白猫】：我也赞同。

投票截止到十二点，林微夏边和班盛打电话边盯着屏幕直打哈欠，班盛冷不丁出声：

"我来统计，你去睡觉。"

林微夏迟疑道："啊，但你也要休息。"

听筒处传来一阵哂笑，声音低沉，钻到她耳朵里有些酥麻，他说：

"你还知道心疼我。"

"去睡吧，我睡眠一向不怎么样，统计和分析我来写。"班盛开口。

在林微夏挂电话前，班盛又追了一句话，已经替她想好下一步该怎么走：

"这件事你不要出来，那些校委员会成员大部分都是 A 生家长。让乌酸出面，这件事才有可能办成。"

"好。"

次日，林微夏醒来，班盛已经把票数统计和网站用户的留言分析发给了乌酸。

班盛告诉林微夏昨天的投票是平票。

知道这个结果后,一连三天,林微夏都是在忐忑中度过的。乌酸来找她的时候,眼睛闪着光亮:

"成功了,其实深高近段时间发生的事学校一直有关注,你那个帖子帮了很大的忙,现在等级制、学长学姐助力部已经废除了。

"深高没有等级之分了,但学校不是一直以平等开放为宗旨嘛,他们成立了一个学生民主部,主要用来听取所有学生的意见,你要来当部长吗?"

"我就算了,"林微夏摇了头,语气不确定道,"这么容易就成功了吗?"

"当然不是,会议上激烈反对的有不少人。最后校长开会讨论决定把深高等级排名制度废除,也不再用领结区分 A 与 F 生,A 生课外选修优先权之类的通通取消。但综合成绩排前列的人毕业依然有一份漂亮的履历,拥有出国留学推荐权。这不是一个容易的决定。"乌酸告诉她。

这已经是很好的结果了。

"谢谢学姐。"林微夏开口。

新制度在他们暑假补课的第一个月开始施行。补课第一天,学生们穿着深高制服上课,鲜红的漂亮领结戴在每一个学生领口,映着一张张生动有活力的脸。

一开始方茉有些不适应,还左右扯了领结一下,又盯着它嘿嘿直笑,扬起笑脸说道:"我现在一身轻松,只想努力学习!马上就要高三了,冲啊!"

宁朝大刺刺地坐在凳子上,同林微夏比了个大拇指:"牛啊,同桌。"

"是大家厉害。"

学校各处,无论是线上还是线下都在热烈地讨论这个等级废除的事,都在说林微夏干得漂亮,很多人也因此对她改观了很多。

也有很多人不断提起另一个人:"林微夏是厉害,但真正厉害的是班盛吧,他是她背后的军师,要不是他动用家里的关系打点一切,这个等级排名能这么容易废除?"

"而且他真的很酷,自己是 A 生第一名哎,说废除就废除了。"

"格局小了吧,班盛这个人一向不在意这些,所以看得比我们远。林微夏这个人也很不错,头脑清醒。"

"要是将来在大学里,班盛是我男朋友就好了,处理得成熟稳重,长得又帅,关键是,护着我。"

"听说他的梦想是未来去航天机构工作。"

除此之外大家还在嘲讽、讨论柳思嘉、蒋合露两人。

柳思嘉和蒋合露两人违反校规校纪把林微夏关进废弃仓库,让她缺考一事,在学校闹得沸沸扬扬。

经学校调查,蒋合露为事件主谋,因为害怕排名掉出 A 生队列,主动找上与林微夏有矛盾的柳思嘉,怂恿并刺激柳思嘉加入。

蒋合露策划整件事,柳思嘉负责关门,最后造成林微夏缺考。学校最后给主谋记过且休学一个月的处罚,柳思嘉作为帮凶,处罚是休学半月。此外,两人都要接受惩处,去市郊上一周当地组织开展的教育课。

那个仓库,学校已经下令封掉了。

在学校最后一天,柳思嘉和蒋合露两人收拾课本、作业回家,两人一前一后地抱着箱子站在走廊上。

"当时考完试,你就说要去放她出来,还不是我制止了你。结果你最后还是给班盛发了短信,呵,其实最蠢的是你。"蒋合露的语气咄咄逼人,全然没了在人前假扮的懦弱。

当柳思嘉关门的时候,蒋合露就站在一边,在林微夏看不到的地方,她清楚地看到柳思嘉脸上复杂的表情——不甘又懊悔。

后来两人在同一考场,她接连发现了柳思嘉的不对劲,她握着笔多次走神,甚至忘了答题,直到监考老师多次敲桌提醒。

蒋合露现在看不懂柳思嘉这个人了。

柳思嘉抱着一箱书靠在栏杆前,看到楼下刚好有两个女生,正笑着分享同一杯奶茶,忽然感到前所未有的疲惫,她也没激烈地反驳对方,出神地开口:

"我累了。"

说完她抱着一箱书径直离开,蒋合露看着她的背影怔在原地。

半个月过去了,柳思嘉没有来学校。

有人说她认怂转学了,也有人说她是真的生病了。

A 生与 F 生的等级划分取消,并没有完全改变那些 A 生。但至少拿下领结,消除了表面的偏见。

原来的 A 生仍固守阵地,高人一等,不与原来的 F 生聚集在一起,女高中生仍存在自己的群落。但经此一事，她们不再像以前那么气焰嚣张，拉帮结派的事少了很多。

林微夏去找班盛的时候，他正靠在走廊的栏杆前玩无人机，她问道：

"思嘉真的转学了？"

班盛操控着手柄的手一顿，指骨明显，他出声："没，我打电话让她家长把人接回去了。"

"那学校又是怎么知道的？"

班盛回答："这不挺简单一事，找人放个话。"

身旁的人没再开口，班盛也不在意，微弓着腰，继续玩他的无人机，忽地，感觉有人扯了他的衣袖，转身低头，对上一双安静的眼睛。

"谢谢。"林微夏仰头看他。

她说的谢谢是指这段时间班盛为她做的所有。

班盛按了一下按钮，无人机摇摇晃晃地飞回来，他把遥控手柄搁一边。男生俯下身，视线缠着她，逼她回看他：

"你记住，你想做什么就去做，反正有我给你善后。"

41 测试

学校对柳思嘉的处罚是休学半个月，可半个月过去了，柳思嘉依然没来上课。以至于到后面，林微夏埋头做试卷弄得肩胛骨生疼，抬头放松下意识地看向斜前方那个座位时——

空空如也。

她的桌面空荡荡的。

大抵因为这件事，李笙然每次看到林微夏白眼都快翻上天，恨不得拿鼻孔看她，但要是碰上班盛在旁边。

她身上的戾气便会敛得干干净净，又变成那个人畜无害好兄弟的妹妹。

柳思嘉是在第三周来学校的，她回到教室那天，周遭的同学兴奋得不行，眼神在林微夏和柳思嘉两人身上转来转去，恨不得挑起事让两人能立刻撕起来。

毕竟两人过去可是朋友。

可柳思嘉什么也没做，她对林微夏是无视的状态。

她嘴唇颜色更红了，血一样的红，穿着更偏暗色系，气质妖艳得不像话。

柳思嘉还是那样光彩照人，身边围着一帮女生有说有笑，但身上嚣张气焰没了一大半。

大家讨论柳思嘉身上穿的衣服是哪家牌子定制的，林微夏却注意到柳思嘉更瘦了，瘦得全身的骨头明显。

再精致的打扮也难掩脸色的苍白和憔悴。

林微夏不知道她经历了什么。

柳思嘉持续骄傲漂亮，做完操后顺着人流回教室。走廊处，她正凝神听着旁人说话。

"嘭"的一声，一股猛力袭来直接撞向柳思嘉，她一个重心不稳眼看就要往后摔。

一只手臂及时搂住她的胳膊，烫得她手臂麻了一下，柳思嘉闻到了对方身上传来的气味，他身上散发的野性气息也很熟悉。

一抬眼，是宁朝。

宁朝在她站稳的一瞬间就松开了手，他顶着一张桀骜不驯的脸笑着赔礼道歉，笑意却未达眼底，语气疏远：

"抱歉啊，同学。"

说是道歉，宁朝看都没看她一眼，更谈不上对视了。

"宁朝，你怎么看路的啊……"同伴不满，想找他算账。

柳思嘉拉住她的胳膊，勉强抬了一下嘴角："我没事。"

"宁朝！"一道清脆的女声从走廊另一头传来。

"来了。"宁朝应道。

说完，宁朝不冷不淡地朝柳思嘉点了一下头，径直朝那边跑过去。他的袖子轻轻擦过柳思嘉的肩膀。

像滚烫的一阵风。

吹过即走。

柳思嘉抬眼看向不远处，女生把水递给他，宁朝接过又抛到半空中，惯性耍帅。

两人并肩走在一起，柳思嘉远远地看着，心底不太舒服起来，不想再看下去。

失落像潮水袭来，但这不是她自己希望的吗？宁朝的确做到了，让她远离他这种人。

这一切都是她自作自受。

补课的最后一天，教室里闹哄哄的，马上就要结束这该死的补课，同学们恨不得把课桌掀了，大喊一句"去他的高三，暑假我来了"。

但也只是想想。

邱明华最近沉迷于网上的各类情感测试和星盘解说，被一些网站骗了钱，但他还是乐此不疲，更试图让班盛加入。

"班爷，这个测试真的绝，好像通灵了。"邱明华把手机屏幕举到班盛面前，"你试试，真的准。"

班盛在鼓捣他的无人机，想调取部分视频，他的脖颈微低，眼皮都懒得抬一下，出声：

"弱智测试。"

片刻，他又慢悠悠地补了句：

"谁测试谁弱智。"

邱明华只得灰溜溜地放下手机，转过身去。调完无人机后，班盛把它放在脚边，刷起了朋友圈。

拇指按着手机屏幕快速往下拉，一溜的度假打卡照，视线捕捉到某条信息，拇指按住停了下来，眼底的情绪微动。

是邱明华发的一个链接分享。

"来测测你和你的那个她是不是天生一对，点击下方有惊喜哦"。

班盛握着手机，抬眼看了一眼窗外的走廊，林微夏靠在栏杆上，她今天穿了件松果绿的裙子，显得眉眼鲜活些，气质清冷，皮肤很白。方茉不知道说了什么。

林微夏淡淡地笑了一下。

其实她的情绪很少外露，他很少见她为谁闹情绪而大悲大喜，他猜不出她在想什么。

黑眼睫动了一下，班盛拇指点进了那个链接，屏幕弹出来的是一片空白，右上角有一个小圆圈正在缓慢地动着。

很慢。

退出，找到微信好友，班盛发了个信息过去。

Ban：链接发我。

下一秒，屏幕亮起来，邱明华很快回复：链接？什么链接？

很快邱明华明白过来，发了测试链接过来，还意味深长地加了句：

不是我说，在这纷扰俗世里，有谁能跨过这红尘？班爷你也跨不过。

Ban：……

班盛没理他，认真做起测试题来，先输入双方的生日、星座，然后答题。题目大部分是两人平时相处的细节、性格特点。

大概做了50道题，班盛怀疑自己的耐心全耗这儿了。

做完之后，手机屏幕弹出一个大大的"sorry"，分析结果说道：

"非常遗憾，结果不及格，您和她的适配度没那么高。"

"不及格。"

班盛盯着三个字慢慢念出声，冷笑一声，随即熄灭屏幕把手机扔课桌里。

一整天，班盛身上的气压极低，像压着一股劲，就连林微夏都发现他情绪的不对劲，忙问他怎么了。

班盛低声说"没事"，顺带把手里的牛奶给了她。

暑假补课结束以后，假期正式到来。天气暑热，走在路上感到地面都发烫，棕榈树上的夏蝉叫得响，行人不由得加快步伐走进地铁里吹冷气。

林微夏在姑妈的水果店里帮忙，她鲜榨了一杯柳橙汁，正在看着书，倏地，班盛发了一条信息给她。

Ban：要不要出来玩？一会儿来接你。

林微夏犹豫了一下，打字回复：不了吧，天气好热，不太想出门。

消息发过去，班盛没再发消息过来，倒是邱明华发了一长串信息过来，还附加了一排叹号。

邱明华：怎么会热呢！他家海边的别墅正空着向我们招手呢，班爷亲自来接你，还是带冷气的那种车接车送。大家伙聚一块玩游戏、烧烤，傍晚出去冲浪、游泳，多爽多凉快啊！林同学，求你了，你就去呗。班爷说了你不去，这个聚会就别搞了。

最后在邱明华的软磨硬泡下，林微夏无奈答应了。

班盛带林微夏来到掎角区的一处别墅，这里离海很近，视线所及之处是一望无际的澄蓝，椰风，树影，时不时有毛茸茸的沙子钻进脚底。

大海像上天恩赐的蓝宝石。

班盛带着人推门而入，男生笑骂及女生娇俏的声音传来，视线所及 L

形的沙发上坐了几个人,桌面上摆满了冷饮、零食。

人不多,但都是熟悉的面孔。

李笙然听到声响回头,她嘴巴里还嚼着冰块,视线与林微夏撞上。

班盛一脸冷淡地看向一旁的李屹然,后者耸了耸肩,冷笑一声:

"她硬跟过来的。

"阿盛,你现在就可以把她丢出去。"李屹然一副事不关己的模样。

李笙然"砰"的一声把玻璃杯放桌上,斜着眼看他:"关你什么事啊,这你家啊?轮得到你说话吗?

"要走也是班盛哥赶我走。"

班盛看了一眼林微夏,眼神征询,后者摇了摇头表示没关系。这里都是他认识的人,林微夏不想因为她把气氛搞得太僵。

"你给她道歉。"班盛看着李笙然。

李笙然极其不情愿,她又没参与那些事,但还是在班盛眼神的压迫下敷衍地冲林微夏开口:"对不起行了吧。"

林微夏看了一圈,发现乌酸学姐不在,好像最近有李屹然的地方就见不着乌酸。

有乌酸学姐的地方就不会有李屹然。

这俩是彻底不会一起出现了,倒是李笙然带了个女生过来,那个女生一见到李屹然,眼神就跟黏在了他身上似的。

班盛懒得管他们,这里的装备随便用。他径直带了林微夏上二楼看电影,两人看完一部电影后被邱明华喊下楼吃东西。

黄昏倾降,咸湿的海风吹来,几个年轻人凑在一起玩起了游戏。他们坐在一张桌子前,邱明华拿了个空瓶放到中间,笑道:

"来了,烂俗游戏来了,在场的人都会玩吧,被指的人真心话大冒险,拒绝的人要接受惩罚。这我奶奶都知道的规则,不用我白费唇舌了吧!"

"那你还费唇舌。"李笙然捅他。

"那开始吧。"有人接话。

瓶子刚转起来,李屹然就截住了瓶子,他抬手解了一下领口的扣子,开口:"我不关心你们任何人,比赛喝饮料怎么样?拒绝的人才要真心话大冒险。"

"成。"班盛应道。

李屹然打了个响指,手一转,绿色的瓶子飞快转动起来,转了好几圈后,瓶口停在了班盛眼前。

"喝!"李屹然猛地一拍桌子。

饮料哗哗倒入玻璃杯中,班盛端起杯子仰起头一口气灌下去,凸出的尖尖的喉结缓缓滑动着。

旁边的人直尖叫起哄,林微夏有些担心地看着他,一只宽大的手探了过来,安抚性地捏了捏她的指腹,班盛低头凑过来,语调散漫:

"没事儿。"

老话说,倒霉都是两个人连在一起的,班盛喝了几次后,轮到了林微夏,她不想喝,选了真心话。

"行,林同学你有喜欢的人吗?"李屹然问出口。

气氛刹那间千转万化,所有人猜测的眼神在灯光下流转,喜欢的人不就在旁边吗,这不是明眼人都能看到的事实?

只是,这个人是林微夏。

林微夏一向难懂,他们也想看她会不会承认这份喜欢。班盛背靠沙发,一副漫不经心的模样。

他看起来不是很在乎这个答案。

只是骨节分明的手握着杯子收紧,手背绷起来的筋骨连着明显的淡青色的血管。

他也在等。

"我还是喝吧。"林微夏笑着就要伸手去拿饮料。

"我喝。"一只手更快夺走了她手里的杯子,班盛出声。

喝完之后,班盛的面容在冷色调的灯光下显得极为冷淡,旁人也不敢惹他。

气氛一刹尴尬。

好在邱明华一向爱耍宝,很快把气氛带动起来。接下来的局,班盛没了玩游戏的心思,痞里痞气地靠在沙发上,时不时地看向手机。

一副等你们收摊我就撤的模样。

哪知瓶子嗡嗡转了几圈又再次命运般地在林微夏跟前停了下来,李笙然起哄叫了一声,她觉得这人真倒霉。

李屹然抽了一张真心话卡片,上面写着:挑在场的一个人,进行关于对方的六个快问快答，必须实话实说。

"那就阿盛吧。"李屹然"啪"的一下把卡片拍桌上。

林微夏静静地抬眼看过去，明显是"你怎么又来了"的表情。

李屹然不怵她，笑着开口："愿赌服输，这次他替你喝也没用，除非他给别的女生辅导作业，这一局才算过去。"

在场除了她就两个女生，一个是李笙然，一个是李笙然带过来的女生，提及班盛两个人都不约而同地脸红了。

对方是班盛就是赚到。

林微夏浓密的睫毛动了一下，思索了一会儿，开口："玩。"

"第一个问题，班盛最讨厌什么？"第一道题李屹然就选了个难答的问题，有意为难。

班盛一直低着肩在那儿玩游戏，侧脸线条流畅又带着凌厉，他缓缓抬起眼看向李屹然，眼神警告，可惜后者根本没接收到他的眼神。

他想起前几天在学校答的那个测试题，眼神暗下去，林微夏之前说过，她性格本来就慢热，情绪内敛。

她不想说的话，谁也打听不出来。李屹然想从她嘴里套话，基本不可能。

班盛有些烦躁地发信息给李屹然，打算让他适可而止，于是在对话框里编辑。

Ban：别吧，她答不出。

这句话躺在对话框里正要发出去，身旁传来林微夏温和但坚定的声音，班盛愣了一下看过去。

"他最不喜欢不熟悉的人靠近他。"

"阿盛多高？"

"一米八七。"

"班盛最喜欢什么颜色？"

"黑色。"

"班盛喜欢喝什么碳酸饮料？"

"他其实喝牛奶最多。"

"行，你牛，班盛放松的时候喜欢干什么？"

"看电影、游泳、冲浪。"

"阿盛最喜欢什么？"

269

林微夏语气顿了顿，有些不自在地刻意不看身边人，轻声答道：
"应该是我。"
"牛啊。"李屹然无话可说。
有人感叹："哇哦。"
安静的氛围被打破，周围的人发出此起彼伏的"哇哦"声。众人揶揄的眼神看向班盛，除了李笙然翻了个白眼，其他人则一脸"绝了"。

众人正笑着，无意间扫向班盛，然后惊了一下。他们眼神互相交流着这令人兴奋的信息，透着"班盛这副样子我这辈子也没看到过，看到就是赚到"的意味。

因为倚在墙边，平时狠起来不要命，跩酷得脸上没有多余表情的班盛——

顾长冷白的脖颈开始发红，一路往上漫，根本不用伸手去摸，光是看那虾子红的颜色就知道此刻男生修长的脖颈烫得多厉害。

只有邱明华不在线，大声嚷道："班爷，你脸这么红是发烧了吗？"

42 After

这场聚会结束得很晚，班盛送她回家的路上，姑妈接连打了好几个电话，斥责的语气中夹杂着担忧：
"你去哪儿了？这么晚还不回家。"
黑色的迈巴赫一路向前开，车窗半降，偶尔能听到浪打礁石的白噪声，林微夏侧着身子，压低声音撒谎：
"我和方茉出去玩了，已经在回家的路上了。"
林微夏这边正提神应付着家长，余光瞥见男生坐在旁边笑了一下，眼神透着"你挺牛啊，还跟家长撒谎"。
"真的？你不会跟哪个男生出去了吧？姑妈跟你说现在的男的不知道多精明，小心被骗……"林女士在那边忧心忡忡道。
身边传来一道很轻的哂笑声，似乎在表达"到底谁骗谁？"。
林微夏的心一紧，她没有看班盛，但知道有一道揶揄的眼神落在自己身上。怕姑妈听到她旁边有男生的声音，下意识地捂住话筒，头靠到车窗边去接电话。
姑妈在那边叮嘱好一会儿才挂电话。幸好车子开了半个多小时就到了，两人站在水围巷口前道别。

林微夏怕姑妈发现，所以不让班盛进去，让他送到这里就行了。

一整个晚上，班盛相当反常。

"你还挺了解我。"班盛看着她说。

他指今晚的那六个快问快答。

"当然啦。"林微夏一贯平静的语调夹了点儿骄傲。

林微夏同他说着话，发现班盛脸上沾了一点儿银色的彩带，正贴在脸颊中，搭上一张冷淡的脸，更显孟浪痞坏气质。

"你头低下来一点儿。"林微夏抽出手。

班盛挑了一下眉，但还是低下脖颈，眼前的身影拉近了一点儿，林微夏仰头看他，踮起脚尖伸手去碰他的脸。

因为靠得很近，班盛闻到了她身上清甜的水果味。

纤白的指尖在脸颊处轻轻抚蹭了一下，像被人挠了一下心尖，越痒越难耐。

"好了。"

林微夏正要收回手，男生低头看着她，眼神翻滚着某种情绪。

"终于知道你身上什么味了。"班盛说。

林微夏神色错愕："什么？"

"一股水蜜桃味。"班盛缓缓开口。

林微夏的手还在半空中，心下了然，解释道："可能我家是开水果店的吧，离收银处最近的货架就是水蜜桃，应该是……"

她还在认真解释着，班盛内心只有一个想法——想抱对方。

很早就想了。

班盛的眼睛漆黑明亮，一对视，林微夏就感觉自己快要被眼睛里跳跃的那簇火给吸进去。

眼看两人的肩膀要挨到一起。

林微夏感觉手心出了一层湿汗，心跳加速，整个人像被火炙烤着，有丝紧张，也有犹豫。她感觉自己有些站不稳，往后退了两步，撞在墙上，墙壁冰凉。

就在这时，一束白色的强光笔直地照向两人，林微夏下意识地抬手挡了一下眼睛。

班盛皱了一下眉，抬起眼皮，眼锋冷冷地掠向来人。

高航站在三米开外的地方，他穿着一条大裤衩，趿拉一双人字拖就出来了。他嘴里还咬着一根冰棍，因为震惊嘴巴张大，冰棍不停地往下滴着水。

他右手还拿着手电对着他们，一束强光照在中间，似乎将两人隔开了。

班盛出声反问：

"不关掉？"

"哦哦。"高航回神，手忙脚乱地摁了手电筒，尴尬又害怕地嘿嘿直笑，怎么就让他撞枪口了？

此刻，班盛脸色黑得想杀人。

林微夏扯了一下班盛的衣服，低声说："你别吓他。"

林微夏发话，班盛身上的戾气多少收敛了一些。

"你怎么出来了？"林微夏解围道。

高航松了一口气，挠挠头："妈一直念叨你怎么还不回家，我正好出门扔垃圾，想着这黑灯瞎火的顺道接你回家。"

"那我走啦。"林微夏冲他说话。

班盛的声音低低沉沉，搁了一个字："嗯。"

假期很快结束，高三新学期正式开始，同学们期待的同时又有些紧张。等级排名取消后，选修课那类优先权也一并消失。

大家能够自由地选取自己心仪的课程，方茉如愿以偿地选了喜欢的室内体操课。

那帮A生仍暗守阵地，但F生中开始有人不接招了。

当人只专注于自己的事时，就不再害怕任何声音。

10月很快来临，与此同时，让人期盼的还有一年一度的运动会。

这场运动会大家盼了又盼，甚至有同学在校论坛里担起了每日播报天气预报的职责。

【小明同学】：明天小雨，又是雨，开不成了。

【张AAA】：兄弟别报了，看着我都心疼。一到开运动会的时间学校必下雨，这是校园第九大未解之谜。

有人跟帖：不开运动会我死不瞑目。

这条发言后面跟了一连串的笑。

好在，一再因为天气推迟的运动会终于定在半个月后举办。

运动会举办日期一定下来，众人欢呼，体育委员开始了游说同学积极参加项目的任务。

但是在深高，他们期盼的是运动会可以休息，而不是期待这件事的本身。这里的学生在竞争和厮杀的高压环境中，大多数养成了冷漠和利己主义的观念。

体育委员每找一个同学，基本都被拒绝，他们给出的理由不是要准备参加竞赛就是在准备留学相关的事宜。

每个人都迫不及待地向前走，看起来并不留恋高中生活。

体育委员破罐子破摔，刚好经过班盛身边，忐忑地问了一句他参不参加，班盛给了一句话：

"你觉得可能吗？"

当时林微夏也在旁边，但她没有说什么，她从来不干涉班盛。

但她没想到班主任会找她，林微夏站在办公室的时候脸色茫然，老刘拧开保温杯喝了一口茶，嘴巴里还嚼着茶末：

"林微夏，这次运动会组织大家报名的事，我打算让你和体育委员负责。"

林微夏眨了一下眼，后知后觉地回答："老师，我的组织能力还有所欠缺，我可以向您推荐更合适的人选。"

"哪里欠缺了嘛，听说上次取消学长学姐助力部是你一手促成的。老师一直觉得你是一个遇事冷静、有自己主意的女生。因为你的到来，班上的同学多少有些改变，这次的事是这样……"老刘语重心长地说道。

不知道老刘哪句话触动了林微夏的心弦，她最后点头答应了。林微夏走到办公室门口的时候，老刘喊住她：

"班盛这个学生成绩就没让老师操心过，但他性格孤傲了点儿，在班上特立独行惯了。我从来没有打通过他家长的电话，这次运动会你也尽量说服他参加，多融入集体嘛。"

"我尽量。"林微夏应道。

虽然是林微夏出面，她试图游说班盛时，他还是头也没抬，慢悠悠地答：

"不想去，你撒个娇的话考虑一下。"

当时班盛正在研究一道物理题，做着正经的事，说出来的话却这么不正经。

林微夏伸出手靠近脖颈那块，开口：

"你是不是想我打你？"

后颈柔软的触感传来，班盛握着笔尖重重一顿，身体一僵，一开口声音喑哑又克制：

"找死是吧。"

对视上班盛眼睛里翻涌的情绪，林微夏心一惊，吓得赶紧紧缩回手逃开了。

当林微夏拿着报名表格去找体育委员的时候，后者得知她是过来帮忙分担重任的，老泪差点儿流出来。

"我尽力了，个人项目游说了大家很久，都报得差不多了，但还剩下几项。"体育委员把自己的表格给她看。

林微夏接过表来看了一圈，说道："剩下的几项我们报了吧。"

"这个没问题，只是拔河、接力这种集体项目没人报，可愁死我了。"体委指出来。

视线扫到几个集体项目下的报名栏，一片空白。

这在深高来说，不奇怪，集体荣誉感对他们来说无关紧要，远不如争取个人荣誉重要。

那些固守阵地，对F生仍有偏见的A生更不愿意"自降身份"和他们一起参加比赛。

晚自习，林微夏和体育委员走上讲台，体委站在上面结结巴巴地说运动会的事，并鼓励大家踊跃报名参加。

没人出声，教室一片沉寂。

鸦羽似的睫毛抬起，从讲台的视角看过去，是一排排埋头做着自己事情而凸起来的肩胛骨。

偶尔有一两个女生凑在一起，时不时发出笑声，一脸的事不关己。

"各位，可能我接下来的话听起有说教的意味，也很鸡汤，你们顺便听听。

"十八岁之后的天空虽然宽阔高远，人人向往。

"但我觉得十七，才真正称得上乐园。在乐园里面，我们才是自己的王，没有什么可以让我们俯首称臣。

"不要让十七岁有遗憾。"

林微夏缓缓说完这些话，教室忽然变得安静了，就连那些嘈杂的笑声都消失了。十六岁太年轻，他们介于十七岁和十八岁之间，开始像个大人，有自己的想法和烦恼，渴望自己和别人不一样。

　　十七岁，拥抱这个世界莽撞又热烈，有数不清的烦恼。希望脸上的青春痘赶紧消失。老师为什么永远在拖堂？数学为什么这么难？不想学。跟好朋友吵架，这个世界要崩塌了，我绝不能先低头去找她和好。今天和喜欢的男生多说了一句话，虽然跟他斗嘴时他的嘴很欠，但还是有点开心。为什么大人要干涉我以后学什么？这么爱唠叨又骂人真的很烦，想有一天试试离家出走看他们会不会后悔。

　　每个人都在寻找自己的乐园，想逃进里面，渴望自由，可以主宰一切。

　　虽然矫情，偶尔懦弱痛苦，一有什么事就闹得惊天动地，觉得自己不被理解，可仍有期待。

　　希望自己独一无二，希望自己可以发光，因为——

　　十七岁是乐园里最璀璨的一颗钻石。

　　刘希平拿着保温杯一脸欣慰，他本来想进去说些老生常谈的话劝说这帮孩子，想让他们不要浪费青春，他今年三十七岁了，他们是他带过的一届比较特别的高三生，他自己也在和他们一起成长。

　　"一起参加运动会，无论这一笔在你浓重墨彩的十七岁是烂俗的一笔，还是精彩的一笔，都不要让它留有遗憾。"刘希平没有选择进来，他站在门口说了这句话。

　　教室的讨论声大了起来，很多人意见不一，有的被说动跃跃欲试，有的依然冷嘲热讽觉得林微夏算什么，在讲台上指手画脚。

　　"我有点儿想报哎，坦白说在深高快三年，我都没怎么参加过集体活动，这是我们最后一次的运动会了。"

　　"你忘了你打算利用运动会准备比赛的吗？"

　　"说实话，挺想参加的，被她说动了。"

　　在一众七嘴八舌的议论声中，虽然气氛有所松动，但仍没有人报名，像是结冰的湖泊，冰块下面开始融化，涌动。

　　但需要有人凿开第一刀。

　　一道慢悠悠、低沉的声音传来：

　　"我报名。"

　　众人回头看向最后一排，班盛站了出来，是怕无人报名台上的林微夏太尴尬，还是他真的想参加？

没人知道他的动机和想法。

但，缺口打开了。

"啪"的一声，宁朝猛地一拍桌子，惹得全班再次把头转到后面去，眼神一致看向他。

"说得好，自己是自己的王！把接力赛、拔河比赛都给哥安排上。

"各位跟着我，带你们躺赢。"宁朝语气猖狂。

话一说完，全班起了哄笑声，气氛轻松起来，但这话由宁朝说出来，一点儿都不尴尬。因为他体育很好，跑步更是数一数二的快，身上自带一种纯粹的野性。

一开始进高中的时候，班主任就建议他走体育特长生的路，文化上努把力，可以考上本科。

可宁朝就是个刺头，"不去""家里的大排档等着我毕业了接管"，他用各类理由来拒绝老刘。

李笙然冷哼了一声，就在一片吵闹讨论声中，一道女声传来，让教室安静下来，气氛有一霎的冷冻。

"我也报名。"

竟然是柳思嘉，她抱着手臂坐在那里，神色冷静。她做出这个举动让人费解也好奇。

"那我也报咯。"李笙然抬着下巴开口，语气却不大自然。

"我也报名。"方加蓓的声音胆怯。

"算我一个。"

"我也来。"

……

在一众热烈的、还算融洽的讨论氛围中，"砰"的一声震天响，郑照行一脚把课桌踹翻在地，"哗啦"，书本纸笔相继乱撞掉在地上。

郑照行脸上的表情阴沉，充满杀气，他看着教室里的人骂了句脏话，说完径直离开了教室，根本不管现在还在上着晚自习。

学校操场，傍晚时分总是热闹，红色跑道上有边背书边跑步的女生，也有自我训练的体育生。

火烧云呈一种瑰丽的颜色铺散开来，露天篮球场上时不时传来一阵欢呼声。

柳思嘉游离在围观的人群外,她背着手站在那里,面容精致冷艳,可在那云淡风轻的表情下,藏在背后的手指无意识搅动在一起,指甲因为用力而泛白。

忽地,有人惊呼一声,柳思嘉循声看过来,宁朝奋力一跃直接来了个三分球,屈肘时手臂线条充斥着野性的味道。

人群中爆发出一阵掌声,宁朝穿着一件黑色球衣,径直走向一边,掀起衣角擦了一下眼睛里的汗。

柳思嘉犹豫了一下还是走过去,同伴看清来人后拍了拍宁朝的肩膀,吹了个口哨:

"嚯,柳女王找你来了。"

说完人就闪了,柳思嘉走到宁朝面前,两人都没有先开口,宁朝正仰头咕噜咕噜地喝着冰水。

都没搭理对方。

"我找你有点儿事。"柳思嘉开口。

宁朝喝完手里的半瓶冰水,直接瞄准不远处的垃圾桶,这才抬起眼皮看她,说道:

"哦,您有什么事吗?"

柳思嘉一下子被他这种疏离且礼貌的回答方式激起了一层火,喊道:"你有必要这么客气吗!"

宁朝冷笑一声,没有说话。

"运动会马上就要到了,我是想问你……可不可以教我跑步?"柳思嘉唇舌发干,有些不自然地说出这句话。

她从来没有这么紧张过,期待又害怕。柳思嘉甚至不敢与他对视,错开视线不自然地看向别处。

"你是不是找错人了?"宁朝问她。

气氛像湖面,荡起一圈又一圈的涟漪,柳思嘉想起什么,肩膀塌了下来,也不再像只高傲的黑天鹅。

倏地传来一阵窸窣声,柳思嘉从背后拿出一杯冻鸳走递给他,语气顿了顿:"之前的事对不起,那些话我全部收回。

"你可以推回我。"柳思嘉心一横说道。

原本淡着一双眉眼的宁朝此刻来了兴趣,他问道:"真的啊,让我打回去?哪里都可以?"

"?"柳思嘉刚想反驳,最后又点头,咬牙道,"可以。"

"嗯,你闭上眼,先说好啊,我是断掌,打人还挺疼。"宁朝认真说道。

说完他低头开始活动手腕,骨节发出"咔""咔"的声音,他的表情认真,一点儿也不像在开玩笑。

"来了啊。"

心跳如擂鼓,忽地,柳思嘉感觉一阵劲猛的力道袭来,她害怕地闭上眼,再怎么给自己做心理建设,睫毛还是不受控制地抖了一下。

预想中的痛感并没有传来,反而是一阵风扑在脸上,是温暖滚烫的。睁开眼,宁朝站在太阳底下。

他整个人都是亮堂堂的。

"柳思嘉,我不会去让你做什么,但是林微夏的事,你不能逃避,剩下的你自己想。"男生的眼睛黑得发亮,也澄澈。

说完宁朝背对着她,背影是说不出来的酷,扔下一句话。

"明天下午五点,放学后操场等我。"

关于林微夏,柳思嘉确实一直想做些什么,又在不断逃避。宁朝这句话给了她勇气。

柳思嘉站在那里,心里起了不一样的感觉。

另一边,班盛和林微夏在走廊上休息放风。班盛闲散地倚靠在墙边,林微夏想起什么,问他:

"你跑步怎么样?"

"还行,你呢?"班盛反问道。

"不太行。"林微夏答,她完全是硬着头皮为做表率报上名的。

"哦,那你完了。"班盛的语气相当置身事外。

林微夏笑了一下,语气淡定:"不是有你吗?"

她其实是在开玩笑,开始出主意:"你可以跑快一点儿,那我就可以跑慢点儿了,行不行?"

林微夏正说着话,班盛懒洋洋地低下脖颈,对上他的眼神,她心脏剧烈地缩了一下。

班盛眼神里写着"我想要什么你知道"。

Part 9

京北大学

♪光在追着他跑呀♪

lily

"咔"的一声,毛线帽学姐按下快门键,将这个画面定格。
身后人来人往,自动虚化,
他们站在京北大学门口,留了一张合影,时间是冬天。
遗憾的是,今天没有下雪。

You can hear

43　太阳

YCH 网站最近又多了几条帖子，大部分是关于运动会的，其中一条比较现显眼：

各位听说了吗？高三1班的学生参加了十二人的接力赛，A生和F生一起参加，这可是深高有史以来的大场面，有看头了。

【方糖泡泡】：楼主发言有问题啊，都取消学生等级排名了，还在这儿A生F生的。

【2333】：不好意思，标题党了。虽然取消了，但实际上还是存在偏见，这两队人马融不到一起啊。

【绿玫瑰】：楼主正解，这局有意思起来了。

【坐火车去旅行】：感觉高三1班会赢吧，F生务实，脚踏实地；那帮A生更不是善茬，他们一向自我要求高，毕竟好胜心强，看重门面，现在每天放学都能看到他们在操场上训练。

但从另一方面来说是好事，这不就等于双强联合了。

运动会即将来临，班盛却在前一天忽然重感冒，说话带着浓重的鼻音，声音也低沉了许多。林微夏询问他理由，问了一圈，断定他是傍晚在泳池泡久了。

"那你还能跑吗？要不让替补上？"林微夏语气带着关心。

"没事。"班盛回。

两人中午一起去食堂吃饭，班盛嫌人多，特地带了她上二楼吃饭。但一坐下，就不断有艳羡的眼神投来。

他们进入高三，来了一批年轻鲜活的高一新生。两人正吃着饭，议论声不断，传到林微夏耳朵里。

"那是班盛学长吧,好帅。"

"真的很帅啊啊啊,他戴的那个粉腕巾,搭上整个人的气质,绝了。想上去要电话。"

"不过他对面坐着的女的是谁啊?她脸上的那个小胎记有点儿怪。"

林微夏正慢吞吞地嚼着一根豆角,闻言睫毛动了一下,继续吃饭,并不受她们的影响。

班盛适时抬眼看了一眼林微夏,没有说话。

林微夏刚把餐桌上的汤递给班盛,一道纤细的身影出现在眼前,与此同时飘来一阵清新的香味。女生扎了一束高马尾,活泼的语调中夹了丝紧张。

"学长,我是新生,初来深高还有很多不懂的地方,能不能留个电话?"

话说完,女生的心突突直跳,既忐忑又期待,可等了半天也没等到班盛有什么反应。

班盛慢悠悠地喝着汤,喉结上下滑动,像是有意晾着女生,喝完后他背靠椅背,连个眼神也没给她,语气侮慢:

"腕巾,她送的。

"你觉得奇怪的胎记,我觉得好看。

"至于电话,你先问过你学姐。"班盛语气散漫。

班盛一通操作,把女生弄得又恼又羞,脸上颜色变了又变,最后一跺脚跑开了。

林微夏从两片药板里各抠三粒药递过去,把水推过去,说道:

"你干吗要吓她?"

班盛接过药,也没喝水,直接扔嘴里,仰头吞咽了下去。只听他哼笑了一声,林微夏撞上一双漆黑的眼睛,他轻笑一声:

"你该庆幸,我多洁身自好。"

次日,运动会在校长冗长的发言后正式拉开序幕,同学们站在下面听得昏昏欲睡,不停地吐槽"校长真能说""校长比我妈还能说"。

"校长能说是因为你站在太阳下暴晒,而他站在礼台前发言。"

柳思嘉作为学生运动代表上台发言,打扮得光鲜亮丽,她站在台上的时候,刚要打开发言稿,"刺啦"一声,纸碎成两半,漂亮的手指沾满了胶水,在阳光下越扯越黏。

台下几个学生哄然大笑,甚至还有人吹起了口哨,纷纷拿出手机拍照,纷纷感叹:女王出丑的次数越来越多了。

"今天论坛又要热闹了。"

"代入我自己,在全校师生面前出丑,我扛不住啊。"

班盛站在旁边,双手抄在那里,看着台上眼神凛然的柳思嘉,开口:

"她在用自己的方式还给你。"

太阳热辣,林微夏抬眼看去,只看到柳思嘉在一片嘲笑中下了台。

校领导发言结束后,机器轧着红白气球发出"啪""啪"的声音,一群穿着制服的学生站在绿操场上鼓掌欢呼,像一片片扬起的青春的帆。

学生们开始安营扎寨,两个男生拖着充气垫占位置,不参加比赛的同学直接躺在上面休息,有人甚至带了小音箱。

"牛啊,直接在这儿开音乐节了是吧。"宁朝很是不屑。

宁朝刚喝两口水,广播便开始喊人去检录处准备跳高项目,他把瓶子一扔:"一会儿来两个人给我加油啊。"

上午基本都是个人项目,下午才是接力赛。林微夏参加完两项后,收到一张字条,是柳思嘉写的:

大提琴的事我不会道歉。

厕所泼你水那次,我没有授意也没有参与,最后你也泼回我了,但起因在我,抱歉。

胶水那次,还你。

林微夏睫毛动了一下,最后把字条塞进兜里,匆匆跑去休息室陪班盛。

他的感冒没有好,反倒有加重的迹象,一直躲在休息室里休息。

门被林微夏推开,班盛坐在椅子上,头仰靠在冰蓝色的墙壁上,他正在合眼休憩,黑睫毛紧闭,侧脸线条流畅又冷厉。

听到声响,睁眼看向来人。

"你好点儿了吗?"林微夏走过去递了一杯热水。

班盛神色倦怠,冷白的手握着水杯,一开口声音沙哑:

"还行。"

他似乎看出林微夏的意图,笑了一下:"哪儿那么脆弱啊。"

"行,下午真不舒服了记得跟我说。"

下午的接力赛很快到来,临开场时,全班待在一起,将那些参赛者围在了一起。

班盛看起来好像精神好了很多,他酷着一张脸,双手插兜,露出一截清晰的腕骨,游离在人群外。

李笙然今天一身活力十足的粉色运动服,正来回踱步,显示着她此刻的焦躁不安。

柳思嘉被她晃得不自在起来,开口:"别走了,晃得人心烦。"

"我也没办法,我感觉自己的心跳得好快,"李笙然一脸的担忧,她托着对方的手,"思嘉,你摸摸我的心口,是不是不对劲?

"完了,我不会上场拖后腿吧?那也太丢脸了。"

李笙然不停地表达自己的不安,她还试图通过喝水的方式来降下自己的心率。那帮女生围着她,建议她做深呼吸之类的动作。

倏忽,一道怯懦的声音响起:"你要不要试试这个?"

众人看过去,一位戴眼镜的女生拿出自己的保温杯,语气友好:"这是我妈给我泡的静心百合茶,她是药剂师,在里面加了两剂药材,每次考试一紧张她就给我泡这个茶。"

那帮女生听到后从鼻孔里发出"哼"的一声,嘲讽她说的是个悖论——既然这茶能让她遇到重要的事不紧张,那她的成绩怎么会一路差到底?

李笙然回头看了那女生一眼,对方自觉噤声,李笙然接过保温杯:"谢啦,我试试。"

"啊,不用谢的。"女生一脸的意外,她没想到李笙然会接。

没多久,高三1班的参赛者站在了比赛区,一共十二个人,与同年级的其他班进行角逐。

"砰"的一声枪响,六组运动员如离弦的箭,不停地向前冲,他们班首发的是班长,速度很不错。

一棒接一棒传过来,1班目前排名第二,势头还不错。第三棒传到方加蓓手上的时候,她绷着一张脸向前冲。

林微夏看见方加蓓因为紧张脸部线条绷得很紧,但一向黯淡无神的眼睛此刻有了光。

她在努力向前跑。

林微夏站在队伍前等着方加蓓把接力棒传过来，结果"砰"的一声，跑在半道的方加蓓竟然摔倒了。

世界好像静止了一般。

正在围观的同班同学嘴巴张大，其他班的同学则议论声不断，一副看热闹不嫌事大的模样。

"哈，她摔倒的样子真的好滑稽哦。"

"想不通那帮A生为什么要和F生搅在一起参加比赛，他们注定掉链子啊。"

在一片议论声中，林微夏刚想开口鼓励她起来，站在对面的柳思嘉忽然喊出声：

"方加蓓，加油啊。"

以前柳思嘉只知道她的外号叫"怪胎"，现在准确无误地叫出了对方的名字，林微夏惊讶了一下。像是声腔共鸣般，越来越多的同学出声：

"加油啊。"

"站起来，跑啊。"

"加油，方加蓓。"

趴在地上的方加蓓两只手撑地慢慢爬起来，她捡起接力棒，拖着受伤的腿一瘸一拐地往前跑。

大家紧悬着的一颗心，在看到方加蓓把接力棒交给林微夏的那一刹那松了一口气。

林微夏接过接力棒那一刹那，奋力向前跑，她在赛前就摘了助听器，周围人的加油声像是从远方传来。

风吹在脸上是滚烫的，她看着不远处的终点，柳思嘉站在那里，红色的嘴唇一张一合，好像轻声说了句"加油"。

接力棒快要交给柳思嘉的时候，她伸出手，呼吸交错，两个女生的手背轻轻碰了一下。

林微夏喘着粗气，走出跑道外，手肘撑在膝盖上，额头出了一层密密麻麻的汗。

她来不及喝水，抬眼看着远方的接力赛，同学站在旁边拿着相机在拍照，还问她要不要拍。

柳思嘉跑步一贯抬着下巴，眼神凛然，骄傲又漂亮，她奋力向前奔跑，像一朵傲然绽放的牡丹花。

倏地，人群中爆发了一阵欢呼声，是宁朝，他把自己的身体弯成了一张弓，动作敏捷得像只猎豹。

快到终点的时候，宁朝张开手臂怒吼一声，他竟然把方加蓓落下的时间缩短了！

观众群中开始不断有人喊"1班加油！""宁朝加油！""班盛加油！"。

林微夏站在后面，她正好逆着光看过去。

太阳有些刺眼，班盛穿着黑色的运动服，一个挺拔的身影不断向前跑，强风吹拂，等到关键的时候，一向漫不经心的班盛突然急速向前奔跑。

速度快得像一道闪电。

加油呐喊声越来越大，班盛像一支笔直的箭向前冲，众人的心提到了嗓子眼儿。

顺数第三了。

第二了，又落后了。

第一了！

他竟然在最后关头超越了别人。

少年张开手臂冲向终点的那一刻，周遭的一切好像停止了，风声停止，裁判还咬着口哨，同学们的笑意停止。

只有他是蓬勃、无限向上的。

班盛挥动手臂，身体越过终点线时，一轮火红的太阳散发着金光跟在他后面。

光在追着他跑。

这一刻的班盛不是下坠的、幻灭的，身上那些沉郁的气息悉数消失，是全新的他。

林微夏拿起相机，"咔嚓"一声对着他的身影拍了一张照。

比赛结束后，一群人紧张又期待，一向闹腾的群体没有人说话，都在等着最后的竞赛结果。

当广播处播放"恭喜高三1班在十二人接力赛中荣获第一名"时，"啊啊啊啊——"全场欢呼，年轻的男生女生围在一起振臂欢呼。

"高三1班就是最牛的！"

"思嘉，你跑得好快啊。"

"啊啊啊啊我没有拖后腿。"

"班盛太厉害啦。"

李笙然不停地捂着脸,跳起来以示开心,然而她不小心撞到一个同学的肩膀,低声道歉的同时发现是刚才给她静心百合茶的那位女生。

"刚才谢谢你啊,周末我请你吃冰啦。"

"啊,真的吗?不用客气,那只是小事。"

……

"原来大部分A生除了骄傲点儿,其实性格也不错。""F生实力不错啊,人也很善良。"

他们每个人一起鼓掌的时候暗暗想到。

这一刻横在两类学生身上的隔阂、偏见短暂地被放下了。

他们围在一起欢呼鼓掌,当下集体的自豪感是真的,对另一方的偏见也暂时性地消失。

"大家今晚一起吃饭怎么样啊?我请。"柳思嘉脸上起了一道不自然的红晕。

宁朝流里流气地吹了一声口哨,笑着喊道:"女王难得拔毛,不介意的话可以来我家的店,一律八折!"

人群一声哄笑,他们开始游说宁朝让他打更多的折。林微夏站在人群中,脸上扬起淡淡的笑。

方加蓓刚好站在她对面,即使膝盖处受了伤,仍在傻笑着。

看来她真的很开心,林微夏想到。

林微夏看着方加蓓,忽然发现她脸上的笑意敛住,把脖子缩了回去,又回到原先阴郁畏缩的模样。

视线不经意地看到方加蓓身后,郑照行一脸阴沉地盯着她。

林微夏正想上去,手腕处传来滚烫的触感,一股猛力牵制着她的手腕,班盛把人带走了。

体育器材室内,光线昏暗,灰尘浮动,两人待在密闭的空间里。林微夏站在器材前,班盛头伏在她肩膀上,轻轻地喘着气。

他刚才是用尽全力跑的。

他喘气的动作很小,但林微夏还是不由得绷紧脚尖,只觉得身上起了一阵热意。

她静静站在那里,任班盛靠在她肩上休息,林微夏抬手摸了一下他后脖颈上的棘突,说:

"你刚才很厉害。"

班盛的声音闷又嘶哑："我什么时候不厉害？"

指尖抚上去，林微夏才发现他脖子烫得厉害，下意识地去摸班盛的额头，热度惊人，惊呼道：

"你发烧了。

"不行，去看医生。"

林微夏试图推他站直身子，可班盛就跟巨型犬似的，推也推不动。他缓慢出声："你让我靠会儿。"

女生这才没有动弹，等他休息好后，林微夏推开他，她的手肘撑住身后的木板，正要往外走。

手无意识地往外一拉，"刺啦"一声，林微夏皱眉发出一声惊叫，食指被钉子划破，不停地往外涌着血。

班盛高大的身影将她笼罩住，他盯着雪白食指上面那一抹暗红的血，眼神一变，某种压抑已久的情绪呼之欲出。

班盛此刻发着烧，冷白的皮肤显得有些病态，脸颊处靠近鼻梁的那粒小痣让整个人透着一股邪性。

他的呼吸急促，不自然地滚动了一下喉结，林微夏被他的眼神吓到，心脏缩了一下，想要抽回手却怎么也拉不动。

班盛额前的黑发被冷汗浸湿了一点儿，他的眼睛里有一簇火。

不断地吸着她往下沉。

班盛盯着她，想也没想，低下修长的脖颈，把那涌着血的食指含在嘴里，低垂下来的睫毛一片漆黑。

危险又迷人。

44 气温

"脏。"林微夏抽回自己的手。

"我又不嫌。"班盛的声音沙沙的。

他抬起眼锋看向眼前的女孩，林微夏今天要跑步就把助听器摘了，身后如缎的乌黑长发被她扎了起来，露出光洁的额头，不断有碎发掉下来。

她绑了两根灯笼辫垂在胸前，搭上今天穿的蓝白运动裤，清纯又透着活力的可爱。

班盛伸手去扯她胸前那根软又黑的灯笼辫，眼睛看着她上下来回扫，漫不经心地说：

"怎么穿得跟个吉祥物似的？"

被林微夏撑回去："你才吉祥物。"

"走了，上医院了。"

两天的运动会很快结束，闭幕式开始的时候，台下吵吵闹闹的，校主任正在宣布这届运动会总成绩排名。

高三1班队列全体一致地安静下来，屏息等待，校主任在台上宣告——本届运动会总成绩排名第一为高三1班。

"哇！！！"

"牛啊！"

"一般不出手，出了便知1班有没有！"

集体沸腾，女生不停地大叫欢笑，男生们则是击掌欢庆，班主任老刘站在最后一排笑了笑。

不知道是哪几个男生开始使坏的，一人架着老刘一边的大腿，后方站着两个男生，他们一起把老刘抛上了天空。

以他们为中心，越来越多学生不嫌事大，跑过来把老刘团团围住，一向严肃的老刘此刻再也绷不住，一脸的惶恐。

他们每把老刘往上抛一下，就有一大帮人笑着大喊。

"我们是高三1班！"

"我们是第一！"

"第一！！！"

人挤人，肩膀时不时地撞在一起。由于起哄的人太多了，借着此次机会浑水摸鱼捉弄同学的也有。

不断有人大喊："我眼镜呢？"

有人趁机给了同伴一拳："就你踩我眼镜！"

"我衣服还被你撕了呢！"同伴回撑。

人群中的林微夏回头寻找班盛，他始终站在那里。

一回头就能看见。

两人视线对上，淡淡一笑。

风吹过来的温度刚好，天也是蓝的，男生女生们的笑声回荡在校园上方。

这是他们的十七岁。

晚上庆功宴定在市区一家酒店，老刘喝了两口白酒，人就不行了，又开始了招人烦的发言。

老刘打了两个酒嗝，一手端着酒杯，一手颤颤巍巍地指着这帮学生开口："你们这帮学生是我带过——"

"最差的一届。"邱明华丢了颗花生米进嘴里。

这话老刘说了有数十遍，说得他们耳朵都快起茧子了，没想到刘希平嘿嘿笑了两声，摇了摇头：

"是我带过较好的一届，至少排前三。"

这话说得在场的学生开心不已，他们举杯相庆，欢笑声、斗嘴声碰撞在玻璃杯中。

对比里面的热闹，酒店外面显得冷清安静许多。此时，两人正倚靠在墙壁前。

"你跑得挺快啊。"宁朝挑了挑眉。

柳思嘉语气自得："当然了，我要做什么就要做到最好。"

"你报名是因为林微夏吧，怕没人报她会尴尬？"

"不关你事。"柳思嘉回。

不是，是因为他。

宁朝低头笑了一声也没反驳她，聊完这茬后，两人忽然一致地沉默，好像不知道该说什么。

但气氛难得地和谐融洽，不像之前，他们一在一起就是针锋相对的局面，互相怎么都看不惯对方。

柳思嘉伸出手，一双狐狸眼上挑，认真看着他：

"我们正式和好吧。"

握了手不计前嫌。

一只雪白的手伸出去，迟迟没有得到回应。柳思嘉皱眉，刚想收回手，宁朝睨了一下她。

男生伸手握拳在她掌心碰了一下。

宁朝径直越过她，头也不回地往前走，扔下一句话："走了，万一老刘下来又撞见我们，我可不想再嘬你一嘴毛。"

"说了多少次了，我手臂没有毛！你手臂才长毛呢！"柳思嘉跟在后面，语气不满。

一帮同学转场去唱歌。人一放松，脑子里紧绷的弦就会得到解放，柳思嘉最近很长一段时间疯狂迷恋喝咖啡，她喜欢心跳加速、眩晕的感觉。那感觉，好像她完全可以掌控自己的人生。

想着想着，柳思嘉一阵反胃，捂着嘴跑了出去，冲到走廊尽头的卫生间抱着马桶狂吐。

吐完之后柳思嘉摇晃着脚步走到洗手台，她拧开水龙头，不停地低头往脸上泼水。

水龙头忽然被关掉，空间安静下来，柳思嘉抬起头，扭头看向身边的面容温柔的女生，认真道歉：

"对不起。"

林微夏没有应她，抽了一张纸给自己擦手。

柳思嘉也不生气，她有权利不接受这个道歉。林微夏把纸巾揉成一团扔到垃圾桶里，头也不回地离开。

"我会用我的方式偿还给你。"柳思嘉冲着她的背影说道。

林微夏的身影僵了一下，继续往前走。

柳思嘉盯着镜面上反射出来那张美艳却疲惫尽显的脸，重新拧开水龙头。是什么时候意识到自己错了呢？

是无意间在论坛看到那张照片，还是越来越累的身体？

这次运动会柳思嘉重新正视了那个女孩，跑步的时候全身缺氧，大脑一片空白，好像马上就要死去，脑子里闪过最重要的人有她。

月底，一次大型的重要摸底考试，柳思嘉缺考了两门，所有人都在考试，只有她的座位是空荡荡的。

因为之前出了林微夏那件事，学校已经下令把那个废旧的仓库封掉了。柳思嘉回到家，家里空荡荡的，也没有人。

柳思嘉走进家里的地下泳池，抬手关上门，吱呀一声，柳思嘉蹲在地下泳池边抱紧自己的膝盖，现在是冬天，阴冷得不行。

时间一久，周围陷入黑暗，柳思嘉就在想：

她是不是这样害怕？

她是不是也很难过？

到晚上，柳思嘉靠在墙壁上，冻得唇色苍白，她又累又饿，几度昏厥。柳思嘉从口袋里摸出手机，登录深高的校园论坛。

那是运动会前她无意在热门帖看到的照片，现在又拿出来看了一遍。

照片的主人是两个女生。

当时是在一节体育课上，柳思嘉正在进行百米跑的自我训练，她一向自我要求高，短跑是她的短板，所以她只能多次训练。

在最后冲刺的时候，柳思嘉绷紧神经向前跑，束起的马尾有一缕发丝被吹到了精致的脸上，在看见终点处抱着她的外套安静等待的林微夏后，眼神一下子软化下来。

林微夏也睁着琥珀色的眼珠等着她过来。

照片就此定格。

而标题是——她她。

一滴晶莹的眼泪滴在手机屏幕的照片上，迅速模糊了眼前的视线。

林微夏应该不会原谅她了。

但她要还给林微夏。

柳思嘉从中午开始把自己关到晚上近十一点，把自己关了多两倍的时间，上门打扫的保姆到处找不到人，选择了报警处理。

最后是保姆打算给地下泳池换水清洁的时候，把人翻了出来，当时发现她人的时候，柳思嘉已经昏倒了。

老刘得知这件事的时候，狠狠批评了柳思嘉一顿，并把两张白卷如数还给了她。

当温黎艳看到柳思嘉成绩单两科成绩为0时，没有任何反应，转过身扬手狠狠扇了自己亲女儿一巴掌。

柳思嘉身体本就虚弱，一个重心不稳被扇得摔在地上，白皙的脸颊起了鲜红的五个手指印，嘴角渗出一丝血。

"废物。"温黎艳居高临下冷眼看着她。

事后，柳思嘉有一周没来上学。

林微夏得知这件事的时候一言不发，但她写断了一根铅笔。

讨论风波过去后，所有人开始收心把精力投入学习当中去，这里的学习是指专注做自己的事，但班上的气氛融洽了很多。

时间很快过去，一转眼就到了 11 月。

林微夏也在认真复习，但她遇到了一件为难的事，原来她在京北比赛认识的老师这次举荐了她参加那边的一个品牌活动表演。

她握着邀请函思考了一天，决定拒绝。班盛正拿着一支马克笔在他的地球仪上标记东西，听到这个消息抬起眼皮看了她一眼，问她：

"为什么喜欢大提琴？"

林微夏愣怔了一下，语气淡淡的："我很小的时候右耳听力就丧失了，因为周围的环境吧，性格一直很孤僻，很大程度来说——"

"音乐拯救了我。"

她确实是靠着音乐支撑到现在的，林微夏以一种轻描淡写的语气说出这些话，但班盛知道，大提琴对她来说很重要。

"那为什么拒绝？"班盛问。

林微夏手托着下巴，笑着说："因为我比较现实，不是活在童话里的人。"

林微夏知道，以后把它当成专业、追求的梦想是不可能的，她家里的条件不允许，她也不会去这样做。

偶尔能演奏大提琴就很好了，音乐对她来说，是避难所，是治愈一切的良药。

"现实里也可以有音乐，听我的，"班盛语气顿了顿，"人生很难遇到喜欢的事或人。"

"遇到了就要抓住。"

她被班盛说的话打动，手指下意识地摩挲着邀请函上面印着的"林微夏"三个字，指尖一阵发烫。

最后林微夏改了主意，联系京北那边的老师表明自己会去。老师知晓后，联系品牌方给她安排了住宿和订机票。

时间定在这个周末。

班盛点了一下头，低下脖颈，拇指按着手机屏幕不知道在干些什么。

林微夏问他："你在干吗？"

"订票陪你过去。"班盛自然而然地说出这句话。

林微夏伸手按住他的手机，男生抬头看过来，她声音拖着调："那边有老师会接待我，而且——"

"我不想太依赖你。"

班盛愣了一秒,只当她是一时兴起说这话,哼笑一声:

"我就是让你依赖的。"

林微夏笑了笑,没有接话。

周末,林微夏搭乘上从南江飞往京北市的飞机,她在飞机上看了一会儿书就感到困了,拉下遮光板,向空姐借了条毯子。

林微夏迷迷糊糊睡了一阵,又发了一会儿呆,吃完午餐后,飞机终于抵达京北市。

机舱广播传来一道温柔的女声:"女士们,先生们,飞机已降落京北机场,此刻,外面的地面温度为5摄氏度,飞机正在滑行……"

出了飞机舱后,迎面扑来一阵冷风,冻得林微夏打了个哆嗦。她顺着人流去传送带拿自己的行李时,没忍住打了个喷嚏。

一过安全闸口,就有专门的工作人员过来接她。接待老师看到林微夏白皙的脸颊冻得发红,关心道:

"行李箱还有厚外套吧,拿出来穿上,京北是这样的天气,南方人一般很难适应。"

"好。"

林微夏蹲下身,从行李箱里拿出一件厚外套和黑白格纹的围巾裹上。

她知道京北会很冷,但没想到会这么冷,在南江,11月白天还算是温暖的,而这边,已经是快下雪的天气。

坐上车后,林微夏才开机,去找那个黑色的头像,班盛让她一下飞机就报平安。

Xia:我到啦,现在工作人员和老师开车送我去酒店。

没一会儿,屏幕亮起,是班盛回的信息,一贯的不讲废话风格——

Ban:嗯。酒店地址和电话发我。

林微夏低头把酒店定位和电话发过去后,手机忽然进来一条京北气象局发来的信息:

　　明天气温急降,温度降为零下3摄氏度,预计会有降雪,各单位和学校注意加强防范,居民出行注意安全。

她顺手把这个截图发给班盛，感叹道："哇，神奇，我竟然赶上了京北第一场雪。"

　　班盛并没有回复，林微夏也没在意，熄灭了手机屏幕同老师聊天。

　　次日，林微夏前往活动地点演奏大提琴，演出结束后，现场人员对她赞赏有加。

　　活动还在持续进行，林微夏溜去洗手间洗了个手，一走出来她就在大堂中心看见一位老师正在训斥着一位男生。

　　男生的背影高大，浑身透着"我就是难管"，一脸的玩世不恭。

　　"你说说你，大提琴拉得那么好忽然改什么主意，考什么航校？！"

　　"想、上、天、呗。"男生一个字一字地回答，语气嚣张。

　　老师被噎了个半死："你——我反正是管不了你！"

　　看着对方的背影熟悉，林微夏试探性地叫了句："周京泽。"

　　男生快速回头，看见老熟人后挑了一下眉，趁势找借口过来，得以顺利躲开老师的唠叨。

　　"哟，亲人啊，"周京泽冲她抬了抬下巴，笑，"过来比赛？"

　　"不算吧，一个小演出。"林微夏答。

　　周京泽轻笑一声："行，请你吃饭去。"

　　刚好这个演奏厅离天华一中很近，周京泽索性带了她回学校吃饭。两人一进食堂，其他男生见周京泽带了个女生进来，纷纷开始起哄：

　　"周爷，谁啊？"

　　"哇，这姑娘长得像仙女。"

　　周京泽懒散地端着餐盘，冲他们笑骂一句，他正要让人别乱说时，一道纤弱的身影向外跑，"嘭"的一声撞向他的肩膀。

　　"啪"的一声，女生口袋里有什么东西掉了出来。女生穿着一件白色的棉袄，乖巧地围了一条小熊围巾。

　　女生一直低着头，嗫嚅了一句"对不起"，就匆匆跑了出去。女生跑出去后，周京泽盯着那道背影若有所思。

　　林微夏蹲下身，捡起一张卡片一样的东西，定睛一看，上面端正地写着：高三1班，许随。

　　旁边还贴了小兔子、卷心菜的贴纸。

　　她正凝神看着，一只骨节清晰的手直接把饭卡抽走了，周京泽漫不经心地说:"我同学。"

是同学还把人家的饭卡揣兜里?林微夏在心里暗暗说道。

两人打好饭菜后,端着餐盘找了个位置坐下,林微夏想起刚才他那些同学开玩笑的话,说道:

"你不解释吗?别人好像都误会了。"

周京泽眼底透着无所谓,发问:"我解释了他们就会信吗?"

周京泽抬手搓了一下脖子,轻叹了一口气:"最近打算改志愿,哪儿那么多时间和他们解释?"

林微夏点头,她也没问周京泽为什么改变主意打算上航校,毕竟他做事一向不按常理出牌。

但他一定会做到最好。

两人面对面坐着聊天,谈起各自的近况,没一会儿食堂进来一个戴着眼镜长相斯文的男生。

眼镜男犹豫了一会儿,开口:"周京泽,那个……许随让我来要回她的饭卡。"

周京泽抬起眼皮看了他一眼,脸色沉沉,开口:

"让她来找我拿。"

眼镜男哆嗦了一下,狂点头,最后一溜烟跑走了。

两人继续吃饭,吃到一半周京泽撂了筷子,背靠椅子,懒洋洋地笑:"你朋友?在外面站好久了。"

林微夏顺着周京泽的视线看过去。

相隔千里的人此刻正在不远处,班盛穿着黑色的大衣,浸过风雨的手指湿淋淋的,骨节发红。

男生身材挺拔,眉眼冷冽,他的姿态漫不经心又帅得不行。

不断有路过的女生频频驻足,甚至还有大胆上前要电话的。

他确实长了一张让人想飞蛾扑火的脸。

林微夏冲周京泽开口:"不好意思,我先出去一下。"

当林微夏一路小跑出食堂的时候,刚好在出口处撞见不远处的班盛。

京北的冬天总给人一种衰败的、壮观的印象。

他站在空旷的台阶上,凛冽的寒风将他大衣的一角吹得猎猎作响。

林微夏站在台阶上,一看见班盛有些心虚,但一想他们又没有什么,便问道：

"你怎么来啦？"

班盛没有应她，就这么自下而上地抬眼看她，明明他站在台阶下，两人隔了两级台阶，却凭空生出了一股压迫感。

看他脸色冷淡，又酷得不行，林微夏煞有介事地点点头："你不说我走了啊。"

说完她作势就要走，不料班盛长臂一伸，直接拉住林微夏的围巾。林微夏吓得惊呼一声。

班盛抬手扶住她，林微夏额头撞到他的锁骨，闻到了熟悉的乌木香，哪知男生直接贴过来，低低沉沉的声音震在耳边：

"不是你说要下雪了吗？我还在掎角区那块的别墅正准备冲浪，局都组好了，衣服刚脱——

"收到你信息撂下一切连忙飞过来。"

结果她在这儿跟别的男生吃饭不说，还问他为什么来了京北。

他被这人气得肝疼。

班盛低声咬牙切齿道："林微夏，你有没有良心？"

45　合照

林微夏轻声哄了好一阵，班盛才渐渐消气。她又带着班盛进了食堂，把他介绍给周京泽。

男生面对面坐一起，两个帅哥长相又都极为出挑，很快惹得路人频频往他们这边侧目。

一开始他们气场极其不对付，聊起天来也是极其敷衍，有一种互相看不上对方的架势，可聊到后面发现两人有共同的兴趣爱好——都喜欢极限运动。

周京泽和班盛最后碰了个拳。

两人竟然成了兄弟。

他们还互相加了微信约着放假一起去玩跳伞。

这一天迟迟没有下雪，为了看雪，班盛陪林微夏多待了一天，两人没怎么逛京北著名的景点，都一致地选择参观京北的高校。

京北的著名高校林微夏都参观了个遍，她站在一家叫云记的面馆前面,惊讶地发现两所大学只隔了一条街道。

"你看,京北航空航天大学对面就是京北医科大学,神奇。"林微夏伸出手指了指。

班盛不太关心这个,薄唇叼着暖手宝的一角,"哗啦"一声撕开包装纸,他把两个暖手宝塞到林微夏手里,睨了一眼她被冻得发红的手指,低声:

"手塞回兜里。"

他们最后一站去的是京大,林微夏站在京北大学门口,盯着上面四个烫金大字发怔,看着看着眼底直泛热。

班盛发现她的异样,捏了一下她的手指,漫不经心地笑:"怎么着,预热考上这儿的激动啊?"

林微夏回神,摇了摇头,神情闪过片刻的落寞:"没有,就是想起一个认识的人,今年也该上大学了。"

班盛看她感兴趣,带着林微夏进去参观了一下,他慢悠悠地开口:"到时咱俩又是校友了啊。"

这句话夹着一个隐秘的只有两个人才能实现的约定,林微夏点头:

"嗯,校友。"

两人参观了一个多小时准备离开,他们在校门口的时候恰好碰上正在拍摄短片的京大学子。

一个戴着毛线帽的女生走过来,语气热情:"同学你好,我是京大导演系的学生,我们正在完成小组作业,刚好缺个镜头,看你太帅啦,气质又是独一份,长得太有镜头感了,能否帮个忙?"

"就拍个侧脸,不会曝光你太多的。"

班盛酷着一张脸拒绝了。

林微夏接收到毛线帽女生求救的眼神后,笑了一下:"要不拍吧,顺手的事。"

班盛最后松口同意了,但给出了一个条件:"她得跟我一起入镜。"

毛线帽女生欣然同意,就这样,林微夏莫名地跟班盛一起入了一个陌生人的镜头。

拍完之后,女生走过来同两人道谢,她还加了林微夏微信,说等之后成片出来发给她。

毛线帽女生拿着相机:"才知道你们是高三生,学姐欢迎你们报考京大，我给你俩拍个照留念吧。"

"啊？"林微夏迟疑道。

"拍吧。"班盛忽然出声。

林微夏找了个位置，与身边的男生站在一起，毛线帽学姐不停地指挥着两人靠近一点儿。

但两人已经靠得很近了，班盛宽阔的肩膀紧挨着她，传来一阵温度。身后不断传来学生进出校门迎着风的谈话声。

面对着镜头，身后又不断传来路人骑自行车发出的刹车声，这多少让林微夏有点儿不自在。

可能是毛线帽学姐导演专业出身，比较讲究构图和镜头感，她拿着相机不停地指挥着两人靠近一点儿更显亲密。

刚好冷风吹过来，将她的长发扬到了脸上，面对学姐不停地指挥两人靠近点，林微夏轻叹了一口气。

可是已经很近了。

倏忽，指骨明显的手指自然而然地搭了过来，指尖碰过来的那一刻，心口一室，她的呼吸有些不自然，蜷着的指尖动了一下。

宽大手掌完全搭了过来，轻轻放在肩头。

男生身材挺拔瘦削，带了点儿痞坏的气息，比女生高了大一截，黑色的冲锋衣把他的脸部线条抬得流畅分明。

面对镜头一向漫不经心，懒得给眼神的班盛唇角向上曲起一点儿弧度，而身边的女生长相清冷，乌发红唇，因为男生突然搭肩的动作表情有点儿蒙。

"咔"的一声，毛线帽学姐按下快门键，将这个画面定格。身后人来人往，自动虚化，他们站在京北大学门口，留了一张合影，时间是冬天。

遗憾的是，今天没有下雪。

回去之后，他们把心思投入学习中。进入高三，时间就过得越来越快。这个学期即将结束，马上就要放寒假了，班上进入一种紧绷的氛围中，每个人都在专注做自己的事。

除了郑照行以及那几个混在他身后的喽啰，他们天天迟到早退，愈发横行霸道，成天惹事。

郑照行每次撞见林微夏和班盛在一起，都会阴笑一声，再一脸挑衅地看着他。

柳思嘉越来越瘦，五官瘦脱相了，全身仿佛只剩下骨架。像是为了掩饰什么。

论坛上形容柳思嘉现在是个长相艳绝的女鬼。

也有更多人对她暴瘦的事议论纷纷，其中不乏有指指点点的，还有人猜测柳思嘉是因为班盛把自己弄成这个样子，顺带嘲讽了她一波。

面对这些争议，柳思嘉不管不顾，只做自己，依然是高傲的黑天鹅。

偶尔做课间操时柳思嘉和林微夏的视线会无意撞在一起，又各自分开。很多次，林微夏抱着作业从办公室出来，与迎面走来的柳思嘉擦肩。

她闻到柳思嘉身上散发着熟悉的晚香玉香水味，看见她日渐清减又苍白的面容，嘴唇动了动。

只是上下嘴唇翕动了一下，还是没能说出口。

柳思嘉擦着她的肩膀走过去。

没过两天，下完早读后林微夏站在座位上低头清点作业，须臾，一道纤瘦的身影笼罩下来。

戴着贝母手链的雪白手腕把作业递过来，柳思嘉的语调有点儿怪："作业。"

林微夏抬眼，撞上一双妩媚的眼睛，两人四目相对，这次破天荒地，谁也没有先移开视线。

她呆了一会儿回神，接过作业，迟钝地应道："哦，好。"

宁朝打扫完，单手拖着根扫把，悠闲地吹着口哨回到座位上，他一股脑儿地把作业堆在一起，瞥了一眼林微夏：

"同桌，借作业给我抄呗。"

"不行。"林微夏笑着拒绝。

很快，广播响起，教室里的学生拖拖拉拉地下楼。宁朝同柳思嘉一同下楼梯，他伸手戳了一下她的肩膀。

柳思嘉侧头看他一眼，示意宁朝有话就赶紧放。

宁朝有些不自在地摸了一下寸头："你怎么给我妈买了这么贵重的东西，要不退回去吧？"

前段时间宁母一直说腰痛，严重到坐着不能超过两个小时，宁朝刚带她看病回来没多久，就有工人上门配送了一把价格不菲的按摩椅。

"有什么关系，我经常去你家店里，阿姨老给我煮鱼蛋粉，你家人都很照顾我，"柳思嘉语气顿了顿，想起什么，警告道，"你不准给我退掉啊，又不是给你的礼物。"

"行行，小爷我说不过你。"

宁朝看着她笑道，盯着她苍白又疲惫的脸想说什么又咽了回去。

周五，上了连堂数学课后，第三节课是大家期盼已久的体育课，还没打铃一窝蜂似的人就往操场的方向冲了。

林微夏收拾好桌子准备过去时，被老刘临时抓去了办公室帮忙做统计表格。等她处理好表格回教室的时候，刚好赶上上完课陆续回来的同学。

"哎，刚才整队集合的时候柳思嘉就那么直直地摔下了去，真的好吓人。"一名女生不停地抚着心口。

"是的，差点儿撞到我，'砰'的一声，不知道晕倒是什么感觉，天旋地转失去意识？"同伴接话。

"刺啦"一声，林微夏拉开椅子，拉住走道路过的两名女生的手，平稳的语调含着焦躁：

"柳思嘉怎么了？"

两个被抓住的女生一脸错愕，互相交换了个眼神，意思是："她们两人不是闹掰了吗？"

"说话啊。"林微夏音量提高，眼神压迫。

"上体育课的时候她晕倒了，被宁朝送去医务室了，她瘦成那个样子不晕倒才怪……"

女生话还没说完，林微夏转身就跑开了，她一路凝神思考着，因为跑得太快撞向了一个结实的胸膛。

是班盛。

班盛拉住她的手臂，睨了她一眼："去哪里？"

"我去医务室看思嘉。"林微夏嗓子发干。

"她不在那儿，老师和宁朝把她送去医院了，"班盛出声，冷静地分析，"她家人估计一会儿也会到，有什么事宁朝会通知我，你去了也帮不上忙。

"先回去上课。"

一整个下午，林微夏上课都是时不时走神的状态，就连方茉跟她说话也是一脸的心不在焉。

林微夏发消息给宁朝询问柳思嘉的情况，宁朝也一直没有回复。

很快，只是过了一个傍晚，关于柳思嘉的消息不胫而走。一传十，十传百，大家都在谈论柳思嘉。

"我的天，她竟然有厌食症。"

"我说她都瘦成什么鬼样了，之前在食堂看过一次她吃饭，顿顿减脂餐，还吃不完，绝了。"

"你这样一说我想起来了，之前她还和林微夏在食堂吵过一次架。好像是林微夏逼她吃饭，她还假吃来着。"

"上次星星发现了她书包里好多营养液，你们还不信，她挺能装——"

"柳思嘉怎么会有厌食症啊？我之前还很羡慕她想成为她来着，学习好家世好，长得又漂亮，在学校又是众星捧月的女王。这种人应该什么都不缺啊，想不通为什么会生病。"

"朋友背叛她吧。"有人意有所指，似乎想把火引到林微夏身上去。

同伴反驳道："不是吧，林微夏转到深高前，柳思嘉好像就一直在节食了，她应该很早就得了厌食症。"

"见鬼了，谁知道。富贵病？哈哈哈。"

又开始了。

现在轮到柳思嘉了。

林微夏坐在座位上静静地听着这些声音，突然，一道身影压了下来，是回来上课的宁朝，他拿了本书扬手一砸，书本笔直地朝那帮女生砸了过去。

厚硬的书脊重重地砸在女生身上，女生发出一声尖叫，她们还没来得及发火，宁朝沉着脸开口，语气讥讽：

"班上一有什么事你们就背后嚼人舌根，新式消遣？"

八卦声霎时消失，没有人再敢议论一句，一帮女生面面相觑，最后散开了。

林微夏请了晚自习的假，班盛陪她一起去医院看柳思嘉。

两人坐在出租车后座上，车窗降下来，风涌进来凉凉的，刮在林微夏脸上。班盛按了键，车窗升上来，把冷风隔绝在外，车内又恢复温暖。

"我联系过柳思嘉她妈了，她之前就得过厌食症，治疗过一段时间，他们以为她好了。"

"但其实一直没好。"班盛说。

林微夏眼眶发红，她靠在车窗上看着外面的景色，近乎神经质地重复："我应该早点儿发现的。"

"我应该早点儿发现的,她一直都不好。"

班盛和林微夏赶到医院的时候,柳思嘉爸爸守在门口。柳父看起来保养得很好,眼睛里藏着久经生意场的杀伐决断,他正挽着衬衫袖子,身边跟了两个助理。

这是林微夏第一次见到他,礼貌地打了招呼。

"哦,林微夏是吧,有段时间嘉嘉经常提起你,她说你们既是好朋友也是学习上的竞争对手。她一定给你添了很多麻烦。"柳父说道。

林微夏一愣,又觉得眼酸:"思嘉也很厉害,性格很好,就是性格要强了点儿。"

面对自己女儿的朋友,柳父也没有刻意隐瞒什么,严肃的面容满是疲惫,说道:"一切是我和她妈妈的疏忽,叔叔谢谢你们来看她。"

由于他们到达的时间很晚,林微夏并没有上前打扰,而是隔着病房门口的窗户遥遥看着她。

一向活力满满的柳思嘉安静地躺在ICU的病床上,她穿着蓝白条纹的衣服,身体薄得一张纸一样。

仿佛一掰就折的手腕从袖管伸出来,手背上扎着针管,一片乌青,她应该扎了很多针,鼻子上也插着进食的胃管。

像是没有生气的一具漂亮的标本。

她躺在那里,瘦得好像下一秒就会消失。

林微夏又想起她掌心的疤,当时柳思嘉为了保护她,被酒瓶碎片划伤。

又想起一件事,其实很早之前林微夏就注意到了柳思嘉不怎么吃饭的情况,问过她:"思嘉,你为什么没什么食欲啊?"

柳思嘉愣了一下,托腮道:"你猜。"

林微夏把视线移回小说里,说:"那不猜了。"

林微夏没有注意到柳思嘉眼底划过黯淡之色,其实那个时候思嘉应该也希望自己猜出来的吧。

此时此刻,一些刻意遗忘的事从脑海里蹦出来。

两个女生坐在台阶上吃冰激凌,畅聊着未来。

"林同学,请说说你的梦想。"

"幻想可以吗?想站在舞台上有一场自己的演奏会。"林微夏那个时候含糊其词,没有明确说出"大提琴"三个字。

"怎么不可以！那我要做你第一个观众，在演奏完后冲上去第一个献花给我的朋友林微夏。"

"你呢，你未来想成为什么？"

柳思嘉毫不客气地给了林微夏一个"板栗"，说道："白痴啦你！你以后一直在我身边。我将来是什么样，你肯定会知道啊。"

……

林微夏看着病床上的柳思嘉眼眶发酸，她努力睁大眼，可还是没忍住，一滴晶莹剔透的眼泪掉下来，滴到手背上。

思嘉，你要赶紧好起来。

46 愿望

寒假很快来临，一转眼又是新年。

大年三十那天，姑妈打算下午包饺子，她正准备出门去买面粉、肉馅之类的，林微夏想起什么出声道："姑妈，我和高航去吧。"

"可以啊，路上有什么想吃的就自己买。"姑妈从钱包里拿出一沓钱。

高航一脸不情愿地跟着林微夏出了门，街道人流熙攘，大红灯笼高挂，天气晴朗，花坛里开满了嫩黄色的小花。

两姐弟来到菜市场，高航嫌手里拎着的各种食材重，抱怨道："姐，往年咱们家就吃猪肉馅的饺子，你现在怎么又买牛肉的，又买猪肉的？我发现你变了，怎么搞起花样来了？"

林微夏手里正掂着一个圆滚滚的白萝卜，闻言睨了他一眼，高航后怕地缩了一下脖子，嘿嘿赔笑："老姐，你想买什么都可以。"

采购完后，一家人围在桌前包饺子，姑父则负责掌勺年夜饭。夜幕不知不觉降临，吃饭前林微夏收到班盛发来的信息。

Ban：一会儿出来？

林微夏回复道：好，等我吃完饭。

吃完年夜饭后，姑妈给两个小孩一人包了一个大红包，高航眼尖地发现了他姐的红包比去年的还厚，立刻不满地发表意见：

"妈，你偏心也不带这样的吧！"

姑妈立刻赏了他头顶两个"板栗"，语气不耐："你好意思说！自己整天不是买鞋就是买游戏装备,你别读书了不如去电脑零件厂上班吧。

"你姐今年过年都没买新衣服,她马上就要上大学了,不得自己买点儿东西啊?"

林微夏看见高航憋屈的样子笑出声,他真的很喜欢在年三十这天讨打。发完红包后,按照惯例,她得陪姑妈看完春晚才能出去玩。

春晚看到一半,林微夏口袋里的手机传来振动声,她摸出来一看,班盛在问她:好了没?

Ban:我在你家楼下。

林微夏睫毛动了一下,她看了一眼姑妈,后者靠在沙发上打了个哈欠,她开始打字回复。

Xia:快了,看完这个小品姑妈应该就要去睡觉了。

她有一搭没一搭地同班盛闲聊:过年你家热闹吗?隔壁邻居家好多人,小孩一直在跺地板。

隔了好一会儿班盛才回复,他的情绪低淡:还行,人挺多的,但都不想看见我吧。

指尖顿住,林微夏不知道该回复什么,于是发了个兔子抱着兔子捏脸的表情过去。

小品结束后,姑妈一路打着哈欠回了房休息。林微夏松了一口气,赶紧去厨房拿出一个保温盒,往里面装满了食物,然后放进微波炉里加热。

等待的过程有些急躁,因为班盛在楼下等了有一个小时了,一直没催她。

微波炉发出"叮"的一声,林微夏拿出饭盒放进袋子里,她正忙活着忽然瞥见干净的流理台映出一道身影。

"嘿嘿。"

林微夏心口一窒,一回头看见高航近在咫尺的脸吓一跳,出声:"你干吗?"

"姐,去放二踢脚不?"

林微夏没理他,拎着绿色的布袋出了门,在与高航擦肩的时候淡淡地说:"我五岁就不玩这个了。"

高航表示自己受到了羞辱。

林微夏拎着保温盒下楼的时候一眼看到了站在那儿的班盛,他仰头靠在墙边,薄唇里呼出丝丝白烟徐徐往上飘,昏暗的灯光勾勒出一张漫不经心又落拓的脸。

他身上那种往下坠的气息又回来了。

没一会儿，班盛离开墙边，在路边站直了等人。

林微夏注意到班盛身上低落的情绪，想过去逗他开心。她把便当盒放一边，蹑手蹑脚走过去站在他身后，踮起脚尖，一只手蒙住他的眼睛，刻意压低声音：

"猜猜我是谁？"

班盛抬了一下眉，声音低沉："薇薇？"

林微夏疏离着一张脸，不自觉地松开自己的手，转身就要走。一只手拉住她的手臂，班盛喊人：

"夏夏，开玩笑的。"

林微夏抽回手正想好好说话，不料班盛攥住她的手臂攥得更用力，直盯着她，她一个没站稳，后退两步。

林微夏靠在墙壁上。

班盛轻轻说：

"刚才就猜到是你。"

"为什么？"林微夏问。

班盛轻笑一声没有回答，闻到她身上散发着的清甜水蜜桃味，烦躁的情绪得到舒缓。

为什么刚才林微夏蒙他眼睛的时候，班盛就知道是她？因为只有林微夏，安慰他的时候会抬手摸他靠近短发的那一块后脖颈。

他最喜欢她摸他那里。

两人待了一会儿，班盛才肯放过她，他叫了一辆车。

另一边，医院，宁朝推开门走进去，女王不满的声音就传来：

"你出去买东西这么久啊。"

柳思嘉穿着最小码的病号服，扎了个丸子头，面容素净，身上散发的攻击性气息少了很多。

宁朝嗤笑一声，走到她面前，俯身捞起折叠桌子架到她床边，把饭盒给递过去：

"大小姐，我妈给你送吃的，我下去给你拿了。"

"哇，那我有口福了。"

柳思嘉拿着两根筷子，满心欢喜地打开饭盒，她吸了一下鼻子，拿着筷子开始吃东西。宁朝守着她，看她把食物消灭了一大半，他递过去一张纸巾，语气意外：

　　"可以啊，你今天挺强。"

　　病房里安静得不行，宁朝打开电视，看了没多久，电话响起。尽管宁朝背对着她站在窗户前接电话，但还是陆续有说话声传来，应该是宁母打电话让他回家。

　　他打完电话回房后，柳思嘉佯装打了好几个哈欠，关掉平板电脑，同宁朝说话，睡眼惺忪：

　　"本小姐累了，你赶紧滚吧。"

　　"行。"

　　男生双手插在夹克兜里，低着一双漆黑的眉眼就要出去，手搭在门把上。

　　一颗心紧了紧，柳思嘉出声喊他：

　　"哎，新年快乐。"

　　宁朝愣了一下，有些不自在地摸了一下脑袋上的寸头，低声说：

　　"嗯，你也是。"

　　确认宁朝走后，柳思嘉没忍住一阵反胃，她冲进卫生间抱着马桶，轻车熟路地往自己喉咙里抠，刚嚼下去的食物哗哗吐了出来，吐得直流生理性眼泪。

　　吐完之后，柳思嘉走出去到窗口往楼下一看，远远看见宁朝晃晃悠悠地走着，路上遇到可乐罐，精准地一脚把它踢进了垃圾桶。

　　"幼稚。"柳思嘉小声吐槽。

　　说是吐槽，可柳思嘉在窗口站了很久，一直往下看，直到宁朝的背影消失在有一棵树的拐角处。

　　车子一路沿南江大桥、青州湾开，林微夏往车窗外看见平也大厦最高处的 LED 屏打着"新年快乐"的字样，底下聚满了等着倒计时跨年的人。

　　两人一路走到银也山半山腰上，班盛挑了块空地停下来。

　　林微夏站在山上，整座城市的繁华与不远处无垠的大海尽收眼底，有山风吹来，脖子不由得缩了一下。

　　两人并肩坐在地上，不断有猎猎山风吹来，班盛直接脱了身上的冲锋衣把人裹住，又拿出来刚才从便利店买的一杯港式阿华田。

阿华田握在手里还是滚烫的，林微夏喝了一口，感到五脏六腑都是暖的。

林微夏想起旁边放着绿色的保温盒，她打开盖子，温声问道："我家里包的饺子，你要不要尝尝？"

班盛侧着脸懒洋洋地笑：

"行啊，你喂我。"

林微夏拆了一双筷子，夹向饭盒里圆滚滚的饺子，怎么夹都夹不起来，班盛低下脖颈吃了一个饺子，他缓慢地咀嚼完，抬了一下眉：

"牛肉馅的？"

"嗯，家里碰巧包了这种馅。"林微夏回。

林微夏不知道除夕夜这天，班盛有没有在家里吃年夜饭。

但他把她偷偷从家里带出来的一盒饺子一个不剩全给吃了。

林微夏待了半个小时，只觉得风凉凉的，也不知道班盛带她来这里干什么，问道：

"为什么带我来这里？"

班盛低下脖颈，不停地看向手机。林微夏瞥见他手掌握着的手机露出一块屏幕，是一片漆黑的星空图，不断有坐标出现。

"一会儿就知道了。"班盛答。

班盛起身站了一会儿又坐下，林微夏把手里的阿华田递过去，问道："你渴不渴？"

话一说完林微夏又想起什么，端着热饮的手缩了回去，不料被班盛伸出来的长臂一截，将她手里的热饮占为己有。

班盛手里举着那杯热饮，阿华田在虎口处转了个圈——

她刚喝过的。

一霎间，林微夏喊出声："哎——"

但是没用，班盛已经喝了那口热饮，喉结上下缓缓滑动。

"啪"的一声，惊动了两人，班盛移开眼，他看着天空，缓缓出声：

"你看。"

林微夏适时转头看过去，瞬间被眼前的美景惊住了。星河漫天，一朵又一朵的红色玫瑰星云近在眼前，星星在闪闪发亮，仿佛近在咫尺。

难得一遇的场景，但是他让她遇到了。

"愿望实现了一个。"班盛仰头说。

"什么？"林微夏问。

"跟你一起过新年。"

班盛偏头看着她，漆黑的眼睛专注而明亮，林微夏的心脏缩了缩，沉溺在他的眼神里。

此刻只希望时间能慢下来。

"砰""砰""砰"远处接连响起烟火燃起的声音，一霎间，火树银花，腾上天空。新的一年来了。

"新年快乐。"

"新年快乐。"

两人异口同声，又相视一笑。班盛指了指不远处的天空，开口："来吧，互相实现对方一个新年愿望怎么样？"

"好啊，你先说。"林微夏看着他。

班盛看着不远处的天空发怔，声音淡下来，自嘲地笑笑："我好像从来没跟你说过我家人。

"我妈在我很小的时候就离开了。她原来是很优秀的舞蹈演员，可能是过够了婚姻生活就追求梦想去了。总之她走得很突然，扔下我就走了。"

林微夏伸出手搭在他手背上，温暖的温度传来，温声问："那你妈妈现在在哪儿？"

"不知道，我查过，但是没有一点儿消息，可能去了英国、美国，也可能在国内、京北、香港。"班盛转头看向林微夏，他第一次流露出那种落寞的眼神，语气顿了顿，"以后能陪我去找她吗？"

林微夏怔住，点了点头："好。"

班盛抬唇笑笑，似要打破这感伤的气氛，又恢复了之前浑不懔的模样："你呢，什么愿望？"

"高考后我想去打骨钉，位置就在锁骨那里。"林微夏认真地说。

班盛挑了一下眉，没想到这姑娘还挺酷，发出一声轻笑："怎么，怕疼拉上我啊？"

"不是，我想打的骨钉。"林微夏看着他语气顿了顿，"希望你也一起。"

视线相撞，班盛神情错愕了一下，片刻恢复闲散自得，唇角漾起笑：

"哦，乐意至极。"

Part 10

鲨鱼和鱼缸

lily

"你想成为什么？"
"鲨鱼，"班盛缓缓出声，反问道，"你呢？"
有风吹来将林微变的长发扬起，她抬手理了一下头发，一直都没有出声，就在所有人都以为她不会回答时，林微变看向远方的海，手指揪着衣服的一角，用力到指尖泛白，出声：
"鱼缸。"
世界蓦然安静下来，连风声也停止。

You can hear

47　羞耻

　　新年过去后，寒假很快结束，回去的第一天，林微夏看着值日生开始在黑板的一角写倒计时，她忽然意识到——

　　这是他们在深高的最后一个学期。

　　高中生涯马上要结束了。

　　但她没想到，新学期没多久，学校又起了一场风波。

　　有天林微夏从办公室抱着厚厚的一摞作业出来，她很快发觉了不对劲，男生们三五成群站在走廊上低头看着手机，眼神兴奋，讨论声不断，其中还夹杂着一两声惊叹和鄙夷。

　　回到教室里面也是如此，同学们背靠在桌子边上，他们凑在一起低声议论，时不时把眼神投在方加蓓的座位上。

　　林微夏坐下来，她拍了拍方茉的肩膀，眼神疑惑："发生什么了？"

　　方茉眼神迟疑，往正前方的空位看了一眼，转过身低声音告诉她："你上YCH网站看，有人在上面爆了方加蓓的帖子，现在那些男生都在讨论她。"

　　林微夏从抽屉里拿出手机，登录YCH网站，一进入那个简陋的页面就发现有人发了一条帖子，旁边跟了一个"热"字的图案，她点开一看："这个女生是你们高三1班的学生吧，猜猜我在哪里看见她了？"

　　帖子附了一张照片，画质有些模糊，能明显看出来是抓拍——方加蓓穿着一件灰色的卫衣，头颈畏缩，神情犹豫地徘徊在医院感染科前。

　　很快有人跟帖，讨论声一浪高过一浪：

　　【风车灌篮】：不是吧？怀孕了？

　　【足球是我心肝】：傻啊你，人家去的是感染科，可能得了什么难以启齿的病。

【漩涡鸣人】：惊了……

【五金厂长】：这绝对是大新闻，学校很快就会知道。

帖子往后翻，她发现大部分用户都在造谣然后进行思维发散，后来有一个ID叫"祈祷月亮"的用户出来说：这种没有证据的话还是不要乱解读吧，对女生伤害真的很大。

但这类发言很快被攻击和臆测的评论覆盖，像是一个沸点，不断向四周蔓延，围绕着方加蓓进行解读。

林微夏不想再看下去，退出网站把手机扔抽屉里，这时，上课铃适时响起，方加蓓很快回来，过长的刘海挡住了脸上的表情，但她身上的气息阴郁，脸色发白。

林微夏不知道方加蓓本人知不知道这件事，但周围猜测的眼神让她更不自在了，方加蓓回到座位上，她把自己藏在宽大的卫衣里，恨不得缩成地上的一摊阴影。

谁也看不见。

上完英语课后，方加蓓快速跑了出去。过了五分钟后，方茉回头跟林微夏汇报事件的最新进展，把手机屏幕递给她看，语气惊讶：

"夏夏，你看，那条帖子被删了哎，那几个恶意发言的账号被版主禁言了，那些人过分了。"

林微夏抬眼扫过去，开口："那很好啊。"

但删帖并不能阻断事件的发展，方加蓓去医院感染科的事发酵的范围越来越大，很快，事件终于爆发了。

下午上体育课前，学生拖拖拉拉地走向更衣室去换体育服。林微夏走到储物格前，她找到对应的号码，打开储物格。

"啪"的一声，不远处的方加蓓也打开自己的储物格，她站在柜子前拿着手机不知道在看什么。

忽然，一只手伸了过来，直接把方加蓓的手机夺走，方加蓓立刻伸手去抢。郑照行自以为像斗胜的战士一样高举着手机，他迅速翻阅她停留的页面，发出"呼——"的起哄声。

然后他迅速把手机丢给自己的小弟，人人传阅。

"哈，什么——衣原体感染，哈，竟然是真的？"

"我天，是真的！"另一个小弟拿着方加蓓手机的浏览器搜索记录给大家看。

班上的同学正在储物格前拿衣服，有的在逗留聊天，闻言看了过来，彼此视线交汇，议论声小声传来。

方加蓓的脸烧得异常红，她奋力去扒那个男生的胳膊，不停地说："还给我还给我。"

郑照行的小弟被弄得耐心尽失，一脸嫌恶地用手肘一顶，"砰"的一声，方加蓓一个趔趄摔在地上，她的脸贴在人们踩了无数次的地板上，头发散乱开来。

她一直没有抬头。

手机迅速被传回到郑照行手上，他笑了一声："我是不是要离她远点儿，真的好脏啊。"

说着围观的人群自动后退了两步，一直趴在地上的方加蓓抬起脸，受到刺激般大喊："我没有！"

林微夏站在储物格前，白皙的手攥紧插在钥匙孔的钥匙，指甲泛白，十分用力。

"啪"的一声，蓝色的储物格门被重重关上发出震天声响，众人吓一跳，回头看。

林微夏朝他们走过去，她抬眼睨了郑照行一眼，平静出声：

"手机。"

林微夏的气场很强，琥珀色的眼眸沉静又冷意逼人，男生手一抖把手机给了她。

手机握在手里，林微夏扫了一眼，轻声问方加蓓："医院报告出来了吗？"

"什么？"方加蓓愣了一秒，随即摇摇头，嗫嚅道，"没有。"

她没有去检查，那天跑到医院打算去检查又因为害怕而退缩了。

林微夏重新看着他们，问道：

"证据呢？"

"什么？"刚才在扬扬得意发表观点的郑照行脸上的表情敛住。

围观群众很快起了一阵不小的议论声。仅凭一个搜索记录就断定别人，是不是过分了？靠传谣和诬陷给人"盖章"，你的证据呢？

郑照行的表情很快挂不住了。

他梗着脖子粗声粗气地说道:"这是感染病吧,老子冤枉谁了?"

林微夏一手托着方加蓓的脖子,搭着她的肩膀把人从地上扶起来,闻言回头,不冷不淡地看了他一眼:

"无知,而且欺负女生你有理?

"衣原体感染除了性传播,还有可能是间接传染导致的,去商场用公共马桶也可能会造成感染。"

林微夏站起来,她的眼睛剔透又明亮,盯着散布谣言的这帮男生开口:

"生病不羞耻,我反而觉得你们这些借此来嘲笑别人的人更羞耻。"

林微夏这句话像一根软刺,扎在了他们每一个人身上,一行人面面相觑。

郑照行被弄得下不来台,他用力地咬了一下后槽牙,脸上的表情阴冷又古怪,看着她:"你给我记住了,你和班盛,其中一个迟早会犯在老子手上。"

林微夏没有理他们,她搀着方加蓓离开走廊,去了校医室。

面对突然闯进来的女孩们,校医老师有点儿诧异,林微夏跟老师说明了缘由。

校医听后扶着眼镜看了一眼那个木讷沉默的女孩,转而看向林微夏,温声说:

"你做得很好。"

针对方加蓓的症状,校医给她开了一些常规的药,然后给她科普了很多卫生知识,安抚并鼓励她一定要去医院检查治疗。

"我前两个月一直在家附近的游泳池游泳。"方加蓓不安地绞动了一下手指。

校医点头:"那就是了,很有可能是这个原因。

"这样,老师打电话联系你家长来学校接你去医院怎么样?"校医说着打开电脑要调学生的通讯录。

方加蓓脸色瞬间变了,紧张又无措:"老师,能不能先别告诉他们?我不想让他们知道,万一有事呢。"

校医老师的动作顿住,一时为难起来,坐在一旁的林微夏出声,她的手覆在方加倍手上,说:

"我陪你去。"

"那太好了,你先陪她过去,老师一会儿下了班再来接你们,后续情况我再处理。"校医老师立刻给两人开请假条。

等待的间隙,林微夏发了信息给班盛让他先回去上课。

最后,两个女孩并肩离开医务室,门关上的那一刻,空气中传来一阵交谈,浮在午后斑驳的阳光里。

"谢谢。"是羞愧的、难言的、真诚的语气。

"不客气。"

林微夏挽着方加蓓出来的时候,刚才围观的几个女生一直守在门口,一脸担心地问道:"没事吧?"

"太过分了,郑照行那帮人。"一个女生骂道。

"没事,是泳池的问题。"林微夏替方加蓓说道。

很快,方加蓓的检查报告出来,是衣原体感染,而病因是她在公共泳池游泳与患者形成了间接接触,受到感染而生病。

总算得到了澄清。

群体之中总会有理智的人。很快,有女生在YCH网站上发帖,虽然这个网站简陋,色系又黑暗,但越来越多的学生上这个论坛求助或讨论一些事情。

有人发了一则帖子——"面对性,作为中学生的我们真的应该羞耻吗?",很快在论坛里引起了热议。

主楼这样说道:不知道大家关注到这两天发生的事情没有,一个女生手机里的普通搜索记录,仅是因涉及了会通过性传播感染的疾病,就有很多人借此造谣,欺负那个女生。大家怎么看?

【不一样的夏天】:就一句话,学校那帮人不用我明说了吧,真的恶毒。

【今天的月色好美】:我们女生本就处于弱势地位,还要碰上这种事。而且,我们的性教育也不够,我都忘了初中生物课本讲了什么了,很烦,因为当时那帮人的声音盖过了老师的声音。

【月亮月亮】:楼上提醒我了,初中的时候我的胸部发育比同龄女生快些,那个时候一摸还有点儿痛,担心得要命,后来才知道这是正常的青春期发育。但班上那些人开始嘲笑我是大胸女,走在路上接收到他们戏弄和指点的眼神,这让当时的我非常害怕。我整天穿宽大的衣服,故意穿束胸的内衣企图让自己身上的讨论声小一些,最要命的是,我开始含胸驼背,体态越来越丑。如果当时的性科普多一些,男生女生都了解这是正常的身体发育,嘲讽的这个点是不是就立不住?

【梦醒时分】：心疼楼上。我在这里讲一件事，如果版主能看见这个账号背后的真实信息，请不要把我曝光出来。高中暑假吧，爸妈带我去西南的古城玩，因为当时是包车游，我们认识了一对夫妻，大概三十多岁吧，他们很热情也很有趣，爸妈也跟他们聊得来。

坐船的时候那个叔叔给我讲了他们老家的风土人情，他还开玩笑说如果我去他们那里玩的话，他送一匹马给我骑，一定好好接待我。哇，我当时真的好开心，感觉交到了新朋友。

晚上我们跑到古楼上观看篝火晚会，当时我站在那位阿姨那边，那个叔叔不知道什么时候站到了我身后，我正认真看着楼下的节目，感觉男人的气息靠得很近，身后有人不断蹭我，奇怪的感觉上来，我站了一会儿觉得不舒服就走了。我当时以为人太多了，是人挤人他不小心才碰到我的，当时也不敢跟爸妈说。很久之后，我在微博上看见一则新闻热点，很多女生在底下分享自己被骚扰的经历，我自己偷偷去网上搜，回顾了一下当时的细节才知道那是性骚扰。

【下雨天】：抱抱楼上。

【长颈鹿】：吐了，这种男人真的恶心，还好你没事。

【不再问为什么】：以前中学暑假，我爸妈把我送去参加一个性教育的夏令营，我在那里学到了挺多的，后来我还找了那个老师的视频反复观看了好几遍。我记得有一个点他说得很好，我当时还记了笔记，他原话大概是这样说的——"屁股和脸其实没什么区别，都是我们身体的一部分，我们应该正视自己的身体，认识自己的身体权。"

除此之外，他还科普了性骚扰知识，以及青春期学生的生理、心理发育知识。其实学校应该重视这方面的，对我们都有益。

【说谎的人要吞一千根针】：支持！哎，有校编辑部的友邻吗？我们性教育真的太少了，可以跟校方反映，并申请刊印这类的性知识宣传册子或者传单嘛。论坛上的人大部分都加入了社团吧，凡是入社的就能拿到随手翻阅，多好，刚好给那些傻子科普一下性知识。

【寄信给你】：举手！我刚好是校编辑部的，可以跟老师反映申请试试，他应该会帮我们的。

【梦醒时分】：那我来统计一下这个帖子里的用户都在什么社团，大家分工做事吧。

【小猫】：我也帮忙，其实不仅社团可以放，校园角也可以放这种科普小册子。

【什么时候能绝杀】：算我一个，今晚不看球赛了。

【寄信给你】：你是男的？

【什么时候能绝杀】：男的怎么了？我跟那帮男的又不同！

……

网站上这帮网友熬夜整理了很长的一份统计表，校编辑部的同学则负责查找资料，咨询生物老师等，最终由校编辑部总负责人老师审核批准。

这群网友在线下可能互不认识，只是擦肩的陌生人，可能是刚吵完架的好朋友，但都为了这件事而一起努力。

很快，第一批性知识科普手册出现在学校的各个校园角里。

几乎是册子被批准刊印的消息一出，大家就在学校沸腾了起来。很多人击掌欢笑，这是他们的一场胜利战。

听到这个消息时，方加蓓正在做作业，也跟着很轻地笑了一下，她分神想起那天林微夏带她去卫生间擦洗脸上灰尘的场景：

卫生间里除了她们空无一人，没关紧的水龙头不断地往下滴水，发出"滴答"的声音。水龙头被拧开，林微夏从口袋拿出一块手帕到水底下浸湿，再拧干。

林微夏站在方加蓓面前，她的眼神温柔，擦掉女生脸上的灰尘时动作轻缓又小心，特意避开了伤口。

"为什么对我这么好？我身上没有你要的东西。"方加蓓的声音里透着哭腔。

林微夏抬手将她额前凌乱过长的刘海拨开，露出一双黑白分明的眼睛，眼睫抬起："你不留刘海更好看。"

"为什么？"方加蓓没忍住，哭出声。

林微夏看着她慢慢说了一句话。

48   Jude

上次那件事后，方加蓓主动邀请林微夏周五放学去她家玩，林微夏是没有想到的。

"我养了一只猫,你要不要……来我家玩?"方加蓓眼神有些不自在,转而看向脚尖。

林微夏抬起眼睫看她,点了点头:"好啊。"

周五,林微夏正在课桌前写作业,忽地,一阵冰凉的触感贴在脸颊上,一截清晰的腕骨的影子落在绿色的方格本子上。

林微夏握着笔,班盛单手插兜,另一只手拿着杯咸柠七正冰在她脸上,问她:"放学来不来我家?"

"我一会儿要去同学家。"林微夏接过冷饮,插上吸管喝了一口。

班盛点了点头,语气顿了顿:"用不用我来接你?"

林微夏笑出声:"不用,我又不是三岁小孩。"

放学后,林微夏手拎着一个黑色的书包同方加蓓站在公交站台前等车,没多久两人上了车。

车子一路走走停停,终于到了方加蓓家附近的公交站。方加蓓家在偏离市区的一处巷子里,是有一定年代的自建房。

巷子里人头攒动,不断有外卖车骑进来,发出刹车的声音。方加蓓用钥匙拧开门,门外的光线照进来。

"喵——喵——喵……"

林微夏站在玄关处换鞋,远远地看见一只白色的矮脚猫走来,方加蓓立刻放下书包,把它抱在脚边,把水盆端到它面前。

"它叫什么?"林微夏俯身摸了一下它的头。

方加蓓使劲撸它的毛,回答道:"叫Jude,是我爸爸送我的生日礼物,他现在在南非工作。"

"披头士的 *Hey Jude*?你喜欢这支乐队?"林微夏猜测道。

"嗯!你来我房间看看。"方加蓓费力地一把抱起Jude。

猫趴在方加蓓肩膀上,一点儿都不认生,滴溜着一双圆眼同林微夏对视,这只猫被方加蓓养得很好,看起来圆滚滚的,毛色也鲜亮。

而且她发现,方加蓓跟猫在一起,明显活泼了许多,不停地同它说话,带着一些撒娇的语气词,没有了在学校的阴郁。

房间虽然小,但干净整洁,映入眼帘的是书架旁边很高一摞漫画书,墙上贴满了各类摇滚乐队的年代海报,林微夏站在墙壁前扫了一眼,发现有披头士、皇后乐队、还有椎名林檎。

"我也喜欢椎名林檎,最喜欢她的《茎》。"林微夏指了指墙壁上那个酷得不行的歌手。

方加蓓有些不好意思,摸了一下鼻子:"我也是。"

两个女生坐在地毯上肩并肩靠在一起,一起看漫画书,听了一晚上的摇滚歌曲。方加蓓忽然说道:

"很久没有人和我一起看漫画,分享讨论情节了。"

"那你以后可以找我。"林微夏翻了一页漫画,语气自然地说道。

方加蓓拇指按住其中一页书,漫画中的一个画面是各个人物在跟法官阐述自己看到的事实,远处的一个小圆框里有人拿着剑刺向一个人。

"其实,我以前见过你。"方加蓓盯着上面的漫画说道。

林微夏神色错愕,抬眼问她:"在哪里?"

方加蓓说了一个地点,林微夏浓长的眼睫动了动,垂下来:"那你为什么不揭穿我?"

"我揭穿什么呢?你帮了我这么多次。"方加蓓握住她的手。

灯光打下来,落在女生交握的手上,攥得用力,鲜血涌上来又不肯松手,像是在极力克制情绪。

方加蓓问她:"难过的时候你想过离开吗?"

林微夏松手,她坐在地毯上头仰靠在床上,白炽灯打下来。因为灯光太亮了,刺得眼睛生疼,她滚下一滴生理眼泪,轻声说道:

"想过,但我还没有看过雪,以后还要养一只会舔手心的小狗。

"所以我们都不要放弃。"

另一边的医院,柳思嘉躺在病床上,她已经瘦到离谱的地步,骨瘦如柴,袖管露出的一截手腕已经可以看见清晰的血管。

柳思嘉眼神空洞地盯着墙上的挂钟,只觉得时间过得怎么这么慢。

保姆拿着行李袋一脸局促地开口:"小姐,夫人那边说临时有事,董事长也出差了,所以今天让我来给你收拾东西。"

"哦。"

"吱呀"一声门打开,一道高瘦的身影走来,声音带着少年独有的冷冽:"我来收拾吧,您去休息。"

"哦,好,那麻烦你了,同学。"

阿姨走后,病房里只剩下两个人,宁朝手脚利落地叠好衣服放进收纳

袋,转而收拾其他东西,把她的其他日用品、课本全丢进一个袋子里,又从里面拎出一个蓝色的三角袋套在手指上,问她:

"这啥玩意儿?看着挺旧,要不丢了?"

柳思嘉躺在床上懒洋洋地看过来,目光顿住,一骨碌从床上爬起来,走到宁朝面前,一把抢过那个三角袋,说道:

"不能丢。"

宁朝看她紧张的样子眼神变了,吊儿郎当地问:"小白脸送的啊?"

"不是,你同桌送的。"柳思嘉小心地擦了一下那个幸运符。

事到如今,她连喊出"林微夏"三个字都不敢了。

即使已经陈旧,还露了细线出来。

还是不能丢。

这是林微夏以前给柳思嘉求的幸运符,一人一个,她的那个一直挂在书包上,另一个则一直被柳思嘉带在身边。

兴许是触景生情,柳思嘉坐在床边,握住那个蓝色的幸运符,抬脚轻踢了一下正在收拾东西的宁朝,问道:

"哎,她怎么样了啊?"

"想知道啊?"宁朝露出一口白牙,说话欠嗖嗖的,"自己联系她去啊,躲着算什么本事。"

难得地,柳思嘉没有回嘴,眼睫垂下来:"她应该不太想见到我吧。"

人生一场大病,很多事情都能想开,醒悟过来。那段时间,是她节食最严重的时候,爸爸经常出差不在家,有时候她很想见他一面,但每次只能在电话里联系。至于她妈……那段时间,也是她失控感最重的时候,所以想拼命抓住一切。

所以伤害了对她最好的朋友。

柳思嘉擤了一下鼻子,把幸运符装兜里,又抬脚踢了宁朝一脚,说道:

"宁朝,你带我逃跑吧,我一点儿都不想去郊外那个疗养院。"

说是疗养院,能治好她的病,其实就是封闭诊疗室,就像被控制的小白鼠。她不是没在网上看到过类似的新闻,比如有些地方,也是打着治病疗养的口号,去了就完了。

"我没钱啊。"宁朝回。

"我有。"柳思嘉眼睛直视他。

"我不知道去哪里。"宁朝说。

"哪里都可以。"柳思嘉说。

"我身份证过期了。"这句话是骗人的。

"算了。"柳思嘉回。

气氛沉默下来，宁朝收拾完行李后，拉拉链的声音在静谧的空间显得特别响。柳思嘉心里生出一股无力感，重重地把自己摔在床上，只觉得这声音听起来像凌迟。

林微夏从方加蓓家里出来后，整个人疲惫得不行，脑袋昏沉沉的，五脏六腑像被人打碎了一般。

回到家，林微夏打开绿色的冰箱门，给自己倒了杯冰水。她蹲在冰箱前小口小口地喝着水，眼神呆滞不知道在想些什么。

这时姑妈刚好也下班回到家，她把挎包挂在门口，一看林微夏跟只流浪猫似的蹲在那里，直唠叨：

"哎哟，我的小姑奶奶，不是说了你低血糖不能蹲的？一会儿又要晕倒……"

姑妈话还没说完，一杯凉水朝她这边泼过来，"哐当"一声，白色的玻璃风线杯滚在地上，林微夏也一并倒在地上。

姑妈当即喊了高航，火急火燎地把人送去医院。林微夏发了一场高烧，烧到半夜刚退下，又烧了上来，折腾了家人整整一宿。

林微夏病好之后就很少说话了，性子也比之前更冷淡了。姑妈只当她是因为高考压力大，每天变着法地炖汤给她喝。

高航觉得他姐变得有点儿奇怪，但又说不上来，最后只能怪自己疑心。

班盛是最快察觉出林微夏变化的，她甚至连生病的事都没告诉他，这事还是高航告诉他他才知道的。

"生病怎么不说？"班盛把牛奶递给她。

林微夏摇头："不是什么大事，况且我病好了。"

又一个周末，林微夏坐在家里的书桌前写试卷，一旁的手机发出振动声，她点开一看，是班盛发来的消息。

Ban：去不去冲浪？我教你。

林微夏在对话框里打字"不去了吧"，思索了一会儿又把"吧"字删掉。

Xia：不去了。

消息发出去，果然，班盛没再发消息过来。他这么骄傲的一个人，喊了一次被拒绝就不会再放下面子找她。

林微夏继续写作业，写完了刚好到傍晚时分，她开始做一家人的饭，吃完饭她会照常陪姑妈出去散步。

这两天班盛会陆续发消息给她，林微夏并不常把手机带在身上，等她回去看到班盛的消息已经很晚了。

有时她会回复，有时选择不回。

周一，天气越来越热，浓浓的热气难以散去。林微夏背着书包去教室，人站在走廊上，刚要往前走，"砰"的一声撞上一个坚硬的胸膛。

视线所及之处是男生左胸戴着的名牌，刻着"班盛"二字。

闻到熟悉的乌木香，林微夏眼睛往上抬，看见他的白衬衫制服领扣松开两个，露出一截喉骨。班盛直接堵了上来，拉着她的手臂，低下脖颈看着她，开口：

"你有事。"

"没。"林微夏回。

"不回信息。"班盛指出来。

林微夏这才直视他，声音温和，说出来的话却伤人直接：

"法律没有规定我一定要回你信息吧？"

班盛渐渐松开攥住她手臂的力道，看着她，直接问话：

"什么意思？"

林微夏肩膀塌下来，摇头，身上攻击性的气息消失："抱歉，最近生病比较累。"

这次谈话之后，两人的交流越来越少。他们两个不再像往常一样亲密、同进同出，他们疏远了许多。

虽然两人还是会一起回家，班盛的牛奶照样给林微夏，但两人之间的相处越来越沉默，像是有什么东西横亘在中间。

高考还有100多天就要来临，大部分人忙于埋头冲刺，有一部分家长给铺好后路的学生相对没有这么紧张。

很快有人注意到了两人之间的不对劲。

林微夏同方茉凑在一起讨论题目的时候，不远处的走廊传来"轰"的一声笑。林微夏快速浏览着试卷上的题目，边看边念："如图，平直木板

AB 倾斜搁置，板上的 P 点距离 A 端较近——"

"班盛哥，你看他！"

是李笙然的声音。

林微夏瞥见李笙然的手搭在班盛手腕上凸出来那块骨头上，白皙的指尖正按在他淡青色的血管处。

她没再看下去，继续做物理题。

班盛懒洋洋地立在那里，不着痕迹地抽回手，瞥了一眼李笙然，后者心虚地拉开了两人间的距离。

班盛这才侮慢地抬了抬手，让另一个男生过来。

"小木块与动力间的摩擦因数，由 A 到 B 慢慢减少——"

"你怎么她了？"

班盛的声音。

他咬字一向清晰，像杯子里的冰块，冷又透着独有的腔调，就这么一句问话，对方憋了半天，说不上来了。

"班盛对你好好哦，为你出头。"

"那当然啦，他是我哥。"

"我怎么没有一个哥？我也好想要他这样的哥。"

林微夏的视线不冷不淡地收回，她低头看着试卷，发现学校自己印刷的试卷质量不太好，油墨味重，A 这个字母下端还有一个黑色的点。

49　摘星

"九澳街新开了一家冰室，放学去食咯。"

说这话的大多是高一高二的学生，而高三生之间的气氛则沉默许多，他们步入高三后期，女生间的八卦少了很多。大部分人，这里说的是大部分普通人，伏案学习的肩膀埋得一天比一天低。

还没到高考那一天，认真有意义，多做一道题有用。

每个人都在伸手一试——我碰到的未来是什么样的？

因为未知，所以值得伸手一试。

很多人拼命努力的意义是——

至少对于高考来说，天道酬勤不是戏弄人的玩笑话。

高考倒计时100天很快来临，深高特此筹备了百日誓师动员大会，邀请了家长、记者到场，此外，到时还会有一家南江市本地电视台对此次动员大会进行转播。

动员大会上除了有教师、优秀学生代表加油发言，还有学生集体走红毯、签名环节。学校把阵仗搞得很大，他们提前了三天搭建舞台和准备。

周一清晨，学校的广播就开始放着震天响的歌曲，学生们一到校，就被老刘催促着赶紧整理好仪容仪表，赶紧下去排队。

教室里闹哄哄的，女生们拿出小镜子反复地看自己的头发，还补了一点唇彩。男生们呢，他们本来无所谓的，但被这阵仗弄得有点儿紧张，于是去抢女生的镜子，看自个儿制服衬衫上的领带有没有打歪。

于是教室乱成一团。

班盛是唯一在混乱环境里悠哉又漫不经心的人，他坐在座位上，背靠椅背，在那儿玩无人机。

"班爷，你不紧张啊，你一会儿可是学生代表，你可是要上去发言的。"邱明华说道。

说来这事也有意思，学校让班盛作为优秀学生代表在高考百日冲刺上发言，他不去，直接给拒了。

学校非让他去，班盛这个人多精呢，他跟校方要了两天休假来换，最后学校答应了。

邱明华知道这件事后直感叹："学习厉害就是好哈。"

"不紧张。"班盛答。

"砰砰——"教室正方前传来一阵响声，众人看过去，老刘不停地敲着前门示意大家赶紧下去。

老刘的眼睛扫了过来，班盛这才慢悠悠地把装备塞抽屉里。

同学们成群结队地往外走，林微夏放下书，拉开椅子，往外走。人群拥了过来，李笙然挤到班盛面前，白皙的手指轻轻揪了一下班盛衬衫的衣摆。

班盛侧过头，看她。

"哥，你领带歪了，我帮你扶正呗。"

尽管周遭环境嘈杂，李笙然的声音还是断断续续传了过来。方茉挽着林微夏同她说话，她转头倾听，刚好看见斜前方男生修长挺拔的身影。

眼看李笙然就要上手，青筋隆结的手臂横了出来，班盛直接伸手抽掉了领带,丢回桌里,露出一截清晰的喉骨。

"好了。"班盛说。

李笙然讪讪收回手。邱明华完全没有察觉到这中间的暗流涌动,还同李笙然唠嗑:"哎,你同我走这么近一会儿是要跟我走红毯?"

"呵。"李笙然扬长离去。

其他男生哄然大笑,把手搭在邱明华肩上,箍着他往前走,声音消失在前方:"咱们班的女生,一个比一个有劲。"

林微夏顺着人流往外走,班盛刚好经过她身边,后脖颈的棘凸明显,倏地,"吧嗒"一声,一个名牌掉在眼前。

是班盛的名牌。

班盛不知道是发现了还是没有发现,浑然不觉似的往前走。林微夏叹了一口气,正要去捡,有同学往前走,一只脚踏了过去。

林微夏蹲下来,把它捡起,喊人:"班盛,你的名牌。"

班盛双手插兜,回头,低下脖颈看着她。林微夏的眼睛汪了一层水,就这么直白地看着他,视线交缠。

走道很挤,大家都要下去集合,林微夏往边上站了一点儿,她把捡来的名牌交还给班盛。他抬起眼皮睨着她,没有说话。

名牌上面还有鞋子的印,边缘已被踩碎裂。

显然是不能用了。

邱明华在门口等他盛哥,半天不见人过来,折回一看这场景大咧咧地开口:

"班爷,你抽屉不是还有——"

班盛转头给了他一记眼神,邱明华一个激灵,把剩下"一大把"三个字吞回喉咙里,讪讪地笑道:"那什么,我就先下去了哈。"

教室里的人不断出去,最后只剩下两人站在那里。林微夏问道:"那怎么办?"

班盛在外面一阵激昂的广播歌曲中开了口:

"你给我写。"

林微夏走到座位上找了一根蓝色的记号笔,她拿着记号笔站在班盛面前,他长得太高了,虽然他为了配合她,略微俯下身,可还是让人觉得有压迫感。

男生身上冷冽的气息传来,林微夏趴在他胸口前写字,记号笔发出沙沙的声音，手臂压在他胸口。

林微夏只写了一点，"班"字写了一半，总觉得有些歪扭，手肘僵得有点儿累，温声开口："你觉得这字好看吗？"

总觉得写歪了。

班盛看都没看一眼，出声：

"好看。"

林微夏一抬头，只是稍微抻直了一下腰，差点儿撞到他那尖尖的突出来的喉结。

她收回视线，拉开了一点儿距离，专心帮他写着名字。感觉他的视线一直落在自己脸上，林微夏有些不自在，说：

"你别看我。"

班盛低笑一声，没有答应她。

须臾，班盛盯着她的耳朵：

"你什么时候打了耳洞？"

低沉的声音震在耳边，眼神没有丝毫挪开的迹象。

林微夏的心脏不自在地缩了一下，手一抖，蓝色记号笔在白衬衫上画了一笔，她气恼得不行：

"班盛！"

"嗯。"班盛还有闲心回她。

林微夏自己都不知道，她刚才那气急败坏的一句话，撞散了两人这些天僵持的氛围。

"你把衣服脱下来，我在上面写更方便。"林微夏开口。

"嗯。"

林微夏转身去关教室的门，外面大片的阳光消失，一回头恰好看见班盛站在拉了一半的蓝色窗帘下脱衣服。

他抬手从领口那里脱衣服，动作不疾不缓，一副不着调的模样，然后拎着衬衫向她走过来。

走廊偶尔传来零星的说话声。

林微夏坐在座位上，认真地给他的白衬衫写上：高三（1）班，班盛。

班盛坐在旁边，只单穿着一条裤子，动作散漫地玩着女生身后的头发。

前面没写好的字，林微夏干脆涂掉，在上面填了一个蓝色的爱心。

班盛换好衣服同林微夏一起出去，临走还顺走了她一支笔。

厚德楼与思正楼中间的广场乌泱泱地站满了人，记者拿着摄像机对着学生们拍就算了，家长也一脸激动地举着手机对准自家小孩拍照。

一下楼，白辣辣的阳光打下来直晃眼，林微夏下意识地抬手挡住阳光。班盛很快被教务处主任叫走。

林微夏走到队伍中去，老刘正在那儿整队，宁朝冲她招了一下手，示意给她留了一个位置。

"我对你好吧，同桌。"宁朝习惯性邀功。

林微夏走过去笑着应："好。"

趁老师和各主任正在台上试音，宁朝赶紧从裤兜里摸出手机，把刚才拍的照片发给柳思嘉，并随意说道：

"万万没想到，深高有一天竟然会走上土味之路。"

消息发出去后，宁朝又把手机揣回兜里，同林微夏说话："同桌，你知道柳思嘉被送到疗养院了吗？"

"什么时候的事？"林微夏睫毛动了一下。

"就前段时间，她不让我告诉你。"宁朝回。

"她不敢见你，"宁朝看着正前方淡淡地笑了一下，"你是不是也没想到这走向？"

林微夏摇头，却没再说话了。相比她经历过的，她觉得前面那些整人游戏是低级的小打小闹。

林微夏介意的是被关器材室那次，但林微夏没想到柳思嘉会变成这样。

老师在台上发表百日动员致辞讲得唾沫飞溅，林微夏和宁朝正在谈论着什么，而他们口中的柳思嘉此刻正在疗养院。

自从来到这里，柳思嘉焦虑和抑郁的情绪一天比一天加重。他们这群患有厌食症的青少年被迫关在这座郊区别墅里。

他们每天要轮流接受心理咨询，被培训进食，集体玩游戏，每天称体重。

她现在是一米六八，三十六公斤。

这里是封闭式的疗养院，每个人都不能出去，不能随意玩手机，除非你表现好，主动进食，一天摄入的热量超过多少卡，管理员才会考虑让你出去半个小时。

这里禁止咖啡、香烟等任何一切会加重焦虑情绪、消耗精力的东西。

起初，柳思嘉有想过好好接受治疗，早点儿出去回到学校。她接受心理咨询，尝试跟心理医生说自己的心结。

心理医生是个四十多的女人，戴着黑框眼镜，边聆听边做记录。一开始还挺正常的，可当柳思嘉尝试打开心扉，说到妈妈不爱我，偏心自己的妹妹时——

柳思嘉敏锐地看见女医生平静的脸上泛起一丝冷笑。

虽然一闪而过，但还是被她察觉到了。

"我觉得你有问题。"心理医生说。

从那次以后，柳思嘉拒绝做心理治疗，她还告诉同伴别相信这位医生，管理员对这个小姑娘头痛不已。

柳思嘉还当着众人的面直言这是无效治疗。

每天都想离开，无时无刻不想。

想念家里的床，带着独有的玫瑰花气息，想闻一闻外面清新的空气，想和伙伴们上学参加活动，此刻柳思嘉甚至怀念起老刘的念叨声。

宁朝迟迟没有收到柳思嘉的消息，便打起精神眯眼听着台上的老师讲话。太阳越来越晒，宁朝伸手挠了一下脖子，热得发痒。

台上的老师说到"梦想"两个字，宁朝站在台下恍惚地在想：梦想，到底是什么？

老师的发言结束后，很快轮到优秀学生代表发言。班盛是第一个出场的，场下原本还昏昏欲睡的学生有了精神，拍打着彼此的手臂。

"班盛上台了。"

"你的男神要发言了。"

风云人物出场，关注度多了起来，学生们集中精神想看这位的发言是属于哪种风格，是叛逆型的还是老生常谈型的。

让人好奇。

班盛穿着白衬衫、黑裤子出场的时候，教师队伍中一片哗然。他没打领带，领口敞开，露出一截锁骨，一副满不在乎的模样。

发言稿也没拿。

一点儿也不像优秀学生代表。

老刘被气了个半死，差点儿没让旁人帮他掐人中。在一片嘈杂的议论声中，班盛抬手拨了一下话筒，音响设备发出"嗡"的尖锐的声音。

"各位同学，各位老师，早上好。"

"很荣幸作为学生代表发言，为了不占用大家的时间，我长话短说。"

男生的声音低沉，透着少年独有的冷冽，众人抬头看向他，班盛站在台上，表情既不过分狂妄，也不刻意自谦，他的姿态笃定且游刃有余，少年缓缓出声：

"我之前在书上看到一段话——我对任何唾手可得、快速、出自本能、即兴、含混的事物既不相信，也不感兴趣。我坚信踏实、冷静、少年擎云的力量。最后，to reach the unreachable star，预祝大家高考成功，摘到属于自己的星，有一个完美夏天。"

发完言后，台下霎时安静，片刻后响起如雷不绝的掌声。欢呼声和喝彩声持续不断，林微夏抬眼看向不远处台上的男生。

刺金色的阳光洒在班盛身上，他的头颈笔直，眼神凛凛可畏。

未来好像在他眼中，没有什么不可以。

他身上好像永远带着光，稳重自持，冷静又擅长思考，视野宽阔，对事物有独到的见解，有自己的想法。

心绪复杂，林微夏静静地看着他，旁边的女生聊天声传进耳朵里，是爱慕的语气。

"哎，高三快要结束了，我迷恋了他三年。"

"他多看我一眼，我都能开心死。"

"要是能跟这样的男生上同一所大学就好了。"

所有发言结束后，接下来是学生走红毯环节。老刘领着学生们走在红毯上，不断有红色气球压爆发出"啪啪"的声音，摄像机对着他们咔咔直拍。

"土爆了好吗？怎么连气球都是红色的？"

"你不懂，这是为了讨个高考好彩头。"

"像我们老家吃席的场景，人好多哦。"

"哈，也有点像结婚现场哈哈哈哈。"

林微夏慢吞吞地往前走，倏忽，手背传来一阵冰凉，男生修长的手碰了她的手一下，他手背凸起的骨头有些硌人。

是班盛。

"在想什么？"班盛问他。

林微夏思绪被拉回，抬起脸看他，阳光此刻正好照在两人身上，她眼尖地发现男生身上穿着的衬衫写着"班盛"二字的地方，本该写上"Ban Sheng"的拼音，她忘了写。

现在班盛竟然在他的名字上面新添了拼音：

Lin Wei Xia
班　盛

"班盛"二字是记号笔写的，颜色鲜艳很明显，"Lin Wei Xia"这个拼音是他用水性笔临时加上去的，仔细看才能发现。

他刚才竟然这么胆大，穿着写有两人名字的校服，当着全校师生的面发言。

一颗心控制不住地加速跳动，林微夏的嗓子发干，问道："这是什么？"

班盛的喉结上下滚动了一下，直视她，轻声说：

"还能是什么？"

把她写进未来。

想要全部人都知道。

但好像，只有他一个人知道也无所谓。

50　嘉年

百日冲刺没多久，深高迎来一年一度的嘉年华，这种大型的狂欢活动是深高学子最期待的节日。

也是深高为了缓解高三生学习压力而举办的传统节日。

对嘉年华的期待仅限于新生，高三老油条们一看到学校发的通知单就蔫了，立即开启了新一轮的吐槽。

"我在外地读书的同学说她们的嘉年华是假面舞会，我们呢，这些活动学校每年都重复搞，能不能来点儿有新意的？"女生指着上面的活动吐槽道。

宁朝"啪"的一声把单子拍在桌上，冷笑一声："谁参加诗朗诵能放松的啊？"

高三年级的班级可以自愿报名出节目，老刘替他们报了个诗朗诵。

"也就最后的烟火大会有意思,那才算得嘉年华吧。"有人说道。

嘉年华到来那天,深高整个校园充斥着欢声笑语,透明的玻璃上挂满了彩带。

虽然这些高三生嘴上抱怨说没新意,但真到了这天还是无比快乐,毕竟这是难得的假期,尽管活动范围仅限于校园。

好歹能喘口气了,可以短暂地逃离那些永远也做不完的试卷。

高三1班,班长正指挥着男生们把凳子搬下去,有的男生拿着雪花喷雾追着女生在教室里闹。

林微夏去洗手间听见女生们边洗手边讨论:"要不我们逃吧?反正今天也不用上课。"

"逃去哪儿啊?问题是我们没地方可去。"

"不知道,反正我就是想短暂离开学校一下去透会儿气。"

"算了吧,我没那个胆,要是被抓,又是一顿罚。"

"校园嘉年华啊,这么多人学校管不过来!"

没一会儿,声音消失。林微夏推开门,站在洗手台前眼睫动了一下,想起刚才那个女生说的话——我就是想短暂逃离一下学校。

有点儿想逃。

回到教室后,方加蓓刚好过来把她收藏的椎名林檎的唱片借给林微夏,后者眼神惊喜,笑着说了声"谢谢"。

林微夏抬眼无意间看见班盛懒洋洋地倚在墙边,斜着脖颈同宁朝不知道在谋划什么,颈边一侧的青筋隐隐凸起,他的眉眼吊着一抹痞气,一看就在憋着什么坏招。

看宁朝的口型,他说"没问题"。

班盛漫不经心地听着人说话,不经意地抬眼,视线撞过来,班盛走了过来,压低声音问她:

"想不想逃?"

林微夏抬起眼睫,瞳孔起了波动,思考了两秒:

"想。"

老刘很快上来催促逗留在教室的人赶紧下去,宁朝立刻搦起一把椅子假装要下去,在经过他们身边的时候,开口:

"赶紧。"

当说出心里想逃的叛逆想法时，林微夏的心跳得很快，像有一颗火种，越烧越旺，一路蹿至胸口，浑身都沸腾起来。

刚好方加蓓也在，林微夏问班盛："能不能带上她？"

班盛由着她，出声："带。"

宁朝一看就是个老手，把他们领到学校靠近后操场的围栏那里。

映入女生们眼帘的是一个被人撬开且已变形的洞。

"这是学校那帮体育生弄的？"林微夏问。

宁朝利落地钻了出去，回答："我弄的。"

班盛靠在那里，闻言把手机揣兜里，补了一句："这附近的生滚粥不错。"

说明他也干过了。

"……"林微夏。

方加蓓个子很小，很快钻了出去。林微夏站在那里有些犹豫，她今天穿了一件无袖的黑白连衣裙，露出一截圆润白皙的小腿。

她小心翼翼地猫着腰往前走，左右环顾着，害怕草丛的野刺割伤自己。林微夏正凝神看着，突然感觉双脚一腾空，背后一副滚烫的胸膛贴了上来，她不由得发出一声惊呼。

班盛竟然攥住她的两只胳膊往上一提，说话声音有些含糊，哼笑一声："笨。"

林微夏不吭声也不反驳，纤白的手搭在青色血管明显的手臂上，默默地一拧。

等班盛把人放到空地上，看着手臂处一片红印，挑了一下眉，也舍不得说她。

林微夏被看得有些不好意思，错开视线，琥珀色的眼珠轻轻转动着。

"你们受得了？"宁朝看着这一幕实在忍不了了。

班盛搞来的车早就停在了外面，宁朝上个月刚成年，拿到了驾照，充当起了司机的职责。

车子打了个漂移一路疾驰向前开，车窗降下来，不断有风灌进车里，宁朝发出一声"Yohoo"的声音，手搭在方向盘上，开口：

"可以啊兄弟，眼光不错，这 GT-R 开着手感挺爽。"

班盛懒懒地把脑袋支在他这边的车窗上，开口：

"家里地库还有，改天过来随便挑。"

林微夏勾了一下男生的尾指，悄声问："你们什么时候计划好的？"

"一周前。"班盛答。

车子一路往前走，林微夏坐在后座看向驾驶座上的宁朝，静静地开口："宁朝，我想去接个人。"

宁朝透过后视镜和林微夏的眼神对上，抬手摸了一下脖子，笑道："咱俩想一块去了。"

车子转了个弯，往东南的方向一直开。悬在天空上的高积云开始变成浓重的暗灰色，始终追在车子后面。

柳思嘉看了一眼窗外开始变灰的天空，管理员用戒尺敲了一下桌子，厉声说："吃饭！"

一群患有厌食症的少年少女坐在长方形的桌子前被迫进食，谁吃得最多谁就能出去放风半个小时。

柳思嘉收回视线看着眼前的食物，豆角烩牛肉、酸辣土豆丝。看一眼午餐，胃酸翻涌个不停，下意识地觉得恶心，内脏不停地翻转。

想吐。

不想吃。

可为了今天的计划，柳思嘉强忍住不适，拿出叉子大口大口地往嘴里送饭，她机械般地嚼着饭，想哭出来。

为什么要吃食物？

边吃边想着自己摄入的热量和体重秤上即将变化的数字，好像整个人生在下沉，失控感在加重，一切都失去控制。

"第一名，柳思嘉，值得表扬。"管理员把小红花贴在她的手腕上，夸赞道。

这枚小红花意味着她可以得到半个小时的放风时间。

其他同伴看了她一眼，收拾自己的餐盘离开餐桌。

柳思嘉端着餐盘跟着队伍面无表情地往前走，在管理员的监督下，她乖巧地把餐盘洗干净，然后放到消毒柜里。

"我想回房休息。"柳思嘉放软语气对管理员说。

管理员拍了拍她的肩膀："去吧，好好休息。"

柳思嘉赤足快步走上旋转楼梯，呼吸急促地回到自己的房间。"啪"的一声，她锁上厕所的门，轻车熟路地伸手去抠自己的喉咙。

开始一阵恶心反胃。

柳思嘉抱着马桶狂吐,刚吃下的食物源源不断地吐出来,甚至连昨天吃的蔬菜和水果都被她吐出来。

吐完之后,人直接坐在地上,背靠在墙壁上。

柳思嘉眯着眼直往上看,感觉世界好像在下沉,但饥饿的感觉真好。

因为自控感又回来了。

柳思嘉按下冲水键,水发出来哗啦啦的声音,她偷偷跑了出去。

柳思嘉跑到后花园废弃杂货场那边,她拖来轮胎叠放在一起,试图站在上面,手臂向上攀着铁丝网想要逃出去。

冷风不停地吹过来,乌云越来越厚直往下压,柳思嘉整个人攀在上面,铁丝网不停地摇晃着,她的嗓子发干,既害怕掉下去,又怕下雨的话这场逃跑要失败。

她出神地想着,脚下一滑,直直地往下摔。柳思嘉今天穿的是一件牛仔短裤,雪白的膝盖贴着铁丝网滑下去,被尖锐的不平整的铁丝钩到。

鲜红色的血像一条笔直的线不断喷涌出来。

"砰"的一声,柳思嘉整个人摔在地上,痛得漂亮的眉毛拧成一团,痛,四肢百骸都痛。

柳思嘉挣扎着从地上爬起来,站不起来,又一屁股坐在草地上。光线越来越暗,天色完全暗下来,"轰隆"一声,头顶响起了一记闷雷。

冰凉的雨点砸在脸上,柳思嘉坐在地上抱着膝盖,伤口传来火辣辣的痛感,她盯着那抹暗红色的血,不断有雨滴落下来。

感到前所未有的沮丧。

柳思嘉抽了一记鼻子,开始小声地哭泣。

她只是想出去,为什么不可以?这里一点儿都不好,也没有人来看她。

柳思嘉边哭边擦眼泪,心里暗暗唾弃自己窝囊,雨点噼里啪啦落在身上,身上开始变湿,睫毛颤抖,她小声地抽着鼻子。

忽然,眼前的光线被挡住,耳边呼呼的风声消失,一把白色的透明伞凭空出现,替她遮住了不停往下落的雨。

柳思嘉怔怔抬起脸,视线中出现一截雪白的手腕,脸上有着蝴蝶胎记的女孩安静地站在她面前,琥珀色的眼睛注视着她,撑着的伞倾斜在她这边。

是她的避难所。

到底要花多少时间明白，眼前这个女孩才是真正一直关心她的人？在经历虚伪的友情背叛，亲人一直以来的冷落，病痛的折磨后，才看清她是对她好的人。

而她又做了什么？

一滴接一滴的眼泪不断从发红的眼角滚出来，柳思嘉号啕大哭，黑色的眼线睫毛膏混在一起，她哭得直打嗝，睁眼看向眼前的林微夏，视线模糊，不停地说：

"对不起——对不起——我错了——我真的错了……你能不能原谅我？"

林微夏沉默了很久才开口："我不会原谅你，但我不恨你。

"如果你的道歉是真心的，希望你以后不要再伤害别人。"

不原谅你是想让你永远记住受害者的痛。她心中应该永远有一道伤口，头顶悬着一把善与恶之剑，时刻警惕着——保持善意，不要去伤害别人。

这是她出现在这里的原因，只是为了拉她一把。

"嗯，我会的……而且我……我永远不会忘记自己犯的错。"柳思嘉边哭边打嗝，一张脸哭得通红，因为哭得太用力，脖子上的青筋突突地跳着。

柳思嘉想起，当初也是这样，相遇的时候，林微夏给了她一把伞。

高一升高二的那个暑假，南江市遇到了有史以最大的台风，柳思嘉在期末考试拿到了全科全 A 的成绩。

当她把成绩单交到温黎艳手上的时候，一向对她严苛的母亲脸上终于露出了赞赏的神情。

母亲也因此答应把柳思嘉接来新家住上一个暑假。

柳思嘉拉着二十四寸行李箱，满心期待来到这个新家，她甚至为了讨妈妈欢心，还准备了给那个家的人的礼物。

可她一进家门，就收到了同母异父妹妹的下马威。

柳思嘉蹲在地上，打开行李箱，正翻找着她从国外带回来的礼物邦尼熊。

女孩才十岁，银色的尖舞鞋重重地踢了一下柳思嘉，立刻发出叫声。温黎艳一脸紧张地出来忙问："怎么了？"

"姐姐的行李箱撞到我的脚了。"

温黎艳瞪了柳思嘉一眼，她也没反驳，冷冷一笑，捏紧手里的邦尼熊，拎着行李上楼的时候当着她妹妹的面毫不犹豫地把熊扔进垃圾桶里。

两人擦肩而过的时候，柳思嘉用只有两人才能听到的音量说话，笑吟吟地骂了她一声。

柳思嘉期待的完美暑假没有发生。她这个妹妹鬼精得很，经常与她明争暗斗，抢她的东西，明目张胆地吵闹着让温黎艳带自己出去，撇下她一个人在家。

柳思嘉也不是善茬，整哭过妹妹几回，温黎艳终于发话，斥责的语气夹杂着冠冕堂皇的偏袒：

"她是你妹，你就不能让着点儿她？"

柳思嘉笑了，直盯着她妈看，开口："你不偏心的话我考虑让让她。"

"既然你不安分的话，可以趁早回去。"温黎艳轻飘飘一句话捏住了她的七寸。

柳思嘉眼神错愕，却也不敢在这个家再惹出什么事来。

后来温黎艳太忙，要协助继父处理公司的事务。

带小孩这个任务就落在了柳思嘉头上。一整个暑假，柳思嘉不仅要带这个妹妹出去玩，还要辅导她做功课。

每天如此。

柳思嘉不知道自己费尽心思，努力做到最好，换取了和妈妈相处的一个暑假到底有没有意义。

她每天跟领任务似的带这个妹妹出门，不是带她去冰室，就是去麦当劳。

后来柳思嘉懒得换地方，固定带她妹去附近的一家咖啡厅，那是她最初遇到林微夏的地方。

那天柳思嘉心情不太好，一进咖啡厅就找了个靠窗的卡座坐下，冷着一张美人脸，点了份奶咖。

她妹点了一大堆东西，青椰乌龙、牛角包和菠萝油。

明知道柳思嘉心情不好，她妹还狂按桌铃催促她去吧台那里拿她的餐食，不停地用菜单甩在她手臂上，柳思嘉瓷白的胳膊起了一道红痕。

柳思嘉斜了她一眼，起身走向吧台，服务员穿着棕色围裙，长发披肩，正在打发奶油。

蔻丹色的手指甲敲了敲桌子，女生抬头，柳思嘉觑了一眼面前立着的新品宣传牌，开口："你好，麻烦换下餐，原来29号的青椰乌龙换为冰美式。

"全冰。"柳思嘉补了一句。

女生视线越过柳思嘉看了一眼她身后的小女孩,指尖在点单器上滑动,温声应道:"好。"

柳思嘉转身往餐桌的方向走去,不知道是不是她的错觉,刚才那女生好像在笑?

冰美式很快送过来,柳思嘉私下放了糖,又加了植物奶进去,她这个妹妹看也没看咕噜噜灌了好几口,喝到一半才发觉不对劲,皱眉说道:"这是青椰乌龙吗?"

"新品,不了解吧?"柳思嘉低头看着时尚杂志,抬起眼皮睨了她一眼。

仅过了十分钟,她妹就捂着肚子直喊痛,来来回回跑了四五趟厕所。

"蠢货。"柳思嘉盯着她的背影说道。

没多久,她妹跑回来,恶狠狠地盯着她,然后拿起手机拨打了温黎艳的电话,轻车熟路地掉眼泪,带着哭腔:

"妈——姐姐欺负我,她爸爸交女朋友了心情不好就拿我出气,让我喝了不该喝的东西,妈妈我现在肚子好痛——"

话筒那边传来温黎艳温柔的安抚声,还说马上派司机接她回家。须臾,柳思嘉的手机接连响起振动声,是温黎艳来电。

柳思嘉直接按了关机。

司机来接她妹带人回家时,小女孩恶狠狠地白了她一眼,恶毒地笑着说:"活该,我妈妈不要你,现在你爸爸也快不要你了。"

柳思嘉就这么在咖啡厅坐了一下午,她什么也没干,盯着窗外直发呆。

夜幕倾降,那天台风过境,路边的共享单车、树木被狂风吹倒在地,部分地铁停运,大量的车走走停停在公路上,霓虹交闪,灯光明明灭灭。

整座城市陷入混乱之中。

好像世界末日要来了。

柳思嘉呆坐在那里,连咖啡厅最后一个客人走了都不知道。

她怔怔地望着窗外,直到一道温柔的女声响起:"店要打烊了。"

"我还能再待一会儿吗?"柳思嘉问。

"可以。"女生点头。

那天女生收拾完桌子、吧台,原是九点半打烊,一直到十一点她也迟迟没有关门,让柳思嘉一直在那儿待着。

她递给柳思嘉一把白色的伞说：

"别淋到了。"

柳思嘉倏地想跟陌生人倾诉，红唇一张一合："如果你怎么努力做好，你妈都不爱你，你爸倒是对你还不错，可他也有了自己的家庭，怎么办？"

"我会先爱自己。

"不要拿父母的过错来惩罚你自己。"

缓缓的语调响起，像是一杯清淡的白开水，柳思嘉心里得到了一些宽慰，好像羽毛在包裹住千疮百孔的心脏。

她抬眼看向眼前的女生，笑了，开口：

"我叫柳思嘉，你叫什么名字？"

"林微夏，式微的微，夏天的夏。"

"明天还是你值班吗？"

"不是，如果你想来的话，我会叮嘱同事留一把伞给你。"

再后来，两人熟悉之后，柳思嘉为保护林微夏受了伤，看林微夏哭了，她还安慰女生，说掌心有疤更酷。

"你在这家咖啡厅，每天几点下班啊？"

"九点半到十点。"

"反正我闲着也没事干，我以后每天负责送你回家，省得你爸再出来欺负你。"

"啊，不好吧，你不能再受伤了。"

"怕什么，我带了防狼喷雾和报警器。"

……

站在一旁的宁朝一脸无语地看着一直哭的女生出声提醒："姑娘们，要下大雨了。

"时间来不及了。"

柳思嘉睁着红肿的眼睛，眼妆晕开成一条线贴在眼睑下面："什么时间，你们不是来看我的吗？"

宁朝看着她，笑了一声："带你逃亡啊，你不是想离开这儿吗？"

"真的？"柳思嘉一骨碌从草坪上爬起来，全然不顾自己的伤口。

宁朝他们刚才假装志愿者送了几箱水和水果才得以进来，现在带着柳思嘉已经不能从大门那儿出去了。

"这边。"班盛出声。

他刚才一直在帮她们放风,顺手找了处较好攀爬的铁丝网。班盛站在那里,两条结实的手臂一撑,找到发力点,人轻而易举地爬了上去,纵身一跃。

人轻而易举地站在了墙外。

柳思嘉看着班盛熟练的动作,又低头看了一眼自己的伤口,甩出了一句脏话。

林微夏有了刚才的经验,也没那么害怕了,更何况还有这么多人看着她。她手脚并用地爬上去,在要跳的时候心尖颤了一下。

"下来,我接住你。"班盛出声。

林微夏眼一闭,跳了下去,被一双有力的手臂环住腰,砸进宽阔的、心跳有力的胸膛,听见班盛在她耳边闷笑一声,热气拂耳:

"怎么还挺重?"

"你好烦。"林微夏耳朵腾的一下红了。

而柳思嘉就没这么胆大了,因为她摔过一次,爬上去蹲在那里怎么劝说也不敢下来。

宁朝劝得嗓子都快冒烟了,柳思嘉还是一脸的犹豫,反复强调:

"摔伤我的脸怎么办?我长得这么好看。"

"你能接住我吗?你好像挺瘦的,让人没有安全感。刚才班盛爬墙的时候我就看见了他有腹肌,所以微夏毫不犹豫地跳了下去。"

"老子也有!服了,爱跳不跳,你就在上面安家吧。"宁朝转身就走。

"哎,别走啊,我跳——"

柳思嘉心一横,纵身一跳,宁朝倒是接住了人,只不过姿势不太对,柳思嘉一个俯冲砸在了他身上,还顺手给了他一巴掌。

响得不行,连空气都沉默下来。

"原来你是断掌。"宁朝咬牙切齿地说道。

一行人正准备逃跑时,身后传来一声凌厉的口哨声,众人回头,管理员不知道为什么跑了出来,一边跑一边大喊:

"回来!"

"跑。"班盛当机立断。

还没等林微夏反应过来,班盛拽住了她的手腕用力向前跑,宁朝也一把拽起柳思嘉。

他们也用力向前跑。

身后的管理员气急败坏地边骂边追。浓云高悬在头顶,一片暗灰,雨渐渐密了起来,夏天的风穿梭在少男少女身上。

他们被雨淋得很狼狈,跑得上气不接下气,偶然互相看一眼,忽然停下来放声大笑。

他们每一个人都用力向前跑,风扬起每个人的衣角,鼓起来的衣衫像青春的帆。

乐园就在前方。

方加蓓一直提心吊胆地坐在车内等他们回来,远远看见他们跑过来,便提前打开车门。

班盛站在车旁边,先让女生们上车,他是最后一个上车的。

眼看那个管理员不依不饶地追上来,"啪"的一声,班盛关上车门,宁朝立刻发动油门,车子"轰隆"一声向前方疾驰而去,车窗降下来,班盛一只手臂探出窗外,嚣张地向后挥了挥手。

车内放着让人心跳加速、带感的电子音乐,林微夏和柳思嘉两人之间的气氛还是有点儿尴尬。

柳思嘉看到渐渐远去的管理员恶劣心起,比了个搞怪的鬼脸。

车子一路向前开,林微夏的头发有点儿湿,班盛坐在她旁边,抬手摸了摸她的头,笑着问:

"开心吗?"

"嗯,很开心。"林微夏笑着回看他。

这是他们这群人的第一次大逃亡。

51 鱼缸

车子急速向前开,轮胎卷动着白辣辣的雨,折成不同的形状,转瞬消失在后视镜内。

电子音乐持续点燃着车内躁动的氛围,柳思嘉在震天响的音乐中凑到宁朝跟前,扯着嗓子问:

"我们去哪儿啊?"

宁朝吓一跳，伸手挠了一下耳朵："我也不知道啊，大小姐，我现在才发现你怎么咋咋呼呼的？"

柳思嘉拍了一下他的肩膀，反驳道："你才咋呼呢。"

一行人面面相觑，说好的大逃亡结果连去哪里都不知道。气氛沉寂了一会儿，他们异口同声地说道：

"海边。"

正是因为有了共同的想法而感到开心，班盛靠在车窗边，缓缓出声：

"现在下雨。"

一碰上台风、暴雨，相关海域的船港停止作业，也禁止游客靠近。

班盛的行事风格就是这样，遇事先考虑后果再判断这事能不能行。

原本还处在兴奋情绪中的几个人像被浇了一盆冷水。班盛眼皮动了一下，瞧见林微夏眉眼漾着沮丧，抬手轻轻拍了一把白皙的脸颊，发话：

"现在先往前开，雨要是停了就去葵冲那边。"

"耶！"

"哇可以！"

"宁朝，冲冲冲！"

"开心了？"班盛顶着懒洋洋的一张脸挑眉问她。

"嗯。"

幸好，连老天爷都站在这帮年轻人这边，车子绕着大合山开了一圈，暴雨收歇，太阳竟然出来了。

这就是夏天。

车子转了个弯，沿着山脚往前开，直奔向大海。车子开了四十多分钟，他们到达葵冲，一群少男少女纷纷跳下车。

人踩在毛茸茸的沙子上，沾着咸湿的海风吹来，林微夏用力呼吸了一下，雨后空气混着椰树的树根味，十分清新。

放眼望去，目光所及之处，万物如新。

一行人前后往大海的方向走去，走到一半，宁朝想起什么，手朝他们挥了挥：

"我去服务站买点儿喝的。"

"去吧，"柳思嘉挽起女生们的胳膊，红唇一张一合，"我们走吧，不管他。"

烫金的阳光斜斜地照在波光粼粼的蓝色海面上，海浪不断涌上来打在脚边，透心凉，凉得女孩子们发出快乐的尖叫声。

很快，她们玩起了水上混战。

林微夏发出开心的笑声，不断地往后退，躲着她们的攻击。没多久，她们的脸、胳膊、头发都沾上了咸湿的海水味。

倏地，不远处传来一道喊声，宁朝手指上挂着一个白色的塑料袋，喊人："柳思嘉，过来一下。"

正在打闹的林微夏停下来，眼尖地发现宁朝手里拿着的是药，打趣道："哎，人家惦记着你的伤。"

一向冷艳的柳思嘉脸上的表情不自然起来，她向沙滩的方向走去，回头不忘说：

"你别乱说。"

林微夏看了一下周边的人，大家来海边都开开心心的，只有班盛穿着一件黑色T恤，在那儿站着装酷。

他整个人什么也不做，光是站在那儿，就透着一股游刃有余的痞坏味。

招着人的视线不停地往他身上缠。

班盛侧对着林微夏，正漫不经心地看着远处的大海。她蹑手蹑脚地走到他身后，弯下腰，接了一捧冰凉的海水朝班盛泼过去。

也就她敢对班盛这样。

宽阔的后背把黑T恤撑起的那一块布料被染成深色，冷白的脖颈不断往下滚着水珠，班盛背对着她，不动声色地挑了一下眉。

意识到气氛的不对劲，林微夏转身就要逃，不料班盛头也没回，像是有预感似的，伸出手臂直接将人拽到跟前。

还没等她反应过来，班盛掌心不知道什么时候弄了冰凉的海水直接灌进了林微夏的后脖颈处。

水珠顺着后颈滴进雪白的后背，光滑的背脊，冷得不行，林微夏挣扎想逃，哪知班盛拎着她的后颈，开始伸手挠她。

原本还淡着一张脸的林微夏被弄得忍不住笑出声，直想躲开他的攻击。两人离得很近，他的嘴唇搭在耳边，闷笑一声：

"还敢不敢了？"

林微夏双手合十，笑着求饶："不敢了不敢了。"

两人正玩闹着，班盛眉骨、嘴唇上沾了一些水珠，林微夏踮起脚正打算给他擦掉，身后传来一阵猛力，终于下海玩的宁朝从背后推了她一把。

眼看林微夏整个人就要摔到海里，班盛眼疾手快地捞住她，可她的裙角湿了大半，还喝了一口咸得不行的海水。

班盛一下变了脸。

他这个人逻辑怪得很——林微夏我欺负可以，别人不行。

于是新一轮的水上混战来了。

宁朝一点儿都没在怕的，二对二很公平，但他没想到方加蓓加入了林微夏的队伍，她一开始还有点儿放不开，后来看玩熟了也就放开了。

五个少男少女在海边玩起了水上游戏，每个人都被弄得很狼狈，但他们的笑声真切。每个人都短暂地忘记了心里的烦恼，抛却了当下犹豫不决的决定。

每个人大声、用力地笑着。

刺金色阳光镀在每个人身上，将此刻定格。

十七岁多无畏，年轻多漂亮。

长达一个多小时的混战结束，五个人浑身已经湿透了，都懒得找垫的东西，直接一屁股坐沙滩上了。

他们坐那儿休息，班盛往后仰着，两条胳膊撑在沙滩上，懒洋洋地开口："晚上睡这儿？可以租几顶帐篷。"

宁朝打了个响指："没问题，我一会儿去买饮料和零食。"

柳思嘉耸了耸肩膀："求之不得，而且我把手机关机了，嘻。"

林微夏和方加蓓则负责给家长发信息。他们休息了一阵恢复体力后各自拎着自己的鞋，深一脚浅一脚地踩在沙滩上，向便利店的方向走去。

便利店前有很多流动摊贩，有卖T恤和凉拖的，也有卖鲜花用来拍照的。老板见来的游客都是年轻的俊男靓女，笑道："来我这儿买咯，情侣T恤，买一送一。"

其实是很简单的白色T恤，男生款的肩袖那条杠是蓝色的，女生的是粉色的。林微夏手搭在衣服上，她也没多想，大方地问：

"拿不拿？"

"拿。"班盛给出了一个字。

林微夏又挑了两双拖鞋，两人先去更衣室换衣服了，班盛不紧不慢地跟在她身后。

林微夏扭头跟班盛说话时，无意间瞥见柳思嘉和宁朝还杵在T恤货架前，宁朝的神色倒是大方，只是女生的脸色极为不自然。

而方加蓓早已挑好衣服和拖鞋，准备去换衣服。

班盛捕捉到林微夏唇角淡淡的笑意，问她："笑什么？"

"没什么，"林微夏回神，仰头看着班盛，"哎，这好像是我们第一次穿这个。"

她指老板说的所谓的情侣装。

班盛抬起眼皮瞥向搭在手臂上的T恤，似是想起什么，笑了一下，回："不是。"

"什么？"林微夏没听清。

"没。"班盛回到。

一行人很快换好衣服出来，没多久，太阳沉入海底，大片粉紫的火烧云鱼鳞般铺在天空，似撒了一层金粉。

海天相连，总有一种波澜壮阔的美。

林微夏站在那里，天色一暗，心底刻意埋藏的情绪似乎钻了出来，漂亮的眉眼闪过忧思，脸上蒙着淡淡的愁绪。

班盛细心地捕捉到她情绪的不对劲，问她：

"怎么了？"

林微夏思绪被拉回，笑着摇头，班盛也不为难她，刚好海风吹过来将林微夏的头发吹得凌乱。

有几缕沾到了脸上，班盛俯下身，抬手将她沾在脸上的发丝拨开顺到后面去，动作自然。

淡淡的乌木味袭来，林微夏抬眼看向班盛，的确在他瞳孔里看到了自己。

他是真心喜欢她的。林微夏悲哀地想到。

"去跟她们赶海去，趁天色还没有完全暗。"班盛习惯性地摸了一下她的头。

"好。"

林微夏跟便利店老板借了两个竹篮，同方加蓓一起去灯塔那边赶海去了。柳思嘉提议要帮男生们搭租来的帐篷。

宁朝利落地穿杆拧螺丝，动作一点儿都不拖泥带水，他干起这种活来还挺顺手的,无奈旁边站了个大小姐,生怕一个不注意就戳到她。

柳思嘉站在那里就是给他帮倒忙。

"算我求你,跟林微夏她们去赶海吧,捉螃蟹捡贝壳不香吗?非得搁我身边凑。"宁朝抬了抬下巴。

柳思嘉不自在地揉了一下耳朵,抬起下巴:"谁往你身边凑了?少自恋了。"

天色暗沉下来,管理员不停地吹着口哨驱逐着还待着深水域的游客,以及还在灯塔那里打卡的人。

马上要涨潮了。

林微夏她们去赶海的那块地方来回并不好走,途经很多礁石,班盛怕人摔着,过去接人了。

赶了小半天的海,林微夏只捡到了两只小螃蟹、三个贝壳,眉眼漾着愉悦的神色。

好不容易拾到了螃蟹,林微夏又拉着同伴去放生。

班盛站在一旁,抬起眼注视着前侧正在放生螃蟹的林微夏。她正弯着腰,神情认真专注,额前不断有碎发掉下来,月牙白的光落在她耳朵上,呈现一种淡淡的温柔。

一切都弄好之后,一行人去了附近的餐厅吃饭,清一色的海鲜,林微夏吃了小半碗饭。

宁朝正和班盛说着话,见他一边漫不经心地听着,一边自然而然地把林微夏刚才想喝的汤移自己面前,后者一脸疑惑地看着他。

"你不是海蛎过敏?"班盛看着她。

林微夏反应过来,不好意思地笑笑:"对,我忘了。"

班盛捏着汤匙的手柄,慢条斯理地喝着林微夏的汤,听见声音,他抬了一下眉,问:"怎么不说了?"

"我还能说什么?"宁朝一脸的无语。

柳思嘉吃饭的时候,大家一致地盯着她。

"凶死了。"柳思嘉抱怨道,却还是乖乖把饭塞进嘴里。

夜幕降临得很快,五个少年少女坐在沙滩上唱歌。班盛拿手机放了一首歌,林微夏瞥了一眼,叫《乐园》,一道空灵的女声响起,主唱唱得很有腔调,粤语发音迷人:

> 人人寻找快乐园
> 无烦无忧的乐园
> 人人向往快乐园
> 制造美梦的乐园

一行人互相靠在一起，很快被这首歌轻盈迷离的氛围包裹，他们看着不远处起伏的大海发呆，每个人都想起了自己藏着的心事，一些迷茫或痛苦被这令人沉醉的歌声勾了出来。

气氛忽然感伤起来，柳思嘉最见不得这样，提议道："来玩抽卡游戏怎么样？"

"可以啊。"林微夏抱着膝盖说道。

柳思嘉拿着一把卡片呈扇形打开，宁朝抽之前不停地"作法"，念着"天灵灵地灵灵，可别让我抽到不该抽的牌"，前者看着他翻了个白眼。

宁朝抽出一张卡，看见是一张骑士牌，上面写着——你的梦想是什么？

他松了一口气，一低头对上一双双好奇的眼睛，不自在地摸了一下头："坦白说，没有。"

几个人神色惊讶，你看我我看你，都不相信这么漂亮的年纪会没有梦想。

"其实，上高三了大家都变了样，都很努力，就连我的球友里没多大希望考大学的人，都说不打球了，想拼搏一把。我呢——"宁朝自嘲地笑笑，语气透着一丝迷茫，"还是那个懒样，因为我没有动力，也不知道我这种人以后会是什么样的，社会的败类，还是金鱼街的大排档老板？

"我都不知道。你们听过毛驴拉磨，农夫在它头上拴了根胡萝卜的寓言故事吧。我现在感觉自己像那头驴，按部就班地上课，回家干活儿帮忙，掀开蒙眼的布，其实什么也没有，连前进的动力都没有，我连我的梦想是什么都不知道。"

同伴想出声安慰，宁朝大手一挥，脸上又恢复了无赖的模样，催促下一个人，说道："你——赶紧抽。"

众人屏息，柳思嘉抽到的是女巫牌——说一说你最近的情况。

气氛沉默下来，班盛坐在一边，手肘抵在膝盖上，单手擒着一罐饮料，出声："不想说可以不用说。"

"没事，"柳思嘉摇摇头，她伸手擦掉嘴唇上过艳的口红，开始说话，

"我爸妈很早的时候就离婚了，我跟着我爸长大，他对我很好，但不怎么管我。我妈呢，是个自我要求高，对自己亲生女儿也是高要求到变态的人，我每次都是逼自己努力让她满意，好像这样才能换取一点儿她的爱。

"我已经忘了我是什么时候开始节食的，好像是妈妈不再参加我的家长会，搬家后离我越来越远，爸爸有了新女朋友……这一切让我感觉到失控。后来发现控制热量摄入，看着体重秤的数字在自己预定的数字内，那种感觉好像一切都在预期内，我可以掌控自己的人生，不会再有变故了。节食到一定的地步，就患上厌食症了，我确实很偏激，自我失控感也很重。"

宁朝沉默半晌忽然问她："你有试着跟你妈沟通过吗？试着表达过吗？"

"什么？"柳思嘉睁大眼睛，表情错愕。

她和温黎艳都是激烈的性格，双方都要强，每次说了不到两句就会吵起来，最后不欢而散。

看柳思嘉的表情林微夏就知道她们母女间没有沟通过，温声开口：

"你可以试着跟你妈妈沟通，说'我需要你'。但这些的前提是你要先爱自己，不要再让自己的身体遭罪了。给她一次机会，如果不行，那就算了，有的父母是讲究缘分的。"

"对，你的人生还很长，先和自己和解吧。"宁朝接话。

柳思嘉抱着膝盖低头一直没有说话，一滴泪砸在沙滩上旋即又融化在细沙中，她把手里的饮料一饮而尽，吸了一下鼻子："好。"

轮到班盛抽牌，他随手抽了左手边的第三张牌，众人纷纷期待着，掌心摊开，是一张鲨鱼卡，上面写道——如果你爱的人离开你，你会怎么做？

一群人"哦"来"哦"去地起哄，眼神揶揄地看向两人，班盛一拿就拿了个大的，这要是没答好的话，这两人不得闹矛盾？

林微夏看向班盛，发现他脸上的表情冷淡，一时也拿捏不住他愿不愿意在人前说这些带私人情绪的话，想出来打圆场。

班盛忽然出声："唱首歌吧。"

同伴们一愣，随即说"好啊"，都没想到班盛这么跩酷的一个人还会唱歌，不过现场没有吉他也没有伴奏，能唱出什么花来？

而且不是有这样一句话吗？"上帝为你打开一扇门，肯定会关上一扇窗"，帅哥唱歌都不好听。

班盛手撑着侧脸，开口：

> 突如其来的美梦
> 是你离去时卷起的泡沫

正在打闹的一帮人动作忽然顿住，开口跪啊。越往后唱，他们脸上玩闹的表情越敛住，受他声音带出来的情绪感染，开始认真听歌。

林微夏把侧脸埋在膝盖上，眍眼看着班盛，认真听他唱歌。

班盛的声音略带着沙哑，他的姿态闲散，发音清晰，低沉又好听，唱得极有感情，语气缱绻到了极点。

> 踢着石头默默地走
> 公车从旁擦身而过
> 突如其来的念头
> 幻想化成流星的你我
> 明亮的夜漆黑的宇宙
> 通通来自夜空

林微夏正听着他唱歌，忽然班盛转过头看着她唱，一双漆黑的眼睛牢牢地盯住她，一字一句深情到了极点：

> 我会披星戴月地想你
> 我会奋不顾身地前进
> 远方烟火越来越唏嘘
> 凝视前方身后的距离

每一句歌词和班盛的眼神都在讲——这个"你"，是林微夏。

夜晚的海风吹过来，夜晚总是容易放大人的情绪，林微夏的心里酸酸胀胀的，像被一根细线缠住，她怔怔地看着班盛，黑漆漆的睫毛似乎有一点儿湿。

"亲一个，亲一个！"宁朝他们起哄道。

"不亲一个说不过去了啊。"

"来吧，别害羞了。"

班盛斜过头，抬手拉起把自己脑袋埋在膝盖的林微夏，看着她，周围的尖叫和起哄声连连。

林微夏对上一双深邃的眼睛，心一颤，班盛单手捧着她的脸，轻笑一声，低下脖颈，轻轻弹了一下她额头。

既没有为难她，也再次表明了自己的心意。

林微夏看着这个看似浑不懔眼里却只有自己的男孩。

他永远是那么周全、妥当。

温柔也只给她一个人。

林微夏一阵眼酸，一滴剔透的眼泪落下来。班盛瞧见她眼睛红红，心跟着像被烫了一下，轻声问："怎么了？"

林微夏抽了一记鼻子，笑着摇头，瓮声瓮气地答："风沙太大了，眯眼睛了。"

所有人只当林微夏是感动到一个点，情绪上来了就哭了。班盛也这么以为。

抽卡轮到林微夏，她抽的是双面卡，要和身边的人互问一个问题。林微夏拿着卡片抬眼问班盛：

"你想成为什么？"

"鲨鱼，"班盛缓缓出声，反问道，"你呢？"

有风吹来将林微夏的长发扬起，她抬手理了一下头发，一直都没有出声，就在所有人都以为她不会回答时。

林微夏看向远方的海，手指揪着衣服的一角，用力到指尖泛白，出声：

"鱼缸。"

世界轰然安静下来，连风声也停止。

林微夏感受到了身边男生的沉默，以及他身上的低气压。

谁都知道，鲨鱼不能和鱼缸待一起，鲨鱼属于大海，而碰上鱼缸，它是玻璃，两人相撞在一起，硬碰硬的话——

鱼缸会变成碎片，鲨鱼也会带着一身伤逃出去。

宁朝听不懂他们说的弯弯绕绕，只觉得气氛变得诡异起来，出声打圆场："什么鲨鱼鱼缸？鲨鱼本来就在海里，鱼缸是玻璃制造。这俩根本不是同类好吧。"